BIBLIOTHEK DER SCIENCE FICTION LITERATUR

Herausgegeben von Wolfgang Jeschke

Vom selben Autor erschienen in der Reihe
HEYNE SCIENCE FICTION & FANTASY:

Nie wieder Krieg (06/3863)
Unendliche Träume (in Vorb.)

JOE HALDEMAN

DER EWIGE KRIEG

Science Fiction-Roman

Sonderausgabe

WILHELM HEYNE VERLAG
MÜNCHEN

HEYNE-BUCH Nr. 06/2
im Wilhelm Heyne Verlag, München

Titel der amerikanischen Originalausgabe
THE FOREVER WAR
Deutsche Übersetzung von Walter Brumm
Das Umschlagbild schuf Ian Craig

Sonderausgabe des
HEYNE-BUCHS Nr. 3572

Redaktion: Wolfgang Jeschke
Copyright © 1974 by Joe Haldeman
Copyright © 1977 der deutschen Übersetzung
by Wilhelm Heyne Verlag, München
Printed in Germany 1981
Umschlaggestaltung: Atelier Heinrichs & Schütz, München
Satz: Schaber, Wels/Österreich
Druck: Presse-Druck, Augsburg
Bindung: Grimm + Bleicher, München

ISBN 3-453-30467-5

INHALT

Erster Teil
Soldat Mandella
Seite 7

Zweiter Teil
Feldwebel Mandella
2007—2024 n. Chr.
Seite 97

Dritter Teil
Leutnant Mandella
2024—2389 n. Chr.
Seite 169

Vierter Teil
Major Mandella
2458—3143 n. Chr.
Seite 193

Epilog
Seite 300

Erster Teil

Soldat Mandella

1

»Heute zeigen wir Ihnen acht Methoden zur geräuschlosen Tötung eines Gegners.« Der Kerl, der das sagte, war ein Unteroffizier, nach seinem Aussehen kaum fünf Jahre älter als ich. Wenn er jemals einen Gegner im Kampf getötet hatte, geräuschlos oder anders, so mußte er das als Kleinkind getan haben.

Ich kannte bereits achtzig Methoden zur Tötung von Menschen, aber die meisten davon waren ziemlich geräuschvoll. Ich nahm auf meinem Stuhl eine aufrechte Haltung und den Anschein höflicher Aufmerksamkeit an und schlief mit offenen Augen ein. Die anderen machten es fast alle genauso. Wir hatten die Erfahrung gemacht, daß für diese Unterrichtsstunden nach dem Essen nie etwas Wichtiges eingeplant war.

Das Schnurren des Projektors weckte mich, und ich ließ einen kurzen Streifen über mich ergehen, der die ›acht geräuschlosen Methoden‹ zeigte. Einige der Schauspieler mußten Hirnbehandelte gewesen sein, denn sie wurden tatsächlich getötet.

Nach der Filmvorführung hob ein Mädchen in der ersten Reihe die Hand. Der Unteroffizier nickte ihr zu, und sie stand auf. Nicht übel aussehend, aber ziemlich massiv um Hals und Schultern. Jeder wird so, nachdem er ein paar Monate lang das schwere Marschgepäck herumgeschleppt hat.

»Sir...« — wir mußten alle Unteroffiziere mit ›Sir‹ anreden, solange wir in der Ausbildung waren — »die meisten dieser Methoden sehen irgendwie albern aus, finde ich.«

»Zum Beispiel?«

»Na, jemandem einen Feldspaten in die Nieren zu schlagen. Ich meine, wann hat man schon einen Feldspaten, aber keine Schuß- oder Stichwaffe? Und warum schlägt man dem Gegner den Spaten nicht einfach über den Kopf?«

»Er könnte einen Helm aufhaben«, sagte der Unteroffizier.

»Außerdem haben Taurier wahrscheinlich gar keine Nieren!«

Er zuckte die Achseln. »Wahrscheinlich nicht.« Man schrieb das Jahr 1997, und kein Mensch hatte je einen Taurier gesehen; nicht mal Stücke von ihnen, die größer als ein versengtes Chromosom gewesen wären. »Aber ihr biochemischer Aufbau ist dem unsrigen ähnlich, und wir müssen annehmen, daß sie ähnlich komplizierte Geschöpfe sind. Sie müssen Schwächen haben, verwundbare Stellen. Und Sie müssen herausfinden, wo diese Stellen sind. Darauf kommt es an.« Er machte mit dem Zeigefinger eine zustoßende Bewegung zum Bildschirm. »Diese acht Sträflinge wurden zu Ihrem Besten schlafen gelegt, weil Sie lernen sollen, Taurier zu töten, und dazu in der Lage sein müssen, ob Sie nun einen Megawatt-Laser in der Hand haben, oder nur ein Stück Schmirgelpapier.«

Das Mädchen setzte sich wieder; es sah nicht allzu überzeugt aus.

»Noch irgendwelche Fragen?«

Niemand meldete sich.

»In Ordnung. *Aaacht-unk!*«

Wir taumelten auf die Füße, und er blickte uns erwartungsvoll an.

»Sie uns auch, Sir«, erklang es müde im Chor.

»Lauter!«

»SIE UNS AUCH, SIR!« Eins der weniger geistreichen Mittel zur Hebung der Truppenmoral.

»Das ist besser. Nicht vergessen, morgen FRÜHMANÖ-

VER. Frühstück um drei Uhr dreißig, Abmarsch vier Uhr. Wer nach drei Uhr vierzig im Bett angetroffen wird, kommt zur Meldung. Wegtreten.«

Ich zog den Reißverschluß der einteiligen Drillichuniform zu und ging durch den Schnee zur Mannschaftsmesse, um mir eine Tasse Soja und einen Joint zu besorgen. Ich war immer mit fünf bis sechs Stunden Schlaf ausgekommen, und dies war für mich die einzige Gelegenheit, eine Weile allein zu sein. Sah mir ein paar Minuten die Nachrichtenschau an. Draußen im Sektor Aldebaran war wieder ein Schiff verlorengegangen. Das war vier Jahre her. Zu Vergeltungszwecken sollte eine Flotte entsandt werden, aber sie konnte erst in weiteren vier Jahren im Kampfgebiet eintreffen. Bis dahin mußten die Taurier jeden Schlüsselplaneten eingesackt haben.

Als ich ins Quartier zurückkehrte, lag alles in den Betten, und die blaue Nachtbeleuchtung brannte trübe. Seit unserer Rückkehr vom zweiwöchigen Ausbildungskurs auf dem Mond hatte die ganze Kompanie sich so dahingeschleppt. Ich hängte meine Kleider in den Spind, sah auf der Diensttabelle nach und fand, daß ich Koje 31 hatte. Verdammt, genau unter der Heizung.

Ich schlüpfte so still wie möglich durch den Vorhang, um meinen Nebenmann nicht zu wecken. Konnte nicht sehen, wer es war, aber es war mir auch gleichgültig. Ich zog die Decke über mich.

»Du kommst spät, Mandella«, gähnte eine Stimme. Es war Rogers.

»Tut mir leid, daß ich dich geweckt habe«, flüsterte ich.

»Schon gut.« Sie kroch zu mir unter die Decke. Sie war warm und leidlich weich.

Ich tätschelte ihr in brüderlicher Art die Hüfte. »Nacht, Rogers.«

Sie erwiderte die Geste pointierter. »Gute Nacht, Hengst.«

Warum kriegt man immer die Müden, wenn man bereit ist, und die Scharfen, wenn man müde ist? Ich beugte mich dem Unvermeidlichen.

2

»Los, los, legt euch ein bißchen mehr ins Zeug, Herrschaften! Wo bleiben die Träger? Bewegung, ihr Lahmärsche!«

In der Nacht war eine Warmfront gekommen, und der Schneefall hatte sich in Graupelregen verwandelt. Der Permaplast-Träger wog zweihundertfünfzig Kilo und war schwierig zu manövrieren, selbst wenn er nicht mit Eis überzogen war. Wir waren zu viert, zwei an jedem Ende, und trugen den Plastikträger mit Schultern und Händen. Unsere Finger waren vor Kälte gefühllos. Rogers war meine Partnerin.

»Vorsicht!« schrie einer hinter mir, was nur bedeuten konnte, daß er den Halt verlor. Der Träger war zwar nicht aus Stahl, doch schwer genug, einem den Fuß zu brechen. Alle ließen los und sprangen zur Seite. Der Träger bespritzte uns von oben bis unten mit Schneematsch und Schlamm.

»Gottverdammich, Petrow!« sagte Rogers. »Warum hast du dich nicht zum Roten Kreuz gemeldet? So schwer ist das verfluchte Ding nun auch nicht!« Die meisten Mädchen waren in ihrer Ausdrucksweise etwas weniger direkt; Rogers war ein wenig burschikos.

»Was ist denn, wo bleibt der Träger? Schlafen könnt ihr heute abend! Die Leute mit dem Kleber hierher!«

Unsere zwei Kleber rannten mit schaukelnden Eimern durch den Schneematsch. Einer der beiden am anderen Ende des Trägers nickte mir zu. »Los, weiter, Mandella. Ich friere mir hier die Eier ab.«

»Ich auch«, sagte das Mädchen mit mehr Gefühl als Logik.

»Eins — zwei — hoch!« Wir brachten das Ding wieder auf die Schultern und wankten auf die Brücke zu. Sie war ungefähr zu drei Vierteln fertig. Der zweite Zug schien drauf und dran, uns zu schlagen. Mir wäre es gleich gewesen, aber derjenige Zug, der seine Brücke zuerst fertigstellte, durfte mit den Lastwagen zurückfahren. Die anderen mußten sechs Kilometer durch Graupelregen und aufgeweichten Schnee marschieren, ohne Ruhepause vor der Essenszeit.

Wir brachten den Träger an Ort und Stelle, ließen ihn mit Getöse fallen und befestigten ihn mit Klammern an den Querverstrebungen. Ehe wir damit fertig waren, klatschte einer der Eimerträger mit breitem Spachtel Kunstharzkleber auf die Oberfläche, während sein Partner auf der anderen Seite den zweiten Längsträger erwartete. Die Bodenverleger standen unterdessen am Fuß der Brücke, jeder eine leichte, vorgespannte Permaplast-Platte wie einen Schirm über dem Kopf. Sie waren trocken und sauber. Ich fragte mich laut, womit sie das verdient hätten, und Rogers wartete mit einigen interessanten, aber unwahrscheinlichen Möglichkeiten auf.

Wir gingen zurück, den nächsten Träger zu holen, als der aufsichtführende Unteroffizier (ein Mann namens Dougelstein, den wir ›Alsogut‹ nannten) in die Trillerpfeife stieß und brüllte: »Also gut, Leute, zehn Minuten. Raucht eine, wenn ihr sie habt.« Er griff in die Tasche und betätigte den Monitor, der über Funkimpulse die Heizung unserer Arbeitsanzüge einschaltete.

Rogers und ich setzten uns auf unser Ende des Trägers, und ich zog meine Schachtel mit Gras hervor. Ich hatte viele Joints, aber es war verboten, vor dem Abendessen welche zu rauchen. Der einzige Tabak, den ich hatte, war ein Zigarrenstummel von ungefähr sieben Zentimetern Länge. Ich zündete ihn an, und nachdem ich ein paarmal daran gepafft hatte, fand ich ihn nicht allzu schlecht. Auch Rogers tat zur

Geselligkeit einen Zug davon, machte aber ein angewidertes Gesicht und gab ihn zurück.

»Warst du noch in der Ausbildung, als du eingezogen wurdest?« fragte sie.

»Ja. Hatte gerade das erste Staatsexamen in Physik hinter mir. Wollte Lehrer werden.«

Sie nickte verständnisvoll. »Ich hatte Biologie belegt...«

»Kein Wunder«, sagte ich und wich geschickt einer Handvoll Schneematsch aus. »Wie weit?«

»Sechs Jahre, Bakkalaureat und Praktikum.« Sie fuhr mit dem Stiefel im Dreck hin und her, bis ein kleiner Wall aus Schlamm und Schneematsch entstand, der die Beschaffenheit von gefrierender Eismilch hatte. »Warum zum Teufel mußte das passieren?«

Ich zuckte die Achseln. Sie verlangte nicht nach einer Antwort, schon gar nicht nach jener, die uns von der UNAS gegeben wurde: Die geistige und körperliche Elite der Menschheit müsse aufgeboten werden, um die Welt vor der taurischen Bedrohung zu schützen. Unsinn. Es war alles nur ein Experiment, um zu sehen, ob wir die Taurier würden in einen Landkrieg verwickeln können.

Die Trillerpfeife gellte zwei Minuten zu früh, wie erwartet, aber Rogers und ich und die beiden anderen Träger mußten noch eine Weile sitzen bleiben, während die Kleber und Bodenverleger ihre Arbeit taten. Es wurde rasch kalt, wenn man mit abgeschalteter Heizung herumsaß, aber wir blieben aus Prinzip inaktiv.

Es hatte wirklich keinerlei Sinn, uns in der Kälte zu trainieren. Typische Halblogik der Armee. Gewiß, wo wir eingesetzt werden sollten, war es immer kalt, aber nicht eiskalt oder schneekalt. Der Planet eines ›Schwarzen Lochs‹ oder Kollapsars, wie er als Stützpunkt in Frage kam, hatte in der Regel eine Oberflächentemperatur, die nur wenige Grad über dem absoluten Nullpunkt lag, da ein Kollapsar kein wärmendes Licht verbreitet, und das erste Frösteln, welches man dort verspürte, bedeutete, daß man ein toter Mann war.

Zwölf Jahre zuvor, als ich zehn war, war das Phänomen des Simultansprungs entdeckt worden. Näherte sich ein Gegenstand mit hinlänglicher Geschwindigkeit einem Kollapsar, so kam er in einem anderen Teil der Galaxis wieder zum Vorschein. Nach der Einsteinschen Relativitätstheorie ließ sich voraussagen, wo das geschehen mußte: Der betreffende Gegenstand verfolgt denselben Kurs, den er genommen haben würde, wenn der Kollapsar nicht im Weg gewesen wäre, bis er das Schwerefeld eines weiteren Kollapsars erreicht, worauf er wieder erscheint, zurückgestoßen mit der gleichen Geschwindigkeit, mit der er sich dem ersten Kollapsar näherte. Reisedauer zwischen den zwei Kollapsaren genau Null.

Es gab viel Arbeit für die mathematischen Physiker, die den Begriff der Gleichzeitigkeit neu definieren und die allgemeine Relativitätstheorie auseinandernehmen mußten, um sie dann wieder zusammenzubauen. Die Politiker aber waren sehr glücklich, denn nun konnten sie eine Schiffsladung Kolonisten für weniger Geld nach Fomalhaut schicken als es einst gekostet hatte, um ein paar Leute zum Mond zu befördern. Und es gab viele Menschen, die nach Ansicht der Politiker auf Fomalhaut gut aufgehoben wären, wo sie glorreiche Abenteuer bestehen könnten, statt zu Hause Unruhe zu stiften.

Die Schiffe wurden immer von automatischen Sonden begleitet, die ihnen im Abstand von einigen Millionen Kilometern folgten. Ihr Zweck war es, zurückzukehren und Meldung zu machen, falls ein Schiff mit 99,9 % der Lichtgeschwindigkeit auf dem Stützpunktplaneten eines Kollapsars zerschellen sollte.

Zu einer solchen Katastrophe kam es nie, doch eines Tages kehrte eine Begleitsonde allein zurück. Ihre Daten wurden analysiert, und es stellte sich heraus, daß das Schiff der Kolonisten von einem anderen Raumfahrzeug verfolgt und schließlich zerstört worden war. Dies geschah in der Nähe von Aldebaran im Sternbild Taurus, aber nachdem ›Aldebaranier‹ umständlich auszusprechen ist, nannte man den Feind ›Taurier‹.

Kolonistenschiffe erhielten hinfort bewaffneten Begleitschutz. Auch wurden bewaffnete Erkundungsflüge durchgeführt, deren Häufigkeit im Laufe der Zeit zunahm, und schließlich erhielt die so entstandene militärische Organisation die offizielle Bezeichnung UNAS, was für ›UN-Aufklärungsstreitkräfte‹ stand.

Dann kam irgendein heller Kopf in der Vollversammlung auf die Idee, daß wir eine Armee von Fußsoldaten zur Bewachung der Stützpunktplaneten der näheren Kollapsare aufstellen sollten. Dieser Vorschlag führte zur Neufassung des Wehrpflichtgesetzes von 1996, welche wiederum die Entstehung der elitärsten Wehrpflichtigenarmee in der Geschichte der Kriegführung zur Folge hatte.

So kam es, daß wir, hundert Männer und Frauen mit Intelligenzquotienten über 130 und überdurchschnittlich gesunden und kräftigen Körpern, elitär durch Schlamm und Schneematsch des mittleren Missouri schlürften und über die Nützlichkeit unserer Kenntnisse im Brückenbau auf Welten nachdachten, wo die einzige Flüssigkeit eine gelegentliche Lache verflüssigten Heliums ist.

3

Ungefähr einen Monat später verließen wir die Erde zur letzten Etappe unserer Ausbildung, Manövern auf dem Planeten Charon. Obgleich er sich dem Perihel näherte, war er von der Sonne noch immer zweimal so weit entfernt wie der Pluto.

Der Transporter war ein umgebauter ›Viehwaggon‹, wie sie zur Beförderung von zweihundert Kolonisten mit Tieren und Pflanzen verschiedener Art verwendet wurden. Doch wäre es ein Trugschluß zu glauben, wir wären in geräumigen Quartieren untergebracht worden, weil wir schließlich nur hundert waren. Der größte Teil des freigewordenen Raums wurde für zusätzliche Reaktionsmasse und Waffen und Geräte benötigt.

Die ganze Reise dauerte drei Wochen. Während der ersten Hälfte dieser Zeit beschleunigte das Schiff mit zwei ge (dem Zweifachen der Erdanziehung), während der zweiten verlangsamte es. Als wir die Umlaufbahn des Pluto verließen, betrug unsere Geschwindigkeit etwa ein Zwanzigstel der Lichtgeschwindigkeit — noch nicht genug, um die komplizierten Auswirkungen der Relativität fühlbar werden zu lassen.

Drei Wochen lang das Doppelte des normalen Gewichts herumzuschleppen, ist keine Kleinigkeit. Dreimal täglich machten wir vorsichtige Leibesübungen nach Programm, im übrigen verbrachten wir die meiste Zeit in der Horizontalen. Trotzdem gab es mehrere Knochenbrüche und ernste Verrenkungen. Die Männer mußten Suspensorien tragen, um den Boden nicht mit losgerissenen Organen zu verunreinigen. An Schlaf war kaum zu denken; alle litten unter Alpträumen, in denen sie zu ersticken glaubten oder zerquetscht wurden, und man mußte sich periodisch herumwälzen, um Wundliegen und die Ansammlung von Blut in den jeweils unteren Körperpartien zu verhindern. Ein Mädchen war schließlich so erschöpft, daß es verschlief, wie sich ihm eine Rippe durch die unter der Dauerbelastung nachgebende Haut bohrte.

Ich war zuvor schon mehrmals im Raum gewesen, und so

kam es, daß ich Erleichterung fühlte, als die negative Beschleunigung endlich aufhörte und wir in freien Fall übergingen. Aber manche von uns waren noch nie draußen gewesen, ausgenommen zu unserem Ausbildungskurs auf dem Mond, und litten unter Desorientierung und plötzlichen Schwindelgefühlen. Wir anderen mußten saubermachen, was sie anrichteten, und schwebten mit Schwämmen und Flüssigkeitssaugern durch die Quartiere, um die Kügelchen von teilweise verdautem ›proteinreichen, rückstandsarmen Konzentrat mit Rindfleischgeschmack (auf Sojabasis)‹ aufzufangen.

Als wir aus der Umlaufbahn herunterkamen, hatten wir einen guten Blick auf Charon, doch gab es nicht allzuviel zu sehen. Es war nur eine trübe, schmutzigweiße Scheibe mit einigen dunklen Streifen und Flecken. Wir landeten etwa zweihundert Meter neben der Basis. Ein Raupenfahrzeug mit Druckkabine kam heraus und vereinigte sich mit der Fähre, so daß wir keine Schutzanzüge anzulegen brauchten. Dann rasselten und quietschten wir zum Hauptgebäude, einem fantasielosen Kasten aus grauem Kunststoff.

Im Innern zeigte sich, daß die Wände von der gleichen tristen Farbe waren. Die Kompanie setzte sich um die bereitstehenden Tische, und sofort erhob sich ein Stimmengewirr allgemeiner Unterhaltung. Neben Freeland war ein Platz frei.

»Na, Jeff — fühlst du dich besser?« Ich sah, daß er immer noch blaß aussah.

»Wenn die Götter gewollt hätten, daß der Mensch im freien Fall überlebt, dann hätten sie ihm eine Stimmritze aus Gußeisen gegeben.« Er seufzte erschöpft. »Nun, ein wenig besser geht es mir. Jetzt wäre eine Zigarette recht.«

»Ja, wirklich.«

»Dir scheint es nichts ausgemacht zu haben. Warst wohl schon mal draußen, wie?«

»Ja, schrieb eine Examensarbeit über das Vakuumschweißen. Drei Wochen in einer Erdumlaufbahn.« Ich lehnte mich zurück und griff zum tausendstenmal nach meiner Grasschachtel. Sie war immer noch nicht da. Die Lufterneuerungsanlage sollte nicht mit Nikotin, Haschisch und dergleichen belastet werden.

»Die Ausbildung war schon schlimm genug«, grämte sich Jeff, »aber dieser Scheiß...«

»*Aaacht-unk!*« Wir standen ziemlich lahm auf, in Gruppen von zwei oder drei Personen. Die Tür ging auf, und ein Major kam herein. Meine Haltung straffte sich unwillkürlich, denn es war der höchste Offizier, den ich bisher gesehen hatte. Er trug eine einteilige Drillichuniform wie wir, aber auf der linken Brustseite war eine Reihe von Ordensbändern eingestickt, darunter das purpurrote Band des Verwundetenabzeichens, was bedeutete, daß er in der alten amerikanischen Armee gekämpft haben mußte, wahrscheinlich in Indochina, aber das war vor meiner Geburt schon zu Ende gewesen. Er sah nicht so alt aus.

»Rühren.« Er bedeutete uns mit dirigentenhaften Gesten der halbausgebreiteten Arme, daß wir uns setzen sollten. Dann stemmte er die Hände in die Hüften und überblickte die Kompanie, ein angedeutetes Lächeln um den Mund. »Willkommen auf Charon. Sie haben sich einen schönen Tag zur Landung ausgesucht; die Außentemperatur liegt bei sommerlichen acht Grad über dem absoluten Nullpunkt. Für die nächsten zwei Jahrhunderte oder so erwarten wir wenig Veränderung.« Einige von uns lachten halbherzig.

»Genießen Sie das tropische Klima hier im Stützpunkt Miami, so lange Sie Gelegenheit dazu haben. Wir befinden uns hier im Mittelpunkt der Sonnenseite, und der größte Teil Ihres Trainings wird auf der Nachtseite stattfinden. Dort beträgt die Temperatur zwei Grad über dem absoluten Nullpunkt.

Sie werden gut daran tun, die Ausbildung, die Sie auf der Erde und auf dem Mond erhalten haben, als eine Elementarstufe anzusehen, die lediglich den Zweck hatte, Ihnen auf Charon eine angemessene Überlebenschance zu sichern. Wir werden hier das gesamte Repertoire durchgehen: Werkzeuge, Waffen, Manöver. Und Sie werden die Entdeckung machen, daß Werkzeuge bei diesen Außentemperaturen nicht so arbeiten, wie sie es sollten. Gleiches gilt für die Waffen. Und wer überleben will, bewegt sich sehr, sehr vorsichtig.«

Er blickte auf die Schreibunterlage in seiner Hand, auf der Papiere festgeklemmt waren. »Ihre Kompanie besteht gegenwärtig aus neunundvierzig Frauen und achtundvierzig Männern. Zwei Todesfälle auf der Erde, eine psychiatrische Entlassung, zwölf Krankheitsausfälle. Nachdem ich mich in großen Zügen mit Ihrem Ausbildungsprogramm vertraut gemacht habe, bin ich offen gesagt überrascht, daß so viele von Ihnen es geschafft haben.

Aber Sie sollen ruhig wissen, daß ich nicht ungehalten sein werde, wenn nur fünfzig von Ihnen, also die Hälfte, diese letzte Phase Ihrer Ausbildung erfolgreich beenden. Und die einzige Alternative zum erfolgreichen Abschluß ist der Tod hier auf Charon. Von hier kehrt keiner — ich selbst mit eingeschlossen — zur Erde zurück, es sei denn, nach erfülltem Kampfauftrag.

Sie werden Ihre Ausbildung in einem Monat vervollständigen. Von hier werden Sie zum Sterntor-Kollapsar verlegt, ein halbes Lichtjahr entfernt; und in der Siedlung auf Sterntor 1, dem größten Stützpunktplaneten, bleiben Sie, bis Entsatz eintrifft. Das wird hoffentlich nicht länger als einen Monat dauern; nach Ihrer Abreise erwarte ich hier eine weitere Gruppe.

Wenn Sie Sterntor verlassen, werden Sie zu einem strategisch wichtigen Kollapsar gebracht, dort einen Militärstützpunkt errichten und den Feind abwehren, sollte er angreifen. Andernfalls werden Sie den Stützpunkt halten, bis weitere Befehle eintreffen.

Die letzten zwei Wochen Ihrer Ausbildung hier werden der Errichtung eines solchen Stützpunkts auf der Nachtseite gewidmet sein. Sie werden dort völlig isoliert sein: keine Kommunikation mit dieser Basis, keine Evakuierung von Kranken, keine zusätzliche Versorgung. Ehe die zwei Wochen um sind, wird die Verteidigungsfähigkeit des neuen Stützpunkts durch einen Angriff mit Lenkwaffen geprüft. Sie werden scharf geladen sein.«

Hatte man das ganze Geld für unsere Ausbildung aufgewendet, um uns im Manöver umzubringen?

»Das gesamte Stammpersonal hier auf Charon besteht aus kampferprobten Kriegsveteranen. Infolgedessen sind wir alle vierzig bis fünfzig Jahre alt. Aber ich denke, wir können es trotzdem mit Ihnen aufnehmen. Zwei von uns werden ständig bei Ihnen bleiben und Sie wenigstens bis Sterntor begleiten. Diese beiden sind Hauptmann Sherman Stott, Ihr Kompaniechef, und Feldwebel Octavio Cortez. Meine Herren?«

Zwei Männer in der ersten Reihe standen gemächlich auf und wandten sich zu uns um. Hauptmann Stott war ein wenig kleiner als der Major, aber aus dem gleichen Holz geschnitzt: das Gesicht hart und glatt wie Steingut, die Andeutung eines zynischen Lächelns um den Mund, ein zentimeterbreit gestutzter Bart, der das massive Kinn umrahmte, das Aussehen eines Dreißigjährigen. Er trug eine schwere Pistole des Schießpulvertyps an der Seite.

Feldwebel Cortez war eine andere Geschichte, eine Gestalt wie aus einem Horrorfilm. Sein Kopf war rasiert und von unregelmäßiger Form, auf einer Seite abgeflacht, wo offenbar ein größeres Stück Schädeldecke herausgenommen und ersetzt worden war. Sein Gesicht war sehr dunkel und von Runzeln und Narben durchzogen. Vom linken Ohr fehlte eine Hälfte, und seine Augen waren so ausdrucksvoll wie Knöpfe an einer Maschine. Er hatte eine Kombination von Schnurrbart und Kinnbart, die aussah, als ob sich eine monströse, pelzige graue Raupe um seinen Mund gelegt hätte. Bei jedem anderen hätte sein schuljungenhaftes Lächeln freundlich ausgesehen, aber er war einer der am häßlichsten und gemeinsten aussehenden Typen, die mir je untergekommen waren. Trotzdem, wenn man seinen Kopf unbeachtet ließ und die unteren einsachtzig betrachtete, fühlte man sich an die ›Nachher‹-Abbildung in der Werbung eines Instituts für Bodybuilding erinnert. Weder Stott noch Cortez trugen Bänder von Auszeichnungen. Cortez hatte eine kleine Laserpistole in einem magnetischen Halfter unter der linken Achsel. Die Waffe hatte einen hölzernen Griff, der vom häufigen Gebrauch dunkel glänzte.

»Bevor ich Sie nun in die Obhut dieser beiden Herren entlasse, möchte ich Ihnen noch einen guten Rat geben, den Sie sich zu Herzen nehmen sollten:

Vor zwei Monaten gab es auf diesem Planeten noch keine lebende Seele, bloß einige zurückgebliebene Ausrüstungsgegenstände von der Expedition des Jahres 1991. Eine Pioniereinheit von fünfundvierzig Mann arbeitete einen Monat an der Errichtung dieses Stützpunkts. Vierundzwanzig von ihnen, mehr als die Hälfte, kamen dabei ums Leben. Dies ist der gefährlichste Planet, auf dem Menschen jemals zu leben versuchten, aber die Orte, welche Sie in der Erfüllung Ihrer Dienstpflicht kennenlernen werden, werden genauso schlecht und schlimmer sein. Hauptmann Stott und Feldwebel Cortez werden sich bemühen, Sie während des nächsten Monats am Leben zu erhalten. Hören Sie auf alles, was sie sagen, und befolgen Sie ihr Beispiel; beide haben hier viel länger überlebt als Sie es müssen. Hauptmann Stott, bitte übernehmen Sie.«

Der Hauptmann salutierte, als der Major zur Tür ging.

»*Aaacht-unk!*« Die zweite Silbe war wie eine Explosion, die uns in die Höhe riß.

»Ich werde dies nur einmal sagen, also hören Sie gut zu«, knurrte er. »Wir befinden uns hier in einer kriegsmäßigen Situation, und in einer kriegsmäßigen Situation gibt es für Befehlsverweigerung oder Insubordination nur eine Strafe.« Er zog die Pistole und hielt sie wie eine Keule am Lauf. »Dies ist eine automatische Armeepistole, Kaliber neun Millimeter, eine primitive, aber wirksame Waffe, und der Feldwebel und ich sind befugt, zur Erzwingung von Disziplin von der Waffe Gebrauch zu machen. Fordern Sie es nicht heraus, denn wir werden es tun. Verlassen Sie sich darauf.« Er steckte die Pistole ins Halfter zurück. Der Druckknopfverschluß knackte laut in der Totenstille.

»Feldwebel Cortez und ich haben mehr Menschen getötet als in diesem Raum versammelt sind. Wir kämpften beide in Vietnam und traten vor mehr als zehn Jahren in die Internationale Wache der Vereinten Nationen ein. Ich nahm eine Rückstufung vom Major zum Hauptmann in Kauf, um das Kommando über diese Kompanie zu erhalten, und Feldwebel Cortez ließ sich vom Stabsfeldwebel zurückstufen, weil wir beide Männer der kämpfenden Truppe sind, und weil dies die erste kriegsmäßige Situation seit 1987 ist.

Bewahren Sie meine Worte in Ihrem Gedächtnis, während Feldwebel Cortez Sie im einzelnen über Ihre Pflichten und Aufgaben instruiert. Übernehmen Sie, Feldwebel.« Er machte auf dem Absatz kehrt und marschierte hinaus. Sein Gesichtsausdruck hatte sich während der ganzen Ansprache nicht um einen Millimeter verändert.

Der Feldwebel bewegte sich wie eine schwere Maschine mit vielen Kugellagern. Als die Tür sich zischend schloß, wandte er sich schwerfällig zu uns um und sagte mit überraschend sanfter Stimme: »Rühren. Setzen Sie sich.« Er selbst setzte sich auf einen Tisch an der Frontseite des Raums. Das Holz ächzte und knarrte, aber es hielt.

»Also, der Hauptmann redet, daß einem Angst wird, und ich sehe zum Fürchten aus, aber wir meinen es beide gut. Sie werden ziemlich eng mit mir zusammenarbeiten, und je schneller Sie sich an mein Gesicht gewöhnen, desto besser. Den Hauptmann werden Sie wahrscheinlich nicht viel zu sehen bekommen, außer im Manöver.«

Er berührte den abgeflachten Teil seines Kopfes. »Was übrigens mein Gehirn angeht, so habe ich es immer noch ziemlich vollständig beisammen, trotz gegenteiliger Anstrengungen des Vietkong. Wir alten Veteranen, die zur UNAS gingen, mußten die gleichen Kriterien erfüllen, die Ihrer Einberufung zur Elitetruppe zugrunde lagen. Ich nehme an, Sie alle sind klug, gesund und zäh — aber vergessen Sie nicht, daß der Hauptmann und ich klug, gesund, zäh und *erfahren* sind.«

Er durchblätterte die Diensttabelle, ohne sie wirklich anzusehen. »Nun, wie der Hauptmann sagte, gibt es unter kriegsmäßigen Verhältnissen, wie sie hier herrschen, nur eine Art von Disziplinarstrafe. Aber normalerweise wird es nicht nötig sein, daß wir Sie wegen Ungehorsams erschießen; Charon wird uns die Mühe ersparen.

Was das Leben hier in den Quartieren betrifft, so ist das eine andere Sache. Es ist uns ziemlich gleich, was Sie drinnen tun. Von uns aus können Sie tagsüber Ärsche befingern und Nächte durch ficken, aber wenn Sie in die Anzüge steigen und ins Freie gehen, erwarten wir von Ihnen eine Disziplin, die einen Zenturionen beschämen würde. Es wird dort draußen Situationen geben, in denen eine dumme oder unbedachte, voreilige Handlung uns alle das Leben kosten könnte.

Wie auch immer, als erstes werden wir Ihnen die Kampfanzüge verpassen. Der Waffenmeister erwartet Sie im Mannschaftsquartier; er wird sich jeden einzeln vornehmen. Folgen Sie mir.«

4

»Ich weiß, daß man Ihnen daheim auf der Erde erzählt hat, wozu ein Kampfanzug gut ist und was man damit machen kann.« Der Waffenmeister war ein kleiner Mann mit einer Stirnglatze, dessen Drillichanzug keine Rangabzeichen trug. Feldwebel Cortez hatte uns geraten, ihn mit ›Sir‹ anzureden, da er ein Leutnant sei.

»Aber ich möchte einige Punkte unterstreichen und anderes hinzufügen, was Ihre Instrukteure auf der Erde aus Zeitgründen übergehen mußten oder nicht wissen konnten. Ihr Feldwebel war so freundlich, sich für Demonstrationszwecke zur Verfügung zu stellen. Feldwebel?«

Cortez schlüpfte aus seinem Drillichanzug und erstieg die kleine Plattform, auf der ein Kampfanzug bereitstand, aufgeklappt wie eine Muschel in Menschengestalt. Er trat rückwärts hinein und steckte die Arme in die steifen Ärmel. Es klickte, und mit einem seufzenden Geräusch klappte der Anzug zu. Er war von hellgrüner Farbe, und auf dem Helm stand in weißen Großbuchstaben der Name CORTEZ.

»Bitte jetzt die Tarnung.« Das Grün verblaßte zu Weiß, verwandelte sich in ein schmutziges Grau. »Dies ist eine gute Tarnfarbe für Charon und die meisten der in Frage kommenden Stützpunktplaneten«, sagte Cortez wie aus einem tiefen Brunnen. »Aber es gibt noch mehrere andere Kombinationen.« Das Grau wurde fleckig und hellte sich zu einer Kombination grüner und brauner Töne auf. »Dschungel«, erläuterte Cortez, und dann, als der Anzug eine ockergelbe Tönung annahm: »Wüste.« Dann kam ein Dunkelbraun, schließlich ein mattes Schwarz. »Nacht oder Weltraum.«

»Ausgezeichnet, Feldwebel. Meines Wissens ist dies die einzige wirklich wichtige Besonderheit, die nach Ihrer Ausbildung vervollkommnet wurde. Die Bedienung befindet sich am linken Handgelenk und ist etwas schwierig zu erreichen. Aber sobald Sie die richtige Kombination gefunden haben, ist sie leicht zu arretieren.

Ich weiß, daß Sie auf der Erde nicht viel Gelegenheit hatten, im Anzug zu trainieren. Damit sollte verhindert werden, daß Sie sich daran gewöhnen, das Ding in einer ungefährlichen Umwelt zu tragen. Der Kampfanzug ist hier draußen die einzige Überlebensgarantie; zugleich aber ist es mit keiner Waffe einfacher, sich durch Unachtsamkeit selbst zu töten. Drehen Sie sich um, Feldwebel.«

Er zeigte auf einen großen, eckigen Höcker zwischen den Schulterblättern. »Durch diese kiemenähnliche Vorrichtung wird der Wärmeüberschuß abgegeben. Wie Sie wissen, versucht der Anzug eine angenehme Temperatur aufrechtzuerhalten, gleichgültig, wie das Wetter draußen ist. Das Material des Anzugs isoliert nahezu vollkommen, soweit das mit den mechanischen Erfordernissen zu vereinbaren ist. Darum werden diese Kiemen ziemlich heiß — sogar sehr heiß, verglichen mit der Außentemperatur —, wenn sie überschüssige Körperwärme abgeben.

Sie brauchen sich bloß gegen einen Block aus gefrorenem Gas zu lehnen; es gibt jede Menge davon. Das Gas wird im Umkreis der Wärmequelle seinen Aggregatzustand ändern, und zwar explosionsartig. In der Praxis wird es so sein, als ob in Ihrem Nacken eine Handgranate explodierte. Sie werden tot sein, ohne etwas zu fühlen.

Bei solchen und ähnlich gelagerten Unfällen sind in den letzten zwei Monaten elf Menschen ums Leben gekommen. Und sie wollten nur ein paar Hütten bauen.

Ich nehme an, Sie wissen, wie leicht die mechanischen Bewegungsverstärker des Anzugs zu Verletzungen oder gar zum Tode führen können. Möchte jemand dem Feldwebel die Hand schütteln?« Er hielt einen Moment inne, dann trat er auf Cortez zu und umfaßte den Handschuh mit der Rechten. »Er hat Übung und Erfahrung. Bis Sie das gleiche von sich sagen können, seien Sie äußerst vorsichtig. Es ist schon vorgekommen, daß jemand sich am Rücken kratzen wollte, und dabei die Wirbelsäule brach. Denken Sie immer daran, daß Sie es mit einer logarithmischen Funktion zu tun haben: Zwei Pfund Druck ergeben fünf Pfund Ausgangsenergie; drei Pfund ergeben zehn; vier Pfund ergeben dreiundzwanzig; fünf Pfund siebenundvierzig. Die meisten von Ihnen können mit der Hand einen Druck von mehr als hundert Pfund ausüben. Entsprechend verstärkt könnten Sie damit theoretisch einen Stahlträger in Stücke reißen. In der Praxis würden Sie natürlich das Material Ihrer Handschuhe zerstören und sehr rasch sterben, zumindest hier auf Charon. Es würde auf einen Wettlauf zwischen Dekompression und Gefrieren hinauslaufen. Überleben würden Sie in keinem Fall.

Gefährlich sind auch die Bewegungsverstärker der Beine, obwohl die Verstärkung dort einen weniger extremen Grad erreicht. Solange Sie nicht wirklich geübt sind, sollten Sie nicht versuchen, mit Ihrem Anzug zu laufen oder zu springen. Sie würden wahrscheinlich stolpern und zu Fall kommen, und auch das kann hier leicht zum Tode führen.

Charons Schwerkraft macht nur Dreiviertel der irdischen Schwerkraft aus, also ist es nicht allzu schlimm. Aber auf einer kleinen Welt wie etwa dem Mond könnten Sie in einem solchen Anzug einen Sprung mit Anlauf tun und erst nach zwanzig Minuten wieder herunterkommen. Bis dahin würden Sie einfach über den Horizont segeln und vielleicht mit zwanzig Metern pro Sekunde gegen eine Bergwand prallen. Auf einem kleinen Asteroiden wäre es kein Problem, mit einem entsprechenden Anlauf die Anziehungskraft zu überwinden und in den interstellaren Raum davonzufliegen. Es ist eine langsame Art zu reisen und zu sterben.

Morgen früh werden wir Ihnen zeigen, wie man in dieser Höllenmaschine am Leben bleibt. Den Rest des Nachmittags und Abends werde ich Ihnen einzeln die Anzüge anpassen. Das wäre alles, Feldwebel.«

Cortez ging zur Tür und drehte am Absperrhahn, der Luft in die Schleuse ließ. Eine Reihe von Infrarotlichtern ging an, um die in die Schleuse einströmende Luft am Gefrieren zu hindern. Als der Druckausgleich hergestellt war, schloß Cortez den Absperrhahn, löste die Türverriegelung und trat hinein, worauf er die Tür von der anderen Seite absperrte. Eine Pumpe summte ungefähr eine Minute lang, dann war die Luftschleuse geleert. Cortez öffnete die äußere Tür und ging hinaus.

Das System war das gleiche, wie wir es auf dem Mond gesehen hatten.

»Der erste ist Omar Almizar. Alle anderen können jetzt in die Quartiere gehen. Ich werde Sie über den Lautsprecher aufrufen.«

»Alphabetische Reihenfolge, Sir?«

»Ja. Ungefähr zehn Minuten pro Person. Wenn Ihr Nachname mit Z beginnt, können Sie sich ruhig aufs Ohr legen.«

5

Die Sonne war ein greller weißer Punkt direkt über uns. Sie war viel heller als ich erwartet hatte; da wir achtzig AEs von ihr entfernt waren, machte ihre Helligkeit nur ein Sechstausendstel des Wertes aus, den sie auf der Erde erreicht. Trotzdem verbreitete sie noch immer soviel Licht wie eine starke Straßenbeleuchtung.

»Das ist erheblich mehr Licht, als Sie auf einem Stützpunktplaneten haben werden«, krachte Hauptmann Stotts Stimme aus unseren Helmlautsprechern. »Seien Sie froh, daß Sie sehen können, wohin Sie treten.«

Wir standen in einer langen Reihe auf dem Permaplaststreifen, der als Gehweg die Wohnquartiere mit dem Warendepot verband. Wir hatten den ganzen Vormittag in der Mannschaftsmesse das Gehen geübt, und dies war nicht anders, sah man von der exotischen Szenerie ab. Obgleich das Licht ziemlich trübe war, konnte man klar bis zum Horizont sehen, der von keiner Atmosphäre verhüllt wurde. Ein schwarzer Klippenrand, der beinahe zu gleichmäßig aussah, um natürlich zu sein, erstreckte sich von Horizont zu Horizont und war an einer Stelle nur etwa einen Kilometer vom Stützpunkt entfernt. Der Boden zu unseren Füßen war schwarz wie Obsidian, gefleckt mit weißem und bläulichem Eis. Neben dem Warenmagazin stand ein großer offener Behälter mit einem Haufen Schnee darin. Die Aufschrift lautete: SAUERSTOFF.

Der Anzug war leidlich bequem, aber er gab einem das komische Gefühl, gleichzeitig Marionette und Puppenspieler zu sein. Man folgt dem Impuls, das rechte oder linke Bein vorwärts zu bewegen, und der Anzug nimmt den Impuls auf und verstärkt ihn und bewegt das Bein für einen.

»Heute werden wir nur auf dem Gelände des Stützpunkts umhergehen, und niemand wird es verlassen.« Der Hauptmann hatte seine Armeepistole nicht bei sich — es sei denn, er trug sie als eine Art Talisman unter dem Anzug —, aber er hatte eine Laserpistole wie jeder von uns. Und seine war vermutlich angeschlossen.

Sorgfältig darauf bedacht, einen Abstand von wenigstens zwei Metern zu unserem Vordermann zu wahren, verließen wir den Permaplaststreifen und folgten dem Hauptmann über glattgeschliffenen Fels. Wir wanderten in langsamen Spiralen um die Gebäude des Stützpunkts, und nach etwa einer Stunde machten wir am Rand des Perimeters halt.

»Nun passen Sie gut auf«, sagte der Hauptmann. »Ich werde zu dieser blauen Eisplatte hinübergehen und Ihnen etwas zeigen, was Sie wissen sollten, wenn Sie am Leben bleiben wollen.« Er marschierte auf die Eisplatte zu, die sich ungefähr zwanzig Meter entfernt ausbreitete. »Zuerst werde ich einen Felsbrocken anwärmen. Filter herunter.« Ich drückte den Knopf unter der rechten Achselhöhle, und der Filter glitt über die Visierscheibe meines Helms. Der Hauptmann zeigte auf einen schwarzen Brocken von der Größe eines Tennisballs und gab ihm einen kurzen Feuerstoß mit dem Laser. Das grell aufblitzende Licht warf einen langen Schatten der monströs vermummten Gestalt auf uns und die steinige Ebene jenseits des Trupps. Der Felsbrocken zersprang in rauchende Splitter.

»Es dauert nicht lange, bis die Dinger abkühlen.« Er bückte sich und hob einen etwa fingerlangen Splitter auf. »Dieser ist wahrscheinlich zwanzig oder fünfundzwanzig Grad warm. Passen Sie auf.« Er warf den Splitter auf die Eisplatte, wo er in verrückten Kapriolen herumsauste und schließlich über die Kante hinausschoß. Der Hauptmann warf einen zweiten Splitter aufs Eis, und das Schauspiel wiederholte sich.

»Wie Sie wissen, sind Sie nicht vollkommen isoliert. Diese Gesteinssplitter hatten ungefähr die Temperatur Ihrer Stiefelsohlen. Wenn Sie versuchen, auf einer Platte gefrorenen Wasserstoffs zu stehen, wird es Ihnen genauso ergehen. Bloß ist das Gestein schon tot.

Der Grund für dieses Verhalten ist, daß der Stein durch seine Wärme eine schlüpfrige Zwischenschicht erzeugt, eine kleine Pfütze aus flüssigem Wasserstoff, und auf einem Kissen aus gasförmigem Wasserstoff einige Moleküle über der Flüssigkeit dahingleitet. Das führt zur Aufhebung jeglichen Reibungswiderstands zwischen dem Stein — oder Ihnen — und dem Eis, und ohne Reibungswiderstand unter den Stiefelsohlen können Sie nicht stehen.

Nachdem Sie einen Monat oder so im Anzug gelebt haben, sollten Sie imstande sein, einen Sturz zu überleben, aber einstweilen wissen Sie einfach noch nicht genug. Passen Sie auf.«

Der Hauptmann reckte die Arme, machte eine kurze Lockerungsübung und sprang auf die Eisplatte. Sofort rutschten die Füße unter ihm weg, aber er warf sich im Fallen gewandt herum und landete auf Händen und Knien. Er glitt von der Platte und stand auf.

»Es kommt darauf an, die Abwärmeöffnungen am Rücken von gefrorenem Gas fernzuhalten. Im Verhältnis zum Eis strahlen sie die Hitze eines Hochofens aus, und jeder Kontakt, der durch ein Gewicht dahinter verstärkt wird, führt zu einer Explosion.«

Nach dieser Vorführung wanderten wir eine weitere Stunde umher und kehrten dann ins Quartier zurück. Nach dem Passieren der Luftschleuse mußten wir eine Weile warten, damit die Anzüge die Innentemperatur annehmen konnten. Jemand kam heran und berührte meine Visierscheibe mit dem Helm.

»William?« Auf ihrem Helm stand mit weißen Buchstaben McCOY.

»Hallo, Sean. Irgendwas Besonderes?«

»Ich überlegte nur, ob du heute nacht schon jemand zum Schlafen haben würdest.«

Ich hatte vergessen, daß es hier keine Schlaftabelle gab. Jeder wählte sich seinen Partner oder seine Partnerin selbst. »Ja, richtig, ich meine, ah, nein ... Nein, ich habe noch niemanden gefragt. Also, wenn du willst ...«

»Gut, William. Dann bis später.«

Ich sah ihr nach und dachte, daß, wenn jemand es fertigbrächte, in einem Kampfanzug verlockend auszusehen, Sean diejenige sein würde. Aber selbst sie konnte es nicht.

Cortez entschied, daß wir warm genug seien, und führte uns zum Umkleideraum, wo wir die Anzüge rückwärts an ihre Plätze manövrierten und an die Auflagekontakte anschlossen. (Jeder Anzug hatte ein kleines Stück Plutonium, das ihn für mehrere Jahre mit der nötigen Energie versorgte, aber wir hatten Anweisung, nach Möglichkeit vorhandene Energieanschlüsse auszunutzen.) Nach langem Geschiebe waren endlich alle angeschlossen und wir durften die Anzüge verlassen — siebenundneunzig nackte Küken, die sich aus hellgrünen Eiern wanden. Es war kalt — die Luft, der Boden und besonders die Anzüge —, und wir drängten ziemlich ungeordnet hinaus zu den Kleiderspinden.

Ich fuhr in Jacke, Hose und Sandalen und fror noch immer erbärmlich. Den anderen erging es genauso, und als wir uns zum Essenempfang anstellten, hüpften alle wie die Besessenen auf und nieder, um warm zu werden.

»Wie k-kalt mag es wohl sein, M-M-andella?« fragte McCoy.

»Ich mag nicht daran denken.« Ich hörte auf, herumzuspringen, und knetete und rieb mir die Oberarme. »Mindestens so kalt wie in Missouri.«

»Warum wird hier nicht richtig geheizt?« Die kleinen Frauen litten immer am meisten unter der Kälte. McCoy war die kleinste in der Kompanie, eine Figur mit Wespentaille, kaum einen Meter sechzig groß.

»Die Klimaanlage ist schon in Betrieb. Kann nicht mehr lange dauern.«

»Ich wünschte, ich wäre so ein Fleischkoloß wie du.«

Ich war froh, daß sie es nicht war.

6

Am dritten Tag, als wir lernten, wie man Deckungslöcher aushebt, gab es den ersten Unfall.

Für einen mit leistungsfähigen Energiewaffen ausgerüsteten Soldaten wäre es unpraktisch, wollte er mit Spitzhacke und Spaten Löcher in den steinhart gefrorenen Boden hacken. Andererseits kann man den ganzen Tag lang Handgranaten werfen und bekommt nichts als flache Vertiefungen, die als Deckungslöcher ungeeignet sind. So lernten wir, wie man mit der Laserpistole ein Loch in den Boden bohrt, nach dem Abkühlen eine Zeitzünderladung hineinsteckt und das Loch im Idealfall mit losem Geröll auffüllt. Natürlich gibt es auf Charon nicht allzuviel loses Geröll, es sei denn, man hat in der Nähe bereits ein Loch gesprengt.

Die einzige Schwierigkeit bei der Prozedur besteht darin, sich rechtzeitig davonzumachen. Um in Sicherheit zu sein, sagte man uns, müßten wir entweder hinter einem soliden Felsblock oder etwas Ähnlichem in Deckung gehen oder mindestens hundert Meter zwischen uns und den Sprengsatz bringen. Nach Anbringen der Ladung bleiben einem ungefähr drei Minuten, aber man kann nicht einfach wegrennen. Nicht auf Charon.

Der Unfall ereignete sich, als wir ein tiefes Loch machten, wie man es zur Anlage eines größeren unterirdischen Bunkers benötigt. Zu diesem Zweck mußten wir ein Loch sprengen, dann in den Krater hinabklettern und das Verfahren mehrmals wiederholen, bis das Loch tief und breit genug war. Im Inneren des Kraters verwendeten wir Sprengsätze mit fünf Minuten Verzögerung, doch schien auch diese Zeit kaum ausreichend; mit dem Anzug mußte man sich sehr vorsichtig und entsprechend langsam zum Kraterrand emporarbeiten.

Die meisten hatten ihr doppelt vertieftes Loch gesprengt; alle bis auf mich und drei andere. Ich glaube, wir waren die einzigen, die wirklich aufpaßten, als Bowanowitsch in Schwierigkeiten kam. Wir waren gute zweihundert Meter von der Stelle entfernt, und mit Hilfe des Nachtsichtgeräts konnte ich deutlich sehen, wie sie über den Rand in den Sprengkrater hinabkletterte. Danach konnte ich ihren Funksprechverkehr mit Cortez abhören.

»Ich bin unten, Sir.« Bei Manövern wie diesem war für den Rest der Kompanie Funkstille vorgeschrieben; nur der Ausbilder und sein jeweiliger Schützling durften senden.

»Gut, gehen Sie in die Mitte und räumen Sie das Geröll fort. Lassen Sie sich Zeit. Kein Grund zur Eile, solange die Zünduhr nicht läuft.«

»In Ordnung, Sir.« Wir hörten das Gerassel von Geröll. Sie blieb mehrere Minuten still.

»Ich habe festen Boden gefunden.« Sie schien ein wenig außer Atem.

»Eis oder Fels?«

»Alles Fels, Sir. Von der grünlichen Sorte.«

»Dann stellen Sie den Laser auf schwache Leistung ein. Eins, zwei, Dispersion vier.«

»Aber dann wird es ewig dauern, Sir!«

»Ja, aber in diesem Gestein sind kristallisierte Wasserverbindungen enthalten. Erhitzt man es zu schnell, kann es zu explosionsartigen Entladungen kommen. Dann müßten wir Sie dort liegen lassen, Mädchen. Tot und blutig.«

»Also gut, eins, zwei, Dispersion vier.« Am Innenrand des Kraters wurden rot flackernde Reflexe von Laserlicht sichtbar.

»Wenn Sie einen halben Meter tief gekommen sind, gehen Sie auf Dispersion zwei.«

»Verstanden.« Sie brauchte genau siebzehn Minuten, um das Loch zu bohren, und ich konnte mir gut vorstellen, wie sie der ermüdete rechte Arm schmerzen mußte.

»Jetzt ruhen Sie ein paar Minuten aus. Wenn der Grund des Bohrlochs nicht mehr glüht, zünden Sie den Sprengsatz und lassen ihn hineinfallen. Darauf verlassen Sie den Krater, aber ohne unnötige Hast, verstanden? Sie haben reichlich Zeit.«

»In Ordnung, Sir. Werde mir Zeit lassen.« Ihre Stimme klang nervös. Nun, auch wenn man es öfters gemacht hat, bleibt es ein komisches Gefühl, sich von einem eben gezündeten Sprengsatz fortzustehlen. Wir hörten ihr angestrengtes Atmen.

»Es geht los.« Ein leises metallisches Klappern, dann ein kratzendes Geräusch, als die Bombe ins Bohrloch rutschte.

»Jetzt mit Ruhe und Überlegung. Sie haben fünf Minuten Zeit.«

»J-ja. Fünf Minuten.« Ich hörte ihre Schritte im Geröll des Kraters, zuerst langsam und gleichmäßig, doch als sie den Kraterhang erkletterte, wurden die Bewegungen hastiger, und Geröll kollerte unter ihren Tritten. Die Nervosität war unverkennbar. Dabei hatte sie noch vier Minuten...

»Scheiße!« Ein lautes Scharren, dann dumpfe Stöße und Gepolter. »Verdammter Mist!«

»Was ist los, Bowanowitsch?«

»Oh, Scheiße.« Stille. »Scheiße!«

»Verdammt noch mal, wenn Sie nicht erschossen werden wollen, sagen Sie mir, was los ist!«

»Ich ... Scheiße, ich sitze fest. Das verdammte Geröll ist abgerutscht ... Tun Sie was! Ich kann hier nicht raus! Ich kann mich nicht bewegen, ich ...«

»Maul halten! Wie tief?«

»Verdammte Scheiße, ich kann die Beine nicht bewegen. Helfen Sie mir ...«

»Dann gebrauchen Sie Ihre Arme, zum Teufel! Stemmen Sie sich hoch! Sie können mit jeder Hand eine Tonne bewegen.«

Es blieben noch drei Minuten.

Die schrillen Töne machten unverständlichem Gemurmel und angestrengtem Keuchen Platz. Man hörte Felsbrocken kollern.

»Ich bin frei.« Zwei Minuten.

»Gehen Sie, so schnell Sie können«, sagte Cortez' klare, nüchterne Stimme.

Als noch neunzig Sekunden fehlten, kam sie über den Kraterrand gekrochen. »Laufen Sie, Mädchen«, sagte Cortez. »Los, Beeilung!«

Sie rannte fünf oder sechs Schritte und fiel, rutschte ein paar Meter weit und kam wieder auf die Füße, rannte weiter; fiel ein zweites Mal, kam wieder hoch...

Es sah aus, als ob sie ziemlich schnell vorankäme, doch hatte sie erst ungefähr dreißig Meter hinter sich gebracht, als Cortez sagte: »Schluß jetzt, Bowanowitsch, legen Sie sich auf den Bauch und verhalten Sie sich ruhig.«

Noch zehn Sekunden, aber sie hörte nicht oder wollte noch ein paar zusätzliche Meter zwischen sich und den Krater bringen und rannte mit langen Sätzen weiter, ohne noch länger darauf zu achten, wohin sie trat. Dann gab es einen Blitz und ein dumpfes Krachen, eine Masse von Felstrümmern, Staub und Geröllbrocken eruptierte aus dem Krater, und etwas Großes traf ihre Nackenpartie. Ihr geköpfter Körper segelte sich überschlagend und immer wieder vom Boden abprallend weiter, eine schwärzlichrote Spirale aus augenblicklich gefrierendem Blut nachziehend, die anmutig zu Boden sank, eine dunkle, kristallene Spur, die niemand betrat, als wir Steinbrocken sammelten, um das saftlose Ding am Ende der Fährte zu bedecken.

An diesem Abend ließ Cortez den Unterricht ausfallen, erschien nicht einmal zum Essen. Wir waren alle sehr höflich zueinander, und niemand mochte von dem Vorfall sprechen.

Ich schlief mit Rogers — jeder schlief mit einer guten Freundin —, aber sie wollte nichts als weinen, und sie weinte so lange und so bitterlich, daß ich schließlich auch anfing.

»Gruppe A — vorwärts!« Wir zwölf sprangen auf und gingen in unregelmäßiger Schützenlinie gegen den Bunker vor. Er war ungefähr einen Kilometer entfernt, jenseits einer sorgfältig präparierten Hindernisbahn. Wir konnten uns ziemlich schnell bewegen, weil alles Eis entfernt worden war, aber selbst nach zehntägiger Erfahrung brachten wir nicht mehr als ein Trotten zustande, ohne beim erstbesten Hindernis aus dem Gleichgewicht zu geraten.

Ich trug einen Granatwerfer mit Übungsgranaten, und jeder hatte seine Laserpistole bei Dispersion eins auf Nullkommaacht eingestellt, was für unsere Begriffe kaum über die Intensität einer Taschenlampe hinausging. Aber es war nur ein Übungsangriff — der Bunker und seine elektronisch gesteuerten Verteidigungsanlagen waren zu teuer, um nach einmaligem Gebrauch weggeworfen zu werden.

»Gruppe B, vorwärts marsch! Die Gruppenführer übernehmen das Kommando.«

Wir näherten uns einer Ansammlung von Felsblöcken, die auf halbem Weg zum Bunker willkommene Deckung boten. Potter, meine Gruppenführerin, sagte: »Wir gehen in Deckung und warten, bis die anderen nachgekommen sind.« Wir kauerten hinter den Blöcken nieder und warteten auf die Gruppe B.

In ihren geschwärzten Anzügen kaum sichtbar, trotteten die zwölf Männer und Frauen an uns vorbei. Sie schwenkten im Schutz der Blöcke nach links und kamen außer Sicht.

»Feuer!« Rote Lichtkreise tanzten einen halben Kilometer voraus, wo der Bunker mehr zu ahnen als zu sehen war. Fünfhundert Meter entsprachen der maximalen Reichweite des Granatwerfers, aber mit etwas Glück mußte es gehen, also brachte ich ihn in Position, stellte einen Winkel von fünfundvierzig Grad ein und feuerte eine Salve von drei Übungsgranaten ab.

Das Abwehrfeuer aus dem Bunker setzte ein, ehe meine Granaten einschlugen. Die elektronisch gesteuerten Laserkanonen waren nicht stärker als unsere Waffen, aber ein Volltreffer konnte das Nachtsichtgerät deaktivieren, so daß man blind im Dunkeln sitzenblieb. Die Laserstrahlen zuckten scheinbar willkürlich hierhin und dorthin und kamen nicht einmal in die Nähe der Blöcke, hinter denen wir uns verbargen.

Drei Magnesiumblitze eruptierten vielleicht dreißig Meter vor dem Bunker aus der Dunkelheit. Die Rauchentwicklung war eindrucksvoll. »Mandella! Ich dachte, du könntest mit dem Ding umgehen.«

»Verdammt noch mal, Potter — es hat bloß einen halben Kilometer Reichweite! Sobald wir näher kommen, werde ich die Eier genau auf das Dach legen, jedesmal.«

»Das möchte ich erleben!«

Ich sagte nichts. Sie würde nicht immer Gruppenführerin bleiben. Außerdem war sie kein schlechtes Mädchen gewesen, bevor ihr die Macht zu Kopf gestiegen war.

Da der Grenadier stellvertretender Gruppenführer ist, war ich in Potters Funksprechverkehr eingeschaltet und konnte hören, wie der Gruppenführer B zu ihr sprach.

»Potter, hier Freeman. Verluste?«

»Potter hier — nein, sieht so aus, als ob sie sich auf euch konzentrierten.«

»Ja, wir haben drei verloren. Im Moment sitzen wir in einer Mulde, ungefähr achtzig, hundert Meter von euch entfernt. Wir können Feuerschutz geben, wenn ihr soweit seid.«

»Gut, dann gehen wir weiter.« Ein leises Knacken, dann sagte sie zu uns: »Gruppe A fertig zum Abmarsch. Mir nach!« Sie schlüpfte hinter ihrem Felsblock hervor und schaltete das blaßrosa Orientierungslicht unter ihrem Traggestell ein. Ich folgte ihrem Beispiel und kam an ihre Seite, und der Rest der Gruppe folgte uns in Keilformation. Niemand von uns feuerte, während die B-Gruppe den Bunker eindeckte.

Ich hörte Potters Atmen und das leise Knirschen meiner Stiefel. Die Sicht war schlecht, also stieß ich den Regler des Nachtsichtgeräts mit der Zunge eine Stufe weiter. Das führte zu einem etwas verschwommenen, aber hinlänglich hellen Bild. Wie es schien, hielt der Bunker die andere Gruppe ziemlich wirksam nieder; die Leute wurden in ihrer Mulde hübsch geröstet. Sie erwiderten das Feuer nur mit ihren Laserpistolen; offenbar hatten sie ihren Grenadier verloren.

»Potter, hier Mandella. Sollten wir der B-Gruppe nicht etwas von der Last abnehmen?«

»Sobald ich eine gute Deckung für uns gefunden habe. Ist Ihnen das recht, Schütze Mandella?« Sie war für die Dauer der Übung zum Unteroffizier ernannt worden.

Wir bogen nach rechts ab und gingen hinter einer Steinplatte in Deckung. Die meisten der anderen fanden in der Nähe Deckungsmöglichkeiten, aber ein paar mußten sich flach auf den Boden legen.

»Freeman, hier ist Potter.«

»Potter, hier Smithy. Freeman ist aus; Samuels ebenfalls. Wir sind nur noch fünf Mann. Gebt uns Feuerschutz, damit wir hier rauskönnen.«

»In Ordnung, Smithy. Gruppe A, Feuer frei. Freemans Leuten geht's schlecht.«

Ich spähte über die Felskante. Mein Entfernungsmesser sagte mir, daß der Bunker ungefähr dreihundertfünfzig Meter voraus lag, noch immer ziemlich weit. Ich zielte ein wenig höher als zuvor und feuerte drei Übungsgranaten ab, dann visierte ich einige Grade tiefer und ließ eine zweite Salve folgen. Die erste ging einige zwanzig Meter hinter dem Bunker nieder, aber die zweite lag unmittelbar davor. Ich behielt den Winkel bei und feuerte die restlichen fünfzehn Granaten ab.

Ich hätte sofort hinter dem Felsblock in Deckung gehen und das Magazin wechseln sollen, aber ich wollte sehen, wie meine Salven lagen, und so beobachtete ich den Bunker, während ich hinter mich langte, um das leere Magazin herauszuziehen...

Als der Laserstrahl mein Nachtsichtgerät traf, war die Blendung so stark, daß grellrote Strahlen meine Augen zu durchbohren und von der Innenwand meiner Schädeldecke abzuprallen schienen. Es konnte nur ein paar Millisekunden gedauert haben, ehe das Nachtsichtgerät überlud und ausfiel, aber noch mehrere Minuten lang tanzten mir leuchtendgrüne Kreise und Spiralen vor den Augen.

Da ich offiziell ›tot‹ war, wurde mein Funksprechgerät abgeschaltet, und ich mußte bleiben, wo ich war, bis das Scheingefecht vorüber war. Ohne andere Sinneswahrnehmungen als das Gefühl des Anzugs auf meiner Haut, die feurigen Kreise vor den Augen und das Summen in den Ohren, wurde mir die Zeit lang. Endlich stieß mich jemand an.

»Alles in Ordnung, Mandella?« sagte Potters Stimme.

»Tut mir leid, ich starb vor zwanzig Minuten an Langeweile.«

»Steh auf und gib mir die Hand.« Ich tat es, und wir schlurften zurück zum Quartier. Es mußte länger als eine Stunde gedauert haben. Unterwegs sagte sie nichts mehr, denn ohne Funksprechgerät muß man sehr laut schreien, um sich durch die Visierscheiben zweier Isolierhelme verständlich zu machen, aber nachdem wir durch die Luftschleuse gegangen waren und uns aufgewärmt hatten, half sie mir aus dem Anzug. Ich machte mich auf weitere Abfälligkeiten und spitze Bemerkungen gefaßt, aber als ich aus dem Anzug stieg und in das ungewohnte Licht blinzelte, faßte sie mich um den Hals und plazierte einen schmatzenden Kuß auf meinen Mund.

»Saubere Arbeit, Mandella.«

»Was?«

»Hast du nicht gesehen? Ach, natürlich nicht ... Die letzte Salve, bevor du abgeschossen wurdest — vier Volltreffer. Der Computer entschied, daß der Bunker erledigt sei, und der Rest des Weges war für uns nur noch ein Spaziergang.«

»Großartig.« Ich rieb mir die Augen, und Hautfetzen lösten sich von Lidern, Wangen und Nase. Es schmerzte höllisch. Potter kicherte.

»Du solltest dich sehen! Du siehst aus wie ...«

»Alles Personal zur Manöverkritik in die Mannschaftsmesse.« Das war die Stimme des Hauptmanns. Wenn er sich direkt an uns wandte, hatte es gewöhnlich nicht Gutes zu bedeuten.

Potter reichte mir meine Uniformjacke, und ich fuhr hastig hinein. »Los, gehen wir.« Die Mannschaftsmesse lag am anderen Ende des Korridors. Neben dem Eingang gab es mehrere Reihen Druckknöpfe mit Namensschildern, und ich drückte meinen Knopf, um die Anwesenheitsliste zu vervollständigen. Vier Namen waren mit schwarzem Klebeband bedeckt. Das war gut, nur vier. Während des heutigen Manövers hatten wir also niemand verloren.

Der Hauptmann saß auf der Estrade, was bedeutete, daß wir wenigstens nicht strammzustehen brauchten. In weniger als einer Minute war der Raum voll; ein leiser Glockenton verkündete, daß die Anwesenheitsliste komplett sei.

Hauptmann Stott blieb sitzen und sagte, als Ruhe eingekehrt war: »Sie haben Ihre Sache heute leidlich gut gemacht. Keine Verluste, und ich hatte mit einigen gerechnet. In dieser Hinsicht haben Sie meine Erwartungen übertroffen, aber in jeder anderen Hinsicht ließ Ihre Leistung zu wünschen übrig.

Es freut mich, daß Sie sich vorsichtig verhalten, denn jeder von Ihnen stellt eine Investition von mehr als einer Million Dollar und dem vierten Teil eines Menschenlebens dar.

Aber in diesem Scheingefecht gegen einen sehr einfältigen elektronischen Gegner brachten siebenunddreißig von Ihnen das Kunststück fertig, ins Laserfeuer zu laufen und sich töten zu lassen, und nachdem Tote nichts zu essen brauchen, werden auch Sie für die nächsten drei Tage ohne Essen auskommen. Jeder, der in diesem Gefecht als getötet registriert wurde, wird während dieser Zeit täglich zwei Liter Wasser und eine Vitaminration erhalten, sonst nichts.«

Wir waren nicht so dumm, zu ächzen oder sonstwie aufzumucken, aber es gab ziemlich verdrießliche Mienen, besonders in jenen Gesichtern, die versengte Augenbrauen und ein rosa Rechteck verbrannter Gesichtshaut um die Augen hatten.

»Mandella.«

Ich sprang auf und nahm Haltung an. »Sir?«

»Sie sind bei weitem am schlimmsten verbrannt. War Ihr Nachtsichtgerät auf normal eingestellt?«

Ach du Scheiße! »Nein, Sir. Auf zwei.«

»Verstehe. Wer führte Ihre Gruppe während des Manövers?«

»Stellvertretender Unteroffizier Potter, Sir.«

»Schütze Potter, gaben Sie ihm Befehl, mit Helligkeitsverstärkung zu arbeiten?«

»Ich ... ich kann mich nicht erinnern, Sir.«

»Sie können sich nicht erinnern. Nun, als Gedächtnisübung dürfen Sie sich den Toten anschließen. Ist das zufriedenstellend?«

»Jawohl, Sir.«

»Gut. Die Manövertoten erhalten heute abend eine letzte Mahlzeit und tun ab morgen früh ohne Rationen Dienst. Noch irgendwelche Fragen?« Ich konnte es nicht glauben; es mußte ein Scherz gewesen sein. »Also keine weiteren Fragen. In Ordnung. Weggetreten.«

Als es Essenszeit war, wählte ich diejenige Mahlzeit, die nach den meisten Kalorien aussah, und trug mein Tablett zu dem Tisch, wo Potter saß.

»Das war eine verdammte Donquichotterie von dir«, sagte ich zu ihr. »Aber danke.«

»Keine Ursache. Ich wollte sowieso ein paar Pfunde verlieren.« Ich konnte nicht ausmachen, wo sie etwas abzunehmen hatte.

»Ich weiß da eine bessere Übung«, sagte ich. Sie lächelte, ohne von ihrer Mahlzeit aufzusehen. »Hast du schon jemand für heute nacht?«

»Ich dachte, ich würde Jeff fragen...«

»Dann mußt du dich beeilen. Er ist scharf auf Maejima.« Das war zwar erfunden, aber sicherlich zum größten Teil wahr. Jeder war scharf auf Maejima.

»Ich weiß nicht. Vielleicht sollten wir unsere Kräfte schonen. Drei Tage ohne Essen sind kein Kinderspiel...«

»Komm schon.« Ich kratzte ihr den Handrücken mit dem Fingernagel. »Wir haben seit Missouri nicht miteinander geschlafen. Vielleicht habe ich was Neues gelernt.«

»So, meinst du?« Sie blickte mich von der Seite an. »Also gut.«

Tatsächlich war sie diejenige mit dem neuen Trick. Sie nannte es ›den französischen Korkenzieher‹, wollte mir aber nicht sagen, von wem sie ihn hatte. Ich wollte dem Betreffenden gern die Hand drücken, wenn ich wieder zu Kräften gekommen war.

8

Die zwei Wochen Ausbildung im und um den Stützpunkt Miami kosteten uns schließlich elf Menschenleben. Zwölf, wenn man Dahlquist mitzählt. Den Rest des Lebens ohne Beine und mit nur einem Arm verbringen zu müssen, kommt dem Tod schon sehr nahe.

Foster wurde von einer Steinlawine zerschmettert, und Freeland hatte einen Defekt im Anzug, so daß er steinhart gefror, bevor wir ihn hineintragen konnten. Die meisten anderen Todesopfer waren Leute, die ich nicht so gut kannte, aber sie alle schmerzten. Und die Todesfälle schienen uns eher ängstlicher statt vorsichtiger zu machen.

Nun ging es hinüber zur Nachtseite. Eine kleine Maschine brachte uns in Gruppen von zwanzig Mann an den Bestimmungsort, wo man uns neben einem Stapel Baumaterial absetzte. Diesen Stapel hatte man rücksichtsvoll in einen Teich aus flüssigem Helium gesetzt.

Wir improvisierten Enterhaken, um das Zeug aus dem Teich zu ziehen. Es war nicht sicher, hineinzusteigen, weil das Zeug einen bald über und über bedeckte und weil wir nicht wissen konnten, was unter dem Helium war; man könnte auf eine Platte gefrorenen Wasserstoffs geraten und wäre verloren.

Ich hatte vorgeschlagen, daß wir den Teich mit unseren Laserpistolen zum Verdampfen bringen sollten, doch führten zehn Minuten konzentrierten Feuers zu keiner merklichen Senkung des Heliumspiegels.

Lichter durften wir nicht gebrauchen, um ›Entdeckung zu vermeiden‹, aber es gab ausreichend Sternenlicht, das unsere Nachtsichtgeräte verstärken konnte, wenngleich höhere Verstärkungsgrade einen Verlust an Schärfe mit sich brachten. Bei Stufe vier sah die Landschaft wie derb gespachtelte Monochrommalerei aus, und man konnte die Namen auf den Helmen nur lesen, wenn die Träger direkt vor einem standen.

Die Landschaft war jedoch nicht allzu interessant. Es gab ein halbes Dutzend Meteoritenkrater mittlerer Größe (alle mit einem genau gleichen Pegelstand von flüssigem Helium) und am Horizont die Andeutung niedriger Hügel. Der unebene Grund hatte die Beschaffenheit gefrorener Spinnweben; bei jedem Schritt sanken die Stiefel mit knirschendem Geräusch einen bis zwei Zentimeter ein. Es konnte einem an die Nerven gehen.

Wir brauchten beinahe den ganzen Tag, um alles Baumaterial aus dem Teich zu ziehen. Da nicht alle zugleich arbeiten konnten, ohne einander auf die Füße zu treten, bildeten wir zwei Trupps, die abwechselnd arbeiteten und ausruhten. Viele nutzten die Ruheperioden zu einem Schlummer, dem man sich entweder stehend, oder auf dem Bauch liegend hingeben konnte. Mir behagte keine dieser Positionen, und so tat ich mein Bestes, um den Bau des Bunkers voranzutreiben.

Wir konnten das Ding nicht unterirdisch bauen, weil wir befürchten mußten, daß es sich mit flüssigem Helium füllen würde, darum legten wir als erstes ein isolierendes Fundament aus drei Lagen Permaplast mit Vakuum-Zwischenschichten.

Ich war für die Dauer des Unternehmens zum Unteroffizier ernannt worden und befehligte eine Gruppe von zehn Leuten. Wir trugen die Permaplastlagen zum Bauplatz — zwei Mann können mit Leichtigkeit eine Lage tragen —, als einer meiner Leute ausglitt und auf den Rücken fiel.

»Verdammt, Singer, paß gefälligst auf!« Solche Versehen hatten der Kompanie bereits einige Todesfälle eingetragen.

»Tut mir leid, ich bin ziemlich müde. Brachte die Füße durcheinander.«

»Ja, schon gut, aber paß besser auf!«

Er kam ohne fremde Hilfe auf die Füße, hob seine Last auf und trug sie zusammen mit seinem Partner weiter.

Von da an behielt ich Singer im Auge. Als sie wenige Minuten später die nächste Lage holten, wankte er, was in einem kybernetisch gesteuerten Anzug nicht ganz einfach ist.

»Singer! Nachdem du diese Last abgesetzt hast, möchte ich mit dir reden!«

»In Ordnung.« Er mühte sich durch seine Arbeit und kam herübergeschlurft.

»Laß mich mal deine Ablesung sehen«, sagte ich und öffnete seine Brustklappe, um den medizinischen Monitor freizulegen. Seine Körpertemperatur war erhöht, das gleiche galt für Blutdruck und Herzrhythmus. Aber die rote Gefahrenlinie wurde in keinem Fall erreicht.

»Bist du krank oder was?«

»Zum Teufel, Mandella, mir fehlt nichts, ich bin bloß müde. Und seit dem Sturz ein bißchen schwindlig.«

Mit dem Kinn schaltete ich das Funksprechgerät auf die Frequenz, die unserem Arzt und seinen Sanitätern vorbehalten war. »Doktor, hier Mandella. Können Sie einen Augenblick herüberkommen?«

»Klar, aber wo sind Sie?« Ich winkte, und er kam von der anderen Seite des Teichs herüber. Ich zeigte ihm Singers Ablesung.

Er wußte, was alle die anderen kleinen Skalen und Zahlen bedeuteten, also dauerte es eine Weile, bis er die Überprüfung abgeschlossen hatte. »Soweit ich es beurteilen kann, Mandella, hat er bloß erhöhte Temperatur.«

»Na, das hätte ich Ihnen gleich sagen können«, sagte Singer.

Der Arzt sah mich an. »Vielleicht sollten Sie seinen Anzug lieber vom Waffenmeister durchsehen lassen«, meinte er. Wir hatten zwei Leute, die einen Blitzkurs in der Wartung und Instandhaltung von Kampfanzügen gemacht hatten; sie waren unsere ›Waffenmeister‹.

Ich rief Sanchez und bat ihn, mit seiner Werkzeugtasche herüberzukommen.

»Dauert noch ein paar Minuten, Mandella. Ich habe was zu tragen.«

»Nun, dann laß es liegen und mach voran.« Ein unbehagliches Gefühl kam in mir hoch. Während wir auf Sanchez warteten, besahen wir uns Singers Anzug.

»Aha«, sagte Doc Jones. »Sehen Sie sich das an.« Ich ging zur Rückseite und schaute, wohin er zeigte. Zwei Kühlrippen des Wärmeaustauschers waren verbogen.

»Was ist los?« fragte Singer.

»Du bist auf deinen Wärmeaustauscher gefallen.«

»Richtig, das muß es sein. Anscheinend arbeitet er nicht richtig.«

»Ich fürchte, er arbeitet überhaupt nicht«, sagte Doc Jones.

Sanchez kam mit seinem Werkzeug, und wir erzählten ihm, was geschehen war. Er untersuchte den Wärmeaustauscher, dann klemmte er ein paar Kontakte daran fest und bekam eine Ablesung von einem kleinen Kontrollgerät in seiner Ausrüstung. Ich wußte nicht, was damit gemessen wurde, aber das Ergebnis erbrachte bis zur achten Dezimalstelle lauter Nullen.

Dann hörte ich ein leises Knacken, als Sanchez meine Privatfrequenz einschaltete. »Unteroffizier, der Bursche ist ein toter Mann.«

»Was? Kannst du das verdammte Ding nicht in Ordnung bringen?«

»Vielleicht ... vielleicht könnte ich, wenn ich es auseinandernehmen könnte. Aber wie sollte das geschehen?«

»He, Sanchez!« sagte Singer auf der allgemeinen Frequenz. »Hast du schon rausgekriegt, was fehlt?« Er schnaufte, entweder vor Angst oder vor Hitze.

Klick. »Nun mach nicht gleich in die Hose, Mann, wir arbeiten daran.« Klick. »Er wird es nicht mehr lange machen. Jedenfalls nicht so lange, bis wir den Bunker fertig und klimatisiert haben. Und ich kann von der Außenseite des Anzugs nicht am Wärmeaustauscher arbeiten.«

»Du hast doch einen Ersatzanzug, oder?«

»Sogar zwei, von dem Typ, der jedem paßt. Aber wo soll das mit dem Umziehen vor sich gehen? Oder meinst du ...«

»Richtig. Geh einen von den Anzügen aufwärmen.« Ich schaltete auf die allgemeine Frequenz zurück. »Paß auf, Singer, wir müssen dich aus dem Anzug herausholen. Sanchez hat einen in Reserve, aber um den Austausch zu bewerkstelligen, werden wir ein Gehäuse um dich bauen müssen. Verstehst du?«

Er nickte in seinem Helm.

»Hör zu, wir werden einen Kasten um dich machen und ihn mit Sauerstoffgerät und Klimaanlage verbinden. Auf diese Weise kannst du atmen, während du den Umtausch vornimmst.«

»Hört sich ziemlich ... kompli ... kompliziert an.«

»Das ist halb so schlimm, wenn du richtig mitspielst. Wir bleiben in Kontakt.«

»Ich bin gleich wieder in Ordnung, Mann, laß mich bloß ... ein bißchen ausruhen ...«

Ich nahm ihn am Arm und führte ihn zur Baustelle. Er konnte sich kaum noch auf den Beinen halten und schwankte wie betrunken.

Doc Jones stützte ihn auf der anderen Seite, und gemeinsam bewahrten wir ihn vor dem Fallen.

»Unteroffizier Ho, hier Mandella.« Ho war für die Sauerstoff- und Klimageräte zuständig.

»Verschwinde, Mandella, ich habe zu tun.«

»Du wirst noch mehr zu tun kriegen.« Ohne ihre Antwort abzuwarten, umriß ich mit wenigen Worten das Problem.

Während ihre Arbeitsgruppe sich beeilte, die nötigen Geräte herbeizuschaffen, brachten meine Leute sechs Platten Permaplast, damit wir einen Kasten um Singer und den Ersatzanzug bauen konnten. Durch die Größe der vorhandenen Platten bedingt, sah das Ding wie ein riesiger Sarg aus, sechs Meter lang, zwei Meter hoch und zwei Meter breit.

Wir stellten den Anzug auf die Platte, die als Boden dienen würde, und ich sagte: »Also, Singer, du weißt Bescheid. Wenn wir über Funk das Zeichen geben, kannst du aussteigen und in den anderen Anzug...«

Ich sah, daß er nicht reagierte, und verstummte. »Singer!« Er stand da und rührte sich nicht. Doc Jones überprüfte die Ablesungen.

»Er ist weg, Mann! Bewußtlos!«

Meine Gedanken rasten. Im Kasten mußte genug Platz für eine zweite Person sein. Ich nickte Doc Jones zu, und wir nahmen Singer bei den Schultern und Beinen und legten ihn vorsichtig dem leeren Anzug zu Füßen auf die Platte. Darauf legte ich mich selbst nieder, über dem Anzug.

»In Ordnung. Ihr könnt dichtmachen.«

»Hör zu, Mandella, wenn jemand da hineinsteigt, sollte ich es sein.«

»Unsinn, Doc. Der Mann gehört zu meiner Gruppe. Es ist mein Job.« Es klang irgendwie verkehrt. William Mandella, der jugendliche Held.

Sie stellten eine zweite Platte auf die Kante der ersten — sie hatte zwei Öffnungen für Beheizung und Sauerstoffzufuhr —, und begannen sie mit einem feinen Laserstrahl an die Bodenplatte zu schweißen. Auf Erden hätten sie einfach einen Spezialkleber verwendet, aber hier war Helium die einzige Flüssigkeit, und Helium hat viele interessante Eigenschaften, aber nicht die eines Klebstoffs.

Nach etwa zehn Minuten waren wir völlig abgedichtet. Ich hörte das Summen und Brausen der Klimaanlage und schaltete zum erstenmal nach der Landung auf der Nachtseite die Stirnlampe an meinem Helm ein. Die plötzliche Lichtflut ließ mir purpurne Flecken vor den Augen tanzen.

»Mandella, hier spricht Ho. Bleib zwei oder drei Minuten im Anzug. Wir blasen Warmluft hinein, aber bei den Entlüftungsschlitzen kommt sie fast flüssig heraus.«

Ich wartete, und allmählich lösten sich die purpurnen Flecken auf.

»Gut. Es ist immer noch kalt, aber du kannst jetzt aussteigen.«

Ich öffnete meinen Anzug. Er ließ sich nicht ganz aufklappen, aber ich hatte nicht allzuviel Mühe, herauszukriechen. Das Material war noch immer so kalt, daß Haut von Fingern und Hinterteil daran haften blieb, als ich mich herauswand.

Ich mußte mit den Füßen voran durch den Sarg kriechen, um zu Singer zu gelangen. Da ich mich von meiner Lichtquelle entfernte, wurde es rasch dunkler. Als ich seinen Anzug öffnete, schlug mir heißer Gestank entgegen. Im trüben Lichtschein sah ich, daß seine Haut dunkelrot und fleckig war. Er atmete sehr schwach, und ich konnte sein Herz pochen sehen.

Zuerst hakte ich die Entleerungsschläuche aus — ein unangenehmes Geschäft —, dann die Bio-Sensoren; und dann stand ich vor dem Problem, seine Arme aus den Ärmeln zu ziehen.

Macht man es selbst, ist es ziemlich einfach. Man wendet sich hin und her, und der Arm kommt frei. Die Arme eines Bewußtlosen von außen frei zu bekommen, war eine andere Sache: Ich mußte Singer den Arm nach hinten drehen und dann darunter greifen und den schweren Ärmel des Anzugs entsprechend bewegen. Es kostet Muskelkraft, einen Anzug von außen zu bewegen.

Sobald ich einen Arm draußen hatte, ging es leichter. Ich krabbelte einfach weiter, bis die Füße auf den Schultern des

Anzugs standen, und zog an seinem freien Arm. Er glitt aus dem Anzug wie eine Auster aus ihrer Schale.

Ich öffnete den Ersatzanzug, und nach viel Ziehen und Schieben gelang es mir, seine Beine hineinzubekommen. Ich hakte Bio-Sensoren und den vorderen Entleerungsschlauch ein und überließ es ihm, nach dem Erwachen den hinteren Schlauch selbst anzubringen. Es ist zu kompliziert. Zum soundsovielten Male war ich froh, keine Frau zu sein; sie brauchen zwei von diesen verdammten Klempnerkonstruktionen, während ich mit einer und einem einfachen Schlauch auskam.

Ich ließ seine Arme aus den Ärmeln. Der Anzug war für Arbeit irgendwelcher Art sowieso nicht zu gebrauchen; um mehr als ein notdürftiges Gehäuse für den Körper zu sein, hätte er Singer individuell angepaßt werden müssen.

Seine Augenlider flatterten. »Was ... wo zum Teufel ...«

Ich erklärte ihm langsam und ruhig, was geschehen war, und er schien das meiste zu verstehen. »Jetzt werde ich deinen Anzug schließen und in meinen eigenen klettern. Sobald die anderen den Deckel vom Kasten bringen, werde ich dich rausziehen. Kapiert?«

Er nickte. Ich nickte aufmunternd zurück, ließ seinen Anzug zuklappen und kroch zurück in meinen eigenen. Nachdem ich die Installationen befestigt und zugemacht hatte, schaltete ich die allgemeine Frequenz ein und sagte: »Doc, ich glaube, er hat es geschafft. Ihr könnt uns jetzt herauslassen.«

»Wird gemacht«, erwiderte Hos Stimme. Das Summen und Brausen der einströmenden Warmluft hörte auf und machte einem Geratter und den pulsierenden Stößen einer Pumpe Platz. Offenbar stellten sie im Innern ein Vakuum her, um eine Explosion zu verhüten.

Eine Ecke des Kastens wurde rot, dann weiß, und ein greller Lichtstrahl stieß durch, keinen halben Meter von meinem Kopf entfernt. Ich krümmte mich, so gut es ging. Der Strahl schnitt den Saum um drei Ecken auf und erreichte die Stelle, wo er angefangen hatte. Die Stirnseite des Kastens fiel heraus, behangen mit erstarrten Fäden geschmolzenen Kunststoffs.

»Warte, wir geben dir ein Seil, Mandella.«

Das war eine gute Idee; besser als ihn allein aus der Enge herauszuziehen. Jemand warf mir das Seilende zu, und ich zog es unter Singers Armen durch und machte einen Knoten. Dann kletterte ich ins Freie und half den anderen ziehen, was albern und überflüssig war, denn sie hatten schon ein Dutzend Leute zum Tauziehen aufgestellt.

Singer kam unbeschädigt heraus und konnte sich aus eigener Kraft aufsetzen, als Doc Jones seine Ablesungen überprüfte. Die Leute fragten mich aus und beglückwünschten mich, als Ho plötzlich zum Horizont zeigte und sagte: »Da! Seht mal!«

Es war eine schwarze Maschine mit Stummelflügeln, die sich rasch näherte. Ich hatte gerade noch Zeit, zu denken, daß es nicht fair sei und daß der angekündigte Angriff erst in den letzten Tagen unseres Aufenthalts erfolgen sollte, dann war die Maschine über uns.

9

Alle warfen sich instinktiv zu Boden, aber die Maschine griff nicht an. Sie zündete Bremsraketen und ging nieder, um neben der Baustelle auf ihren Kufen zu landen.

Inzwischen hatten wir uns unseren Reim auf das Ereignis gemacht und standen wie eine Herde einfältiger Schafe herum, als die zwei in klobigen Kampfanzügen steckenden Insassen aus der Maschine kletterten.

Eine vertraute Stimme knatterte aus den Kopfhörern. »Sie

alle sahen uns kommen, und nicht einer reagierte mit Laserfeuer. Es hätte nichts genützt, aber es wäre ein Hinweis auf ein gewisses Maß von Kampfgeist gewesen. Sie haben noch eine Woche Zeit, bevor der richtige Tanz losgeht, und da der Feldwebel und ich hier sein werden, bestehe ich darauf, daß Sie ein wenig mehr Lebenswillen zeigen. Stellvertretender Unteroffizier Potter!«

»Hier, Sir.«

»Ordnen Sie zwölf Mann zum Ausladen ab. Wir haben hundert kleine Robotersonden für Zielübungen mitgebracht, damit Sie wenigstens eine mittlere Überlebenschance haben, wenn es richtig losgeht. Und beeilen Sie sich. Wir müssen in dreißig Minuten nach Miami zurückfliegen.«

Die Anwesenheit des Hauptmanns und des Feldwebels machte tatsächlich keinen großen Unterschied. Wir blieben auf uns selbst gestellt; sie beobachteten nur.

Sobald das Fundament gelegt und hinreichend isoliert war, dauerte es nur einen Tag, den Bunker fertigzustellen. Es war ein grauer, rechteckiger Kasten, mit einer Luftschleuse und vier Fenstern. Auf dem Dach war eine drehbare Laserkanone mit selbsttätig arbeitendem Feuerleitgerät installiert. Der Mann, der sie bediente — man konnte ihn nicht gut einen ›Kanonier‹ nennen —, saß in einem Drehsessel darunter und hatte die Hände auf Totmannknöpfen. Solange er beide oder einen der Knöpfe hielt, feuerte die Laserkanone nicht. Ließ er die Knöpfe los, richtete das Feuerleitgerät die Kanone auf jedes bewegliche Objekt im Luftraum und eröffnete das Feuer. Zur frühzeitigen Aufspürung angreifender Flugobjekte wurde neben dem Bunker eine hohe Antennenanlage installiert.

Es war angesichts der Nähe des Horizonts und der Langsamkeit menschlicher Reflexe die einzige erfolgversprechende Verteidigungsmöglichkeit. Man konnte die Kanone nicht ganz der Automatik des Feuerleitgeräts überlassen, denn zumindest in der Theorie konnten auch Maschinen der eigenen Seite kommen.

Der Rechner des Feuerleitgeräts konnte unter bis zu zwölf gleichzeitig auftauchenden Zielobjekten wählen, wobei er in der Regel zuerst die größten ins Visier nahm. Und die von ihm gesteuerte Kanone konnte alle zwölf innerhalb einer Sekunde abschießen.

Ein umlaufender Schutzwall aus Felsblöcken und Geröll schützte den Stützpunkt teilweise vor feindlichem Feuer, konnte die obere Partie mit der Laserkanone und ihrem Bediener jedoch nicht decken. Aber schließlich gab es die Totmannknöpfe. Ein Mann oben wachte über achtzig unten im Bunker. Die Armee verstand sich auf diese Art von Arithmetik.

Sobald der Bunker fertiggestellt war, blieb die Hälfte von uns im Stützpunkt, während die andere Hälfte zu Manövern ausrückte.

Ungefähr vier Kilometer vom Stützpunkt entfernt gab es einen großen ›See‹ aus gefrorenem Wasserstoff; zu unseren wichtigsten Aufgaben gehörte es, zu lernen, wie man sich auf dem trügerischen Zeug bewegte.

Es war nicht allzu schwierig. Stehen konnte man darauf nicht, also mußte man sich auf den Bauch legen und gleiten.

Wenn man jemanden hatte, der einen kräftig vom Ufer abstieß, war es kein Problem, in Fahrt zu kommen. Andernfalls mußte man mit Händen und Füßen rudern und sich so energisch wie möglich von der schlüpfrigen Oberfläche abstoßen, bis man mit kleinen Sprüngen in Bewegung kam. Einmal in Schwung, glitt man dann weiter, bis die Eisfläche zu Ende war. Man konnte seinen Kurs mit geeigneten Bewegungen der Hände und Füße ein wenig verändern, aber abbremsen und anhalten konnte man so nicht. Daher empfahl es sich, kein zu schnelles Tempo anzuschlagen und in einer Position am jenseitigen Ufer anzukommen, die das Abfangen des Aufpralls nicht dem Helm überließ.

Wir nahmen alle Lektionen durch, die wir schon auf der Tagseite eingeübt hatten: Schießübungen, Sprengungen, Angriff und Verteidigung. Auch ließen wir in unregelmäßigen Abständen Übungsraketen gegen den Bunker los. So erhielten die Bediener zehn- bis fünfzehnmal am Tag Gelegenheit, ihre Geschicklichkeit im Loslassen der Handgriffe zu demonstrieren, sobald die Warnlampe angreifende Flugobjekte meldete.

Wie alle anderen, hatte auch ich vier Stunden lang das Vergnügen. Bis zum ersten ›Angriff‹ war ich sehr nervös, aber es war wirklich nichts dabei. Die Warnlampe blinkte auf, ich ließ die Armlehnen los, die Kanone zielte, und als die Sonde über den Horizont kam — zzt! Ein hübscher Farbeffekt, als das geschmolzene Metall in den Raum sprühte. Im übrigen nicht allzu aufregend.

Nach einer Woche Praxis machten wir uns keine Sorgen mehr wegen der bevorstehenden Übung für den Ernstfall, da wir dachten, es werde einfach mehr von der gleichen Sorte sein.

Am dreizehnten Tag griff der Stützpunkt Miami mit zwei Lenkwaffen an, die mit einer Geschwindigkeit von vierzig Sekundenkilometern gleichzeitig aus entgegengesetzten Richtungen über den Horizont kamen. Der Laser atomisierte die erste mühelos, aber die zweite kam bis auf acht Kilometer an den Bunker heran, ehe sie getroffen wurde.

Wir kehrten gerade vom Manöver zurück und waren noch einen Kilometer vom Bunker entfernt. Ich hätte es nicht gesehen, wenn ich im Augenblick des Angriffs nicht zufällig zum Stützpunkt hinübergeblickt hätte.

Die Explosion der zweiten Rakete erzeugte einen Schauer von geschmolzenen Trümmern und Splittern, der in Flugrichtung weitergerissen wurde und mit seinen Ausläufern den Bunker erreichte. Elf Splitter trafen ihn, und unsere späteren Rekonstruktionsversuche ergaben folgendes Bild:

Das erste Todesopfer im Bunker war die vielgeliebte Maejima, die von einem Splitter in den Rücken getroffen wurde und sofort starb. Mit dem rapiden Druckabfall im Innern des undicht gewordenen Bunkers schaltete die Klimaanlage sofort auf Höchstleistung, und der unglückliche Friedman, der zufällig vor der Ventilatoröffnung stand, wurde so heftig gegen die gegenüberliegende Wand geschleudert, daß er bewußtlos wurde; er starb an Dekompression, bevor die anderen ihn zu seinem Anzug bringen konnten.

Allen anderen gelang es, sich durch den Sturmwind zu kämpfen und in die Anzüge zu krabbeln, aber Garcias Anzug war von einem Splitter aufgerissen worden und konnte ihm nicht nützen.

Als wir an Ort und Stelle eintrafen, hatten sie die Klimaanlage ausgeschaltet und schweißten die Löcher in Decke und Wänden. Ein Mann kratzte zusammen, was von Maejima übriggeblieben war. Ich konnte ihn schluchzen und würgen hören. Garcia und Friedman waren bereits hinausgetragen worden. Der Hauptmann übernahm die Reparaturmannschaft von Potter, und Feldwebel Cortez führte den schluchzenden Mann in eine Ecke und kam allein zurück, um Maejimas Überreste zu entfernen. Er befahl niemandem, ihm dabei zu helfen, und niemand meldete sich freiwillig.

10

Zum Abschluß der Ausbildung wurden wir ohne weitere Umstände in ein Schiff gestopft — ›Hoffnung der Erde‹, dasselbe, das uns nach Charon gebracht hatte — und nach Sterntor transportiert.

Die Reise schien endlos, ungefähr sechs Monate subjektiver Zeit und entsprechend langweilig, aber wegen der geringeren Beschleunigungsraten weniger erschöpfend als die Reise nach Charon. Hauptmann Stott kümmerte sich um unsere theoretische Ausbildung, und jeden Tag machten wir bis zur Erschöpfung Leibesübungen, um körperlich in Form zu bleiben.

Sterntor 1 war wie Charons Nachtseite, nur noch extremer. Der Stützpunkt war kleiner als Miami — nur wenig größer als derjenige, den wir auf der Nachtseite errichtet hatten —, und während der ersten Woche unseres Aufenthalts mußten wir bei den notwendigen Erweiterungen mithelfen. Die Garnison dort war sehr erfreut, uns zu sehen, besonders die beiden Frauen, die ein wenig mitgenommen aussahen.

Wir drängten uns in der kleinen Mannschaftsmesse, wo Major Williamson, der Stützpunktkommandant von Sterntor 1, beunruhigende Neuigkeiten für uns bereithielt:

»Machen Sie es sich bequem, aber nicht auf den Tischen, wenn ich bitten darf. Am Boden ist genug Platz.

Ich weiß, was Sie während Ihrer Ausbildung auf Charon durchgemacht haben, und ich will nicht sagen, daß alles vergebens gewesen ist. Aber wo Sie als nächstes hinkommen werden, wird es ganz anders sein. Wärmer.«

Er hielt inne, um die Worte in unser kollektives Bewußtsein eindringen zu lassen.

»Aleph Aurigae, der erste Kollapsar, der je entdeckt wurde, ist Teil eines sogenannten Doppelsterns und umkreist den normalen Partnerstern Epsilon Aurigae in einem Siebenundzwanzigjahreszyklus. Der Gegner unterhält eine Operationsbasis auf einem Planeten, der Epsilon umkreist. Wir wissen nicht viel über diese Welt, nur, daß sie für einen vollständigen Umlauf 745 Tage benötigt, ungefähr dreiviertel Erdgröße hat und einen Albedo von 0,8, was auf eine dichte Wolkendecke schließen läßt. Wir können nicht mit Bestimmtheit sagen, wie heiß es sein wird, doch nach der Entfernung von Epsilon zu urteilen, ist es wahrscheinlich um einiges heißer als auf Erden. Natürlich wissen wir nicht, ob Sie auf der Tagseite oder auf der Nachtseite kämpfen werden, im Äquatorgebiet oder in polaren Regionen. Es ist höchst unwahrscheinlich, daß die Atmosphäre atembar sein wird — jedenfalls werden Sie in Ihren Anzügen bleiben.

Damit wissen Sie über Ihren Zielort genausoviel wie ich. Irgendwelche Fragen?«

»Weiß jemand, was wir tun werden, wenn wir hinkommen, Sir?« fragte Stein.

Williamson zuckte die Achseln. »Das liegt bei Ihrem Hauptmann, Ihrem Feldwebel und dem Kommandanten der ›Hoffnung der Erde‹, vielleicht auch noch beim logistischen Computer des Schiffs. Wir haben nicht genug Daten, um ein Aktionsprogramm auszuarbeiten. Vielleicht wird es zu langen und blutigen Kämpfen kommen; vielleicht brauchen Sie nur hinzugehen und den feindlichen Stützpunkt zu besetzen. Möglicherweise haben die Taurier den Wunsch, ein Friedensangebot zu unterbreiten.« Cortez schnaubte vernehmlich. »In diesem letzteren Fall würden Sie lediglich ein Faktor sein, der unsere Verhandlungsposition stärkt.« Er warf Cortez einen milden Blick zu. »Niemand kann es mit Gewißheit sagen.«

Die Orgie an diesem Abend hatte ihre erheiternden Aspekte, doch für die Ruhebedürftigen unter uns war es wie der Versuch, inmitten einer derben und zügellosen Strandparty zu schlafen. Wegen der Beengtheit der Raumverhältnisse mußten wir alle in der Mannschaftsmesse schlafen. Man drapierte hier und dort ein paar Decken und Laken, um einen Anschein von Zurückgezogenheit zu wahren, dann ließ man die achtzehn ausgehungerten Männer des Stützpunkts auf unsere Frauen los, die nach militärischem Brauch und Gesetz willfährig und nicht wählerisch waren, aber nichts so sehr wünschten, wie auf festem Boden in Ruhe zu schlafen.

Die achtzehn Männer benahmen sich, als stünden sie unter dem Zwang, so viele Partnerinnen wie möglich auszuprobieren, und ihre quantitative Leistung war eindrucksvoll. Einige von uns funktionierten das Ganze zu einer Art Wettbewerb um und bildeten einen Anfeuerungschor für die besonders begabten Teilnehmer.

Am nächsten Morgen — und jedem anderen Morgen während unseres Aufenthalts — wankten wir aus den Betten in unsere Anzüge, um draußen am ›Neubau‹ zu arbeiten. Sterntor war wegen seiner günstigen Lage zum taktischen und logistischen Hauptquartier des Feldzugs ausersehen und sollte einmal Tausende von Menschen und ein halbes Dutzend Schiffe aufnehmen. Als wir ankamen, bestand der Stützpunkt aus zwei Baracken und zwanzig Menschen, und als wir gingen, waren es vier Baracken und zwanzig Menschen. Die Arbeit verdiente kaum diesen Namen, verglichen damit, was wir auf Charons Nachtseite erlebt hatten, denn hier gab es helles Licht und sechzehn Stunden Freizeit für acht Stunden Arbeit. Und keinen Lenkwaffenangriff als Schlußexamen.

Als wir an Bord zurückkehrten, war niemand glücklich über die Abreise. Sterntor war der letzte sichere Hafen vor dem Sprung ins Unbekannte. Die Aussicht auf kriegerische Auseinandersetzungen mit den Tauriern erfüllte uns nicht gerade mit freudigen Erwartungen, und wie Major Williamson am ersten Tag gesagt hatte, gab es keine Möglichkeit, vorauszusagen, was uns erwartete.

Auch waren die meisten von uns nicht allzu begeistert über den bevorstehenden Simultansprung, obgleich man uns wiederholt versichert hatte, daß wir außer einem Gefühl von freiem Fall überhaupt nichts merken würden.

Ich war nicht überzeugt. Als Physikstudent hatte ich

Bekanntschaft mit den Theorien der Gravitation und der allgemeinen Relativität gemacht. Wir hatten zu der Zeit nur wenige direkte Daten — Sterntor war erst entdeckt worden, als ich zur Schule ging —, aber das mathematische Modell schien klar genug.

Der Kollapsar Sterntor war eine Kugel mit einem Radius von ungefähr drei Kilometern. Er befand sich für immer im Zustand eines Schwerezusammenbruchs, der theoretisch beinhaltete, daß seine Oberfläche mit annähernder Lichtgeschwindigkeit zum Mittelpunkt, also in sich zusammenstürzte.

Die Relativität stützte ihn, vermittelte zumindest die Illusion seiner fortdauernden Existenz: ein Beispiel, wie alle Realität illusorisch und subjektiv wird, wenn man die allgemeine Relativität studiert.

Jedenfalls hatten die Leute recht. Wir starteten von Sterntor 1, machten ein paar Kurskorrekturen, und dann hatte ich für die Dauer einer knappen Stunde das Gefühl freien Falls. Darauf ertönte ein akustisches Signal, und wir sanken unter einem stetigen Druck negativer Beschleunigung in unsere Polster. Wir waren in feindlichem Territorium.

11

Wir hatten seit neun Tagen mit einem Durchschnittswert von zwei ge stetig verlangsamt, als der Kampf begann. Unter dem schwer erträglichen Druck der negativen Beschleunigung elend auf unseren Lagerstätten ausharrend, fühlten wir nur zwei weiche Stöße oder Erschütterungen, als das Schiff Lenkwaffen abfeuerte. Gute acht Stunden später krachte es aus dem Lautsprecher: »Achtung, eine wichtige Durchsage. Hier spricht der Kapitän.« Quinsana, der Schiffskommandant, war nur Leutnant, hatte aber die Genehmigung, sich an Bord des

Schiffs Kapitän zu nennen, weil er uns allen übergeordnet war, sogar Hauptmann Stott. »Wir kamen mit einem gegnerischen Schiff ins Gefecht und konnten es zusammen mit einem kurz zuvor von ihm ausgesendeten Flugobjekt mit Lenkwaffen vernichten. Der Gegner versuchte uns während der letzten hundertachtzig Stunden Schiffszeit einzuholen. Zum Zeitpunkt des Treffens bewegte er sich mit etwas mehr als Lichtgeschwindigkeit und war nur noch dreißig AEs von uns entfernt. Er bewegte sich auf einem Kurs, der in etwas mehr als neun Stunden zu einer Kollision mit uns geführt haben würde. Die Lenkwaffen wurden um sieben Uhr neunzehn Schiffszeit abgefeuert und vernichteten den Gegner um fünfzehn Uhr vierzig.«

Die zwei Lenkwaffen waren von einem Typ, dessen Antriebssystem auf einer kaum kontrollierten nuklearen Kettenreaktion beruhte. Sie entwickelten eine Dauerbeschleunigung von 100 ge und lenkten sich mit Hilfe verschiedener elektronischer Such- und Meßsysteme selbsttätig ins Ziel.

»Wir erwarten keine weiteren Störungen durch gegnerische Schiffe. Unsere Geschwindigkeit in bezug auf Aleph wird in weiteren fünf Stunden Null betragen; darauf werden wir die Rückreise antreten. Sie wird siebenundzwanzig Tage dauern.« Allgemeines Ächzen und entmutigte Verwünschungen. Alles das war uns längst bekannt, und wir legten keinen Wert darauf, immer wieder daran erinnert zu werden.

Nach einem weiteren Monat voller Freiübungen, trockener Theorie und Drill, alles bei zweifacher Erdschwere, konnten wir endlich einen ersten Blick auf den Planeten werfen, den wir angreifen sollten. Wir, die Invasoren aus dem Weltraum.

Was uns dort draußen erwartete, zwei AEs von Epsilon entfernt, war ein blendendweißer Halbmond. Der Schiffskommandant hatte den Standort des feindlichen Stützpunkts schon aus einer Entfernung von fünfzig AEs ermittelt und einen weiten Bogen geschlagen, um die Masse des Planeten zwischen uns und den Gegner zu bringen. Das bedeutete nicht, daß wir uns anschlichen, um die Nichtsahnenden zu überfallen — ganz im Gegenteil: Sie hatten bereits drei vergebliche Angriffe unternommen —, aber es verbesserte unsere Verteidigungsposition, bis wir auf der Oberfläche landeten. Danach gab es eine relative Sicherheit nur für das Schiff und seine Besatzung.

Nachdem der Planet ziemlich langsam rotierte — einmal in zehneinhalb Tagen —, mußte eine ›stationäre‹ Umlaufbahn für das Schiff 150 000 Kilometer entfernt sein. Dies verlieh der Besatzung ein Gefühl angenehmer Sicherheit, während wir uns um so einsamer und verlassener vorkamen. Der weite Abstand hatte für den Funkverkehr zwischen uns und dem Schiff eine Zeitverzögerung von einer vollen Sekunde zur Folge, und diese Verzögerung galt auch für den Bordcomputer. Ein Mensch konnte unwiderruflich zu Tode kommen, während der Radioimpuls hin- und zurückkroch.

Unsere vagen Befehle lauteten, daß wir den feindlichen Stützpunkt angreifen und unter unsere Kontrolle bringen sollten, wobei die gegnerischen Ausrüstungen und Installationen möglichst unbeschädigt zu bleiben hätten. Außerdem sollten wir wenigstens einen Gegner gefangennehmen. Andererseits durften wir uns unter keinen Umständen gefangennehmen lassen. Und da man unserer Standfestigkeit offenbar nicht traute, war für den Ernstfall vorgesorgt: Ein spezielles Funksignal vom Gefechtscomputer, und der kleine Plutoniumvorrat, der den Anzug mit Energie versorgte, explodierte und verwandelte einen in eine glühende Gaswolke.

Wir wurden in sechs Aufklärer gezwängt — zwölf Mann pro Maschine — und starteten mit 8 ge Beschleunigung von der ›Hoffnung der Erde‹. Jede Maschine folgte ihrem eigenen, sorgfältig berechneten und absolut willkürlich anmutenden Kurs zu unserem Treffpunkt, 108 Kilometer vom feindlichen Stützpunkt entfernt. Gleichzeitig wurden vierzehn Flugsonden abgeschossen, um die gegnerische Luftabwehr zu verwirren.

Das Landemanöver verlief beinahe planmäßig. Eine Maschine hatte von einem in der Nähe detonierenden Luftabwehrgeschoß leichte Beschädigungen an Rumpf und Tragflächen davongetragen, war aber noch flugfähig.

Wir kamen in wilden Zickzackmanövern durch die Atmosphäre herunter und erreichten als erste den vorberechneten Treffpunkt. Es gab nur eine Schwierigkeit: Er lag unter vier Kilometern Wasser.

Ich konnte mir vorstellen, wie der Schiffscomputer in 150 000 Kilometern Entfernung beim Verdauen dieser neuen Information klickte und blinkte. Das automatische Landeprogramm lief ab, als ob wir auf festem Boden niedergingen: die Bremsraketen feuerten, die Landekufen wurden ausgefahren, die Maschine berührte die Wasseroberfläche und versank.

Es wäre nicht unvernünftig gewesen, einfach auf dem Meeresgrund zu landen, aber der Rumpf war nicht stabil genug, um dem Wasserdruck in viertausend Metern Tiefe standzuhalten. Feldwebel Cortez war mit uns an Bord des Aufklärers.

»Feldwebel, sagen Sie diesem Computer, er soll sich was einfallen lassen, und zwar schnell! Wir werden elend er...«

»Ach, seien Sie still, Mandella. Vertrauen Sie auf Gott.«

Ich hörte ein lautes, blubberndes Seufzen, welches sich wiederholte, und eine leichte Zunahme des Drucks gegen meinen Rücken sagte mir, daß die Maschine stieg. »Luftsäcke?« fragte ich hoffnungsvoll.

Cortez geruhte nicht zu antworten; vielleicht wußte er es selbst nicht.

Das war es. Wir stiegen bis zehn oder fünfzehn Meter unter die Oberfläche, dann ließ der Auftrieb nach, und wir schwebten wie aufgehängt in dieser Wassertiefe. Durch ein Bullauge konnte ich sie über mir in sanfter Bewegung sehen, schimmernd wie gehämmertes Silber. Ich versuchte mir vorzustellen, wie es sein müsse, ein Fisch zu sein und ein solches Dach über der Welt zu haben.

Während ich träumte, wasserte eine zweite Maschine und ging in einer riesigen Wolke aus Blasen unter. Sie sank beängstigend schnell über das Heck in die Tiefe, worauf sich unter den deltaförmigen Tragflächen große Luftsäcke aufblähten. Die Maschine stieg wieder und blieb ungefähr auf unserer Tiefe.

»Hier spricht Hauptmann Stott. Hören Sie gut zu. Achtundzwanzig Kilometer von unserer gegenwärtigen Position entfernt und in der Richtung des feindlichen Stützpunkts ist ein Strand. Wir werden mit den Aufklärungsmaschinen bis zu diesem Strand fliegen und von dort gegen die taurische Basis vorgehen.« Das war immerhin eine Verbesserung; wir brauchten nur achtzig Kilometer zu marschieren.

Wir gingen an die Oberfläche, entleerten die Luftsäcke und flogen in niedriger Höhe und weit auseinandergezogener Formation zum Strand, wo wir Minuten später eintrafen. Als die Maschine landete, hörte ich Pumpen summen, die den Druck im Inneren der Kabine dem äußeren Luftdruck anglichen. Sie liefen noch, als der Ausstieg geöffnet wurde. Ich rollte vorschriftsmäßig auf die Tragfläche hinaus und sprang von dort auf den Boden. Zehn Sekunden, um in Deckung zu gehen — ich rannte durch Sand und lockeren Kies zur Vegetationsgrenze, einem verfilzten Gewirr hoher, bläulichgrüner Sträucher von dürftigem Aussehen. Ich warf mich in ihrem Schutz zu Boden und wandte den Kopf, um die Maschine starten zu sehen. Die unbemannten Flugsonden, die das Landemanöver getarnt und mehrere Verluste erlitten hatten, stiegen langsam auf eine Höhe von hundert Metern, bevor sie mit ohrenbetäubendem Donnern in alle Richtungen starteten. Die echten Aufklärer, mit denen wir gekommen waren, glitten unterdessen langsam ins Wasser zurück. Vielleicht war das eine gute Idee.

Die Welt, auf der man uns abgesetzt hatte, sah nicht allzu attraktiv aus, war jedoch mit Sicherheit angenehmer und leichter zu bewohnen als der Alptraum, für den wir ausgebildet worden waren. Der Himmel war von einer gleichförmigen, stumpfsilbrigen Helligkeit, die so vollständig mit dem Dunst über dem Ozean verschmolz, daß es unmöglich zu bestimmen war, wo das Wasser endete und die Luft begann. Kleine Wellenausläufer leckten an den Strand aus schwärzlichem Sand und Kies, verspielt und anmutig. Die Lufttemperatur betrug 79 Grad Celsius, nicht heiß genug, um die See zum Kochen zu bringen, obgleich der Luftdruck niedriger war als auf Erden. Entlang den Ufern stiegen da und dort dünne Fahnen weißen Wasserdampfs auf, die sich rasch auflösten. Ich fragte mich, wie lange man hier ohne Schutzanzug überleben würde. Wenn die Hitze einen nicht erledigte, dann mit Sicherheit der niedrige Sauerstoffanteil der Atmosphäre. Oder vielleicht gab es irgendeinen tödlichen Mikroorganismus, der noch schneller wirkte als beide zusammen...

»Hier spricht Cortez. Alles hierher und antreten zum Befehlsempfang.« Er stand links von mir am Strand und beschrieb mit der hochgereckten Rechten einen Kreis über seinem Kopf. Ich ging durch niedriges Gestrüpp zu ihm. Die Pflanzen sahen spröde und dürr aus, trotz der dampfenden, feuchtheißen Luft wie ausgetrocknet. An Deckungsmöglichkeiten hatten sie nicht viel zu bieten.

»Wir werden von hier aus in Richtung Ostnordost vorstoßen. Kampfgruppe eins übernimmt die Spitze, zwei und drei

folgen links und rechts mit etwa zwanzig Metern Abstand. Kampfgruppe vier ist in der Mitte, zwanzig Meter hinter zwei und drei. Fünf und sechs sichern nach rückwärts. Alles klar?«
Alle nahmen ihre Positionen ein, es gab keine Fragen. Wir hatten diese Keilformation bei Übungsmärschen im unbekannten Gelände so gründlich eingeübt, daß wir sie im Schlaf beherrschten.

»Alles fertig? Vorwärts, marsch!«

Ich gehörte zur Kampfgruppe vier, die im Zentrum der Formation marschierte und die Funktion eines Kompaniegefechtsstands hatte. Hauptmann Stott hatte mich ihr zugeteilt, nicht weil man Befehle von mir erwartete, sondern wegen meiner Ausbildung als Physiker.

Unsere Gruppe hatte den sichersten Platz, da sie ringsum von fünf Kampfgruppen abgeschirmt war. Die Leute, welche ihr zugeteilt wurden, waren aus diesem oder jenem Grund von taktischem Wert und sollten nach Möglichkeit wenigstens etwas länger überleben als der Rest. Cortez gehörte der Gruppe an, weil er die Befehle geben mußte. Chavez war dabei, weil er defekte Anzüge reparieren konnte. Doc Wilson war dabei (der einzige Arzt, der tatsächlich einen Doktortitel hatte), und auch Theodopolis, der Radioingenieur, unsere Richtfunkverbindung mit dem Hauptmann, der an Bord geblieben war.

Wir übrigen Mitglieder der Kampfgruppe vier waren ihr aufgrund besonderer Kenntnisse oder Fähigkeiten zugeordnet, die normalerweise nicht militärisch-taktischer Natur waren. Da wir einem völlig unbekannten Gegner gegenüberstanden, konnte niemand wissen, was sich in der Konfrontation als wichtig erweisen mochte. Ich war dabei, weil ich als einziger in der Kompanie Physik studiert hatte. Rogers war Biologie, Tate Chemie. Ho erreichte beim Rhinetest für extrasensorische Wahrnehmungen regelmäßig die höchste Punktzahl. Bohrs war ein Sprachgenie, das sich in einundzwanzig Sprachen fließend verständigen konnte. Petrows Talent bestand darin, daß seine Psyche — wie genaue Untersuchungen erwiesen hatten — nicht die geringste Spur von Fremdenfeindlichkeit aufwies. Debby Hollister war außergewöhnlich gerissen und geschäftstüchtig und hatte überdies ein überdurchschnittlich hohes Rhine-Potential.

12

Zuerst verwendeten wir die ›Dschungel‹-Tarnkombination unserer Anzüge, aber was in diesen blutarmen Tropen als Dschungel figurieren mußte, war allzu dürftig; als wir durch den dürren Buschwald zogen, sahen wir wie ein Haufen grotesker Harlekine aus. Cortez ließ die Anzüge auf schwarz schalten, aber das war genauso schlecht, weil das Licht des Zentralgestirns diffus und gleichmäßig aus allen Teilen des Himmels durch die immerwährende Wolkendecke drang, so daß es keine Schatten gab. Schließlich begnügten wir uns mit der sandfarbenen Wüstentarnung.

Als wir nordwärts vorankamen und uns allmählich von der Küste entfernten, nahm die Vegetation nach und nach andere Züge an. Die hageren, mit dornigen Zweigen ineinander verfilzten Sträucher — vielleicht konnte man sie auch Bäume nennen — kamen nun weniger häufig vor, hatten aber dickere Stämme und weniger spröde Zweige; am Fuß der Stämme breiteten sich undurchdringliche Rankendickichte von der gleichen blaugrünen Farbe aus, deren Durchmesser bis zu zehn Metern betrugen. Jeder Baum trug eine zarte grüne Blume von der Größe eines Kopfes in der Krone.

Etwa fünf Kilometer von der Küste entfernt begann Gras zu erscheinen. Es schien die Bäume zu respektieren und ließ einen Streifen bloßer Erde um jedes Rankendickicht. Am Rand einer solchen Lichtung wuchs es niedrig in schüchternen, bläulichgrünen Büscheln, um mit zunehmender Entfernung von den Bäumen dichter und höher zu wachsen, bis es an einigen Stellen, wo die Abstände zwischen zwei Bäumen ungewöhnlich weit waren, Schulterhöhe erreichte. Das Gras war von einer helleren, grüneren Tönung als die Bäume und Ranken. Wir wechselten die Tarnfarbe unserer Anzüge zu dem leuchtenden Grün, das wir zum Zweck maximaler Sichtbarkeit auf Charon verwendet hatten. Solange wir im hohen Gras blieben, waren wir kaum auszumachen.

Wir legten jeden Tag mehr als zwanzig Kilometer zurück, nach Monaten unter doppelter Erdschwere beinahe übermütig. Bis zum zweiten Tag sahen wir als einzige Form tierischen Lebens eine Art Tausendfüßler, schwarz und fingerlang, mit ungezählten Borstenbeinen. Rogers meinte, es müsse zumindest eine größere Tierart in der Gegend geben, sonst hätten die Dornen an den Zweigen der Bäume und Sträucher keinen Sinn. Von da an waren wir doppelt auf der Hut, da wir mit Feindseligkeiten sowohl von den Tauriern als auch von den unbekannten ›größeren Tieren‹ rechnen zu müssen glaubten.

Potters zweite Kampfgruppe hatte die Spitze übernommen, und weil sie wahrscheinlich als erste mögliche Gefahren ausmachen würde, war die allgemeine Frequenz ihr vorbehalten.

»Feldwebel, hier Potter«, hörten wir alle. »Bewegung voraus.«

»Dann geht in Deckung!«

»Sind wir. Glaube nicht, daß sie uns gesehen haben.«

»Kampfgruppe eins, zur zweiten aufschließen. Drei sichert die linke Flanke, fünf und sechs schließen zur vierten auf.«

Kurz darauf raschelten zwei Dutzend Gestalten durch das Gras und blieben in unserer Nähe liegen. Cortez bedeutete ihnen mit Handbewegungen, ein wenig nach beiden Seiten auszufächern.

»Gut. Wie sieht es vorn aus? Haben Sie festgestellt, wie viele es sind?«

»Wir können acht sehen«, antwortete Potters Stimme.

»Gut. Wenn ich den Befehl gebe, eröffnen Sie das Feuer.«

»Feldwebel ... es sind bloß Tiere.«

»Potter, wenn Sie die ganze Zeit gewußt haben, wie ein Taurier aussieht, hätten Sie es uns sagen sollen. Wenn ich den Befehl gebe, schießen Sie.«

»Aber wir brauchen ...«

»Wir brauchen einen Gefangenen, ja, aber wir brauchen ihn nicht vierzig Kilometer weit zu seinem Stützpunkt zu eskortieren und ihn im Auge behalten, während wir kämpfen. Klar?«

»Ja, Sir.«

»Gut. Gruppe vier geht mit mir nach vorn und beobachtet. Fünf und sechs folgen in dreißig Metern Abstand.«

Wir krochen durch das meterhohe Gras nach vorn, wo die erste und zweite Kampfgruppe eine Schützenkette gebildet hatten.

»Ich sehe nichts«, sagte Cortez.

»Links voraus. Dunkelgrün.«

Sie waren nur wenig dunkler als das Gras, aber sobald man den ersten ausgemacht hatte, konnte man sie alle sehen, wie sie sich langsam umherbewegten. Die Distanz betrug kaum sechzig Meter.

»Feuer!« Cortez feuerte als erster, dann zuckte blendendes, grellweißes Kreuzfeuer aus zwei Dutzend Lasern hinaus, das Gras welkte schwarz und zerfiel zu Asche, und die fremden Lebewesen wälzten sich in Todeszuckungen.

»Halt, Feuer einstellen!« rief Cortez und sprang auf. »Wir wollen, daß was übrigbleibt ... Kampfgruppe zwei, mir nach.« Er schritt auf die qualmenden Kadaver zu, die Laserpistole im Anschlag, eine obszöne Wünschelrute, die ihn zum Schauplatz des Gemetzels zog... Ich fühlte ein Würgen in der Kehle und begriff, daß alle die schaurigen Lehrfilme, alle die scheußlichen Unfälle, die ich während der Ausbildung gesehen hatte, mich nicht auf diese jähe Realität vorbereitet hatten... daß ich einen Zauberstab hatte, den ich auf ein lebendes Wesen richten und es zu einem stinkenden, verschmorten Klumpen halbrohen Fleisches machen konnte. Ich war kein Soldat, hatte niemals einer sein wollen...

»Gruppe sieben nach vorn.« Während wir aufstanden und auf sie zugingen, bewegte sich eines der Geschöpfe. Es war nur eine winzige, zuckende Regung, aber Cortez hatte sie gesehen und ließ mit beinahe nachlässiger Geste den Laserstrahl darüberhingehen. Er zog eine handtiefe, brodelnde Wunde über den Rumpf des Lebewesens. Es starb, wie die anderen, ohne einen Laut.

Sie waren nicht ganz so groß wie Menschen, aber dicker. Dunkelgrünes, dichtes Fell, das bei einigen Exemplaren beinahe schwarz ausfiel, bedeckte sie; wo die Laserstrahlen sengend durch das Fleisch gefahren waren, zeigten die Felle verbrannte weißliche Locken. Die Tiere, oder was immer sie waren, schienen drei Beine und einen Arm zu haben. Der einzige Schmuck ihrer zottigen Köpfe war eine nasse schwarze Mundöffnung, angefüllt mit flachen schwarzen Zähnen. Sie waren abstoßend, aber ihr schlimmster Wesenszug war nicht eine Andersartigkeit, sondern eine Ähnlichkeit mit menschlichen Wesen... Wo die Laserstrahlen Körper aufgeschnitten hatten, ergossen sich geäderte, milchigweiße Blasen und verschlungene Organe ins verkohlte Gras, und ihr Blut war von einem dunklen, klumpig gerinnenden Rot.

»Rogers, sehen Sie sich die genau an. Taurier oder nicht?«

Rogers kniete neben einer der aufgeschlitzten Kreaturen nieder und öffnete eine flache Plastikschachtel, in der allerlei

Sezierwerkzeug glitzerte. Sie nahm ein Skalpell heraus. Doc Wilson sah ihr über die Schulter, als sie methodisch eine netzartige Haut aufschnitt, die verschiedene Organe bedeckte.

»Hier.« Sie hielt eine schwärzlich-faserige Masse mit zwei Fingern in die Höhe.

»Und?«

»Das ist Gras, Feldwebel. Wenn die Taurier das Gras essen und die Luft atmen können, dann haben sie hier einen Planeten gefunden, der bemerkenswert ihrer Heimat gleicht.« Sie warf den Klumpen fort. »Es sind Tiere, Feldwebel, gewöhnliche Tiere.«

»Ich weiß nicht«, sagte Doc Wilson. »Nur weil sie auf allen vieren herumgehen, oder vielleicht auf allen dreien, und Gras fressen...«

»Also, dann sehen wir uns das Gehirn an.« Rogers stand auf und ging zwischen den Kadavern umher, bis sie einen gefunden hatte, der in den Kopf getroffen worden war. Sie kratzte versengte Haut und Fell von der Wunde, dann blickte sie zu Cortez auf. »Sehen Sie sich das an.«

Der Schädel schien zum größten Teil aus dicken Knochen zu bestehen. Sie nahm den Kopf eines anderen und durchwühlte methodisch das Fell. »Wo zum Teufel sind die Sinnesorgane? Keine Augen, keine Ohren, keine...« Sie stand auf.

»Der ganze verdammte Kopf besteht nur aus einem Maul und zehn Zentimetern Schädeldecke. Viel kann nicht darunter sein.«

»Es beweist nichts«, sagte der Arzt achselzuckend. »Ein Gehirn muß nicht wie eine weiche Walnuß aussehen, und es muß nicht im Kopf sein. Vielleicht ist dieser Schädel nicht aus Knochen, vielleicht ist es das Gehirn, irgendein kristallines Gewebe...«

»Ja, aber das verdammte Maul ist an der richtigen Stelle, und wenn das da keine Eingeweide sind, esse ich...«

»Passen Sie auf«, unterbrach Cortez, »das alles ist wirklich interessant, aber wir brauchen nur zu wissen, ob diese Dinger gefährlich sind oder nicht, dann müssen wir weiter. Wir haben nicht den ganzen Tag Zeit, um...«

»Sie sind nicht gefährlich«, begann Rogers. »Sie...«

»Sanitäter! Doc!« Jemand in der Schützenkette fuchtelte mit den Armen. Doc Wilson eilte zu ihm, wir anderen folgten.

»Was ist los?«

»Es ist Ho. Sie ist ohnmächtig.«

Doc Wilson öffnete die Klappe über Hos Monitor. Er brauchte nicht lange zu suchen. »Sie ist tot.«

»Tot?« sagte Cortez. »Wieso, zum Teufel...«

»Augenblick.« Doc untersuchte die Ablesungen, dann verband er den Monitor durch einen Steckkontakt mit einem Prüfgerät in seiner Tasche. »Die Ablesungen eines Monitors werden zwölf Stunden gespeichert. Ich rufe die Zahlen rückwärts ab, dann sollte sich herausstellen, wodurch... da!«

»Was?«

»Vor viereinhalb Minuten. Das muß gewesen sein, als sie das Feuer eröffneten... Allmächtiger!«

»Na, reden Sie schon!«

»Eine massive Gehirnblutung.« Er beobachtete die Skalen. »Keine Warnung, keine Andeutung von Unregelmäßigkeiten; Blutdruck ein wenig hoch, Puls beschleunigt, aber unter den Umständen normal...« Er beugte sich hinab und öffnete ihren Anzug. Die feinen orientalischen Züge waren zu einer schrecklichen Grimasse verzerrt, die Zähne gebleckt, daß das Zahnfleisch zutage trat. Klebrige Flüssigkeit rann unter ihren geschlossenen Lidern hervor, und aus den Ohren war Blut gedrungen. Doc Wilson schloß den Anzug und richtete sich auf.

»Ich habe nie dergleichen gesehen, Gott ist mein Zeuge! Als ob in ihrem Kopf eine Bombe explodiert wäre!«

»Herrgott!« sagte Rogers. »Sie war Rhine-sensitiv, nicht wahr?«

Cortez blickte sie nachdenklich an. »Das ist richtig. Sie meinen ... Gut, alle mal herhören! Die Kampfgruppenführer lassen ihre Leute abzählen und sehen zu, ob jemand fehlt oder verletzt ist. Wie sieht es hier bei der vierten Gruppe aus?«

»Ich ... ich habe verteufelte Kopfschmerzen, Feldwebel«, sagte Debby Hollister.

Noch vier andere klagten über Kopfschmerzen. Einer von ihnen bestätigte, daß er in geringem Maße Rhine-sensitiv sei. Die anderen wußten es nicht.

»Ich denke, es ist offensichtlich«, meinte Doc Wilson. »Wir sollten einen weiten Bogen um diese ... diese Ungeheuer machen, und vor allem sollten wir sie in Ruhe lassen. Nicht auszudenken, was geschehen könnte, wenn noch mehr Leute dafür empfänglich sind, was augenscheinlich zu Hos Tod führte.«

»Natürlich. Gottsverdammich, ich brauche keinen, der mir das erklärt! Ich habe den Hauptmann über diesen Vorfall unterrichtet; er ist mit mir der Meinung, daß wir uns am besten ein gutes Stück von diesem Ort entfernen, bevor wir für die Nacht haltmachen.« Er schaltete auf die allgemeine Frequenz um und sagte in energischem Ton: »Alle Kampfgruppen formieren sich zum Weitermarsch. Gruppe fünf übernimmt die Spitze, Gruppe zwei geht nach hinten. Alle anderen Gruppen behalten ihre Marschposition.«

»Was soll mit Ho geschehen?« fragte Hollister.

»Sie wird auf Befehl des Hauptmanns eingeäschert.« Cortez klopfte auf die Laserpistole an seiner Seite.

Der Feldwebel blieb zurück, und als wir etwa einen halben Kilometer marschiert waren, sah ich hinter uns dicken Qualm aufsteigen, der bald vom Wind erfaßt und unter dem grauen Himmel aufgelöst wurde.

13

Auf einer Anhöhe, ungefähr zehn Kilometer vom Schauplatz des Massakers entfernt, schlugen wir unser Nachtlager auf. Wenn man von ›Nacht‹ sprechen konnte, da die Sonne tatsächlich erst nach weiteren siebzig Stunden untergehen würde. Ich stand noch immer unter dem Eindruck des Gemetzels, das wir unter den fremden Lebewesen angerichtet hatten. Und immer wieder mußte ich mich erinnern, daß nicht sie die fremden Lebewesen waren, sondern wir.

Zwei Kampfgruppen umgaben die Anhöhe mit einer Postenkette, und wir ließen uns erschöpft zu Boden sinken. Jeder durfte vier Stunden schlafen und hatte zwei Stunden Wachdienst.

Potter kam herüber und setzte sich zu mir. Ich ging auf ihre Frequenz.

»Hallo, Marygay.«

»Ach, William«, sagte sie mit heiserer, gepreßter Stimme. »Mein Gott, es ist so furchtbar.«

»Naja, jetzt ist es vorbei ...«

»Ich tötete einen von ihnen, gleich zu Anfang. Ich schoß ihm in den, in den ...«

Ich legte ihr die Hand aufs Knie und tätschelte sie begütigend. Aber die Berührung erzeugte ein unnatürlich klapperndes Geräusch, und ich nahm die Hand schnell zurück, bedrückt von Vorstellungen einander umarmender, kopulierender Maschinen. »Mach dir keine Selbstvorwürfe, Marygay; wenn es eine Schuld gibt, dann muß sie gleichmäßig auf uns alle verteilt werden ... aber mit einer dreifachen Portion für Cor ...«

»Wohl noch nicht müde, was?« unterbrach uns des Feldwebels Stimme. »Hören Sie auf zu schwafeln und legen Sie sich aufs Ohr. In zwei Stunden schieben Sie beide Wache.«

»Jawohl, Sir.« Ihre Stimme klang so traurig und müde, daß

ich es kaum ertragen konnte. Ich dachte, daß ich ihre Traurigkeit würde vertreiben können, wenn es mir nur möglich wäre, ihre Hand in die meine zu nehmen, aber jeder von uns war in seiner Plastikwelt gefangen ...

»Gute Nacht, William.«

»Nacht.« Ich schlief bald ein und träumte, daß ich eine Maschine sei, bemüht, die Lebensfunktionen eines Menschen zu imitieren, unbeholfen durch die Welt quietschend und klappernd, und die Leute waren zu höflich, um etwas zu sagen, kicherten aber hinter meinem Rücken, und der kleine Mann, der in meinem Kopf saß und die Hebel zog und Schalter drückte und Skalen beobachtete, war hoffnungslos verrückt und machte mir Schmerzen ...

»Mandella, wachen Sie auf, zum Teufel! Ihre Schicht!«

Ich schlurfte hinaus zu meinem Platz in der Postenkette, um nach Gott weiß was Ausschau zu halten ... ich war so müde, daß ich die Augen nicht offenhalten konnte. Schließlich schluckte ich eine stimulierende Tablette, obwohl ich wußte, daß ich später würde dafür bezahlen müssen.

Länger als eine Stunde saß ich da und beobachtete meinen Sektor, ohne daß sich etwas änderte. Nicht einmal ein Windhauch bewegte das lange Gras.

Dann raschelte es auf einmal, und eins von den dreibeinigen Lebewesen stand vor mir. Ich hob die Laserpistole, drückte aber nicht ab.

Im nächsten Augenblick war die allgemeine Frequenz voll von Meldungen.

»Bewegung!«

»Bewegung!«

»Herr Jesus — da ist einer direkt vor ...«

»Niemand feuert ohne Befehl! Nicht schießen, verstanden?«

»Bewegung!«

Ich blickte nach links und rechts, und so weit ich sehen

konnte, hatte jeder Wachtposten eine von den blinden, stumpfsinnigen Kreaturen vor sich stehen.

Vielleicht hatte die Tablette, die ich zum Wachbleiben genommen hatte, meine Empfänglichkeit für die Emanationen dieser Geschöpfe gesteigert. Meine Kopfhaut prickelte, und ich fühlte eine formlose Gegenwart in meinem Bewußtsein, vergleichbar etwa jenem Gefühl, das sich einstellt, wenn jemand etwas gesagt hat, und es ist einem entgangen und man möchte antworten, aber die Gelegenheit, um eine Wiederholung zu bitten, ist vorüber.

Das pelzige Wesen setzte sich auf seine Keulen, auf das eine Vorderbein gestützt. Ein großer grüner Bär mit einem verdorrten Arm. Seine Kraft sickerte in meinen Geist ein, versuchte mich zu erreichen, zu zerstören, ich wußte es nicht.

»Achtung, Leute! Die Postenkette geht langsam zurück. Hastige und schnelle Bewegungen vermeiden! Hat jemand Kopfschmerzen oder was?«

»Feldwebel, hier Hollister. Sie versuchen was zu sagen ... ich kann beinahe ... nein, es ist bloß ... sie halten uns für komisch, das ist jedenfalls, was ich empfange. Sie fürchten sich nicht.«

»Sie meinen, derjenige vor Ihnen sei ...«

»Nein, das Gefühl kommt von allen zugleich, sie denken dasselbe. Fragen Sie nicht, woher ich das weiß; ich weiß es einfach.«

»Vielleicht fanden sie komisch, was sie mit Ho machten.«

»Vielleicht. Aber ich habe nicht das Gefühl, daß sie gefährlich sind. Bloß neugierig.«

»Feldwebel, hier ist Bohrs. Darf ich auch was sagen?«

»Ja.«

»Die Taurier sind mindestens ein Jahr lang hier gewesen — vielleicht haben sie gelernt, sich mit diesen — diesen ausgewachsenen Teddybären zu verständigen. In diesem Fall könnten die letzteren uns nachspionieren und unseren Aufenthalt verraten.«

»Wenn das der Fall wäre, würden sie sich nicht zeigen«, erwiderte Debby Hollister. »Es ist offensichtlich, daß sie sich gut vor uns verstecken können, wenn sie es wollen.«

»Wie dem auch sei«, sagte Cortez nach kurzer Überlegung, »wenn sie Spione sind, ist der Schaden angerichtet. Ich glaube nicht, daß es klug wäre, etwas gegen sie zu unternehmen. Ich weiß, viele unter euch würden sie für das, was sie mit Ho gemacht haben, gern abschießen, und ich denke genauso, aber in diesem Fall scheint mir Vorsicht geboten.«

Ich wollte diese Tiere nicht tot sehen, am liebsten hätte ich sie überhaupt nicht gesehen. Ich ging langsam rückwärts auf das Lager zu. Das seltsame Geschöpf mir gegenüber schien nicht geneigt, meinem Rückzug zu folgen. Vielleicht wußte es, daß wir eingekreist waren. Es rupfte mit einem Arm Grasbüschel aus und begann seelenruhig zu mampfen.

»Achtung, Gruppenführer! Wecken Sie Ihre Leute und lassen Sie durchzählen. Ich will wissen, ob jemand fehlt oder verletzt ist. Und nach dem Durchzählen lassen Sie marschfertig machen. In fünf Minuten räumen wir den Lagerplatz.«

Ich weiß nicht, was Cortez erwartet hatte, aber die einheimischen Pflanzenfresser kamen mit uns, als wir abmarschierten. Sie hielten uns nicht eingekreist, aber zwanzig oder dreißig von ihnen blieben uns ständig auf den Fersen. Allerdings waren es nicht immer dieselben. Zuweilen blieben welche zurück oder schwenkten ab, um anderen Beschäftigungen nachzugehen, dafür schlossen sich andere der Prozession an. Bald wurde uns klar, daß sie sich weder durch schnelles Marschieren abhängen noch auf die Dauer ermüden ließen.

Schließlich wurde jedem von uns eine stimulierende Tablette genehmigt. Ohne sie hätte keiner eine weitere Stunde durchgehalten. Eine zweite Pille wäre willkommen gewesen, als die Wirkung nachzulassen begann, doch die Logistik der Situation ließ es nicht zu; wir waren noch immer dreißig Kilometer von der feindlichen Basis entfernt, im weglosen Gelände wenigstens fünfzehn Stunden Marschleistung. Und obgleich man von den Tabletten hundert Stunden wach und bei Kräften bleiben konnte, nahmen Urteilsfehler und Konzentrationsmängel nach der zweiten lawinenartig zu, bis im Extremfall die bizarrsten Halluzinationen für Realität gehalten wurden und die Denkunfähigkeit einen Punkt erreichte, wo man über die Frage, ob man frühstücken solle oder nicht, stundenlang in nervöse Unruhe verfallen konnte.

Unter künstlicher Stimulierung marschierte die Kompanie während der ersten sechs Stunden mit großer Energie und Ausdauer, wurde nach der siebenten Stunde zusehends langsamer und machte nach neun Stunden und neunzehn Kilometern völlig erschöpft halt. Die Teddybären hatten uns zu keinem Zeitpunkt aus dem Blickfeld verloren und wenn man Debby Hollister Glauben schenken konnte, die ganze Zeit hindurch ›gesendet‹. Angesichts unseres Zustands entschied sich Cortez für eine achtstündige Ruhepause. Jede Kampfgruppe sollte abwechselnd eine Stunde Wachdienst übernehmen. Ich hatte das große Glück, mit meiner Gruppe die vorletzte Schicht zugeteilt zu bekommen, und konnte sechs Stunden ohne Unterbrechung schlafen.

In den wenigen Minuten, die ich vor dem Einschlafen wach lag, kam mir der Gedanke, daß das nächste Mal, wenn ich die Augen schloß, sehr leicht das letzte Mal sein könnte. Aber unter dem Einfluß der vom Aufputschmittel zurückgebliebenen Katerstimmung und wegen der Schrecken des abgelaufenen Tages war es mir ziemlich gleichgültig.

14

Unsere erste Berührung mit den Tauriern kam während meines Wachdienstes zustande.

Die Teddybären waren immer noch da, als ich geweckt wurde und meinen Vorgänger auf dem Posten ablöste. Sie hatten ihre ursprüngliche Formation wieder angenommen und jedem unserer Wachtposten einen gegenübergesetzt. Mein Gegenüber schien ein wenig größer als der Durchschnitt, sah aber sonst genauso aus wie alle anderen. Im Umkreis seines Platzes war alles Gras abgeweidet, und gelegentlich wanderte er zum Fressen auf die linke oder die rechte Seite. Aber immer kehrte er zurück und ließ sich mir gegenüber auf die Hinterkeulen nieder, um mich — anzustarren, könnte man sagen, bloß hatte er nichts, um damit zu starren.

Wir hatten einander ungefähr eine Viertelstunde gegenübergesessen, als Cortez' Stimme aus den Kopfhörern krächzte: »Achtung, Achtung, alles in Deckung!«

Ich folgte meinem Instinkt, warf mich zu Boden und kroch ins hohe Gras.

Cortez wiederholte seinen Befehl und fügte beinahe lakonisch hinzu: »Feindlicher Flieger über uns.«

Genaugenommen war er nicht über uns, sondern flog östlich von uns am Lagerplatz vorbei. Seine Geschwindigkeit war nicht hoch — ich schätzte sie auf einhundert Stundenkilometer —, und er erinnerte mich an einen Besen, der in einer schmutzigen Seifenblase steckte. Der auf diesem Besen reitende Pilot sah ein wenig menschenähnlicher aus als die Teddybären, war aber noch immer weit davon entfernt, menschenähnlich zu sein.

Er hatte zwei Arme und zwei Beine, aber seine Mitte war so schmal, daß man sie wahrscheinlich mit zwei Händen umfassen konnte. Unter dieser Wespentaille war eine große, hufeisenförmige Beckenstruktur, die annähernd einen Meter breit sein mußte und von der zwei lange, dünne Beine ohne erkennbare Kniegelenke herabhingen. Über der Taille schwoll der Körper wieder auf, und sein Brustkorb stand dem Becken an Umfang in nichts nach. Die Arme sahen überraschend menschlich aus, bloß waren sie zu lang und schienen kaum Muskeln zu haben. Mit der stärksten Vergrößerung, die mein Sichtgerät hergab, konnte ich sogar sehen, daß er zu viele Finger an den Händen hatte. Auch schien er weder Schultern noch einen Hals zu haben; der Kopf war ein alptraumhafter Auswuchs, der wie ein Kropf seiner mächtigen Brust entwuchs. Die zwei Augen sahen wie Zusammenballungen von Froschlaich aus, statt einer Nase hatte er ein Bündel zerfaserter Quasten, und wo bei einem Menschen der Adamsapfel gewesen wäre, gähnte ein offenbar starres offenes Loch. Die Seifenblase enthielt augenscheinlich eine ihm angenehme Temperatur und Atmosphäre, denn er trug außer seiner von Furchen durchzogenen Haut, die aussah, als wäre sie zu lange in heißes Wasser eingeweicht und dann blaßorange gefärbt worden, keinerlei Kleidung. Geschlechtsmerkmale irgendwelcher Art waren nicht auszumachen.

Anscheinend sah er uns nicht oder dachte, wir gehörten zur Herde der Teddybären. Er wandte weder den Kopf, noch sah er sich nach uns um; er verfolgte unbeirrbar seinen Kurs, der ihn in die gleiche Richtung führte, die wir eingeschlagen hatten.

»Wer keinen Wachdienst hat, kann sich wieder schlafen legen, wenn er nach diesem Anblick noch schlafen kann. Weitermarsch ist um vier Uhr fünfunddreißig.«

Wegen der undurchdringlichen Wolkenhülle des Planeten war es vom Raum aus unmöglich gewesen, Anlage und Größe des feindlichen Stützpunkts festzustellen. Wir kannten nur seine Position, wie wir den Landeplatz der Aufklärungsmaschinen gekannt hatten. Daher war nicht auszuschließen, daß auch er sich unter Wasser oder unter der Erde befand.

Aber unsere Flugsonden waren viel mehr als Köder oder selbststeuernde Lenkwaffen; sie hatten Kameras und alle möglichen elektronischen Meßgeräte an Bord; und bei ihren Scheinangriffen auf den Stützpunkt gelang es einer, nahe genug ans Ziel heranzukommen, um ein Bild aufzunehmen und über Funk an das Schiff weiterzuleiten. Hauptmann Stott gab Cortez eine präzise Beschreibung des Lageplans durch, als uns noch fünf Kilometer von der gegnerischen Basis trennten. Wir machten halt, und er rief alle Kampfgruppenführer mit den Angehörigen der vierten Gruppe zu einer Beratung zusammen. Auch zwei Teddybären ließen es sich nicht nehmen, der Besprechung beizuwohnen. Wir versuchten sie zu ignorieren.

»Also, der Hauptmann hat eine Luftaufnahme vom Zielgebiet, und nach seinen Angaben werde ich jetzt eine Karte zeichnen. Die Gruppenführer werden sie kopieren und ihre Leute mit dem Lageplan des Stützpunkts vertraut machen.« Die Gruppenführer nahmen Notizblöcke und Stifte aus den Taschen, während Cortez eine Kartenskizze, die er auf Papier gezeichnet hatte, vergrößert in den Boden ritzte.

»Wir kommen aus dieser Richtung.« Er ritzte einen Pfeil in die untere Ecke. »Als erstes werden wir auf diese Reihe von Hütten stoßen, wahrscheinlich Quartiere oder Bunker, aber das kann kein Mensch sagen ... Unser erstes Ziel ist die Zerstörung dieser Gebäude. Der ganze Stützpunkt liegt auf einer völlig ebenen Fläche; es gibt keine Möglichkeit, unbemerkt an diesen Hütten vorbeizukommen.«

»Potter hier. Warum können wir nicht von der Seite kommen, und die Hütten links liegenlassen?«

»Ja, das könnten wir tun, wenn wir eingekesselt und zu Hackfleisch verarbeitet werden wollten. Nein, wir nehmen die Gebäude.

Was anschließend wird ... ich kann nur sagen, daß wir aus der Situation heraus entscheiden müssen. Nach der Luftaufnahme ist es nur in wenigen Fällen möglich, auf die Funktion von Gebäuden zu schließen — und auch das ist höchst unsicher. Es könnte dazu kommen, daß wir eine Menge Zeit mit der Zerstörung einer Mannschaftsmesse vergeuden und einen riesigen logistischen Computer unbeachtet lassen, weil er vielleicht wie ein ... ein Müllbehälter oder was aussieht.«

»Mandella hier«, sagte ich. »Gibt es nicht eine Art Landeplatz in der Nähe? Mir scheint, wir sollten ...«

»Darauf komme ich noch zu sprechen, verdammt noch mal. Diese Hütten umgeben den Stützpunkt wie ein Ring, also müssen wir irgendwo durchbrechen. Am günstigsten ist der Angriff von hier aus zu führen, weil wir so am nächsten herankommen können, ohne auf Deckung zu verzichten.

Im ganzen Stützpunkt gibt es nichts, was nach unseren Begriffen wie eine Waffe aussieht. Das hat jedoch nichts zu bedeuten; in jeder dieser Hütten könnte man eine Laserkanone verstecken.

Nun, ungefähr fünfhundert Meter von den Hütten entfernt, in der Mitte des Stützpunkts, werden wir zu diesem großen, wie eine Blume geformten Gebäude kommen.« Cortez ritzte ein großes, symmetrisch aussehendes Gebilde in den Dreck, das an den Umriß einer Blüte mit sieben Blütenblättern gemahnte. »Was zum Henker das ist, weiß ich genausowenig wie Sie. Es existiert aber nur einmal, also werden wir es nicht mehr beschädigen als unbedingt nötig. Andererseits werden wir keinen Augenblick zögern, es in Trümmer zu legen, wenn ich es für gefährlich halte.

Nun, was Ihren Landeplatz angeht, Mandella — es gibt keinen. Nichts. Wenn die Taurier über Schiffe, Lenkwaffen oder Aufklärer verfügen, sind sie entweder nicht hier stationiert, oder sie sind sehr gut versteckt.«

»Bohrs hier. Womit griffen sie uns dann an, als wir aus der Umlaufbahn herunterkamen?«

»Ich wünschte, wir wüßten es. Übrigens haben wir keine Möglichkeit, die Stärke des Gegners zu schätzen, jedenfalls nicht direkt. Hauptmann Stott sagte, auf dem Funkbild sei nicht ein einziger Taurier zu sehen. Nun, das hat nicht allzuviel zu bedeuten, weil der Gegner fremd ist und wir seine Lebensgewohnheiten nicht kennen. Indirekt lassen sich dagegen Anhaltspunkte finden, zum Beispiel, indem wir die Zahl dieser fliegenden Besen feststellen.

Es gibt einundfünfzig Hütten, und jede hat im Höchstfall einen fliegenden Besen. Der Hauptmann sagte, sie hätten siebenundvierzig von den Dingern gezählt, die neben den Hütten parkten, dazu drei in verschiedenen Teilen des Lagers. Da wir einundfünfzig Hütten haben, könnte dies bedeuten, daß es im Stützpunkt einundfünfzig Taurier gibt, von denen jeder über einen fliegenden Besen verfügt. Nach dieser Version wäre einer zur Zeit der Aufnahme außerhalb des Stützpunkts gewesen.«

»Keating hier. Oder die Taurier haben einundfünfzig Offiziere.«

»Das ist richtig — vielleicht sind in diesen Gebäuden fünfzigtausend Infanteristen gestapelt. Es gibt keine Möglichkeit, das von hier aus festzustellen.

Wir haben jedoch einen Vorteil, und das ist die Kommunikation. Die Taurier verständigen sich offenbar mittels Frequenzmodulationen elektromagnetischer Strahlungen im Megahertzbereich.«

»Radio!«

»So ist es. Identifizieren Sie sich, bevor Sie sprechen. Es spricht also manches dafür, daß der Gegner unseren mit Synchrotonstrahlung als Trägerwellen arbeitenden Funkverkehr nicht ausmachen kann. Um die Radioverbindungen des Gegners zu unterbrechen, wird das Schiff kurz vor dem

Angriff in der oberen Atmosphäre über dem Stützpunkt eine Fusionsbombe zünden. Das wird ihren Radioverkehr für einige Zeit zum Erliegen bringen.«

»Tate hier. Warum werfen sie die Bombe den Tauriern nicht gleich in den Schoß? Würde uns eine Menge Arbeit ersparen.«

»Diese Frage verdient keine Antwort. Wir alle wissen, worum es geht. Wir haben Befehl, den Stützpunkt einzunehmen und funktionsfähig zu machen; zugleich sollen die Einrichtungen so weit wie möglich intakt bleiben. Und wir sollen einen Gefangenen machen.«

»Potter hier. Sie meinen, mindestens einen Gefangenen, nicht wahr?«

»Ich meine, was ich sage. Nur einen. Potter ... ich entbinde Sie von der Führung Ihrer Kampfgruppe. Schicken Sie Chavez zu mir.«

»Jawohl Sir.« Die Erleichterung in ihrer Stimme war unverkennbar.

Cortez fuhr fort, seine Instruktionen zu geben und den eingeritzten Lageplan zu ergänzen. Es gab ein Gebäude, dessen Funktion offensichtlich war, weil es eine große, drehbare Parabolantenne auf dem Dach hatte. Dieses Gebäude mußte zerstört werden, sobald die Granatwerfer es erreichen konnten.

Der Angriffsplan blieb sehr im allgemeinen. Als Signal sollte der Atomblitz der Fusionsbombe dienen. Anschließend war ein Scheinangriff unserer Flugsonden vorgesehen, damit wir uns ein Bild von der Luftabwehr des Stützpunkts machen könnten. Wir hatten die Wirksamkeit dieser Abwehrmittel nach Möglichkeit zu reduzieren, ohne sie völlig zu vernichten.

Unmittelbar nach dem Scheinangriff der Flugsonden würden unsere Granatwerfer eine Reihe von sieben Hütten zerstören und so eine Bresche legen, durch die wir ins Innere des Stützpunkts eindringen würden. Das weitere Geschehen blieb offen, weil die Entwicklung der Lage nicht vorausgesehen werden konnte.

Im Idealfall würden wir die Basis im Sturmangriff nehmen, bestimmte Ziele zerstören und alle Taurier bis auf einen töten. Aber das erschien sehr unwahrscheinlich, weil es voraussetzte, daß die Taurier kaum Widerstand leisteten.

Zeichnete sich jedoch von Anfang an eine deutliche Überlegenheit der Taurier ab, so würde Cortez Befehl geben, sich zu zerstreuen. Jeder von uns hatte einen Kompaß, und die Überlebenden würden sich einzeln zum vorgesehenen Treffpunkt durchschlagen, einem Tal, das ungefähr vierzig Kilometer östlich vom Stützpunkt lag.

»Noch etwas«, sagte Cortez mit schneidender Schärfe. »Vielleicht denken mehrere von Ihnen wie Potter und meinen, wir sollten uns die Hände nicht schmutzig machen und kein solches Blutbad anrichten. Barmherzigkeit, Herrschaften, ist ein Luxus, eine Schwäche, die wir uns in diesem Stadium des Krieges nicht leisten können. Alles, was wir über den Gegner wissen, ist, daß er siebenhundertachtundneunzig Menschen getötet hat. Er zeigte keinerlei Zurückhaltung, als er unsere Schiffe angriff, und es wäre einfältig, bei dieser ersten Auseinandersetzung im Erdkampf welche zu erwarten.

Der Gegner ist verantwortlich für das Schicksal unserer Kameraden, die bei der Ausbildung ums Leben kamen. Er hat Ho und alle anderen auf dem Gewissen, die heute sterben werden. Ich kann nicht verstehen, wie jemand den Wunsch haben kann, einen solchen Gegner zu schonen. Aber das macht keinen Unterschied. Sie haben Ihre Befehle und — warum zum Teufel sollte ich es Ihnen nicht sagen? — Sie alle haben eine posthypnotische Konditionierung, die ich vor dem Kampf durch ein Wort auslösen werde. Sie wird Ihnen die Arbeit erleichtern.«

»Feldwebel...«

»Keine Fragen mehr. Die Zeit wird knapp; gehen Sie jetzt zu Ihren Gruppen und geben Sie den Leuten die nötigen Instruktionen. Wir marschieren in fünf Minuten ab.«

Die Kampfgruppenführer kehrten zu ihren Leuten zurück. Cortez und zehn von uns blieben an Ort und Stelle zurück — dazu drei Teddybären, die scheinbar ziellos herumtappten und uns bei den Vorbereitungen zum Abmarsch störten.

15

Die letzten fünf Kilometer bewegten wir uns sehr vorsichtig, blieben im hohen Gras, wo es möglich war, und rannten einzeln geduckt über gelegentliche Lichtungen. Als wir uns der vermuteten Peripherie des Stützpunkts bis auf fünfhundert Meter genähert hatten, ging Cortez mit der dritten Kampfgruppe nach vorn, um das Vorfeld auszukundschaften, während wir anderen in Deckung lagen.

Nach längerer Zeit meldete Cortez über die allgemeine Frequenz: »Alles sieht so aus, wie wir erwarteten. Alles schließt in einfacher Reihe hintereinander kriechend auf. Wir liegen ungefähr hundertfünfzig Meter voraus. Nach dem Aufschließen gehen die Kampfgruppen rechts und links in Position.«

Wir taten, wie geheißen, und eine halbe Stunde später lagen wir mit dreiundachtzig Mann auf breiter Front der geplanten Einbruchsstelle gegenüber. Wir waren ziemlich gut versteckt, wurden aber von einem guten Dutzend Teddybären begleitet, die unbekümmert zwischen uns herumlungerten und Gras kauten.

Im feindlichen Stützpunkt war kein Zeichen von Leben zu entdecken. Die Gebäude waren sämtlich fensterlos und von einem gleichförmigen, schimmernden Weiß. Die Hütten uns gegenüber sahen wie große, halb vergrabene Eier ohne irgendwelche Merkmale aus. Sie lagen jeweils sechzig Meter voneinander entfernt. Cortez wies jedem Grenadier eine zu.

»Weniger als eine Minute jetzt! Schutzfilter vorklappen! Grenadiere, wenn ich sage ›Feuer‹, legt ihr los. Gott sei euch gnädig, wenn ihr danebenschießt.«

Plötzlich gab es ein Geräusch, das sich wie das Rülpsen eines Riesen anhörte, und ein Strom von fünf oder sechs schillernden Blasen schwebte von dem blumenförmigen Gebäude in die Höhe. Sie stiegen mit zunehmender Geschwindigkeit, bis sie fast außer Sicht waren, dann schossen sie über unsere Köpfe hinweg nach Süden. Dann wurde es plötzlich blendend hell, und zum erstenmal seit unserer Landung sah ich meinen Schatten. Die Bombe war anscheinend zu früh losgegangen. Ich hatte gerade noch Zeit für den Gedanken, daß es keinen großen Unterschied machen könne, als eine Flugsonde in Baumwipfelhöhe vorüberkreiste. Eine Blase war in der Luft, sie zu empfangen, und als sie miteinander in Berührung kamen, zerplatzte die Blase, und die Sonde explodierte in eine Million winziger Fragmente. Eine weitere kam aus der Gegenrichtung und erlitt das gleiche Schicksal.

»Feuer!«

Sieben grelle Explosionsblitze und eine Druckwelle, die einen ungeschützten Menschen sicherlich getötet hätte.

»Schutzfilter hoch.«

Grauer Dunst aus Rauch und Staub. Herunterprasselnde Steine und Erdbrocken.

»Aufgepaßt, Leute!

Willkommen, kalte Gruft aus Stein,
Wenn nicht der Sieg kann unser sein!«

Ich hörte ihn kaum, so sehr war ich damit beschäftigt, dem nachzuspüren, was in meinem Schädel vor sich ging. Ich wußte, daß es bloß posthypnotische Suggestion war, erinnerte mich sogar an den Tag in Missouri, als man sie uns eingepflanzt hatte, doch machte sie das nicht weniger zwingend. Mein Verstand geriet unter den starken Pseudo-Erinnerungen ins Taumeln. Zottige Ungeheuer, die Taurier waren (völlig unähnlich ihrer wirklichen Erscheinung, die wir nun kannten), enterten ein Schiff mit Kolonisten, fraßen Säuglinge, deren Mütter kreischend vor Entsetzen zusehen mußten (Auswandererschiffe nahmen niemals Säuglinge mit, da sie den Beschleunigungsdruck nicht aushielten), dann vergewaltigten sie die Frauen mit riesigen, purpurnen geäderten Gliedern zu Tode (lächerlich, daß sie Verlangen nach Menschen verspüren sollten) und hielten die Männer nieder, während sie den Unglücklichen das Fleisch aus den zuckenden Körpern rissen und roh verschlangen (als ob sie das fremdartige Protein verarbeiten könnten) ... hundert blutrünstige Einzelheiten, und jede so klar erinnert wie die Ereignisse der letzten Minute, lächerlich übertrieben und völlig absurd. Aber während mein bewußter Verstand die Albernheiten zurückwies, dürstete etwas andres viel tiefer in mir, wo das Tier lebt und wo wir unsere wirklichen Motive haben, nach dem Blut der Fremden, überzeugt, daß das Töten eines dieser gräßlichen Ungeheuer die edelste Tat sei, die ein Mensch verrichten könne ...

Ich wußte, daß dies alles der größte Unsinn war, und ich haßte die Menschen, die sich solche obszönen Freiheiten mit meinem Verstand herausgenommen hatten, zugleich aber hörte ich mich mit den Zähnen knirschen, fühlte meine Wangen in einem verkrampften Grinsen gefrieren, halb verrückt vor Blutgier... Ein Teddybär wanderte an mir vorbei. Ich hob die Laserpistole, aber jemand kam mir zuvor, und der Kopf des harmlosen Wesens explodierte in einer Wolke von Blut und grauen Knochensplittern.

»Dreckige, verfluchte Bastarde«, rief Debby Hollister

schluchzend. Überall blitzten Laserstrahlen, und die Teddybären, die uns seit Tagen begleitet hatten, brachen tot zusammen.

»Paßt gefälligst auf. Verdammt noch mal!« schrie Cortez. »Das sind keine Spielzeugpistolen! Los, vorwärts — Schützenkette marsch!«

Jemand lachte und schluchzte durcheinander. »Was ist los mit Ihnen, Petrow? Auf jetzt, oder soll ich Ihnen Beine machen?«

Ich wandte mich um und sah Petrow in einer flachen Bodenvertiefung liegen und wie wild mit beiden Händen graben. Er schluchzte und gurgelte unverständliche Worte.

Die Schützenkette war schon in Bewegung, und ich sah nur noch, wie der Feldwebel Petrow und ein paar andere Nachzügler mit vorgehaltener Waffe vorwärts trieb, dann rannte ich mit den anderen auf die Krater zu, die unsere Granatwerfer aufgerissen hatten. Sie waren groß genug, um sämtliche Kampfgruppen aufzunehmen, acht bis zehn Meter im Durchmesser. Ich sprang in den nächstbesten Krater und krabbelte am anderen Rand hinauf, wo ich neben einem Burschen namens Chin zu liegen kam. Er sah sich nicht einmal um, als ich mich neben ihm in die frisch aufgewühlte Erde warf. Er hatte die Laserpistole vor sich auf dem Kraterrand und hielt nach Lebenszeichen Ausschau.

Einen Augenblick später rülpste das Gebäude vor uns, und eine Salve der wohlbekannten Blasen kam heraus und schwebte ausfächernd auf unsere Linien zu. Die meisten sahen sie kommen und gingen in Deckung, aber Chin hielt es für unnötig, den Kopf einzuziehen und wurde getroffen.

Eine Blase streifte die Wölbung seines Helms und verschwand mit einem leise platzenden Geräusch. Er richtete sich auf, taumelte einen Schritt rückwärts und stürzte in den Krater, während Blut und Gehirnmasse aus seinem geöffneten Kopf sprudelten. Leblos und mit ausgebreiteten Armen rutschte er bis zum Kraterboden hinab, und Erde und Geröll schoben sich in die vollkommen symmetrische Trichteröffnung, welche die Blase durch Plastik, Haar, Haut, Knochen und Gehirn gebohrt hatte.

»Alles bleibt in Deckung. Gruppenführer, Verlustmeldungen! ... Wir haben drei Tote. Sie könnten noch am Leben sein, wenn sie die Köpfe unten behalten hätten. Also rein in den Dreck, wenn ihr dieses Ding losgehen hört! Gruppen eins, zwei und drei, Sprung auf — halt! Hinlegen!«

Die Blasen glitten auf uns zu, ungefähr eineinhalb bis zwei Meter über dem Boden. Sie glitten lautlos und schimmernd über unsere Köpfe dahin und verschwanden — bis auf einen, der einen Baum zu Zahnstochern verarbeitete — in der Ferne.

»Grenadiere, seht zu, ob ihr die Blume erreichen könnt!«

Zwei Granaten rissen dreißig oder vierzig Meter vor dem Gebäude den Erdboden auf. In einer guten Imitation von Panik spuckte die Blume einen nicht endenwollenden Blasenstrom aus, doch kam keine tiefer als zwei Meter. Als Cortez den Befehl gab, griffen wir geduckt und im Laufschritt an.

Auf einmal erschien ein Spalt in dem Gebäude, der sich rasch zur Größe eines breiten Tores weitete. Taurier schwärmten aus der Öffnung.

»Granatwerfer, Feuer einstellen. Gruppen eins und fünf, Laserfeuer nach links und rechts — haltet sie in einer Herde beisammen. Die übrigen Gruppen greifen in der Mitte an!«

Ein Taurier starb bei dem Versuch, durch einen Laserstrahl zu laufen. Die anderen blieben, wo sie waren.

In einem Kampfanzug ist es ziemlich schwierig, zu rennen und zugleich den Kopf geduckt zu halten. Man muß sich dabei wie ein Eisläufer von Seite zu Seite bewegen, oder man läuft Gefahr, sich beim Abstoßen zu weit in die Höhe zu schnellen. Einer aus der ersten Gruppe machte es so; er sprang beim Rennen zu hoch und erlitt das gleiche Schicksal wie Chin.

Ich fühlte mich ziemlich eingeengt und wie in einer Falle, mit Wänden aus Laserfeuer und einer niedrigen Decke, deren Berührung den Tod bedeutete. Aber wider besseres Wissen fühlte ich mich glücklich, geradezu euphorisch, bekam ich doch endlich Gelegenheit, einige von diesen schurkischen Kinderfressern zu töten. Dabei wußte ich, daß es Unsinn war.

Sie setzten sich nicht zur Wehr, sah man von den ziemlich unwirksamen Blasen ab, die offenbar nicht als Infanteriewaffe gedacht waren, und sie zogen sich auch nicht ins Gebäude zurück. Sie drängten durcheinander, ungefähr hundert Gestalten, und sahen uns näher kommen. Ein paar Granaten hätten sie allesamt erledigt, aber Cortez dachte wahrscheinlich an den Gefangenen.

»Gut, wenn ich ›los‹ sage, nehmen wir sie in die Zange. Gruppen eins und fünf stellen das Feuer ein. Gruppen zwei und vier nach rechts, drei und sechs nach links. Eins und fünf gehen dann in der Mitte vor, um sie einzuschließen. Ist das klar?«

Die Gruppenführer bejahten.

»Los!« Wir rannten nach rechts hinüber. Sobald das Laserfeuer aufhörte, nahmen die Taurier die Beine in die Hand und versuchten seitlich auszubrechen, was sie auf Kollisionskurs mit unseren angreifenden Flügeln brachte.

»Achtung, es wird nur im Liegen und gezielt gefeuert! Ein Fehlschuß könnte einen Kameraden treffen, vergeßt das nicht! Und in Gottes Namen, laßt mir einen übrig!«

Es war ein erschreckender Anblick, wie diese Herde von Ungetümen auf uns losstürmte. Sie rannten mit gewaltigen Sprüngen — die Blasen wichen ihnen aus —, und alle sahen so aus wie derjenige, den wir auf dem Besenstiel hatten reiten sehen: nackt bis auf eine fast transparente Kugel, die ihre ganzen Körper umschloß und sich mit ihnen bewegte. Unsere Flügelmänner begannen zu feuern und töteten einzelne Taurier im rückwärtigen Teil der Herde.

Plötzlich blitzte von der anderen Seite ein Laserstrahl durch die Menge der Taurier; jemand hatte sein Ziel verfehlt. Es folgte ein furchtbarer Schrei, und ich blickte die Reihe entlang und sah einen der unsrigen — ich glaube, es war Perry — sich am Boden winden, die rechte Hand über dem schwelenden Stumpf des linken Arms, der knapp unterhalb des Ellbogens abgetrennt war. Blut sprühte ihm durch die Finger, und sein Anzug, dessen Tarnelektronik offenbar beschädigt worden war, flackerte schwarz-weiß-Dschungel-Wüste-grün-grau. Ich weiß nicht, wie lange ich starrte — lange genug, daß ein Sanitäter zu ihm rennen und mit Erster Hilfe anfangen konnte —, aber als ich aufblickte, waren die Taurier beinahe über mir.

Mein erster Schuß ging ungezielt über ihre Köpfe weg, verletzte aber die schützende Blase des führenden Tauriers. Sie verschwand, und er strauchelte und fiel zu Boden, wo er krampfhaft zuckend und um sich schlagend liegenblieb. Schaum quoll aus seiner Mundöffnung, zuerst weiß, dann rot durchschossen. Nach einem letzten Aufbäumen wurde er steif und krümmte sich rückwärts, fast zur Form eines Hufeisens. Sein langer Todesschrei, ein hohes Pfeifen, brach ab, als seine Kameraden über ihn hinwegtrampelten. Ich verabscheute mich selbst, weil ich lächelte.

Es war ein schauriges Gemetzel, obwohl unsere Flanke ihnen zahlenmäßig unterlegen war. Sie kamen auf uns zu, ohne ihren Schritt zu verlangsamen, selbst wenn sie über den Leichenwall ihrer getöteten Kameraden klettern mußten, der sich parallel zu unserer Flügelstellung hinzog. Der Erdboden zwischen uns war vom Blut der Taurier rot und schlüpfrig — alle Kinder Gottes haben Hämoglobin —, und ihre Gedärme nahmen sich für mein ungeübtes Auge sehr wie menschliche Gedärme aus. Mein Helm vibrierte von hysterischem Gelächter, während wir sie mit unseren Laserpistolen in blutige Klumpen schnitten, und beinahe hätte ich Cortez' Rufe überhört.

»Feuer einstellen! Ich sagte Feuer einstellen, verflucht noch mal! Fangt ein paar von den Bastarden, sie können euch nichts anhaben.«

Ich hörte auf zu schießen, und bald erlosch auch der letzte Laser. Als der nächste Taurier über den qualmenden Fleischhaufen vor mir sprang, versuchte ich ihn bei seinen spindeldürren Beinen zu fassen zu kriegen.

Das war nicht so einfach. Die durchsichtige Kugel war im Weg, und sie fühlte sich wie ein großer, schlüpfriger Ballon an. Als ich versuchte, ihn zu Boden zu ziehen, entglitt er meinen Armen und rannte weiter.

Es gelang uns, einen festzuhalten, indem wir uns mit sechs Mann auf ihn warfen. Inzwischen hatten die Überlebenden unsere Linie durchbrochen und hielten auf die Reihe großer zylindrischer Tanks zu, die Cortez für Vorratsbehälter gehalten hatte. An der Basis dieser Gebäude öffneten sich bei der Annäherung der Taurier kleine Türen.

»Wir haben unseren Gefangenen!« brüllte Cortez. »Legt die anderen um!«

Sie waren fünfzig Meter entfernt und rannten, was sie konnten, schwierige Zielfiguren. Die Laserstrahlen stachen hierhin und dorthin, über ihre Köpfe und in den Boden. Einer fiel, entzweigeschnitten, aber die übrigen liefen weiter und hatten die Türen fast erreicht, als die Granatwerfer zu feuern begannen. Ich zählte elf Gestalten.

Die ersten Einschläge detonierten vor den Gebäuden, vermochten den Tauriern jedoch nichts anzuhaben — der Luftdruck schleuderte sie einfach ein Stück weiter, unverletzt in ihren elastischen Blasen.

»Die Gebäude! Zielt auf die verdammten Gebäude!«

Die Grenadiere gehorchten und hielten höher, aber die Granaten schienen die weißen Außenseiten der Strukturen lediglich zu schwärzen, bis eine Granate durch Zufall in einer Türöffnung detonierte. Das spaltete das Gebäude, als ob es eine Naht hätte; die beiden Hälften wurden auseinandergerissen, und eine Wolke von Maschinenteilen flog in die Luft, begleitet von einer riesigen blassen Flamme, die zum Himmel emporleckte und einen Augenblick später erlosch. Nun konzentrierte sich alles auf die Türöffnungen, um die übrigen Gebäude zu zerstören und die Taurier von den Eingängen fernzuhalten. Sie schienen ungemein begierig, hineinzukommen.

Unterdessen versuchten wir Infanteristen die Taurier mit Laserfeuer zu erledigen, während sie von Deckung zu Deckung sprangen und selbst um den Preis ihres Lebens entschlossen schienen, in die Gebäude zu gelangen. Wir verfolgten sie, so weit wir konnten, ohne in den Gefahrenbereich der Granateinschläge zu kommen, doch blieb die Distanz für genaues Zielen zu groß.

Dennoch erwischten wir sie nach und nach, und im Verlauf des Bombardements gelang es uns, vier der sieben Gebäude zu zerstören. Dann, als nur noch zwei Taurier übrigblieben, schleuderte eine in der Nähe detonierende Granate einen der Überlebenden bis auf wenige Meter vor eine Türöffnung. Er stürzte hinein, und unsere Grenadiere feuerten ihm Salven nach, aber alle lagen zu kurz oder abseits. Die Explosionen machten einen Höllenlärm, doch wurde er plötzlich von einem ungeheuren Seufzen übertönt, als ob ein Berg ausatmete, und wo das Gebäude gestanden hatte, erhob sich eine dichte, zylindrische Rauchwolke, die sich hoch oben in der Stratosphäre verlor, gerade wie mit dem Lineal gezogen. Der andere Taurier war am Fuß der Rauchsäule gewesen; ich konnte Stücke von ihm umherfliegen sehen. Eine Sekunde später traf uns eine Druckwelle, und ich wurde von den Beinen gerissen und nach mehreren Saltos in den Leichenhaufen der Taurier geschleudert.

Ich rappelte mich auf und geriet vorübergehend in Panik, als ich sah, daß mein Anzug über und über blutig war. Als ich verspätet begriff, daß es nur das Blut der Fremden war, fühlte ich mich erleichtert, aber unrein.

»Fangt den Bastard! Haltet ihn!« In der allgemeinen Verwirrung war der gefangene Taurier freigekommen und rannte, die Deckung des hohen Grases zu gewinnen. Eine Kampfgruppe rannte ihm nach, konnte sein Tempo aber nicht halten. Dann kam die zweite Kampfgruppe von der anderen Seite und schnitt ihm den Weg ab. Ich trottete hinüber, um das Spektakel aus der Nähe zu betrachten.

Vier Mann waren auf ihm und hielten ihn nieder, und ein paar Dutzend von der Verfolgungsjagd schnaufende Infanteristen standen im Kreis herum und sahen dem Ringkampf zu.

»Verteilt euch, verdammt noch mal! Es könnten noch tausend von ihnen hier in der Nähe sein und darauf warten, daß wir uns alle an einer Stelle versammeln.« Wir gingen murrend auseinander. In unausgesprochener Übereinstimmung waren wir alle überzeugt, daß es auf dem Planeten keine weiteren lebenden Taurier gebe.

Cortez ging auf den Gefangenen zu, während ich mich mit den anderen zurückzog. Plötzlich fielen die vier Männer, die den Taurier in seiner Blase niederhielten, übereinander. Obwohl ich bereits ein gutes Stück entfernt war, konnte ich den Schaum aus der Mundöffnung des Fremden kommen sehen. Seine Blase war geplatzt. Selbstmord.

»Verdammte Scheiße!« stieß Cortez hervor. »Geht runter von diesem Bastard.« Die vier Männer erhoben sich und traten zurück, und Cortez zerschnitt das Ungeheuer mit seinem Laser in ein Dutzend zitternde, qualmende Fleischklumpen. Ein herzerwärmender Anblick.

»Dann werden wir uns eben einen anderen suchen«, erklärte er. »Alle Kampfgruppen zurück in Keilformation. Wir greifen die Blume an.«

Nun, er hatte das Sagen, und so griffen wir die Blume an, der offensichtlich die Munition ausgegangen war (sie rülpste noch immer, aber es kamen keine Blasen mehr), und wie sich herausstellte, war das Gebäude leer. Wir stürmten mit schußbereiten Waffen Rampen hinauf und hinunter und schlichen durch Korridore, als ob wir Kinder wären, die Soldat spielen. Es war niemand zu Hause.

Genauso verhielt es sich beim Sendegebäude, der ›Salami‹ und zwanzig anderen Gebäuden im zentralen Teil des Stützpunkts. Auch die vierundvierzig Hütten des äußeren Rings, die intakt geblieben waren, enthielten keine Taurier. So hatten wir zahlreiche Gebäude und Anlagen erobert, deren Zweck uns in fast allen Fällen unverständlich blieb, waren aber in der Hauptsache, nämlich der Gefangennahme eines lebendigen Tauriers als Untersuchungsobjekt für die Xenologen, erfolglos geblieben. Natürlich konnten sie an Stücken und Teilen alles haben, was ihr Herz begehrte. Das war immerhin etwas.

Nachdem wir die Basis bis zum letzten Quadratkilometer durchkämmt hatten, traf eine Aufklärungsmaschine mit der Forschungsmannschaft ein, den Wissenschaftlern. Cortez sagte: »In Ordnung, Leute, laßt gut sein«, und der hypnotische Zwang fiel von uns ab.

Zuerst war es ziemlich schrecklich. Sensible Typen wie Debby Hollister und Marygay Potter wurden beinahe verrückt, als die Erinnerungen an hundertfachen blutigen Mord über sie hereinbrachen. Cortez befahl jedem, eine Beruhigungstablette zu nehmen, und diejenigen unter uns, die am aufgeregtesten waren, mußten zwei schlucken. Auch ich nahm zwei, ohne dazu aufgefordert zu sein.

Denn es war glatter Mord gewesen, ein widerwärtiges,

nicht zu beschönigendes Gemetzel. Abgesehen von den Blasen, welchen man ohne allzu große Mühe entgehen konnte, waren wir nicht in Gefahr gewesen. Die Taurier schienen überhaupt keine Vorstellung vom Kampf Mann gegen Mann gehabt zu haben. Wir hatten sie einfach zusammengetrieben und abgeschlachtet, und es war das erste Zusammentreffen zwischen dem Menschen und einer anderen intelligenten Art gewesen. Oder vielleicht das zweite, zählte man die Teddybären mit. Was wäre geschehen, wenn wir uns hingesetzt und versucht hätten, uns mit ihnen zu verständigen? Aber sie hatten die gleiche Behandlung erfahren.

Danach redete ich mir immer wieder ein, daß nicht ich es gewesen sei, der diese verängstigten, in die Enge getriebenen Geschöpfe so fröhlich in Stücke geschnitten habe. Im zwanzigsten Jahrhundert hatte man zu jedermanns Zufriedenheit festgestellt, daß die Ausrede: »Ich führe nur Befehle aus« eine unzulängliche Entschuldigung für unmenschliches Verhalten sei... Aber was soll man tun, wenn die Befehle tief aus dem Unterbewußtsein kommen, von diesem verborgenen Puppenspieler, der alle Bemühungen um mehr Menschlichkeit noch immer vereitelt hat?

Das war das Schlimmste von allem, dieses Gefühl, daß meine Handlungsweise vielleicht gar nicht so unmenschlich gewesen war. Schließlich hat es zu keiner Zeit an Menschen gefehlt, die bereit waren, ihren Mitmenschen das gleiche anzutun, selbst ohne hypnotische Konditionierung.

Ich war angewidert vom mörderischen Instinkt der menschlichen Rasse, angewidert von der Armee und entsetzt über die Aussicht, weitere Jahrzehnte mit mir selbst zu leben... Nun, die Möglichkeit einer Hirnbehandlung war immer gegeben.

Ein Schiff mit einem einzigen taurischen Überlebenden war entkommen, nach Hause, wie ich vermutete, wo immer das sein mochte, um zu berichten, was zwanzig Menschen mit Handfeuerwaffen hundert unbewaffneten Flüchtlingen antun konnten.

Ich vermute, daß wir beim nächsten Infanteriegefecht mit Tauriern einem Gegner gegenüberstehen würden, der aus seinen Fehlern gelernt hatte. Und ich hatte recht.

Zweiter Teil
Feldwebel Mandella
2007—2024 n. Chr.

1

Ob ich Angst hatte? O ja, ich hatte — und wer hätte keine Angst gehabt. Nur ein Dummkopf oder ein Selbstmörder oder ein Roboter. Oder ein Linienoffizier.

Major Stott schritt hinter dem kleinen Rednerpult im Mehrzwecksaal der ›Anniversary‹ auf und ab.

Wir hatten unseren letzten Simultansprung gemacht, von Tet 38 nach Yod 4. Wir verlangsamten mit 112 ge, und wir wurden verfolgt.

»Ich wünschte, Sie würden sich eine Weile entspannen und dem Bordcomputer vertrauen, Herrschaften«, sagte Stott. »Das taurische Schiff wird in jedem Fall erst nach weiteren zwei Wochen in Reichweite sein, und wenn Sie während dieser ganzen Zeit entweder die Köpfe hängen lassen oder von nervöser Unruhe umgetrieben werden, dann werden weder Sie noch Ihre Leute im Ernstfall einsatzfähig sein. Angst ist eine ansteckende Krankheit. Mandella!«

Er war sonst immer sorgfältig darauf bedacht, mich vor der Kompanie ›Feldwebel‹ Mandella zu nennen. Aber bei dieser Besprechung waren nur Gruppenführer und höhere Chargen anwesend; einfache Soldaten waren nicht vertreten. Also ließ er die Formalitäten sein.

»Ja, Sir?«

»Mandella, Sie sind für die psychologische und die körperliche Tüchtigkeit der Männer und Frauen in Ihrer Truppe verantwortlich. Vorausgesetzt, daß Sie sich der zunehmenden Verschlechterung der Truppenmoral an Bord dieses

Schiffes bewußt sind, und vorausgesetzt, daß Ihre Abteilung dagegen nicht immun ist ... was haben Sie dagegen unternommen?«

»Soweit es meine Abteilung betrifft, Sir?«

Er sah mich einen langen Augenblick an. »Selbstverständlich.«

»Wir sprechen uns darüber aus, Sir.«

»Und sind Sie zu irgendwelchen dramatischen Schlußfolgerungen gelangt?«

»Ohne unehrerbietig sein zu wollen, Sir, ich denke, das Problem ist offensichtlich. Meine Leute — das heißt, wir alle sind seit vierzehn Monaten in diesem Schiff eingesperrt und...«

»Lächerlich. Jeder von uns wurde gegen die Nervenbelastungen des Lebens in drangvoller Enge hinreichend konditioniert, und die einfachen Soldaten genießen darüber hinaus das Privileg des Fraternisierens.« Das war eine feine Art, es auszudrücken. »Offiziere müssen demgegenüber im Zölibat leben, trotzdem haben wir keine Schwierigkeiten mit der soldatischen Moral.«

Wenn er dachte, seine Offiziere wären dem Zölibat ergeben, hätte er sich hinsetzen und ein langes Gespräch mit Leutnant Harmone führen sollen. Vielleicht meinte er auch bloß die Linienoffiziere, Cortez und ihn selbst. Dann war seine Annahme wahrscheinlich zu fünfzig Prozent richtig. Cortez tat ziemlich freundlich mit Unteroffizier Kamehameha.

»Die Therapeuten verstärkten ihre Konditionierung in dieser Hinsicht«, fuhr er fort, »während sie gleichzeitig bemüht waren, die Haßkonditionierung auszulöschen — jedermann weiß, wie ich dazu stehe. Sie mögen fehlgeleitet sein, aber sie verstehen ihr Geschäft.«

Er blieb stehen und blickte auf seine Schuhe, dann räusperte er sich. »Unteroffizier Potter.« Er nannte sie beim

Rang, um alle daran zu erinnern, warum sie nicht mit uns anderen befördert worden war. Zu weich. »Haben Sie sich mit Ihren Leuten auch ›darüber ausgesprochen‹?«

»Wir haben es diskutiert, Sir.«

Der Major bedachte sie mit einem gemäßigt finsteren Blick, aber er sagte nichts.

»Ich glaube nicht«, fuhr Marygay fort, »daß Feldwebel Mandella etwas an der Konditionierung auszusetzen hat...«

»Feldwebel Mandella kann für sich selbst sprechen. Ich möchte Ihre Meinung hören. Ihre Beobachtungen.« Sein Ton deutete an, daß sein Interesse daran begrenzt war.

»Nun, ich glaube auch nicht, daß es an der Konditionierung liegt, Sir. Wir haben keine Schwierigkeiten im Zusammenleben. Die Leute sind einfach ungeduldig, haben es satt, Woche für Woche der ewig gleichen Routine des Tagesablaufs zu folgen.«

»Dann sind Ihre Leute also begierig, in den Kampf zu gehen?« Seine Stimme verriet keinen Sarkasmus.

»Sie wollen von Bord, Sir, weg von der gleichförmigen Routine.«

»Sie werden von Bord kommen«, sagte er und gestattete sich ein kleines mechanisches Lächeln. »Und dann werden sie wahrscheinlich genauso ungeduldig die Wiedereinschiffung erwarten.«

So ging es lange hin und her. Niemand wollte die grundlegende Tatsache aussprechen, daß unsere Männer und Frauen über ein Jahr Zeit gehabt hatten, sich über die bevorstehenden Kämpfe Gedanken zu machen; während einer so langen Zeitspanne konnten sie nur ängstlicher werden. Und nun wurden wir von einem taurischen Schiff gejagt, das rasch aufholte. Wir würden uns ihm stellen müssen, ehe wir auch nur in die Nähe unseres Einsatzortes kämen.

Die Aussicht, auf irgendeinem lebensfeindlichen Planeten Soldat spielen zu müssen, war schlimm genug, doch hatte man wenigstens die Chance, das eigene Schicksal zu beeinflussen, solange man auf festem Boden kämpfte. Aber untätig und hilflos herumzusitzen, Teil des Ziels, während die ›Anniversary‹ mit dem taurischen Schiff mathematische Spielchen trieb; in einer Nanosekunde lebendig und in der nächsten tot zu sein, weil jemand sich in der dreißigsten Dezimalstelle geirrt hatte — das war es, was mich bedrückte. Aber versuchen Sie das Stott zu erzählen. Ich mußte mir eingestehen, daß er keineswegs Theater spielte. Er konnte den Unterschied zwischen Angst und Feigheit tatsächlich nicht verstehen. Ob er absichtlich konditioniert worden war, diesen Standpunkt einzunehmen — was ich bezweifle —, oder ob er bloß verrückt war, lief im Effekt auf das gleiche hinaus.

Inzwischen zog er Ching über die glühenden Kohlen, dasselbe alte Lied. Ich befingerte den neuen Organisationsplan, den sie uns gegeben hatten. Er sah wie der auf der folgenden Seite aus.

Die meisten der Leute kannte ich vom Aleph-Massaker. Die einzigen neuen Gesichter in meiner Abteilung waren Demy, Luthuli und Meyrowski. In der ganzen Kompanie (der ›Sturmtruppe‹, wie es jetzt hieß) hatten wir zwanzig Neuzugänge als Ersatz für die neunzehn Mann, die wir während des Angriffs auf Aleph verloren hatten. Eine Amputation, vier Tote und vierzehn Psychotiker, Opfer einer übereifrigen Haßkonditionierung.

Ich konnte nicht über den ›20. März 2007‹ am Fuß des Organisationsplans hinwegkommen. Seit zehn Jahren war ich in der Armee, obgleich es im subjektiven Empfinden weniger als zwei Jahre waren. Die Zeitdehnung, natürlich. Das Reisen von Stern zu Stern läßt den Kalender zusammenschnurren, selbst bei Simultansprüngen.

ORGANISATIONSPLAN

Sturmtruppe Alpha – Feldzug Yod 4

Führung: Mj. Stott   Komm. Martinez
Stellvertreter: Olt. Cortez
Feldarzt: Lt. Dr. Wilson
Koordination: St. Feldw. W. Rogers

Feldw. Mandella	Feldw. Ching	Uffz. Potter
Uffz. Tate	Uffz. Petrow	Uffz. Struwe
Uffz. Yukawa	S. Luthuli	S. Kurosawa
S. Hofstadter	S. Herz	S. Alexandrow
S. Mulroy	S. Meyrowski	S. Bergman
S. Shockley	S. Katawba	S. Demy
S. Rabi	S. Pauling	S. Stiller
	S. Renault	

Spezialisten:
Lt. Bok (Koch), Lt. Levine (San.), Lt. Pastori (Psych.) Uffz. Weinbrenner (San.), Uffz. Harmone (San.), Uffz. Princewell (Elektronik), Uffz. Stonewell (Waffen), Uffz. Theodopolis (Funk), Uffz. Singhe (Schreibst.), Uffz. Dalton (Werkst.), Uffz. Nambyal (Depot).

Herausgegeben Plan.abt. Gen.St. TACBD/1003-9674-1300/20.
März 2007 SG

Verteiler: 4 Gen. Mubutu Ngako
           Log.abt. Gen.St.
           Alles Personal Stt.Alpha

20. März 2007 SG   Für den Befehlshaber
                        Olt. Arlathea Lincoln Gen.St.B/Kom.

Nach diesem Einsatz würde ich wahrscheinlich berechtigt sein, mit vollen Bezügen in den Ruhestand zu treten — wenn ich den Einsatz überlebte, und wenn die Regeln nicht geändert wurden. Ein Veteran mit zwanzig Jahren Dienstzeit, und dabei erst fünfundzwanzig Jahre alt.

Stott resümierte, als an die Tür geklopft wurde, ein kurzes, lautes Pochen. »Herein.«

Ein Marinefähnrich, den ich flüchtig kannte, kam beiläufig herein und reichte Stott wortlos ein Blatt Papier. Er stand mit unverschämter Gelassenheit da, während Stott die Botschaft las. Er war unserem Major nicht unterstellt, und die Marineleute hatten eine Abneigung gegen ihn, die über ihre allgemeine Geringschätzung der Bodentruppen noch hinausging.

Stott gab das Papier zurück und sah durch den Fähnrich hindurch.

»Verständigen Sie Ihre Leute, daß um zwanzig Uhr zehn, also in achtundfünfzig Minuten, Ausweichmanöver beginnen werden.« Er hatte nicht auf seine Uhr gesehen. »Bis zwanzig Uhr wird alles in den Beschleunigungsschalen sein. *Aaacht-unk!*«

Wir sprangen auf, nahmen Haltung an und riefen ohne Begeisterung im Chor: »Sie uns auch, Sir.« Idiotisch.

Stott schritt hinaus, gefolgt vom grinsenden Marinefähnrich.

Ich drehte meinen Ring auf Position 4, den Kanal meines Stellvertreters, und sagte: »Tate, hier Mandella.« Alle anderen im Raum taten das gleiche.

Eine dünne, blecherne Stimme kam aus dem Ring. »Hier Tate. Was gibt's?«

»Rufen Sie die Leute zusammen und sagen Sie ihnen, daß wir um zwanzig Uhr in der Schale sein müssen. Ausweichmanöver.«

»Scheiße. Man sagte uns, es würde noch Tage dauern.«

»Anscheinend ist eine neue Lage eingetreten.«

»Vielleicht hat der Kommandant einen genialen Einfall gehabt.«

»Das wird es sein!«

»Bringen Sie mir eine Tasse mit, wenn Sie kommen, bitte? Mit Zucker!«

»Wird gemacht. In etwa einer halben Stunde bin ich unten.«

»Danke. Ich werde schon mal anfangen, die Leute zusammenzutrommeln.«

Es entstand eine allgemeine Bewegung zur Sojamaschine. Ich stand hinter Unteroffizier Potter.

»Was meinst du, Marygay?«

»Ich bin bloß Unteroffizier, Herr Feldwebel. Ich werde nicht bezahlt, um...«

»Ja, ja, ich weiß. Aber im Ernst.«

»Nun, es muß nicht besonders kompliziert sein. Vielleicht will der Kommandant bloß, daß wir die Schalen wieder ausprobieren.« Sie nahm eine Plastiktasse vom Stapel und blies hinein. Sie sah besorgt aus; eine kleine scharfe Falte teilte den Raum zwischen ihren Augenbrauen. »Oder vielleicht hatten die Taurier ein Schiff draußen, das auf uns wartete. Ich habe mich gefragt, warum sie es nicht genauso machen, wie wir bei Sterntor.«

Ich zuckte die Achseln. »Sterntor ist eine andere Sache. Es erfordert sieben oder acht Schiffe, die ständig in Bewegung sein müssen, um die möglichen Ausgangswinkel zu überwachen. Wir können es uns nicht leisten, mehr als einen Kollapsar zu überwachen, und die anderen können es auch nicht.«

»Ich weiß nicht.« Sie sagte nichts mehr und wartete, bis sie an der Reihe war und ihre Tasse füllen konnte. »Vielleicht sind wir zufällig auf ihre Version von Sterntor gestoßen«, meinte sie schließlich. »Oder vielleicht haben sie zehnmal so viele Schiffe wie wir. Oder hundertmal so viele. Wer kann es wissen?«

Ich füllte und zuckerte zwei Tassen, drückte einen Plastikdeckel auf die eine. »Niemand kann es wissen.« Wir gingen zu einem Tisch, die Tassen vorsichtig balancierend.

»Vielleicht weiß Singhe was«, sagte sie.

»Ja, vielleicht. Aber ich müßte mich über Rogers und Cortez an ihn wenden. Und Cortez würde mir an die Gurgel springen, wenn ich ihn jetzt damit belästigte.«

»Ach, ich kann Singhe selbst fragen. Wir...« Sie blickte mich sehr ernsthaft an und lächelte ein wenig. Ich konnte ihre Grübchen sehen. »Wir waren befreundet, weißt du.«

Ich nippte von meinem brühheißen Sojakaffee und versuchte meiner Stimme einen unbekümmerten Ton zu geben. »Das erklärt, wo du Mittwoch abend warst. Plötzlich warst du verschwunden.«

»Ich müßte erst auf meinem Kalender nachsehen«, sagte sie und lächelte wieder. »Ich glaube, es ist montags, mittwochs und freitags, während der Monate mit einem r. Warum? Hast du was dagegen?«

»Ich? Na... verdammt noch mal, nein, natürlich nicht. Aber — aber er ist von der Marine! Er gehört nicht zu uns!«

»Er ist von der Marine zu uns überstellt worden, also gehört er wenigstens halb zu uns.« Sie drehte an ihrem Ring und sagte: »Vermittlung, bitte.« Dann zu mir: »Und was ist mit dir und der kuscheligen kleinen Miß Harmone?«

»Das ist nicht das gleiche.«

Sie murmelte die Nummer eines Anschlusses in den Ring. »Doch, es ist das gleiche. Wo wäre da ein Unterschied?« Der Ring ließ das Belegtzeichen hören. »Wie war sie?«

Ich begann mich zu erholen. »Wie soll sie gewesen sein?« sagte ich achselzuckend. »Ausreichend.«

»Singhe ist übrigens ein vollendeter Kavalier. Und nicht im mindesten eifersüchtig.«

»Das bin ich auch nicht«, sagte ich. »Sollte er dich je verletzen, sag es mir, und ich werde ihm den Arsch aufreißen.«

Sie lächelte mich über ihre Tasse hinweg an. »Und sollte die Harmone dich jemals verletzen, sag es mir, und ich werde ihr den Arsch aufreißen.«

»Abgemacht.« Wir bekräftigten es mit einem feierlichen Händedruck.

2

Die Beschleunigungsschalen waren etwas Neues. Sie ermöglichten es, die Leistung eines Schiffsantriebs, welche theoretisch Beschleunigungswerte bis zu 25 ge erlaubte, voll auszuschöpfen.

Tate erwartete mich im Vorraum mit dem Rest meiner Gruppe. Die Leute standen herum und unterhielten sich. Ich gab ihm seinen Sojakaffee.

»Danke. Haben Sie was erfahren?«

»Leider nicht. Nur, daß die von der Marine nichts zu befürchten scheinen, und sie müßten es wissen. Wahrscheinlich nur ein weiteres Routinemanöver.«

Er schlürfte aus seiner Tasse. »Hol's der Teufel, uns kann es gleich sein. Sitzen da und werden halb zu Tode gequetscht. Herrgott, ich hasse diese Dinger.«

»Ach, ich weiß nicht. Sie könnten die Infanterie überflüssig machen. Dann können wir alle nach Hause gehen.«

»Darauf können wir lange warten.«

Der Arzt kam vorbei und gab mir meine Spritze.

Ich wartete bis zehn vor acht, dann rief ich den Leuten zu: »Vorwärts, Leute, ausziehen und rein ins Vergnügen!«

Die Schale ist wie ein flexibler Raumanzug; jedenfalls sind die inneren Einrichtungen ziemlich ähnlich. Aber statt des Sauerstoffgeräts und der eigenen Klimatisierung gibt es einen Schlauch, der oben in den Helm hineinführt, und zwei, die bei den Fersen herauskommen, dazu pro Anzug zwei Schläuche zur Körperentleerung. Die Anzüge lagen Schulter an Schulter und Kopf bei Fuß auf leichten, federnden Gestellen, mit denen sie fest verbunden waren. Suchte man seine Schale auf, so vermittelten die zahlreichen Schläuche den Eindruck, man arbeite sich durch einen Riesenteller mit olivgrünen Spaghetti.

Als die Kontrolleuchten in meinem Helm zeigten, daß alle in ihren Anzügen steckten, öffnete ich per Knopfdruck die Flutventile. Natürlich war nichts zu sehen, aber ich konnte mir die blaßblaue Lösung vorstellen — Äthylenglyzerin und noch etwas —, die um und über uns aufschäumte. Das Material des Anzugs, kühl und trocken, wurde von allen Seiten an meine Haut gepreßt. Ich wußte, daß der Druck im Innern meines Körpers rasch anstieg, um sich dem zunehmenden Flüssigkeitsdruck von außen anzugleichen. Um diesen inneren Druckausgleich zu erzielen, war die Injektion notwendig. Trotzdem war es alles andere als ein Vergnügen. Als meine Anzeigenadel die 2 erreichte (Außendruck entsprechend einer Wassersäule von 2 km Höhe), hatte ich das Gefühl, zugleich zerquetscht und aufgeblasen zu werden. Um zwanzig Uhr fünf zeigte die Nadel auf 2,7 und kletterte nicht weiter. Als um zwanzig Uhr zehn die Manöver begannen, bemerkte ich keinen Unterschied. Ich glaubte jedoch die Anzeigenadel zittern zu sehen und fragte mich, wieviel Beschleunigung nötig sein mochte, um diese winzigen Ausschläge zu erzeugen.

Der Hauptnachteil des Systems ist, daß jeder, der sich beim Beginn der Beschleunigung außerhalb seiner Schale befindet, vom Fünfundzwanzigfachen der Erdschwere zu Brei zermalmt würde. Navigation und Gefechtsführung müssen also vom taktischen Computer des Schiffs besorgt werden — der ohnehin den größten Teil dieser Arbeit tut, wenngleich unter menschlicher Aufsicht.

Ein weiteres kleines Problem ist, daß man wie ein Luftballon explodiert, wenn das Schiff beschädigt wird und der Druck im Inneren abfällt. Aber es ist ein schneller Tod.

Die Rückkehr zu normalen Druckverhältnissen erfordert ungefähr zehn Minuten, und weitere Minuten sind nötig, um sich aus den Schalen zu befreien und anzukleiden. Während der Beschleunigungsphasen sind nur vier Personen bedingt handlungsfähig, während alle anderen in ihren Schalen gefangen sind; diese vier sind Maschinisten und Wartungsspezialisten der Marine. Um überleben zu können, schleppen sie den gesamten Apparat einer Beschleunigungskammer mit sich herum, so daß ihre Schutzanzüge zu zwanzig Tonnen schweren rollenden Ungetümen werden. Und selbst sie müssen bewegungslos an einem Ort verharren, während das Schiff manövriert.

Um zwanzig Uhr achtunddreißig war die Beschleunigung zu Ende. Ein grünes Licht ging an, und ich drückte mit dem Kinn den Knopf, der den Prozeß des Druckausgleichs in Gang setzte.

Marygay und ich zogen uns im Vorraum an. Anhaftende Dämpfe der Druckflüssigkeit verursachten Schwindelgefühl und Übelkeit.

»Wie ist das passiert?« sagte ich und zeigte auf einen purpurnen Bluterguß, der sich striemenartig von ihrem rechten Brustkorb zum linken Hüftknochen erstreckte.

»Das ist schon das zweite Mal«, antwortete sie, verdrießlich ihre Haut befühlend. »Beim erstenmal hatte ich den Bluterguß auf dem Rücken. Ich glaube, diese Schale paßt nicht richtig, bekommt Falten.«

»Vielleicht hast du abgenommen.«

»Klugscheißer.«

Kalorieneinnahme und Körpergewicht wurden regelmäßig überwacht, denn ein Kampfanzug ist unbrauchbar, wenn die innere Sensorhaut nicht wie ein Ölfilm am Körper anliegt.

Ein Wandlautsprecher übertönte, was sie noch hinzufügen wollte. »Achtung, Achtung. Alle Armee- und Marineangehörigen vom Unteroffizier aufwärts haben sich um einundzwanzig Uhr dreißig im Vorführraum einzufinden. Achtung...«

Die Botschaft wurde zweimal wiederholt. Ich ging, mich ein paar Minuten aufs Ohr zu legen, während Marygay ihren Bluterguß — und alles andere — dem Arzt und dem Waffenmeister zeigte. Es verdient festgehalten zu werden, daß ich kein bißchen eifersüchtig war.

Der Kommandant eröffnete die Instruktionsstunde.

»Es gibt nicht viel zu berichten, und was es gibt, ist keine gute Nachricht.

Vor sechs Tagen entließ das uns verfolgende taurische Schiff eine selbststeuernde Sonde. Die Ausgangsbeschleunigung war in der Größenordnung von achtzig ge.« Er hielt inne und blickte in die Runde.

»Nach einem Tag stieg die Beschleunigung plötzlich auf 148 ge.«

Ein Keuchen ungläubigen Erstaunens ging durch die Reihen.

»Gestern erfolgte ein weiterer Sprung, diesmal auf 203 ge. Beinahe unnötig zu sagen, daß dies das Doppelte der Beschleunigungsfähigkeit ist, die wir bisher bei feindlichen Sonden beobachteten.

Wir antworteten mit einer Salve von vier Geschossen, welche auf die wahrscheinlichsten künftigen Bahnbewegungen der feindlichen Sonde angesetzt wurden. Eine konnte die Sonde orten und sich ins Ziel steuern, während wir Ausweichmanöver flogen. Die taurische Sonde wurde in ungefähr zehn Millionen Kilometer Entfernung zerstört.«

Das war praktisch nebenan. Keiner sagte etwas, und der Kommandant fuhr fort: »Die einzige ermutigende Erfahrung, die wir aus dem Treffen gewinnen konnten, ergab sich aus der Spektralanalyse der Explosion. Sie war nicht stärker als andere, die wir in der Vergangenheit beobachteten, also erscheint der Schluß erlaubt, daß die Fortschritte des Gegners in der Waffentechnik hinter jenen der Antriebstechnik zurückgeblieben sind. Oder vielleicht war man auf der anderen Seite lediglich der Ansicht, eine stärkere Explosivkraft sei nicht erforderlich.

Nun, dies ist die erste Manifestation eines sehr bedeutsamen Effekts, der bisher nur Theoretiker interessiert hat. Sagen Sie mir, Negulesco«, fuhr er zu einem weiblichen Marineangehörigen gewandt fort, »wie lang ist es her, seit wir bei Aleph das erste Mal mit Tauriern zusammenstießen?«

»Das hängt von Ihrem Bezugsrahmen ab«, antwortete sie prompt. »Für mich ist es ungefähr acht Monate her, Sir.«

»Genau. Die Zeitdehnung kostete Sie jedoch neun Jahre, während wir zwischen Simultansprüngen manövrierten. Da wir während dieser Periode keine wichtigen Forschungs- und Entwicklungsprojekte durchführen konnten, kommt das feindliche Schiff, technologisch gesehen, aus unserer Zukunft!« Er machte eine Pause, um uns Gelegenheit zu geben, das zu verdauen.

»Im weiteren Verlauf des Krieges kann sich diese Tendenz nur verstärken. Immerhin haben auch die Taurier kein Mittel gegen die Relativität, also werden wir genausooft davon profitieren wie sie.

Zum gegenwärtigen Zeitpunkt sind jedoch wir diejenigen, die sich im Nachteil befinden. Mit der weiteren Annäherung des Verfolgers wird dieser Nachteil zweifellos noch deutlicher fühlbar werden. Es wird uns nichts übrigbleiben, als der überlegenen Geschwindigkeit der gegnerischen Sonden mit vermehrten Ausweichmanövern zu begegnen.

Sobald die Distanz auf fünfhundert Millionen Kilometer zusammengeschrumpft sein wird, werden alle ihre Schalen aufsuchen und auf die Geschicklichkeit des logistischen Computers vertrauen müssen. Er wird versuchen, das Schiff durch eine rasche Abfolge willkürlicher Richtungs- und Geschwindigkeitsänderungen zu retten.

Ich will offen mit Ihnen sein. Solange der Gegner eine Flugsonde mehr als wir hat, kann er uns erledigen. Seit jener ersten hat er keine weiteren abgefeuert. Vielleicht hält er sich absichtlich zurück, oder vielleicht hatte er nur eine. In diesem Fall werden wir ihn kriegen.

Die Ungewißheit der Situation macht es notwendig, daß alle an Bord in der Lage sein müssen, innerhalb von zehn Minuten nach dem Alarmsignal in den Schalen zu sein. Sobald der Feind uns auf tausend Millionen Kilometer nahe kommt, haben sich alle bereitzuhalten; ist er auf fünfhundert Millionen Kilometer herangekommen, werden alle in ihren Schalen liegen, und alle Druckkammern werden geflutet sein. Wir können auf keinen Nachzügler warten. Mehr ist nicht zu sagen. Major?«

»Ich werde später zu meinen Leuten sprechen, Kommandant. Danke.«

»Weggetreten.«

Und nichts von diesem ›Sie uns auch, Sir‹-Unsinn. Die Marine hielt das für unter ihrer Würde. Alle bis auf Stott nahmen Haltung an, bis er den Raum verlassen hatte, dann sagte irgendein anderer Bordoffizier noch einmal: »Weggetreten!« und wir gingen. Ich ging in die Unteroffiziersmesse, um einen Kaffee zu trinken, Gesellschaft zu finden und vielleicht eine Information aufzuschnappen.

Außer müßigen Spekulationen gab es nichts, also nahm ich Rogers mit und ging zu Bett.

Marygay war wieder verschwunden; offenbar versuchte sie, Singhe etwas zu entlocken.

3

Am nächsten Morgen ließ der Major die Truppe antreten und wiederholte in seinem zackigen Stakkato, was der Kommandant gesagt hatte. Als Infanterieoffizier betonte er, daß wir alle die todesverachtende Tapferkeit der taurischen Bodentruppen kennengelernt hätten, und daß der Gegner, wenn er seinen technischen Rückstand aufgeholt hätte, wahrscheinlich gefährlicher sein würde, als er es das erste Mal gewesen war.

Damit hatte er einen interessanten Punkt angeschnitten. Vor acht Monaten oder neun Jahren, je nachdem, wie man es betrachtete, hatten wir einen enormen Vorteil gehabt: Die Taurier hatten offenbar nicht recht verstanden, was vorging. Nach ihrem kriegerischen Auftreten im Raum hatten wir erwartet, daß sie sich auf festem Boden erst recht als wilde Kämpfer erweisen würden. Statt dessen hatten sie sich praktisch ohne Gegenwehr abschlachten lassen. Nur einer war entkommen und hatte seine Rassegenossen offenbar mit der Idee und der Technik des infanteristischen Gemetzels vertraut gemacht.

Dies bedeutete natürlich nicht, daß die Nachricht davon bis zu der Gruppe von Tauriern gelangt war, die Yod 4 bewachten. Die einzige überlichtschnelle Kommunikationsweise war die persönliche Übermittlung einer Botschaft durch aufeinanderfolgende Simultansprünge, und niemand konnte sagen, wie viele Sprünge zwischen Yod 4 und der Heimatwelt der Taurier lagen. Also mochten diese genauso passiv sein wie der letzte Haufen, oder seit einer Dekade Infanterietaktik geübt haben. Wir würden es erfahren, wenn wir ans Ziel kämen.

Der Waffenmeister und ich halfen den Leuten bei Wartungs- und Instandhaltungsarbeiten an den Kampfanzügen, als die Tausend-Millionen-Kilometer-Distanz unterschritten wurde und der Befehl kam, daß wir uns für die Schalen bereithalten sollten.

Wie sich herausstellte, blieben uns noch fünf Stunden, bevor es soweit war. Ich spielte eine Partie Schach mit Rabi und verlor. Dann veranstaltete Rogers eine Gymnastikstunde für alle, wahrscheinlich aus keinem anderen Grund, als ihre Gedanken von der Aussicht auf mindestens vier Stunden in den Schalen abzulenken, halb zerquetscht und einem ungewissen Schicksal ausgeliefert. Bisher hatten wir niemals länger als zwei Stunden in den Schalen zugebracht.

Als schließlich der Alarm kam und eine Stimme aus dem Lautsprecher die Minuten abzählte, nahmen wir Unterführer die Dinge in die Hand und vergewisserten uns, ob die Leute auch richtig in ihre Schalen kamen. Nach acht Minuten lagen wir alle eingepackt in unseren gefluteten Druckkammern, auf Gedeih oder Verderb dem logistischen Computer ausgeliefert.

Während ich dalag und zusammengequetscht wurde, kam mir ein alberner Gedanke in den Sinn und wollte sich nicht mehr vertreiben lassen: Nach dem militärischen Formalismus läßt sich die Kriegführung sauber in zwei Kategorien einteilen, Taktik und Logistik. Logistik hat mit dem Transport und der Ernährung und der Unterbringung der Truppe zu tun — beinahe allem, was nicht das eigentliche Kampfgeschehen betrifft, welches Taktik ist. Und nun, da es zum Kampf kommen sollte, hatten wir nicht etwa einen taktischen Computer, der uns durch Angriff und Verteidigung geführt hätte, sondern nur einen großen, fleißigen, aber friedfertigen Lebensmittelverkäufer von einem logistischen Computer.

Die andere Seite meines Gehirns, vielleicht nicht ganz so zusammengedrückt wie die andere, argumentierte, daß es völlig gleich sei, welchen Namen man einem Computer gebe, da es sich in jedem Fall um die gleiche Maschine handle... Wenn man sie programmiert, Dschingis Khan zu sein, ist sie ein taktischer Computer, selbst wenn ihre gewöhnliche Funktion darin besteht, den Aktienmarkt oder die Abwässerreinigung zu überwachen.

Aber die andere Stimme war hartnäckig, und so ging es noch lange hin und her, bis endlich grünes Licht blinkte. Ich betätigte mechanisch den Schalter, und der Druck war auf 1,3 abgesunken, ehe ich begriff, was es bedeutete: daß wir am Leben waren und das erste Gefecht gewonnen hatten.

Ich hatte nur teilweise recht.

4

Als ich beim Anziehen war, schnarrte mein Ring. Ich hielt ihn hoch und meldete mich. Es war Rogers.

»Mandella, sieh mal nach, was in Kammer drei nicht in Ordnung ist. Dalton mußte Druck und Flüssigkeit von außen ablassen.«

Kammer drei — das war Marygays Gruppe! Ich rannte barfüßig den Korridor entlang und kam gerade zurecht, als die Tür von innen geöffnet wurde, und die Leute einer nach dem anderen aus der Druckkammer kamen.

Der erste war Bergmann. Ich packte ihn am Arm. »Was zum Teufel ist los, Bergmann?«

»Wie?« Er schaute mich verständnislos an, noch immer benommen, wie es jedem ergeht, wenn er aus der Kammer kommt. »Ach, du bist es, Mandella. Ich weiß nicht. Was soll sein?«

Ich spähte durch die Tür ins Innere, ohne ihn loszulassen. »Ihr habt euch verspätet, Mann, ihr habt zu spät auf Druckausgleich geschaltet! Was ist passiert?«

Er schüttelte den Kopf. »Verspätet? Wieso verspätet? Ach, wieviel?«

Ich blickte zum erstenmal auf die Uhr. »Nicht allzu...« Allmächtiger. »Wir gingen um fünf Uhr zwanzig in die Schalen, oder?«

»Ja, ich glaube, das ist richtig.«

Noch immer keine Marygay unter den undeutlichen Gestalten, die sich im Halbdunkel durch die Reihen der Liegestätten und das Lianengewirr der Schlauchleitungen arbeiteten. »Nun, ihr seid nur ein paar Minuten zu spät. Es ist zehn Uhr fünfzig.«

Er schüttelte wieder den Kopf. Ich ließ ihn los und trat zurück, um die anderen durch die Tür zu lassen.

»He, Stiller! Hast du Potter gesehen?«

Ein Ruf von innen kam seiner Antwort zuvor: »Sanitäter! Sanitäter!«

Eine Frau, die nicht Marygay war, kam heraus. Ich stieß sie grob beiseite und stürzte in die Kammer, prallte mit jemand anderem zusammen und stieg über leere Schalen in einen schmalen Quergang, wo Struwe stand und sehr laut und schnell in seinen Ring sprach.

»... und Blut, Gott ja, wir brauchen...«

Hinter ihm lag Marygay noch immer in ihrer offenen Schale. Sie war

»... bekam die Nachricht von Dalton...«

über und über mit Blut bedeckt.

»... als sie nicht zu sich kam...«

Es fing als eine rote Schwiele über dem Schlüsselbein an und verlief als dunkler Bluterguß bis zur Magengrube, wo es sich zu einem klaffenden Schnitt öffnete, der sich über dem Bauch vertiefte...

»... ja, sie lebt noch...«

Dort drängte sich weißes Gedärm aus der blutigen Öffnung...

»... in Ordnung, linke Hüfte. Mandella...«

Sie war noch am Leben, ihr Herz arbeitete, aber der blutige Kopf hing schlaff zur Seite, die Augen waren nach oben gedreht, daß nur weiße Schlitze zu sehen waren, und jedesmal, wenn sie ausatmete, erschienen rote Schaumblasen in den Mundwinkeln und zerplatzten.

»Mandella! Nun mach schon! Auf der linken Hüfte muß Blutgruppe und Rhesusfaktor tätowiert sein.«

Ich bückte mich hastig über sie und wischte das Blut ab. »Blutgruppe Null, Rhesus negativ. Oh, verdammt... Entschuldigung — Null negativ.« Hatte ich diese Tätowierung nicht Tausende von Malen gesehen?

Struwe gab die Information weiter, und mir fiel plötzlich das Päckchen für Erste Hilfe ein, welches ich am Gürtel trug. Es gehörte zur Standardausrüstung. Ich öffnete es mit fliegenden Fingern und fummelte im Inhalt herum.

Blutung zum Stillstand bringen — die Wunde verbinden — Schockbehandlung... Nein, da war noch was... Atemwege freimachen.

Sie atmete, wenn das gemeint war. Wie sollte man die Blutung zum Stillstand bringen oder die Wunde verbinden, wenn man nur eine mickerige elastische Binde hat und die Wunde einen halben Meter lang ist? Schockbehandlung, das konnte ich machen. Ich suchte die grüne Ampulle heraus, setzte sie ihr gegen den Arm und drückte den Knopf. Dann legte ich die sterile Seite der Bandage behutsam auf die offenen Gedärme, zog die elastischen Enden unter dem Rücken durch und befestigte sie ohne nennenswerte Spannung.

»Können wir sonst noch was tun?« fragte Struwe.

Ich richtete mich auf und fühlte mich hilflos. »Ich weiß nicht. Fällt dir was ein?«

»Ich bin genausowenig Arzt wie du.« Er blickte zur Tür und knetete die rechte Faust mit der linken, daß die Armmuskeln hervortraten. »Wo zum Teufel bleiben sie? Könnte längst jemand hier sein!«

»William?«

Sie hatte die Augen geöffnet und versuchte den Kopf zu heben. Ich stürzte zu ihr und schob den rechten Arm unter ihren Nacken, um sie zu stützen. »Das wird schon wieder, Marygay. Der Arzt ist unterwegs.«

»Was ... in Ordnung? Ich bin durstig. Wasser.«

»Nein, du kannst jetzt kein Wasser haben. Einstweilen noch nicht.« Nicht, wenn sie operiert werden mußte.

»Warum all das Blut?« murmelte sie. Ihr Kopf fiel zur Seite. »Bin ein schlechtes Mädchen gewesen.«

»Ich glaube, es war der Anzug«, sagte ich. »Erinnerst du dich, daß wir davon sprachen, von den Falten?«

»Anzug?« Sie begann plötzlich zu würgen. »Wasser ... bitte, William.«

Endlich hörte ich hinter mir die befehlsgewohnte, vertraute Stimme: »Besorgen Sie einen Schwamm, oder einen nassen Lappen.« Als ich über die Schulter blickte, sah ich Doc Wilson und zwei Gestalten mit einer Tragbahre.

»Zuerst einen halben Liter in den Schenkel«, sagte er, ohne sich an eine bestimmte Person zu wenden, als er vorsichtig unter den Verband spähte. »Folgen Sie diesem Entleerungsschlauch ein paar Meter abwärts und kneifen Sie ihn ab. Stellen Sie fest, ob sie Blut von sich gegeben hat.«

Einer der Sanitäter stieß eine Zehn-Zentimeter-Nadel in Marygays Schenkel und machte eine Transfusion aus einem Plastikbeutel.

»Tut mir leid, daß es eine Weile gedauert hat«, sagte Doc Wilson seufzend. »Das Geschäft floriert. Was sagten Sie vorher über den Anzug?«

»Sie hatte schon bei zwei Gelegenheiten Blutergüsse. Der Anzug sitzt nicht richtig, schlägt unter Druck Falten.«

Er nickte abwesend, machte eine Blutdruckmessung. Jemand reichte ihm ein triefend nasses Papierhandtuch. »Haben Sie ihr irgendwelche Medikamente gegeben?«

»Eine Ampulle zur Schockverhütung.«

Er knüllte das Papierhandtuch locker zusammen und legte es Marygay in die Hand. »Wie heißt sie?«

Ich sagte es ihm.

»Marygay, wir können Ihnen kein Wasser zu trinken geben, aber sie können daran saugen. Jetzt werde ich Ihnen ins Auge leuchten.« Während er mit einem Metallrohr durch ihre Pupille spähte, sagte er: »Temperatur?« und einer der Sanitäter las eine Zahl ab. Der andere hatte den Entleerungsschlauch gekappt und eine Probe entnommen. »Blut?«

»Ja. Etwas.«

Doc Wilson legte die Hand leicht auf den Notverband. »Marygay, können Sie sich ein wenig nach rechts drehen?«

»Ja«, sagte sie und versuchte sich mit dem Ellbogen abzustützen. »Nein«, stöhnte sie und begann zu weinen.

»Nun, nun«, sagte er abwesend und stieß ihre Hüfte ein wenig aufwärts, um den Rücken zu sehen. »Nur die eine Wunde«, murmelte er. »Eine Menge Blut.« Er drückte zweimal die Seite seines Ringes, dann hob er ihn zum Ohr und schüttelte. »Ist niemand oben?«

»Harrison, es sei denn, er wurde abgerufen.«

Eine Frau kam herein, und anfangs erkannte ich sie nicht. Ihr Haar hing wirr ins Gesicht, die Uniform war derangiert und blutfleckig.

Es war Estelle Harmone.

Doc Wilson blickte auf. »Irgendwelche neuen Patienten?«

»Nein«, sagte sie dumpf. »Der Maschinist war eine doppelte Amputation. Lebte nur noch wenige Minuten. Wir lassen ihn weiterlaufen, weil wir vielleicht Organe für Verpflanzungen brauchen.«

»Und die anderen alle?«

»Explosive Dekompression.« Sie rümpfte die Nase. »Kann ich hier was tun?«

»Ja, einen Augenblick.« Er versuchte es wieder mit dem Ring. »Verdammter Mist! Wissen Sie nicht, wo Harrison ist?«

»Nein... das heißt, vielleicht ist er im Operationsraum. Oder es hat Schwierigkeiten mit dem Toten gegeben, den ich an den Herzschrittmacher angeschlossen habe. Aber ich glaube, daß ich es richtig gemacht habe.«

»Na ja, man weiß nie...«

»Leer!« sagte der Sanitäter mit dem Plastikbeutel.

»Geben Sie ihr noch einen halben Liter«, sagte Doc Wilson. »Miß Harmone, können Sie hier weitermachen und dieses Mädchen für die Operation vorbereiten?«

»Natürlich kann ich. Bin froh, wenn ich was zu tun habe.«

»Gut — Hopkins, gehen Sie rauf und holen Sie eine Rollbinde und einen, ah, zwei Liter isotonisches Fluorocarbon mit dem Primärspektrum.« Er fand ein Stück Ärmel ohne Blut daran und wischte sich damit die Stirn. »Wenn Sie Harrison finden, sagen Sie ihm, daß wir eine Unterleibsoperation haben.«

»Und wer bringt die Patientin nach oben?«

Wilson zeigte in meine Richtung. »Der Mann hier wird mit anfassen. Wenn Sie Harrison nicht finden können, bereiten Sie schon das Anästhesiegerät vor, ja?«

Er hob seine Tasche auf und suchte darin. »Wir könnten sie schon hier einschläfern«, murmelte er mit einem mißtrauischen Blick zur Bahre. »Aber nein, nicht mit Paramethadon... Marygay? Wie fühlen Sie sich?«

Sie weinte immer noch. »Ich bin... verletzt. Es tut weh.«

»Ich weiß«, sagte er freundlich. Er überlegte, dann wandte er sich zu Estelle. »Schwer zu sagen, wieviel Blut sie wirklich verloren hat. In der Bauchhöhle ist auch was. Da sie noch lebt, glaube ich nicht, daß sie lange unter Druck geblutet hat. Hoffen wir, daß noch kein Gehirnschaden eingetreten ist.«

Er schloß seine Tasche und nickte Harmone zu. »Haben Sie ein gefäßverengendes Mittel?«

Sie durchsuchte ihre Sachen. »Nein, nur die pneumatische Ampulle für den Notfall.«

»Gut, wenn Sie die verwenden müssen, und ihr Blutdruck steigt zu rasch ...«

»Werde ich ihr zwei Kubikzentimeter vom gefäßerweiternden Mittel geben.«

»Richtig. Eine furchtbare Art, Medizin zu betreiben, aber ... na ja. Wenn Sie nicht zu müde sind, können Sie mir oben bei der Operation helfen.«

»Selbstverständlich.«

Doc Wilson nickte und ging. Estelle Harmone begann Marygays Bauch mit Isopropylalkohol zu reinigen. Es roch kalt und sauber.

»Hat ihr jemand was gegen den Schock gegeben?«

»Ja«, sagte ich. »Vor ungefähr zehn Minuten.«

»Ich sehe. Deshalb war der Arzt in Sorge — nein, es war richtig. Aber diese Mittel zur Schockbehandlung enthalten gefäßverengende Mittel, um Blutungen einzudämmen. Ein paar Kubikzentimeter mehr könnten eine Überdosis bedeuten.« Sie arbeitete weiter, hin und wieder aufblickend, um am Monitorgerät den Blutdruck zu kontrollieren.

Marygay hatte die Augen geschlossen und eine Hand am Mund; sie saugte den letzten Rest Feuchtigkeit aus dem Papierknäuel.

»Kann sie noch etwas Wasser haben?«

»Meinetwegen, wie vorher. Nicht zuviel.«

Ich ging in den Umkleideraum, ein Papierhandtuch zu holen. Nun, da die Dämpfe der Druckflüssigkeit abgezogen waren, konnte ich die Luft riechen. Sie roch falsch, nach leichtem Maschinenöl und heißem Metall, wie in einer Werkstatt. Ich fragte mich, ob die Elektromotoren der Klimaanlage überlastet sein mochten. Etwas Ähnliches hatte es schon einmal gegeben, nach der Einweihung der Beschleunigungskammern.

Marygay nahm das nasse Papierhandtuch, ohne die Augen zu öffnen.

»Wollen Sie beide zusammenbleiben, wenn Sie zur Erde zurückkehren?« fragte Estelle Harmone.

»Wahrscheinlich«, antwortete ich. »Falls wir zur Erde zurückkehren. Wir haben noch einen Kampf vor uns.«

»Es wird keine Kämpfe mehr geben«, erwiderte sie. »Haben Sie noch nicht gehört?«

»Was?«

»Wissen Sie nicht, daß das Schiff schwer getroffen wurde?«

»Getroffen?« Wie konnten wir dann noch am Leben sein?

»So ist es.« Sie machte sich wieder an die Arbeit, Marygay vom anhaftenden Blut zu säubern. »Vier Druckkammern. Auch die Waffenkammer. Im ganzen Schiff gibt es keinen intakten Kampfanzug mehr... und in der Unterwäsche können wir nicht gut kämpfen.«

»Was? Druckkammern? Was ist aus den Leuten geworden?«

»Keine Überlebenden.«

Mehr als dreißig Menschen. »Wer war es?«

»Alles Leute vom dritten Zug. Und ein paar von der Besatzung.«

»Mein Gott!«

»Ja. Dreiunddreißig oder vierunddreißig Tote, und niemand weiß, wie es dazu gekommen ist. Weiß der Himmel, ich habe das Gefühl, daß es jeden Augenblick wieder passieren könnte.«

»Es war keine Flugsonde?«

»Nein, die haben wir alle abgewehrt. Auch das feindliche

Schiff ist erledigt, wenn man denen von der Marine glauben kann. Die Sensoren sollen überhaupt nichts angezeigt haben, bis es plötzlich krachte und ein Drittel des Schiffs aufgerissen wurde. Wir können von Glück sagen, daß der Antrieb und die lebenserhaltenden Systeme nicht beschädigt wurden.«

Ich hörte kaum hin. Unter den Leuten vom dritten Zug hatte ich nicht viele Bekannte, aber die Gesichter waren einem im Laufe der Monate vertraut geworden, und es war ein Schock. Maxwell, Negulesco, Smithers — alle tot. Ich war wie betäubt.

Sie nahm einen altmodischen Rasierapparat mit Klingen und eine Tube Rasiercreme aus ihrer Tasche. »Seien Sie ein Kavalier und schauen Sie in die andere Richtung«, sagte sie. »Oder machen Sie sich nützlich.« Sie befeuchtete ein Stück Gaze mit Alkohol und reichte es mir. »Säubern Sie ihr das Gesicht.«

Ich fing an, und Marygay sagte, ohne die Augen zu öffnen: »Das tut gut. Was machst du?«

»Ich versuche ein Kavalier zu sein. Und mich nützlich zu machen.«

»Achtung, Achtung!« In der Druckkammer gab es keinen Lautsprecher, aber ich hörte ihn deutlich aus dem Vorraum. »Alle Armeeangehörigen, sofern sie nicht im Sanitätsdienst stehen oder bei wichtigen Reparaturarbeiten benötigt werden, haben sich sofort in der Mannschaftsmesse einzufinden.«

»Ich muß gehen, Marygay.«

Sie sagte nichts. Ich wußte nicht, ob sie die Durchsage gehört hatte.

»Estelle«, sagte ich, »würden Sie so freundlich sein...«

»Ja. Ich werde Ihnen Bescheid sagen, sobald wir mehr wissen.«

»Gut. Danke.«

»Es wird schon gut werden«, sagte sie, aber ihre Miene war sorgenvoll und angespannt. »Nun gehen Sie schon.«

Als ich in den Korridor hinauskam, wiederholte der Lautsprecher die Durchsage zum viertenmal. In der Luft war ein neuer Geruch, den ich nicht identifizieren mochte.

5

Auf halbem Weg zur Mannschaftsmesse entdeckte ich, wie ich aussah, und machte einen Abstecher in den Waschraum der Unteroffiziersmesse. Unteroffizier Kamehameha stand vor einem der Spiegel und bürstete sich hastig das Haar.

»Mandella! Was ist mit Ihnen los?«

»Nichts.« Ich drehte einen Wasserhahn auf und betrachtete mich im Spiegel. Gesicht und Hemd waren mit getrocknetem Blut beschmiert. »Es war Unteroffizier Potter, ihre Schale ... nun, anscheinend war eine Falte hineingekommen, und ...«

»Tot?«

»Nein, aber schlimm verletzt. Sie ... äh ... muß operiert werden.«

»Verwenden Sie kein heißes Wasser. Damit kriegen Sie die Blutflecken nie heraus.«

»Ach ja, richtig.« Ich wusch mir Gesicht und Hände mit warmem Wasser, dann betupfte ich das Hemd mit kaltem. »Haben Sie gesehen, was geschehen ist?« fragte ich sie.

»Nein. Nicht, als es geschah.« Zum erstenmal bemerkte ich, daß sie nasse Augen hatte, und wie ich sie beobachtete, rollten große Tränen über ihre Wangen herab. Aber ihre Stimme war ruhig und beherrscht. »Es ist schlimm.«

Ich trat zu ihr und legte ihr die Hand auf die Schulter.

»Fassen Sie mich nicht an!« fuhr sie auf und schlug mit der Bürste nach meiner Hand. »Tut mir leid. Gehen wir.«

An der Tür hielt sie einen Moment lang inne und wandte den Kopf. »Wissen Sie, ich bin nur froh, daß es mich nicht erwischt hat. Verstehen Sie? Das ist die einzige Art und Weise, wie man es betrachten kann.«

Ich verstand, wußte aber nicht, ob ich ihr glauben sollte.

»Ich kann es kurz zusammenfassen«, sagte der Kommandant mit gepreßter Stimme. »Und das um so mehr, weil wir sehr wenig wissen. Etwa zehn Sekunden nach der Zerstörung des gegnerischen Schiffs wurde der Rumpf der ›Anniversary‹ mitschiffs von zwei sehr kleinen Objekten getroffen. Da sie nicht geortet worden waren und wir die Grenzen der Detektoren kennen, können wir folgern, daß diese Objekte sich mit mehr als neun Zehnteln der Lichtgeschwindigkeit bewegten. Wie sie die Abschirmung durchstoßen konnten, ist noch nicht ganz klar; wir vermuten jedoch, daß sie, von rückwärts kommend, die Abschirmung gewissermaßen unterliefen.

Wenn sich die ›Anniversary‹ in relativistischen Geschwindigkeiten fortbewegt, erzeugt sie zwei starke elektromagnetische Felder, eines ungefähr fünftausend Kilometer vom Schiff entfernt, das andere doppelt so weit, beide ausgerichtet nach der Bewegungsrichtung des Schiffs. Diese Felder werden durch einen ›Bugwellen‹-Effekt erzeugt und erhalten, der beim Durchgang des Schiffs durch interstellare Materie wie Gaswolken und so weiter entsteht.

Meteoriten von Erbsengröße und darüber, die dem Schiff gefährlich werden können, gehen durch das äußere Feld und kommen mit einer starken negativen Oberflächenladung heraus. Beim Eintritt in das zweite Feld werden sie von der Schiffsbahn abgelenkt. Wenn das Objekt zu groß ist, um sich so herumstoßen zu lassen, können wir es aus größerer Entfernung orten und Ausweichmanöver fliegen.

Ich brauche wohl kaum zu betonen, mit welch einer

furchtbaren Waffe wir es hier zu tun haben. Als die ›Anniversary‹ getroffen wurde, war unsere Geschwindigkeit, gemessen an der Bewegung des feindlichen Schiffs, immerhin noch so groß, daß wir in jeder Zehntausendstel-Sekunde eine Schiffslänge zurücklegten. Darüber hinaus befanden wir uns auf einem völlig willkürlichen Ausweichkurs mit ständig wechselnder Beschleunigung und absolut unberechenbaren Richtungsänderungen. Infolgedessen können die Objekte, die uns trafen, nicht gezielt, sondern mußten gelenkt gewesen sein. Und das Lenksystem war völlig unabhängig, da zur Zeit des Treffens keine Taurier mehr am Leben waren. Alles das in einem Paket von der Größe eines Kieselsteins.

Die meisten von Ihnen sind zu jung, um sich an den Begriff ›Zukunftsschock‹ zu erinnern. In den siebziger Jahren machte der technologische Fortschritt eine Phase so stürmischer Entwicklung durch, daß viele sonst friedliche und normale Menschen rebellierten, weil sie nicht mehr damit zurechtkamen; sie fühlten sich von einer entmenschlichten Zivilisation überholt, hatten sich noch nicht an die Gegenwart gewöhnen können, als schon die Zukunft über sie hereinbrach. Ein Mann namens Toffler beschrieb diese Situation mit dem von ihm geprägten Begriff ›Zukunftsschock‹.« Der Kommandant konnte ziemlich akademisch werden.

»Wir befinden uns in einer physikalischen Situation, welche diesem Konzept ähnlich ist. Das Ergebnis ist verhängnisvoll gewesen, eine Tragödie. Und, wie ich bereits bei unserer letzten Zusammenkunft erwähnte, es gibt keine Möglichkeit, etwas dagegen zu unternehmen. Die Relativität hält uns in der Vergangenheit des Gegners fest; dieselbe Relativität bringt den Gegner aus unserer Zukunft. Wir können nur hoffen, daß die Situation nächstes Mal umgekehrt sein wird. Und um das zuwege zu bringen, bleibt uns nichts übrig, als der Versuch, zur Erde zurückzukehren, wo es Spezialisten gibt, die aus der Natur des Schadens vielleicht eine wirksame Abwehrwaffe folgern können.

Gewiß könnten wir den Stützpunktplaneten der Taurier aus dem Raum angreifen und die gegnerische Basis vielleicht zerstören, ohne eigene Bodentruppen einzusetzen. Aber ich denke, daß eine solche Aktion mit sehr hohen Risiken verbunden wäre. Wir könnten von Waffen, wie sie uns heute getroffen haben, abgeschossen werden und außerstande sein, die auf unseren Erfahrungen beruhenden Informationen weiterzugeben. Ich habe in Erwägung gezogen, eine Sonde mit einer ausführlichen Botschaft zurückzuschicken, die unsere Vermutungen über diese neue feindliche Waffe enthält... aber ein solches Vorgehen könnte unzureichend sein. Und der technologische Rückstand unserer Streitkräfte würde sich hoffnungslos vergrößern.

Dementsprechend haben wir einen Kurs festgelegt, der uns um Yod 4 herumführen wird, wobei der Kollapsar so weit wie möglich zwischen uns und dem taurischen Stützpunkt bleiben wird. Wir werden Kontakten mit dem Gegner ausweichen und unverzüglich nach Sterntor zurückkehren.«

Zu unserer allgemeinen Überraschung setzte sich der Kommandant, stützte die Ellbogen auf den Tisch und rieb sich die Schläfen.

»Die meisten von Ihnen sind keine Neulinge und haben sich im Kampf bewährt. Und ich hoffe, daß einige von Ihnen bei den Streitkräften bleiben werden, nachdem ihre zwei Jahre um sind. Jene unter Ihnen, die sich dazu entschließen, werden wahrscheinlich zu Leutnants ernannt werden und ihre ersten selbständigen Kommandos erhalten.

An diese Soldaten möchte ich mich jetzt wenden, nicht

als einer ihrer Vorgesetzten, sondern als ein dienstälterer Offizier und Ratgeber.

Man kann keine taktischen Entscheidungen treffen, indem man einfach die Lage einschätzt und so handelt, daß bei einem Minimum an eigenen Verlusten dem Feind der größtmögliche Schaden zugefügt wird. Die moderne Kriegführung ist sehr kompliziert geworden, vor allem während der letzten hundert Jahre. Kriege werden nicht durch eine Serie siegreicher Schlachten gewonnen, sondern durch ein komplexes Zusammenwirken zwischen militärischem Sieg, ökonomischem Druck, logistischer Beweglichkeit, Zugang zu Informationen des Gegners, politischen Manövern... buchstäblich Dutzenden von Faktoren.«

Ich hörte es, aber das einzige, was mir ins Bewußtsein eindrang, war, daß vor noch nicht einer Stunde mehr als dreißig von uns ausgelöscht worden waren, und daß er seelenruhig da oben saß und uns eine Vorlesung über Militärtheorie hielt.

»Also muß man manchmal eine Schlacht wegwerfen, um zum Endsieg beizutragen. Genau dies werden wir tun.

Die Entscheidung fiel mir nicht leicht.«

Fünf Minuten vor dem Eintritt ins Feld des Kollapsars wurde die Kammer geflutet. Marygay und ich waren die einzigen Insassen; meine Anwesenheit war nicht erforderlich, da das Fluten und Auspumpen der Kammer auch von außen erfolgen konnte. Aber ich bildete mir ein, es sei sicherer, und außerdem wollte ich bei ihr sein.

Es war nicht annähernd so schlimm wie die übliche Prozedur; nichts von dem Gefühl, zugleich zerquetscht und aufgeblasen zu werden. Man wurde auf einmal mit dem nach Plastik riechenden Zeug angefüllt (in den ersten Augenblicken, wenn es in die Lunge eindrang und die Atemluft daraus verdrängte, bemerkte man es überhaupt nicht), dann gab es eine leichte Beschleunigung, und man atmete wieder Luft, wartete auf das Aufklappen der Schale; darauf löste man die Anschlüsse und kletterte heraus...

Marygays Schale war leer. Ich beugte mich über die leere Hülle und sah überall Blut.

»Sie hatte einen Blutsturz«, sagte Doc Wilson mit Grabesstimme.

Ich wandte mich um, brennende Nässe in den Augen und sah ihn im Durchgang zum Vorraum lehnen. Zu meiner Bestürzung und Empörung lächelte er.

»Wir hatten damit gerechnet. Mein Kollege Doktor Harrison nimmt sich ihrer an. Sie wird es überstehen.«

6

Eine Woche später machte Marygay die ersten vorsichtig tappenden Schritte. Nach sechs Wochen wurde sie als völlig wiederhergestellt und diensttauglich befunden.

Zehn Monate — und jeden Tag der gleiche militärische Trott. Freiübungen, sinnlose Arbeitskommandos, Vorträge mit Teilnahmezwang — ich war froh, daß ich als Feldwebel größere Freiheiten hatte und nicht alles mitmachen mußte. All dieses Beharren auf militärischer Disziplin störte mich hauptsächlich deshalb, weil ich darin ein Indiz sah, daß sie uns nicht entlassen würden. Marygay meinte, ich sei paranoid; sie täten es nur, weil es keine andere Möglichkeit gäbe, zehn Monate lang Ruhe und Ordnung aufrechtzuerhalten.

Abgesehen vom üblichen Geschimpfe über die Armee, bestanden die meisten Gespräche aus Spekulationen über die Zustände auf der Erde und Veränderungen, die in der Zwischenzeit stattgefunden haben mußten. Auch Zukunftspläne spielten eine große Rolle, wie sich denken läßt.

Wenn wir aus der Armee entlassen würden, wären wir keine unbemittelten Leute: Jeder von uns konnte mit einer Soldnachzahlung für sechsundzwanzig Jahre Dienstzeit rechnen. Dazu kamen Zinsen; die fünfhundert Dollar, die wir für unseren ersten Monat in der Armee erhalten hatten, waren zu mehr als eintausendfünfhundert Dollar angewachsen.

Im Herbst 2023 trafen wir im Stützpunkt Sterntor ein.

Die Militärbasis war in den annähernd siebzehn Jahren unserer Abwesenheit erstaunlich gewachsen: Der Gebäudekomplex beherbergte zehntausend Menschen, die hier lebten und arbeiteten, und die Basis war Heimathafen von achtundsiebzig Schiffen, die von hier aus auf Feindfahrt ausliefen. Weitere zehn Schiffe bewachten den Stützpunkt selbst. Außer der ›Anniversary‹ war noch ein weiteres Schiff, die ›Hoffnung der Erde II‹, von Feindfahrt zurückgekehrt, und die Mannschaft wartete bereits seit Wochen auf einen anderen Kreuzer, der sie zur Erde bringen würde.

Sie hatten zwei Drittel ihrer Mannschaft verloren, und es war einfach nicht wirtschaftlich, einen Kreuzer mit nur neununddreißig Mann an Bord zur Erde zurückzuschicken. Neununddreißig überzeugten Zivilisten.

Wir wurden von zwei Fähren abgeholt und zum Stützpunkt gebracht.

General Botsford (den wir als Major auf Charon kennengelernt hatten, als es dort nur zwei Hütten und vierundzwanzig Gräber gegeben hatte) empfing uns in einem elegant eingerichteten Seminarraum. Er schritt vor einer riesigen holographischen Sternkarte auf und ab, die in Form eines Würfels das gesamte Operationsgebiet zeigte. Ich konnte mit einiger Mühe die Beschriftungen ausmachen und war verblüfft, wie weit Yod 4 entfernt gewesen war — aber Entfernung ist bei der Technik des Simultansprungs nicht von Bedeutung. Wir würden zehnmal so lange brauchen, um Alpha Centauri zu erreichen, der praktisch in unmittelbarer Nachbarschaft ist, aber, wie jeder weiß, kein Kollapsar ist.

»Sie wissen«, sagte er, »daß wir Sie auf andere Kampfeinheiten verteilen und sofort wieder hinausschicken könnten. Die Bestimmungen des Wehrpflichtgesetzes für qualifiziertes Personal sind geändert worden. Die subjektive Dienstzeit wurde von zwei auf fünf Jahre heraufgesetzt.

Wir haben beschlossen, mit der Auslegung dieser Bestimmungen nicht allzu engherzig zu verfahren, aber ich bin sicher, daß verschiedene unter Ihnen den Wunsch haben werden, beim Militär zu bleiben. Noch ein paar Jahre, und Ihr Sold sowie die angesammelten Zinsen würden Sie für den Rest Ihrer Lebenszeit reich und unabhängig machen. Gewiß, Ihre Truppe hat schwere Verluste erlitten, aber das war unvermeidlich; Sie waren die ersten. Von nun an wird es einfacher sein. Die Kampfanzüge wurden verbessert, wir wissen mehr über die Taktiken der Taurier, unsere Waffen sind wirksamer... Es gibt keinen Anlaß zu pessimistischer Betrachtungsweise.«

Er setzte sich an den Schreibtisch neben dem Hologramm und blickte in den Raum, ohne uns zu sehen. »Meine eigenen Kriegserinnerungen sind älter als ein halbes Jahrhundert. Für mich war der Kampf eine erfrischende, kräftigende Erfahrung. Ich kann mir nicht denken, daß ich von Ihnen so verschieden sein sollte, also denke ich, daß die Zeit beim Militär auch in den meisten von Ihnen ein positives Erinnerungsbild hinterlassen wird.«

Anscheinend hatte er ein sehr selektives Gedächtnis.

»Aber das tut hier nichts zur Sache. Ich habe Ihnen eine Alternative anzubieten, die keine Teilnahme an direkten Kampfhandlungen beinhaltet.

Wir leiden unter einem ernsten Mangel an qualifizierten

Ausbildern. Man könnte sogar sagen, daß wir keine haben — denn im Idealfall sollten alle Ausbilder in einer Armee Veteranen mit eigener Kampferfahrung sein.

Ihre Ausbilder waren Veteranen von Vietnam und Sinai, Männer von Mitte Vierzig, als sie die Erde verließen. Das liegt sechsundzwanzig Jahre zurück. Infolgedessen brauchen wir Sie und sind bereit, Ihre Dienste gut zu honorieren.

Die Streitkräfte bieten jedem, der sich als Ausbilder verpflichtet, den Rang und die Bezüge eines Leutnants. Er kann auf der Erde Dienst tun, bei doppeltem Sold auf dem Mond, bei dreifachem Sold auf Charon und bei vierfachem Sold hier bei uns. Darüber hinaus brauchen Sie sich jetzt noch nicht zu entscheiden. Sie bekommen alle eine kostenlose Rückkehr zur Erde — ich beneide Sie darum. Ich bin zwanzig Jahre nicht dort gewesen und werde wahrscheinlich nie zurückkehren — und können sehen, wie es ist, wieder Zivilist zu sein. Gefällt es Ihnen nicht, brauchen Sie bloß in irgendeine Dienststelle oder Einrichtung der UNAS zu gehen, und Sie werden als Offizier wieder herauskommen. Sie haben die Wahl.

Einige von Ihnen lächeln. Ich denke, Sie sollten sich Ihr Urteil vorbehalten. Die Erde ist nicht der gleiche Ort, den Sie verließen.«

Er zog eine kleine Karte aus dem Uniformrock und sah sie an, wobei ein feines Lächeln seine Mundwinkel umspielte. »Die meisten von Ihnen haben an Sold und Zinsen Beträge in der Größenordnung von vierhunderttausend Dollar zu erwarten. Aber die Erde befindet sich im Kriegszustand, und natürlich sind es die Bürger der Erde, die den Krieg mit ihren Steuergeldern bezahlen. Bei einem Einkommen der eben erwähnten Höhe müssen Sie mit einem Einkommenssteuersatz von zweiundneunzig Prozent rechnen. Mit den verbleibenden dreißigtausend können Sie ungefähr drei Jahre auskommen, wenn Sie sehr sparsam leben.

Früher oder später werden Sie in jedem Fall eine Arbeit annehmen müssen, und dies ist eine Arbeit, für die Sie hervorragend qualifiziert sind. Sie werden selbst die Erfahrung machen, daß nicht viele andere Arbeitsplätze zu haben sind; auf der Erde leben mehr als neun Milliarden Menschen, und nahezu die Hälfte von ihnen ist ohne bezahlte Beschäftigung. Und vergessen Sie nicht, daß Ihre berufliche beziehungsweise wissenschaftliche Ausbildung sechsundzwanzig Jahre alt und entsprechend überholt ist.

Schließlich sollten Sie sich vergegenwärtigen, daß Ihre Freunde und Bekannten, die Sie vor zwei Jahren hatten, beim nächsten Wiedersehen sechsundzwanzig Jahre älter als Sie sein werden. Viele Ihrer Verwandten werden verstorben sein. Ich vermute, Sie werden sich sehr einsam fühlen.

Doch für den Fall, daß Sie mehr über diese Welt erfahren möchten, will ich Sie nun mit Feldwebel Siri bekannt machen, der gerade von der Erde eingetroffen ist. Feldwebel?«

»Danke, Herr General.« Es sah aus, als sei mit seiner Gesichtshaut etwas nicht in Ordnung; dann bemerkte ich, daß er Gesichtspuder und Lippenstift trug. Seine Nägel waren weiß und mandelförmig zugefeilt.

»Ich weiß nicht, wo ich beginnen soll«, sagte er, sog die Oberlippe ein und sah uns stirnrunzelnd an. »Seit meiner Kindheit hat sich so vieles geändert.

Ich bin dreiundzwanzig, war also noch nicht einmal geboren, als Sie die Reise nach Aleph antraten... Nun, um mit etwas anzufangen, wie viele von Ihnen sind homosexuell?« Niemand meldete sich. »Das überrascht mich nicht. Also, ich bin es, und mit mir ein gutes Drittel der Bevölkerung in Europa und Nordamerika. In Indien und im Mittleren Osten sind es noch mehr. Weniger in Südamerika und China.

Die meisten Regierungen fördern heutzutage die

Homosexualität. Die Vereinten Nationen sind offiziell neutral, doch wird die Homosexualität überall als eine nützliche Verhaltensweise anerkannt, weil das Leben als Homo die einzige sichere und effektive Methode der Geburtenkontrolle ist.«

Der Gedanke war bestechend. In der Armee nehmen sie eine Spermprobe, die trockengekühlt und eingelagert wird, dann machen sie eine Vasektomie. Ziemlich narrensicher, aber umständlich und teuer.

Als ich studierte, brachten viele Homosexuelle dieses Argument vor. Und vielleicht hatte die Sache etwas für sich. Ich hatte erwartet, daß die Erde viel mehr als neun Milliarden Einwohner haben würde.

»Als man mir auf der Erde sagte, ich solle vor Frontrückkehrern Orientierungsvorträge halten, da versuchte ich mir zuerst ein Bild von der Welt zu machen, in der Sie aufwuchsen, indem ich mir alte Filmberichte ansah und alte Zeitschriften las.

Manches von dem, was man in Ihrer Zeit befürchtete, ist nicht eingetroffen. Der Hunger, zum Beispiel. Selbst ohne alles bebaubare Land unter den Pflug zu nehmen und ohne die Ozeane in Algenfarmen zu verwandeln, gelingt es uns, alle ausreichend zu ernähren. Dazu waren verbesserte Anbaumethoden nötig, vor allem aber eine gelenkte, unparteiische Verteilung aller erzeugten Lebensmittel. Als Sie die Erde verließen, gab es Millionen von Menschen, die einen langsamen Hungertod starben, während manche Nationen im Überfluß lebten. Heute gibt es keins von beiden.

Sie machten sich Sorgen wegen der hohen Verbrechensraten. Ich las, daß man nachts nicht durch die Straßen von New York, London oder Hongkong gehen konnte, ohne sich in Gefahr zu begeben. Heute ist das trotz verdoppelter Bevölkerungszahl anders. Alle sind besser erzogen und umsorgt, die Psychometrie ist so fortgeschritten, daß wir einen potentiellen Verbrecher schon im Alter von sechs Jahren erkennen und ihm eine wirksame Korrektivbehandlung geben können — nun, die Gewaltverbrechen sind seit zwanzig Jahren stetig zurückgegangen. Wahrscheinlich haben wir heute auf der ganzen Erde weniger Gewaltverbrechen, als man zu Ihrer Zeit in einer der großen...«

»Das ist ja alles gut und schön«, unterbrach ihn der General barsch und machte damit klar, daß es keins von beiden war, »aber es deckt sich nicht ganz mit dem, was ich gehört habe. Was bezeichnen Sie als Gewaltverbrechen? Was ist mit den übrigen Verbrechen?«

»Unter Gewaltverbrechen verstehe ich Mord, Raub mit Körperverletzung, Vergewaltigung. All diese schweren Verbrechen gegen das Leben und die Gesundheit anderer sind stark zurückgegangen. Eigentumsdelikte — Diebstahl, Vandalismus, Betrug, illegales Wohnen — sind noch immer...«

»Was zum Teufel ist ›illegales Wohnen‹?«

Der Feldwebel zögerte und sagte dann ein wenig steif: »Man sollte andere nicht des Lebensraums berauben, indem man illegal Eigentum erwirbt oder in Besitz nimmt.«

Alexandrow hob die Hand und sagte: »Sie meinen, es gäbe kein Privateigentum an Grund und Boden mehr?«

»Gewiß gibt es das. Ich... ich war Eigentümer meiner Wohnung, bevor ich eingezogen wurde.« Aus irgendeinem Grund schien das Thema ihn in Verlegenheit zu bringen. Neue Tabus? »Aber es gibt Grenzen.«

Luthuli meldete sich zu Wort: »Was machen Sie mit Verbrechern? Ich meine, mit Gewaltverbrechern. Werden Mörder und dergleichen immer noch hirnbehandelt?«

Feldwebel Siri war sichtlich erleichtert, das Thema zu wechseln. »O nein. Das gilt heutzutage als sehr primitiv. Eine barbarische Methode. Nein, wir prägen solchen Delinquenten eine neue, gesunde Persönlichkeitsstruktur auf;

dann werden sie umorientiert, und die Gesellschaft nimmt sie ohne Vorurteil auf. Das Verfahren hat sich sehr gut bewährt.«

»Gibt es Gefängnisse und Zuchthäuser?« fragte Yukawa.

»Ich denke, man könnte eine Besserungsanstalt Gefängnis nennen. Bis sie ihre Therapie erhalten haben und zur Entlassung kommen, werden Menschen dort gegen ihren Willen festgehalten. Aber man könnte dem entgegenhalten, daß es eine Fehlfunktion des Willens war, welche sie überhaupt erst dorthin brachte.«

Ich hatte keine Pläne für ein Verbrecherleben, darum fragte ich ihn nach dem Punkt, der mich am meisten beschäftigte. »Der General sagte, daß ungefähr die Hälfte der Bevölkerung stempeln gehen müsse, und daß auch wir wahrscheinlich keine Arbeit finden würden. Wie sieht es damit aus?«

»Ich weiß nicht, was Sie mit diesem Ausdruck ›Stempeln gehen‹ meinen. Aber dem zweiten Teil Ihrer Frage entnehme ich, daß Sie die von der Regierung unterstützten Arbeitslosen meinen... Es ist richtig, daß die Hälfte der Bevölkerung ohne einen festen Arbeitsplatz ist und von der Regierung unterstützt werden muß. Ich zum Beispiel hatte nie Arbeit, bis ich eingezogen wurde. Ich war Komponist.

Sie müssen sehen, daß diese Frage der chronischen Arbeitslosigkeit zwei Seiten hat. Um alles zu produzieren, was die Menschheit braucht, um den Krieg hier draußen zu führen, werden nicht mehr als eineinhalb, höchstens zwei Milliarden Menschen benötigt. Das heißt aber nicht, daß alle anderen müßig herumsäßen.

Jeder Bürger hat die Möglichkeit, sich achtzehn Jahre lang kostenlos ausbilden zu lassen. Vierzehn Jahre sind vorgeschrieben. Dies und die Freiheit von der Notwendigkeit eines Arbeitsverhältnisses haben zu einem Aufblühen gelehrter und schöpferischer Tätigkeiten geführt, deren

Ausmaß in der gesamten Menschheitsgeschichte beispiellos ist! Heute arbeiten mehr Künstler und Schriftsteller, als in den ersten zweitausend Jahren der christlichen Ära insgesamt gelebt haben! Und ihre Arbeiten finden ein größeres und sachverständigeres Publikum, als je zuvor existierte.«

Das gab einem zu denken. Rabi meldete sich. »Haben Sie schon einen Shakespeare hervorgebracht? Einen Michelangelo? Quantität ist nicht alles, wissen Sie?«

Siri wischte sich mit einer durch und durch femininen Gebärde eine Haarsträhne aus der Stirn. »Das ist keine faire Frage, würde ich sagen. Es ist Sache der Nachwelt, solche Vergleiche anzustellen.«

»Feldwebel, als wir uns zuvor unterhielten«, sagte der General, »erwähnten Sie da nicht, daß Sie in einem riesigen Bienenstock von Gebäude wohnen und daß niemand auf dem Land leben dürfe?«

»Nun, Sir, es ist wahr, daß niemand auf potentiellem Ackerland wohnen darf. Und wo ich lebte, im Atlanta-Komplex, hatte ich sieben Millionen Nachbarn in einem — nun ja, man könnte es in technischem Sinne ein Gebäude nennen. Aber es ist nicht so, daß wir uns jemals eingepfercht fühlten. Und man kann jederzeit den Aufzug nehmen und hinausgehen, zwischen den Feldern spazierengehen oder sogar bis an die Küste wandern, wenn man will ...

Das ist etwas, worauf Sie vorbereitet sein sollten. Die meisten Städte haben keine Ähnlichkeit mit den wahlloszufälligen Gebäudezusammenballungen von einst. Die meisten Großstädte wurden bei den Hungerrevolten der Jahre 2003 und 2004 verwüstet und niedergebrannt, worauf die UNO alles übernahm, was mit der Produktion und Verteilung von Lebensmitteln zusammenhängt. Der Wiederaufbau der Städte stellte die Planer vor die Aufgabe, menschenfreundliche und zugleich raumsparende Städte zu entwerfen.«

Er erwähnte verschiedene größere und kleinere Orte — jeder wollte wissen, wie es in seiner Heimatstadt aussah —, und im großen und ganzen hörte es sich viel besser an, als wir erwartet hatten.

In Beantwortung einer unhöflichen Frage sagte der Feldwebel, daß er Kosmetika nicht etwa deshalb verwende, weil er homosexuell sei; alle täten es. Ich beschloß, daß ich ein Außenseiter sein und einfach mein Gesicht tragen würde.

Wir wurden mit den Überlebenden der ›Hoffnung der Erde II‹ zusammen an Bord dieses Schiffs gebracht, während Analytiker und Experten der verschiedensten Fachrichtungen den Schaden untersuchten, welchen die ›Anniversary‹ davongetragen hatte. Der Kommandant sollte ein Anhörungsverfahren über sich ergehen lassen, aber soviel wir erfuhren, dachte man nicht daran, ihn vor ein Kriegsgericht zu stellen.

Auf dem Rückflug zur Erde herrschte eine entspannte Atmosphäre, und mit der Disziplin nahm man es nicht so genau. In sieben Monaten las ich dreißig Bücher, lernte Go spielen, gab einen Kurs in elementarer Physik und wuchs noch mehr mit Marygay zusammen.

7

Ich hatte nicht viel darüber nachgedacht, aber natürlich waren wir auf der Erde Berühmtheiten. Bei der Ankunft begrüßte der Generalsekretär jeden von uns persönlich — er war ein sehr alter, winziger schwarzer Mann namens Yakubu Ojukwu —, und der abgesperrte Landeplatz wurde von Hunderttausenden, vielleicht Millionen von Schaulustigen umdrängt.

Der Generalsekretär hielt der Menge und den Berichterstattern eine Ansprache, dann verbreiteten unsere ranghöchsten Offiziere die Banalitäten, welche man von ihnen erwartete, während wir anderen mehr oder weniger geduldig in der tropischen Hitze ausharrten.

Wir nahmen einen großen Hubschrauber nach Jacksonville, wo der nächste internationale Flughafen war. Die Stadt selbst war in der Art wiederaufgebaut worden, die Siri geschildert hatte. Man mußte beeindruckt sein.

Zuerst sahen wir sie als einen isolierten grauen Berg von unregelmäßiger Kegelgestalt, der aus dem Dunst am Horizont aufragte und langsam größer wurde. Er erhob sich aus einem scheinbar endlosen Flickenteppich aus bestellten Feldern, und Dutzende von Straßen und Bahnlinien liefen konzentrisch auf ihn zu. Das Auge sah diese Straßen, feine weiße Fäden, auf denen winzige Käfer dahinkrochen, doch das Gehirn weigerte sich, die Information in eine Schätzung der Größe des Berges zu integrieren. Er konnte einfach nicht so groß sein.

Wir kamen näher und näher — Aufwinde gestalteten den Flug ein wenig unruhig —, bis das Gebäude schließlich eine hellgraue Wand zu sein schien, die auf einer Seite unser gesamtes Gesichtsfeld ausfüllte. Wir kamen näher und konnten winzige Punkte sehen, die Menschen waren. Ein solcher Punkt stand auf einem Balkon und winkte vielleicht herüber.

»Näher können wir nicht herangehen«, sagte der Pilot über eine Bordsprechanlage, »ohne in das Lenksystem der Stadt einbezogen zu werden und obendrauf zu landen. Der Flughafen liegt im Norden.« Er legte die Maschine auf die Seite und drehte ab, durch den riesenhaften Schatten der Stadt.

Der Flughafen war kein großes Wunder, zwar größer als alle, die ich früher gesehen hatte, aber konventionell im Entwurf: ein zentrales Abfertigungsgebäude wie eine Radnabe, von der kilometerlange Zubringerbahnen für Passagiere und Gepäck wie Speichen in alle Richtungen zu den Halteplätzen der Flugzeuge führten. Wir umgingen die ganze Prozedur, landeten in der Nähe eines Langstreckenflugzeugs der Swissair und gingen vom Hubschrauber zum Flugzeug. Unser Weg war abgesperrt, und wir sahen uns von einer jubelnden Menge umgeben. Bei vier oder fünf Millionen Menschen, die Unterstützung bezogen, konnte es nicht allzu schwierig sein, zu jedem derartigen Anlaß eine Menschenmenge zusammenzutrommeln.

Ich befürchtete, daß wir weitere Ansprachen würden über uns ergehen lassen müssen, aber man führte uns gleich an Bord der Maschine. Stewards und Stewardessen brachten uns belegte Brote und Getränke, während die Menge sich allmählich verlief ... Und es gibt keine Worte, nach zwei Jahren wiederaufbereiteter Scheiße eine frische Semmel, Fleischsalat und ein kaltes Bier zu beschreiben.

Der Generalsekretär erläuterte, daß wir nach Genf fliegen würden, wo wir heute abend im Gebäude der Vereinten Nationen von der Vollversammlung geehrt werden sollten. Oder zur Schau gestellt, dachte ich. Er sagte, daß die meisten von uns in Genf von Verwandten erwartet würden.

Als die Atlantikküste unter uns zurückblieb, fiel mir auf, daß das Wasser des Atlantik unnatürlich grün aussah. Ich nahm mir vor, die Stewardeß zu fragen, doch dann wurde der Grund offenbar. Es war eine Algenfarm. Vier große Flöße (sie mußten riesig gewesen sein, aber ich hatte keine Ahnung, wie hoch wir waren) zogen nebeneinander langsam über die grüne Oberfläche, und jedes hinterließ eine blauschwarze Schleppe, die allmählich verblaßte. Bevor wir landeten, erfuhr ich, daß es eine tropische Algenart sei, die zu Viehfutter verarbeitet werde.

Genf war ein einziges Gebäude, ähnlich wie Jacksonville, schien aber kleiner, was an den natürlichen Bergen liegen mochte, die es umgaben. Der an einen Vulkan gemahnende Kegel war mit Schnee bedeckt, was ihm zu weichen Konturen und einer fast unirdischen Schönheit verhalf.

Wir gingen durch wirbelndes Schneegestöber — wie herrlich, nicht die ganze Zeit mit dem Gesumm von Klimaanlagen in genau eingestellter ›Zimmertemperatur‹ zu leben! — zu einem Hubschrauber, der uns auf den Gipfel des Gebäudes brachte. Dann ging es mit einem Aufzug in die Tiefe, einen Korridor entlang, mit einem zweiten Aufzug weiter abwärts, schließlich einen breiten, belebten Korridor entlang zur Thantstraße 281 B, Zimmer 45, wie es dem Wegweiser entsprach, den sie mir mitgegeben hatten. Meine Finger berührten den Klingelknopf, ohne ihn zu drücken; ich hatte beinahe Angst.

Mit der Tatsache, daß mein Vater tot war — die Armee hatte uns auf Sterntor mit solchen privaten Neuigkeiten aufgewartet —, hatte ich mich relativ leicht abgefunden; sie beunruhigte mich nicht so sehr wie die Aussicht, meiner Mutter gegenüberzutreten, die plötzlich vierundachtzig war. Ich war nahe daran, zu kneifen und mich in einer Wirtschaft vollaufen zu lassen, doch dann ermannte ich mich und drückte den Knopf.

Meine Mutter öffnete rasch die Tür. Sie war älter, hatte sich aber nicht allzusehr verändert. Die Falten waren zahlreicher geworden, das Haar weiß statt grau. Wir starrten einander an, dann umarmten wir uns, und ich war überrascht und erleichtert, wie glücklich ich über das Wiedersehen war.

Sie nahm mir den Mantel ab und führte mich ins Wohnzimmer, wo mich ein Schock erwartete: Mein Vater stand da, lächelnd, doch ernst, die unvermeidliche Pfeife in der Hand. Ich verspürte eine Aufwallung von Zorn auf die Armee, die mich mit einer Falschmeldung irregeführt hatte — dann begann ich zu begreifen, daß er mein Vater nicht sein konnte, weil dieser ein Greis hätte sein müssen. Auch glich er bei näherem Hinsehen nicht ganz dem Vaterbild, das ich im Gedächtnis bewahrt hatte.

»Michael? Mike?«

Er lachte. »Wer sonst, Willy?« Mein jüngerer Bruder, jetzt ein Mann gesetzten Alters. Ich hatte ihn seit 1993 nicht gesehen, als ich mein Studium begonnen hatte. Er war damals sechzehn gewesen; zwei Jahre später war er eingezogen und auf dem Mond stationiert worden.

»Hast du genug vom Mond?« fragte ich, als wir einander die Hände schüttelten.

»Wie? Ach nein, Willy, ich verbringe jedes Jahr einen oder zwei Monate hier auf der alten Erde. Es ist nicht mehr, wie es früher war.« Als die ersten Leute für den Mond rekrutiert worden waren, hatte es erst nach drei Jahren Heimaturlaub gegeben. Die Treibstoffkosten waren zu hoch, um ein häufigeres Pendeln zu gestatten.

Wir setzten uns um einen marmornen Kaffeetisch, und Mutter bot Joints an.

»Alles hat sich so sehr verändert«, sagte ich, bevor sie anfangen konnten, mich über den Krieg auszufragen. »Erzählt mir alles.«

Mein Bruder hob abwehrend die Hände und lachte. »Das ist eine große Bestellung. Hast du ein paar Wochen Zeit?« Es bereitete ihm offensichtlich Kopfzerbrechen, wie er sich mir gegenüber verhalten sollte. War ich sein Neffe, oder was? Ganz gewiß nicht mehr sein älterer Bruder.

»Du solltest Michael sowieso nicht fragen«, sagte Mutter. »Diese Mondleute reden über die Erde, wie Jungfrauen über Sex reden.«

»Aber, Mutter ...«

»Mit Enthusiasmus und Unwissenheit.«

Ich zündete meinen Joint an und inhalierte tief. Der Geschmack war ungewohnt süß.

»Mondleute verbringen jedes Jahr ein paar Wochen auf

der Erde, und die Hälfte dieser Zeit erzählen sie uns, was wir tun und lassen sollten.«

»Das mag sein. Aber die andere Hälfte der Zeit beobachten wir. Objektiv.«

»Jetzt kommt Michaels ›Objektivitäts‹-Nummer.« Sie lehnte sich zurück und lächelte ihm zu.

»Mutter, du weißt... ach, lassen wir das. Willy hat den Rest seines Lebens, um sich selbst ein Bild zu machen.« Er zog an seinem Joint, und ich bemerkte, daß er den Rauch nicht inhalierte. »Erzähl uns vom Krieg, Mann. Ich hörte, daß du bei der Sturmabteilung warst, die tatsächlich gegen die Taurier kämpfte. Von Angesicht zu Angesicht.«

»Ja. Es war nicht viel.«

»Dann stimmt es also«, sagte Mike. »Ich hörte, sie seien Feiglinge.«

»Das kann man so nicht... sagen.« Ich schüttelte den Kopf; das Haschisch machte mich schläfrig und wirr im Kopf. »Es war eher so, daß sie einfach nicht verstanden, worum es ging. Wie in einer Schießbude, weißt du. Sie stellten sich auf, und wir schossen sie nieder.«

»Wie ist das möglich?« sagte Mutter irritiert. »In den Nachrichten hieß es, Ihr hättet neunzehn Mann verloren.«

»Sagten sie, neunzehn wären getötet worden? Das ist nicht wahr.«

»Ich kann mich nicht genau erinnern, was über sie gesagt wurde.«

»Nun, es ist eine Tatsache, daß wir neunzehn Menschen verloren, aber nur vier von ihnen wurden getötet. Das geschah im Anfangsstadium des Gefechts, bevor wir ihre Verteidigungen ausgekundschaftet hatten.« Ich beschloß, nichts über die Art und Weise zu sagen, wie Ho zu Tode gekommen war. Das würde die Sache zu sehr komplizieren. »Von den anderen fünfzehn Leuten wurde einer von unseren eigenen Lasern getroffen. Er verlor einen Arm, blieb aber am Leben. Alle anderen... verloren den Verstand.«

»Nicht möglich!« sagte Mike. »Durch irgendeine taurische Waffe?«

»Die Taurier hatten nichts damit zu tun! Die Armee ist verantwortlich. Man konditionierte uns, alles zu töten, was sich bewegte, sobald der Kommandeur die Konditionierung mit ein paar Schlüsselworten auslöste. Als die Leute danach zu sich kamen, konnten sie die Erinnerung nicht verkraften. Die Erinnerung, ein gnadenloser und blutrünstiger Schlächter zu sein.« Ich schüttelte mehrmals den Kopf. Der Joint haute mich wirklich um.

»Entschuldigt«, murmelte ich und stand schwankend auf. »Ich bin seit zwanzig Stunden...«

»Aber natürlich, William.« Mutter nahm meinen Arm und steuerte mich in ein Schlafzimmer und versprach, mich rechtzeitig zu den abendlichen Festlichkeiten zu wecken. Das Bett war unanständig bequem, und ich war so müde, daß ich an einen knorrigen Baum gelehnt hätte schlafen können.

Übermüdung und Hasch und ein zu ausgefüllter Tag: Mutter mußte mich wecken, indem sie mir kaltes Wasser ins Gesicht tröpfelte. Sie führte mich an einen Kleiderschrank und zeigte auf zwei Anzüge, die nach ihrer Ansicht dezent genug und dem Anlaß angemessen waren. Ich entschied mich für den Ziegelroten — der blaue schien ein wenig affig —, duschte und rasierte mich, wies Kosmetika zurück (Mike war schon fertig aufgeputzt und erbot sich, mir zu helfen), bewaffnete mich mit dem halbseitigen Wegweiser zur Vollversammlung und machte mich auf den Weg.

Trotz der ausführlichen Instruktionen verlief ich mich zweimal, aber an jeder größeren Kreuzung hatten sie Informationsautomaten, die an einen Computer angeschlossen waren und einem in vierzehn Sprachen jeden Weg erklärten.

Die Herrenmode hatte, soweit es mich betraf, einen Rückschritt erlebt, wie ich ihn nicht für möglich gehalten hätte. Von der Mitte aufwärts war es nicht so schlimm, da trug ich eine Bluse mit gestärktem Stehkragen und einen Umhang; aber dazu gab es einen breiten, funktionslosen Gürtel, von dem ein kleiner, mit unechten Juwelen besetzter Dolch baumelte, der allenfalls zum Brieföffner taugte; und dann riesige gefältelte Pluderhosen, die in glänzenden, hochhackigen Schaftstiefeln aus synthetischem Material staken. Es fehlte nur noch ein breitkrempiger Hut mit Federbusch, und ich hätte wie ein Kavalier der Spätrenaissance ausgesehen.

Die Frauen hatten es besser. Ich traf Marygay vor dem Sitzungssaal der Vollversammlung.

»Ich komme mir absolut nackt vor, William.«

»Ach, Unsinn, du bist es nur nicht mehr gewohnt. Außerdem ist es die Mode.« Die meisten jungen Frauen, denen ich begegnet war, waren ähnlich angezogen gewesen. Sie trug ein einfaches Kleid, das mit oder ohne Gürtel getragen werden konnte und an den Seiten vom Saum bis unter die Achseln geschlitzt war. Trug man es ohne Gürtel, waren sehr beherrschte Bewegungen und ein großes Zutrauen in die statische Elektrizität vonnöten.

Wir gingen zusammen durch die automatischen Türen, und ich machte verblüfft halt. Die Halle war so groß, daß man beim Betreten das Gefühl hatte, ins Freie zu kommen.

Der Boden war kreisförmig und mußte einen Durchmesser von reichlich hundert Metern haben. Die Wände erhoben sich sechzig oder siebzig Meter hoch zu einer transparenten Kuppel, die ich bei der Landung bemerkt hatte und die vom Wind in tanzende Schneewolken eingehüllt wurde. Die Wände waren mit Keramikmosaiken bedeckt und zeigten mit Tausenden von Gestalten eine Chronologie der menschlichen Errungenschaften. Ich weiß nicht, wie lange ich dastand und starrte.

Auf der anderen Seite der Halle trafen wir die anderen Kriegsveteranen und wurden mit Kaffee bewirtet. Er war mit Ersatz gestreckt, aber besser als der Sojakaffee. Zu meiner Bestürzung erfuhr ich, daß Tabak kaum noch angebaut wurde und in einigen Gegenden sogar verboten war, um bebaubares Land nicht für überflüssige Genußmittel zu verschwenden. Was man bekommen konnte, war teuer und meistens schlecht, weil es von Amateuren in Balkonkästen und Blumentöpfen gezogen wurde. Der einzige gute Tabak kam aus Treibhäusern auf dem Mond, und sein Preis war entsprechend astronomisch. Marihuana und Haschisch gab es reichlich und billig. In einigen Ländern, wie den Vereinigten Staaten, war es kostenlos; von der Regierung hergestellt und verteilt.

Ich bot Marygay einen Joint an, aber sie lehnte ab. »Ich muß mich langsam daran gewöhnen. Vorhin rauchte ich einen, und er haute mich fast um.«

»Mich auch.«

Ein alter Mann in Uniform kam ins Foyer, die Brust mit Lametta behangen, fünf goldene Sterne auf jedem Achselstück. Er lächelte wohlwollend, als die meisten Anwesenden aufsprangen. Ich fühlte mich schon zu sehr als Zivilist und blieb sitzen.

»Guten Abend, guten Abend«, sagte er und machte beschwichtigende, zum Niedersetzen auffordernde Handbewegungen. »Es freut mich, Sie hier zu sehen. So viele von Ihnen hier zu sehen!« Viele? Nicht viel mehr als die Hälfte der Zahl, mit der wir ausgezogen waren.

»Ich bin General Gary Manker, Stabschef der UNAS. In einigen Minuten werden wir zu einer kurzen Feier in den Saal hinübergehen. Danach sind Sie frei und können sich der wohlverdienten Ruhe hingeben. Legen Sie für ein paar Monate die Füße hoch, sehen Sie sich die Welt an, was immer Sie nur wollen. Und hüten Sie sich vor den Reportern.

Bevor Sie gehen, möchte ich jedoch noch ein paar Worte darüber sagen, was Sie nach diesen Monaten werden tun wollen, wenn Sie des ewigen Urlaubs überdrüssig sind und das Geld knapp wird...«

Der gleiche Dreh, mit dem General Botsford uns gekommen war; ich hätte es mir denken sollen. »Sie werden Arbeit brauchen, und wir haben den richtigen Arbeitsplatz für Sie; einen, der Ihnen sicher ist.«

Der General verließ uns mit der Bemerkung, daß ein Adjutant kommen und uns zur rechten Zeit auf die Rednertribüne führen würde. Wir amüsierten uns eine Weile, indem wir die Nachteile und Vorzüge des Weiterdienens erörterten.

Der Adjutant erwies sich als eine gutaussehende junge Frau, die keine Mühe hatte, uns in alphabetische Ordnung zu bringen und in den Saal zu geleiten.

Die vordersten Reihen von Delegierten hatten ihre Plätze für uns freigemacht. Ich saß auf einem Platz hinter dem Schild ›Gambia‹ und lauschte mit Unbehagen Erzählungen von Heroismus und Opfermut. General Manker war zwar über die Tatsachen informiert, verwendete jedoch die falschen Worte.

Dann wurden wir einzeln aufgerufen, und Dr. Ojukwu gab jedem von uns eine Goldmedaille, die ein Kilogramm gewogen haben mußte. Dann hielt er eine kurze Ansprache über die Menschheit, die sich für eine gemeinsame Sache zusammengeschlossen hatte, während sich im Hintergrund verborgene holographische Kameras auf jeden einzelnen von uns richteten. Ermutigende Kost für die Mitmenschen daheim an den Fernsehern. Dann gingen wir im

Gänsemarsch hinaus, während der Applaus in Wellen über uns zusammenschlug. Es war irgendwie bedrückend.

Ich hatte Marygay, die keine lebenden Verwandten hatte, zu uns eingeladen, denn in der Wohnung meiner Mutter war Platz, und ich wollte sie bei mir haben. Im Foyer der großen Halle drängten sich die Menschen, also machten wir uns in die andere Richtung davon, indem wir mehrere Stockwerke hinauffuhren und uns schließlich im Durcheinander der Korridore und Aufzüge verliefen. Mit Hilfe der kleinen Automaten an den Ecken fanden wir den Weg nach Haus.

Ich hatte Mutter von Marygay erzählt, und daß ich sie wahrscheinlich mitbringen würde. Sie begrüßten einander mit Wärme, und Mutter ging das Abendessen bereiten, während Mike und wir im Wohnzimmer beisammen saßen.

»Du wirst die Erde schrecklich langweilig finden«, sagte er, nachdem wir die Tagesereignisse besprochen hatten.

»Ich weiß nicht«, sagte ich. »Das Leben in der Armee ist nicht gerade anregend. Jede Veränderung kann nur zum Besseren ...«

»Du kannst keine Arbeit finden.«

»Nicht als Physiker, das weiß ich; sechsundzwanzig Jahre sind da wie ein geologisches Zeitalter.«

»Du kannst überhaupt keine Arbeit finden.«

»Nun, ich hatte daran gedacht, an die Universität zurückzukehren, nachzuholen, was mir entgangen ist, und vielleicht den Doktor zu machen ...«

Mike schüttelte den Kopf.

»Laß ihn ausreden, William«, sagte Marygay. »Ich glaube, er weiß mehr als wir.«

Er trank aus und wirbelte das halb aufgelöste Eis im Glas herum. »So ist es. Ihr müßt wissen, daß der Mond praktisch eine Domäne der UNAS ist, und wir alle, Zivilisten und

Militärpersonen, vertreiben uns die Zeit mit der Weitergabe von Gerüchten.«

»Ein alter militärischer Zeitvertreib.«

»Richtig. Nun, ich hörte ein Gerücht über euch Veteranen und nahm die Mühe auf mich, es nachzuprüfen.« Er blickte mich bedeutungsvoll an. »Es entsprach der Wahrheit.«

»Freut mich, das zu hören.«

»Ich weiß nicht, ob du dich darüber freuen wirst.« Er stellte das Glas ab, zog einen Joint hervor, besah ihn und tat ihn zurück in die Schachtel. »Abgesehen von Entführung wird die Armee alles tun, um euch zu behalten. Sie hat Einfluß auf das Arbeitsamt, und ihr könnt versichert sein, daß ihr für jede offene Stelle, die sich hier oder dort ergeben sollte, entweder überqualifiziert oder unterqualifiziert seid. Ihr werdet feststellen, daß ihr nur beim Militär gefragt seid.«

»Ist das wirklich wahr?« fragte Marygay. Wir wußten beide genug, um nicht zu behaupten, daß so etwas unmöglich sei.

»Es gibt keinen Zweifel. Ich habe einen Freund, der in der Zweigstelle des Arbeitsamts auf dem Mond ist. Er zeigte mir die Anweisung. Sie kommt aus dem Arbeitsministerium und läßt an Deutlichkeit nichts zu wünschen übrig. ›Ausnahmen sind nicht zulässig‹, steht darin.«

»Bis ich mit dem Studium fertig bin, wird es vielleicht...«

»Du wirst gar nicht erst in die Universität hineinkommen! Du wirst im Netz der Aufnahmebedingungen, Notendurchschnitte und Quoten hängenbleiben. Und wenn sie dich nicht wegen mangelnder Qualifikation ablehnen können und du nicht locker läßt, werden sie sagen, du seist zu alt. Glaubst du, ich könnte mich in meinem Alter noch immatrikulieren lassen? Dabei bin ich...«

»Ja, ich verstehe. Dabei bist du zwei Jahre jünger als ich.«

»Das ist es. Du hast die Wahl, den Rest deines Lebens

entweder als Unterstützungsempfänger oder als Soldat zuzubringen.«

»Das ist keine Frage«, sagte Marygay. »Ich geh' auf Unterstützung.«

Ich pflichtete ihr bei. »Wenn vier oder fünf Milliarden Menschen ohne Beruf ein anständiges Leben führen können, dann kann ich es auch.«

»Die sind damit aufgewachsen«, sagte Mike. »Und vielleicht ist es nicht, was du ein ›anständiges Leben‹ nennen würdest. Schließlich sind nicht alle schöpferisch begabt oder sonstwie interessiert. Die meisten von ihnen sitzen einfach herum, rauchen Shit und sehen fern. Sie kriegen gerade genug zu essen, daß der Kalorienbedarf eines untätigen Menschen gedeckt wird. Fleisch nur einmal die Woche. Selbst bei Unterstützung der Klasse eins.«

»Das wird nichts Neues sein«, sagte ich. »Das mit dem Essen, meine ich. Genauso wurden wir beim Militär verpflegt. Und was den Rest angeht, wie du eben sagtest, sind Marygay und ich nicht als Arbeitslose aufgewachsen; wir werden nicht den ganzen Tag halb benebelt dasitzen und in die Glotze starren.«

»Ich male gern«, sagte Marygay. »Ich wollte mir schon immer Zeit dafür nehmen und mich verbessern, bis ich wirklich gut darin bin.«

»Und ich kann Physik weiterstudieren, selbst wenn es nicht für einen Doktortitel ist. Und ich könnte mit Musik anfangen, oder etwas schreiben, oder...« Ich wandte mich zu Marygay. »Irgend etwas auf künstlerischem oder literarischem Gebiet tun, wie dieser Feldwebel erzählte, der uns über die Verhältnisse hier aufklärte.«

»Ja, die Neue Renaissance«, sagte er ohne Betonung und zündete sich die Pfeife an.. Es war echter Tabak, und er duftete köstlich.

Er mußte meine Miene richtig gedeutet haben, denn er

sagte hastig: »Ach, entschuldige, ich bin ein schlechter Gastgeber.« Er nahm ein Päckchen Zigarettenpapier aus der Tasche und drehte fachmännisch eine Zigarette. »Hier. Sie auch, Marygay?«

»Nein, danke — wenn Tabak so schwierig zu beschaffen ist, wie man uns sagte, dann möchte ich mir das Rauchen lieber nicht wieder angewöhnen.«

Er nickte. »Hat noch nie jemandem gut getan. Besser, den Geist zu trainieren und zu lernen, sich ohne das Zeug zu entspannen.« Er wandte sich zu mir. »Aber die Armee hat die Lungentorpedos beibehalten, nicht?«

»Klar.« Ich zündete die schlanke Zigarette an. »Gutes Zeug.«

»Besser als alles, was du auf der Erde kriegen kannst. Unser Marihuana ist auch besser. Bringt einen nicht so durcheinander.«

Mutter kam herein und setzte sich. »Das Essen wird in ein paar Minuten fertig sein. Ich höre Michael wieder unfaire Vergleiche ziehen.«

»Was ist unfair? Ein paar Joints von eurem Hasch hier, und du hast einen Dachschaden.«

»Berichtigung: du hast einen. Du bist es bloß nicht gewohnt.«

»Schon gut, schon gut. Und ein Junge sollte nicht mit seiner Mutter streiten.«

»Nicht, wenn sie recht hat«, sagte sie seltsam humorlos. »Nun! Mögt ihr Kinder Fisch?«

Wir redeten davon, wie hungrig wir seien, ein hinreichend sicheres Thema für ein paar Minuten, und dann setzten wir uns zu Tisch, und es gab einen riesigen gebratenen Rotbarsch, serviert auf einem Bett von Reis. Es war die erste richtige Mahlzeit, die Marygay und ich seit sechsundzwanzig Jahren gehabt hatten.

8

Wie alle anderen, war auch ich für ein Fernsehinterview ins Studio eingeladen worden. Es war ein frustrierendes Erlebnis.

Moderator: »Feldwebel Mandella, Sie sind einer der höchstdekorierten Soldaten in den Streitkräften.« Das mochte stimmen; wir alle hatten im Stützpunkt Sterntor eine Handvoll Orden und Verdienstmedaillen erhalten. »Sie nahmen an dem berühmten Aleph-Null-Feldzug teil, der den ersten unmittelbaren Kontakt mit den Tauriern brachte, und Sie sind gerade von einer Angriffsoperation gegen Yod 4 zurückgekehrt.«

Ich: »Na, also von einer Angriffsoperation konnte kaum...«

Moderator: »Bevor wir über Yod 4 sprechen, möchte ich Sie noch etwas fragen. Ich bin sicher, daß unser Publikum sehr daran interessiert wäre, Ihren persönlichen Eindruck vom Feind zu erfahren. Sie sind ja einer der ganz wenigen Menschen, die den Tauriern sozusagen von Angesicht zu Angesicht gegenübergestanden haben. Sie sehen ziemlich furchterregend aus, nicht wahr?«

Ich: »Nun, ja; sicherlich haben Sie die Bilder gesehen. Das einzige, was sie nicht zeigen, ist die Beschaffenheit der Haut. Sie ist körnig und runzlig wie die einer Eidechse, aber blaßorange.«

Moderator: »Wie riechen sie?« — Riechen?

Ich: »Ich habe nicht die leiseste Ahnung. In einem Raumanzug kann man nur sich selbst riechen.«

Moderator: »Ha-ha, sehr gut, ich verstehe. Aber wie fühlten Sie sich, wie war Ihnen zumute, Feldwebel, als Sie den Feind zum erstenmal erblickten? Fürchteten Sie sich, empfanden Sie Abscheu, Zorn oder was?«

»Um der Wahrheit die Ehre zu geben, das erste Mal

fürchtete ich mich wirklich, und dazu verspürte ich Abscheu. Aber das war vor dem Kampf, als ein einzelner Taurier unsere Truppe überflog. Während des eigentlichen Kampfes standen wir unter dem Einfluß der Haßkonditionierung — man konditionierte uns hier auf der Erde und löste den Effekt mit ein paar Schlüsselworten aus —, und ich hatte außer der künstlichen Wut nicht viele Empfindungen.«

»Sie verabscheuten den Feind — und zeigten keine Gnade.«

»Richtig. Wir ermordeten sie alle, obwohl sie keinen Versuch zur Gegenwehr machten. Aber als wir von der Konditionierung befreit wurden... nun, wir konnten nicht glauben, daß wir solche unmenschlichen Schlächter gewesen waren. Vierzehn von uns verloren den Verstand, und wir anderen brauchten noch Wochen danach Beruhigungsmittel.«

»Ah«, sagte er geistesabwesend und blickte schnell zur Seite. »Wie viele von ihnen haben Sie persönlich getötet?«

»Fünfzehn, zwanzig — ich weiß es nicht; wie ich sagte, wir hatten nicht die Herrschaft über uns. Es war ein gräßliches Massaker.«

Während des ganzen Gesprächs schien der Moderator ein wenig beschränkt, zu Wiederholungen neigend. Am Abend erfuhr ich, warum.

Marygay und ich saßen mit Mike vor dem Fernseher. Mutter war fortgegangen, um sich ein neues Gebiß verpassen zu lassen (es hieß, die Zahnärzte in Genf seien besser als die amerikanischen). Mein Interview sollte in einem Programm mit dem Titel ›Potpourri‹ ausgestrahlt werden, zwischen einem Dokumentarfilm über Hydrokulturen auf dem Mond und einem Konzert eines Mannes, der behauptete, Telemanns Doppelfantasie in A-Dur auf der Mundharmonika spielen zu können. Ich fragte mich, ob außer uns noch jemand — in Genf oder anderswo — das Programm eingeschaltet haben mochte.

Nun, der Film über die Hydrokulturen war interessant, und der Mundharmonikaspieler war ein Virtuose, aber das Zeug dazwischen war reines Gefasel.

Moderator: »Wie riechen sie?«

Ich (nicht im Bild): »Einfach schrecklich, wie eine Verbindung von fauligem Gemüse und brennendem Schwefel. Der Geruch sickert durch die Abwärmeöffnung des Anzugs, so intensiv ist er.«

Er hatte mich zum Reden animiert, um ein breites Spektrum von Geräuschen zu bekommen, aus dem die Toningenieure in Antwort auf seine Fragen jede Art von Unsinn synthetisieren konnten.

»Wie zum Teufel kann er das machen?« fragte ich Mike nach der Sendung. Ich war fuchsteufelswild.

»Sei nicht zu hart mit ihm«, sagte Mike, während er interessiert den Mundharmonikavirtuosen beobachtete. »Alle Medien unterliegen der Zensur durch die UNAS. In den letzten zehn, zwölf Jahren hat es keine objektive Berichterstattung über den Krieg mehr gegeben. Du kannst von Glück sagen, daß sie dich nicht einfach durch einen Schauspieler ersetzten und ihn vorgeschriebene Antworten aufsagen ließen.«

»Ist es bei euch auf dem Mond besser?«

»Nicht, soweit es öffentliche Sendungen betrifft. Aber da wir alle im Dienst der Streitkräfte stehen und Zugang zu internen Informationen haben, ist es nicht allzu schwierig, Lügen auf die Spur zu kommen.«

»Den Teil über die Konditionierung haben sie ganz weggelassen!«

Mike zuckte die Achseln. »Verständlich. Für die Öffentlichkeit brauchen sie Helden, keine Automaten.«

Marygays Interview wurde eine Stunde später ausgestrahlt, und bei ihr hatte man es genauso gemacht. Jedesmal, wenn sie im Originalgespräch etwas gegen den Krieg oder die Streitkräfte gesagt hatte, blendete das holographische Bild zu einer Aufnahme der Moderatorin über, die weise zu nicken pflegte, während eine bemerkenswert gute Imitation von Marygays Stimme heillosen Unsinn von sich gab.

Genf schien so gut wie jeder andere Ort geeignet, mit der Erforschung dieser neuen Erde zu beginnen. Am nächsten Morgen besorgten wir uns einen Stadtplan, der ein zentimeterdickes Buch war, und nahmen einen Lift zum Erdgeschoß, entschlossen, uns bis zum Dach durchzuarbeiten, ohne etwas auszulassen.

Das Erdgeschoß war eine seltsame Mischung von Geschichte und Schwerindustrie. Die Basis des Gebäudes überdeckte einen großen Teil der früheren Stadt Genf, und viele der alten Gebäude waren erhalten.

In den äußeren Bezirken herrschten jedoch Lärm und Geschäftigkeit vor: schwere Lastwagen und Eisenbahnzüge kamen von draußen hereingedonnert, eingehüllt in Schneewolken; beladene Flußschiffe arbeiteten sich mühsam rhoneaufwärts zu den Hafenbecken des Industriegebiets; sogar ein paar kleine Hubschrauber schwirrten hierhin und dorthin, Libellen im Wald der Pfeiler und Verstrebungen, die den grauen Himmel des nächsten Stockwerks trugen, vierzig Meter über dem Erdboden.

Es war ein Wunder und mehr, und wir hätten stundenlang umherwandern und staunen können, aber unsere leichten Umhänge schützten kaum gegen Wind und Kälte, und so beschlossen wir, einen anderen Tag wiederzukommen, wärmer gekleidet.

Das erste Geschoß beherbergte das Gehirn des kommunalen Organismus: die Verwaltung, die öffentlichen Dienste, das Versorgungswesen und dergleichen.

Wir kamen in eine weiträumige, ruhige Vorhalle, die irgendwie nach Glas roch, wenn es das gibt. Eine Wand enthielt einen riesigen Hologrammwürfel, der den Organisationsplan der Stadt Genf darstellte, eine spinnenbeinige Pyramide aus scheinbar unentwirrbaren Verästelungen verschiedenfarbiger Linien, die Zehntausende Namen mit einander verbanden, vom Bürgermeister an der Spitze bis zu den Angehörigen des Entsorgungsdienstes an der Basis. Namen erloschen und wurden durch andere ersetzt, wenn ihre Träger starben oder entlassen oder befördert oder versetzt wurden.

Es sah wie das Nervensystem eines fantastischen Fabelwesens aus, und in gewissem Sinne verhielt es sich auch so.

Die Wand gegenüber enthielt ein breites Fenster, das den Blick in eine Art Großraumbüro freigab. Hinter dem Glas saßen Hunderte von Angestellten und Technikern in langen Reihen, jeder mit seiner eigenen Eingabekonsole für irgendeine zentrale EDV-Anlage, vor sich in Augenhöhe einen von Schaltern und Knöpfen umringten holographischen Bildschirm. Es herrschte eine geradezu elektrisch anmutende Geschäftigkeit: Die meisten Beschäftigten hatten eine Kombination von Kopfhörern und Mikrophon umgestülpt und redeten mit irgendwelchen Gesprächspartnern, während sie hastige Notizen kritzelten oder an Schaltern fummelten; andere hatten die Kopfhörer umgehängt und bedienten die Tastaturen der Eingabegeräte. Einige Arbeitsplätze waren verwaist. Ein mechanisiertes und anscheinend beheiztes Tablett mit dampfenden Kaffeetassen glitt auf Laufschienen langsam die Reihen der Arbeitsplätze entlang.

Durch das dicke Glas konnte man ein schwaches Murmeln und Säuseln von etwas hören, was im Inneren des Saals ein höllisches Getöse sein mußte.

In der Eingangshalle waren außer uns nur zwei andere Leute, und wir hörten, wie sie sagten, daß sie gehen und sich das ›Gehirn‹ ansehen wollten. Wir folgten ihnen durch einen langen Korridor zu einer Art Besuchergalerie, durch deren Fenster man auf die Datenbanken und Recheneinheiten hinabblicken konnte, die Genf zusammenhielten. Die einzige Beleuchtung in der Besuchergalerie war das kalte bläuliche Licht aus der EDV-Zentrale.

Diese Zentrale war vergleichsweise klein, etwa von der Größe einer Tennishalle mit zwei Plätzen, und die Bauelemente der Anlage waren wenig inspirierende graue Kästen und Schaltpulte, zwischen denen ein paar Techniker scheinbar ziellos und wie verloren umherwanderten. Doch beeindruckte bei längerem Hinsehen gerade das Fehlen jeder nervösen Aktivität: Sie vermittelte das Gefühl, vor einem Schrein gewaltiger, unbekannter Macht zu stehen, vor einem Tempel der Zweckmäßigkeit, Ordnung und Intelligenz.

Das andere Paar sagte uns, daß es in diesem Geschoß nichts weiter gäbe, was von Interesse sei, lediglich Konferenzzimmer, Büros und geschäftige Behördenangestellte. Wir kehrten zurück zum Aufzug und fuhren zum zweiten Geschoß, wo sich die meisten Einkaufsstraßen der Stadt befanden und dessen Anlage an einen riesigen gedeckten Basar erinnerte.

Hier kam uns der Stadtplan sehr zustatten. Die Einkaufszone bestand aus Hunderten von Läden und offenen Märkten, die in rechtwinkligen Mustern angeordnet waren. Als Fußgängerstraßen gestaltete Korridore umschlossen Blocks, in denen Ladengeschäfte mit verwandten Warengruppen untergebracht waren. Wir gingen zur Mittelachse des Basarviertels und fanden uns unversehens in einer wunderlichen und ein wenig kitschigen Rekonstruktion altertümlicher Dorfarchitektur. Es gab sogar eine barocke Kirche, deren Turm mit Hilfe holographischer Illusionseffekte durch die dritte und vierte Etage aufzuragen schien. Wandmalereien mit Darstellungen religiöser Szenen, Schindeldächer, aus verschiedenfarbigen Kieseln in komplizierten Mustern verlegtes Katzenkopfpflaster, ein Brunnen mit steinernen Ungeheuern, deren Mäuler Wasserstrahlen verspritzten... wir kauften Weintrauben an einem offenen Marktstand (die Illusion bekam einen Knacks, als er eine Kalorientabelle befragte und meine Lebensmittelkarte abstempelte) und schlenderten genießerisch weiter. Ich war froh, daß die Menschen noch immer Zeit und Energie und Mittel für solche Dinge hatten.

Es gab eine verwirrende Vielfalt von Gegenständen und Dienstleistungen zu kaufen, und wir hatten viel Geld, aber wir hatten uns das Einkaufen wohl abgewöhnt, denke ich. Überdies wußten wir nicht, wie lange unser Vermögen würde ausreichen müssen.

(Wir hatten ein Vermögen, ungeachtet dessen, was General Botsford gesagt hatte. Rogers' Vater war ein prominenter Steueranwalt oder was, und sie hatte uns instruiert und mit den einschlägigen Gesetzesparagraphen gewappnet: Wir brauchten Steuern nur zu dem Satz zu entrichten, der für unser durchschnittliches Jahreseinkommen galt. So blieben mir zweihundertachtzigtausend Dollar.)

Wir übersprangen den dritten Stock, der das gesamte Kommunikationswesen und die Büros, Ateliers und Werkstätten der Massenmedien beherbergte, denn wir waren am Vortag kreuz und quer darin herumgelaufen, als wir zu unseren Fernsehinterviews gegangen waren. Ich hatte Lust, hinzugehen und den Mann zur Rede zu stellen, der meine Antworten redigiert hatte, aber Marygay überzeugte mich, daß es vergeblich sein würde.

Der künstliche Berg der Stadtpyramide Genf ist gestuft: die ersten drei Geschosse und die Basis nehmen eine Fläche von ungefähr einem Kilometer im Durchmesser ein, bei einer Höhe von annähernd hundert Metern. Die nächsten vier Geschosse haben bei gleicher Gesamthöhe einen um hundert Meter verringerten Durchmesser, und so setzt sich die Abstufung bis zum vierzigsten Stockwerk fort, dessen Durchmesser nur noch einhundert Meter beträgt.

Das vierte Geschoß ist, wie das dreiunddreißigste, ein Park: Bäume, Wiesen, Teiche, kleine Tiere. Die Wände sind transparent, bei gutem Wetter offen, und der umlaufende ›Sims‹ von immerhin fünfzig Metern Breite (das Dach des dritten Stockwerks) ist mit dichtem Wald bepflanzt. Wir lagerten eine Weile bei einem Teich, sahen Leute beim Baden zu und fütterten die Elritzen mit kleinen Stückchen von Weintrauben.

Irgend etwas hatte mich seit unserer Ankunft in Genf unterschwellig beschäftigt, und jetzt auf einmal, umgeben von all diesen angenehmen Dingen und Menschen, wußte ich, was es war.

»Marygay«, sagte ich. »Niemand hier ist unglücklich.«

Sie lächelte. »Wer könnte in einer solchen Umgebung trübsinnig sein? Alle die Blumen und Bäume, das viele Grün ...«

»Nein, nein ... ich meine das ganze Genf. Hast du irgend jemanden gesehen, der den Anschein erweckte, er könnte mit den Verhältnissen unzufrieden sein? Der ...«

»Dein Bruder ...«

»Ja, aber der ist auch Ausländer. Ich meine die Verkäufer und Arbeiter und die Leute, die herumbummeln.«

Sie machte ein nachdenkliches Gesicht. »Ich habe nicht so genau hingesehen. Vielleicht nicht.«

»Kommt dir das nicht seltsam vor?«

»Es ist ungewöhnlich, aber ...« Sie warf eine ganze Wein-

traube ins Wasser, und die Elritzen schossen auseinander.
»Erinnerst du dich, was dieser homosexuelle Feldwebel sagte? Sie diagnostizieren und korrigieren antisoziale Charakterzüge schon in einem sehr frühen Alter. Und welcher vernünftige Mensch würde hier nicht glücklich sein?«

Ich schnaubte. »Die eine Hälfte von diesen Leuten ist arbeitslos, und die meisten anderen sitzen tagaus, tagein in lärmerfüllten Räumen und drücken Knöpfe und starren auf Bildschirme oder verrichten andere unbefriedigende Arbeiten.«

»Aber alle haben genug zu essen und viele Möglichkeiten, sich zu beschäftigen und zu zerstreuen. Das war vor sechsundzwanzig Jahren nicht so.«

»Vielleicht«, sagte ich, weil ich nicht streiten wollte. »Kann sein, daß du recht hast.« Aber es beschäftigte mich weiterhin.

9

Den Rest dieses Tages sowie den ganzen folgenden Tag verbrachten wir im Hauptquartier der UNO, welches die beiden obersten Zylinder der Genfer Stadtpyramide einnahm. Es hätte Wochen erfordert, alles zu sehen. Schon ein gründliches Kennenlernen des der Menschheitsfamilie gewidmeten Museums hätte Tage in Anspruch genommen. Im Rahmen dieses Museums hatte jedes Land seine eigene Ausstellung, meistens verbunden mit einem Laden, der typisches Kunsthandwerk verkaufte, manchmal auch mit einem Spezialitätenrestaurant. Ich hatte befürchtet, daß der Nivellierungsprozeß der technischen Zivilisation die nationalen Identitäten zum Absterben bringen würde, daß diese neue Welt das einförmige Gesicht des Industriesystems tragen würde. Ich war froh, daß ich in diesem Punkt geirrt hatte.

Während wir das UNO-Hauptquartier durchwanderten, planten Marygay und ich ein Reiseprogramm. Wir beschlossen, daß wir in die Vereinigten Staaten zurückkehren und eine feste Bleibe suchen würden, um dann wieder für ein paar Monate auf Reisen zu gehen.

Als ich Mutter um Rat fragte, wie wir zu einer Wohnung kommen könnten, schien sie seltsam verlegen. Aber sie sagte, sie werde sehen, was in Washington zu haben sei, wohin sie am nächsten Tag zurückkehren wollte (mein Vater hatte dort gearbeitet, und nach seinem Tod hatte Mutter keinen Grund gesehen, die Wohnung aufzugeben).

Ich fragte Mike wegen dieses eigenartigen Widerwillens, über Wohnungsfragen zu sprechen, und er meinte, es sei ein Überbleibsel aus den chaotischen Jahren zwischen den Hungerrevolten und dem Wiederaufbau. Es hatte nicht genug Wohnungen gegeben; oft hatten zwei Familien sich in ein Zimmer teilen müssen, selbst in Ländern, die einst zu den wohlhabenden gezählt worden waren.

Es war eine ungesunde, unstabile Situation gewesen, und schließlich hatte die UNO sich dieses Problems angenommen, zuerst mit einer Propagandakampagne und schließlich mit Massenkonditionierung, ausgehend von der Idee, daß es tugendhaft sei, so wenig Wohnraum wie möglich zu beanspruchen, und daß es auf der anderen Seite sündhaft sei, auch nur den Wunsch zu haben, allein oder in einer Wohnung mit viel Raum zu leben. Und man sprach nicht darüber.

In den meisten Leuten steckte noch immer ein Überrest dieser Konditionierung, obwohl sie längst dekonditioniert waren. In verschiedenen Gesellschaftsschichten galt es als unhöflich oder gar unverzeihlich, über solche Dinge zu sprechen.

Mutter kehrte nach Washington zurück, und Mike auf den Mond. Marygay und ich verbrachten noch ein paar Tage in Genf, dann traten auch wir die Rückreise in die Staaten an.

Vom Washingtoner Flughafen brachte uns eine Einschienenbahn, die den Vorortverkehr besorgte, nach Rifton, der Satellitenstadt, wo Mutter wohnte.

Nach Genf war es ein angenehm kleiner Ort, obwohl er eine größere Fläche bedeckte. Die abwechslungsreich gestalteten, im Durchschnitt nur wenige Stockwerke hohen, von Bäumen umgebenen Häuser waren um einen angestauten See angeordnet. Ein Fußgänger-Transportband von der Art, wie wir sie bereits in Genf gesehen hatten, verband die äußeren Bereiche der Siedlung mit dem kuppelförmigen Zentralgebäude, das Läden, Schulen und Büros beherbergte. Dort fanden wir einen Stadtplan, der uns den Weg zur Wohnung meiner Mutter wies. Sie war in einem Zweifamilienhaus am See.

Wir hätten das geschlossene Transportband nehmen können, zogen es aber vor, in der guten kalten Luft, die nach feuchtem Laub roch, zu Fuß nebenher zu gehen. In der transparenten Plastikröhre glitten Menschen vorbei, die offensichtlich bemüht waren, sich ihre Verwunderung über uns nicht anmerken zu lassen.

Mutter öffnete nicht auf unser Läuten, aber es stellte sich heraus, daß die Tür nicht abgeschlossen war. Es war eine bequeme kleine Wohnung, für unsere an Schiffskabinen orientierten Begriffe sehr geräumig, angefüllt mit Mobiliar aus dem zwanzigsten Jahrhundert. Mutter schlief, also ließen Marygay und ich uns im Wohnzimmer nieder und lasen eine Weile. Plötzlich schreckte uns ein lauter Hustenanfall aus dem Schlafzimmer auf. Ich eilte hinüber und klopfte.

»William? Ich wußte nicht...« — ein neuer Hustenanfall — »komm herein, ich wußte nicht, daß ihr da seid...«

Sie lag halb aufgerichtet im Bett, zwei pralle Kissen im Rücken, hatte das Licht an und war von verschiedenen Arzneimitteln umringt. Sie sah grausig aus, bleich und faltig.

Sie zündete sich mit zitternden Fingern einen Joint an, der den Husten seltsamerweise zu dämpfen schien. »Wann seid ihr gekommen? Ich habe nichts gehört...«

»Erst vor ein paar Minuten. Wie lange ist es schon so... was fehlt dir?«

»Ach, es ist bloß eine Erkältung, die ich mir in Genf geholt habe. In ein paar Tagen werde ich wieder in Ordnung sein.« Sie begann wieder zu husten und trank etwas dickflüssiges Rotes aus einer Flasche. Ihre Medikamente schienen alle von der rezeptfreien kommerziellen Sorte zu sein, die in der Fernsehwerbung als Markenartikel propagiert wird.

»Warst du beim Arzt?«

»Arzt? Um Himmels willen, nein, Willy. Das hat keinen... es ist nichts Ernstes... ein paar Tage, und ich bin wieder obenauf.«

»Nichts Ernstes?« Mit vierundachtzig. »Herr im Himmel, Mutter!« Ich ging in die Küche, wo das Telefon stand, und nach einigem Hin und Her gelang es mir, eine Verbindung mit der Ambulanzabteilung des Krankenhauses zu bekommen.

Im Bildteil des Geräts erschien ein unscheinbares Mädchengesicht. »Schwester Donalson, ambulante Versorgung.« Sie lächelte mechanisch, eine Miene professioneller Aufrichtigkeit. Aber heutzutage lächelten alle.

»Meine Mutter braucht einen Arzt. Sie ist...«

»Name und Nummer, bitte.«

»Bette Mandella.« Ich buchstabierte es. »Was für eine Nummer?«

»Die Versorgungsnummer natürlich«, sagte sie lächelnd.

Ich rief zu Mutter hinüber und fragte sie, wie ihre Nummer sei. »Sie sagt, sie könne sich nicht erinnern.«

»Nun, das macht nichts. Ich werde ihre Unterlagen sicherlich finden.« Sie wandte das Lächeln einer Tastatur neben sich zu und drückte eine Anzahl von Kodenummern.

»Bette Mandella?« wiederholte sie, und ihr Lächeln nahm einen spöttischen Ausdruck an. »Sie sind ihr Sohn? Sie muß über achtzig sein, nicht wahr?«

»Bitte. Das ist eine lange Geschichte. Sie braucht wirklich einen Arzt.«

»Soll das ein Scherz sein?«

»Wie meinen Sie das?« Ersticktes Husten aus dem anderen Zimmer, der bisher schlimmste Anfall. »Wirklich — es könnte sehr ernst sein, Sie müssen...«

»Aber mein Herr, Mrs. Mandella wurde schon im Jahre 2010 mit Prioritätsgrad Null eingestuft.«

»Was zum Henker soll das heißen?«

»Aber ich bitte Sie...« Das Lächeln erstarrte.

»Hören Sie, stellen Sie sich einfach vor, ich wäre gerade von einem anderen Planeten gekommen. Was für eine Einstufung ist das? Was hat ›Prioritätsgrad Null‹ zu bedeuten?«

»Anderem Planeten — oh! Ich kenne Sie!« Sie blickte nach links. »Sonja, komm mal einen Augenblick her. Du würdest nie erraten, wer...«

Ein zweites Gesicht drängte sich neben das erste. Es gehörte einer schalen Blondine, deren Lächeln ein Abklatsch von dem der anderen war. »Erinnerst du dich? Im Fernsehen?«

»Ach ja!« sagte die andere. »Einer von den Soldaten — he, das ist ein Ding, wirklich.« Der Kopf verschwand.

»Entschuldigen Sie, Mr. Mandella«, sagte sie in ihrem liebenswürdigsten Ton. »Kein Wunder, daß Sie verwirrt sind. Es ist wirklich sehr einfach.«

»Nun?«

»Es hängt mit dem System der allgemeinen Krankenversicherung zusammen. Am siebzigsten Geburtstag bekommt jeder eine Einstufung. Sie wird aufgrund der Personalunterlagen von der Gesundheitsbehörde vorgenommen, in Zusammenarbeit mit anderen Verwaltungsdienststellen.«

»Was wird da eingestuft? Was bedeutet es?« Aber die häßliche Wahrheit war offensichtlich.

»Also, die Einstufung gibt Auskunft darüber, wie wichtig eine Person ist und welches Niveau medizinischer Behandlung ihr zugestanden wird. Klasse drei ist, was jeder erhält; Klasse zwei ist das gleiche, mit Ausnahme bestimmter lebensverlängernder...«

»Und Klasse Null ist überhaupt keine Behandlung.«

»Das ist richtig, Mr. Mandella.« Und in ihrem Lächeln war nicht ein Schimmer von Mitleid oder Verständnis.

»Danke.« Ich unterbrach die Verbindung. Als ich mich umwandte, sah ich Marygay hinter mir stehen, den Mund vor Entsetzen weit geöffnet, Tränen in den Augen.

In einem Sportartikelgeschäft fand ich ein Sauerstoffgerät für Taucher, und es gelang mir sogar, durch einen Typ in einer Washingtoner Bar Antibiotika zum Schwarzmarktpreis zu erstehen. Aber Mutter war nicht mehr imstande, auf meine amateurhafte Behandlung zu reagieren. Sie lebte noch vier Tage. Die Leute vom Krematorium hatten das gleiche mechanische Lächeln.

Ich versuchte Mike zu erreichen, aber die Telefongesellschaft wollte den Anruf nicht annehmen. Erst nachdem ich einen Vertrag unterzeichnet und eine Kaution von fünfundzwanzigtausend Dollar gestellt hatte, wurde die Verbindung zum Mond hergestellt. Zuvor mußte ich eine telegrafische Geldüberweisung von Genf veranlassen. Das Ausfüllen der Formulare und Anträge dauerte einen halben Tag.

Schließlich kam die Verbindung zustande.

»Mutter ist tot.«

Die Radiowellen wanderten in eineinhalb Sekunden zum Mond hinaus und kamen nach weiteren eineinhalb Sekunden zurück. Mikes Gesicht erschien auf der Mattscheibe des Bildgeräts. Ich sah ihn langsam und bekümmert den

Kopf schütteln. »Es ist keine Überraschung, weißt du. Jedesmal, wenn ich in den vergangenen zehn Jahren zur Erde zurückkehrte, fragte ich mich, ob sie noch da sein würde. Keiner von uns hatte genug Geld, um in ständiger Verbindung zu bleiben.« Er hatte uns in Genf erzählt, daß ein Brief vom Mond zur Erde herunter einhundert Dollar Porto koste — zuzüglich fünftausend Dollar Steuern. Solche Gebühren entmutigten jeden, mit Leuten Kontakt zu halten, die von der UNO als ein Haufen leider unabkömmlicher Anarchisten betrachtet wurden.

Wir bemitleideten uns eine Weile, dann sagte Mike: »Willy, die Erde ist für dich und Marygay nicht der richtige Ort; das wirst du inzwischen bemerkt haben. Kommt zum Mond, wo man noch ein Individuum sein kann und am siebzigsten Geburtstag nicht aus der menschlichen Gesellschaft hinausgeworfen wird.«

»Dann müßten wir wieder in die Armee eintreten.«

»Richtig, aber ihr würdet nicht kämpfen müssen. Sie sagen, daß sie euch als Ausbilder brauchen. Du könntest in deiner Freizeit studieren, deine Kenntnisse in Physik auf den gegenwärtigen Stand bringen — vielleicht eines Tages in der Forschung unterkommen.«

Wir sprachen keine vier Minuten. Ich bekam tausend Dollar zurück.

Marygay und ich berieten die halbe Nacht. Vielleicht wäre unsere Entscheidung anders ausgefallen, wenn wir nicht in dieser Wohnung gewesen wären, umgeben von Mutters Leben und Tod, aber als der Morgen kam, hatte die anspruchsvolle und gepflegte Schönheit von Rifton sich in etwas Düsteres und Unheilverkündendes verwandelt.

Wir legten unser Geld auf Sparkonten der Staatsbank an, packten unsere Koffer und nahmen einen Zug nach Miami, der uns zum Kap bringen sollte.

10

»Falls es Sie interessiert, Sie sind nicht die einzigen Veteranen, die zurückgekommen sind.« Der Offizier im Rekrutierungsbüro war ein muskulöser Leutnant von unbestimmtem Geschlecht. Ich warf im Geist eine Münze, und die Zahl kam nach oben. Also weiblich.

»Soviel ich zuletzt hörte, haben sich bisher neun andere gemeldet«, sagte sie in ihrem rauhen Tenor. »Alle optierten für den Mond ... Vielleicht werden Sie einige Ihrer Freunde dort antreffen.« Sie schob zwei einfache Formblätter über den Arbeitstisch. »Unterzeichnen Sie die, und Sie sind wieder dabei. Als Leutnants.«

Die Formblätter erhielten das Ersuchen, in den aktiven Dienst übernommen zu werden; genaugenommen waren wir nie aus der Armee entlassen worden, da man die Wehrpflichtdauer erhöht hatte. Wir waren einfach als vorübergehend deaktiviert geführt worden. Ich las den Antrag mit der gebotenen Aufmerksamkeit durch und entdeckte prompt den Pferdefuß.

»Da steht nichts von den Garantien, die uns auf Sterntor in Aussicht gestellt wurden.«

»Was für Garantien?« Auch sie hatte dieses leere, mechanische Lächeln.

»Man garantierte uns eine Tätigkeit als Ausbilder und freie Wahl des Einsatzortes. Darüber steht hier nichts.«

»Das wird nicht nötig sein. Die Armee wird...«

»Ich halte es aber für nötig, Leutnant.« Ich gab das Formular ohne Unterschrift zurück. Marygay folgte meinem Beispiel.

»Lassen Sie mich das nachprüfen.« Sie verließ ihren Platz und verschwand in einem benachbarten Büro. Wir hörten sie eine Weile telefonieren, ohne die Worte zu verstehen, dann ratterte eine Ausdruckstation.

Sie brachte die zwei Formulare zurück; unter unseren Namen stand jetzt auf jedem Formular ein Zusatz: GARANTIERTER EINSATZORT (MOND) UND DIENST NACH EIGENER WAHL (SPEZIALIST FÜR KAMPFAUSBILDUNG).

Wir wurden ärztlich untersucht und bekamen neue Kampfanzüge angemessen. Am nächsten Morgen gingen wir an Bord einer Fähre und erfreuten uns einige Stunden der Schwerelosigkeit, während eine Satellitenstation angesteuert und Fracht ausgeladen wurde. Dann flogen wir weiter zum Mond, wo wir im Stützpunkt Grimaldi niedergingen.

In die Tür des Quartiers für durchreisende Offiziere hatte irgendein Witzbold die Worte ›DIE IHR HIER EINTRETET, LASST ALLE HOFFNUNG FAHREN‹ gekratzt. Wir fanden unser Quartier, eine Kammer für zwei Personen, und begannen uns für das Essen zurechtzumachen.

Ein Klopfen an der Tür. »Post für Sie, Sir.«

Ich öffnete, und draußen stand ein Unteroffizier, der Haltung annahm und salutierte. Ich schaute ihn einen Augenblick lang dumm an, bis mir einfiel, daß ich Offizier war, und ich erwiderte die Ehrenbezeigung. Er reichte mir zwei identische Fernschreiben. Das eine gab ich Marygay, das andere behielt ich, um es noch an der Tür zu überfliegen. Mir blieb das Herz stehen:

— BEFEHL — BEFEHL — BEFEHL — BEFEHL — BEFEHL — BEFEHL — BEFEHL — Die nachfolgend angeführten Personen:

Lt. Mandella, William (11 575 278) COCOMM. 4. Kmp. GRITRABN

Lt. Potter, Marygay (17386 807) COCOMM 2. Kmp. GRITRABN

werden hiermit versetzt nach:

Lt. Mandella PLCOMM 2 Zg. STFTHETA Sterntor

Lt. Potter PLCOMM 3 Zg. STFTHETA Sterntor

Aufgabe:
Zugführer Infanterie Operation Tet 2.

Die bezeichneten Personen haben sich unverzüglich beim Transportbataillon Grimaldi zu melden, wo ihnen Transportmittel zugewiesen werden.

Ausgegeben Sterntor TACBD — 1298-8684-1450/4. Dez. 2024,
AUT.Gen.st.3.K.   Der Kommandant

— BEFEHL — BEFEHL — BEFEHL — BEFEHL — BEFEHL — BEFEHL — BEFEHL —

»Sie haben sich nicht viel Zeit gelassen, nicht?« sagte Marygay bitter.

»Muß ein stehender Befehl sein. Sterntor und das dritte Korps sind Lichtwochen entfernt. Man kann dort noch gar nicht wissen, daß wir uns wieder gemeldet haben.«

»Was ist mit der ...« Sie ließ den Satz unausgesprochen.

Die Garantie, ja. »Man gab uns den Dienst, den wir gewählt hatten, verstehst du? Niemand hat uns garantiert, daß wir den Posten länger als eine Stunde behalten würden.«

»Es ist ein schmutziger Trick.«

Ich zuckte die Achseln. »Was erwartest du vom Militär?«

Aber ich hatte zwei beunruhigende Erkenntnisse: Die eine war, daß wir es die ganze Zeit geahnt hatten. Die andere war das Gefühl, nach längerer Abwesenheit wieder nach Hause zu kommen.

Dritter Teil
Leutnant Mandella
2024—2389 n. Chr.

»Schnell und schmutzig.« Ich sah meinen Zugfeldwebel Santesteban an, aber ich sagte es mehr zu mir selbst. Und zu jedem anderen, der mithörte.

»Ja«, pflichtete er mir bei. »Wenn wir es nicht in den ersten paar Minuten schaffen, haben wir ausgeschissen.« Er sagte es mit ruhiger Selbstverständlichkeit. Von Angst keine Spur, weder bei ihm noch bei den anderen. Das machten die Drogen.

Die Soldaten Collins und Halliday kamen zu mir; sie hielten einander bei den Händen. »Leutnant Mandella?« sagte die Collins. »Können wir ein paar Minuten beisammen sein?«

»Eine Minute«, sagte ich, zu schroff. »In fünf Minuten ist Abmarsch, tut mir leid.«

Ich blickte ihnen nach, und sie taten mir wirklich leid. Keine der beiden hatte Kampferfahrung, aber sie wußten so gut wie jeder andere, wie dürftig ihre Chancen waren, jemals wieder zusammen zu sein. Sie setzten sich in eine Ecke und murmelten miteinander und tauschten mechanische Liebkosungen aus, aber es hatte nichts von Leidenschaft oder auch nur Trost. Collins' Augen glänzten naß, aber sie weinte nicht. Halliday starrte düster vor sich hin. Sie war normalerweise die bei weitem hübschere der beiden, doch alle sprühende Lebendigkeit schien von ihr gewichen und hinterließ eine wohlgeformte teilnahmslose Schale.

In den Monaten seit dem Verlassen der Erde hatte ich mich an den Anblick von Lesbierinnen gewöhnt und sogar aufgehört, mich über den Verlust potentieller Partnerinnen zu ärgern. Aber wenn ich die Männer miteinander sah, machte es mich doch noch immer frösteln.

Ich zog mich aus und trat rückwärts in den Muschelschalenanzug. Die neueren waren sehr viel komplizierter als die früheren, mit all den biometrischen und antitraumatischen Einrichtungen. Aber die Mühe lohnte sich für den Fall, daß man nur ein klein wenig zerrissen wurde. Dann konnte man sich mit heroischen Prothesen und einer bequemen Pension zur Ruhe setzen. Man sprach sogar von der Möglichkeit der Regeneration, zumindest bei fehlenden Armen und Beinen. Hoffentlich wurde bald etwas daraus, bevor der ›Himmel‹ sich mit unvollständigen Leuten anfüllte. ›Himmel‹ war der neue Lazarett-, Ruhe- und Erholungsplanet für Veteranen.

Ich beendete die Vorbereitungssequenz, und der Anzug schloß sich von selbst. Wieder biß ich die Zähne gegen den Schmerz zusammen, der sich niemals einstellte, wenn die Sensoren und Flüssigkeitsschläuche sich in den Körper bohrten. Konditionierte neutrale Umgehung nannte man das, und statt der erwarteten Schmerzen fühlte ich nur eine leichte, vorübergehende Verwirrung.

Collins und Halliday stiegen in ihre Anzüge, und die übrigen waren beinah fertig, also benutzte ich die Gelegenheit, um einen Blick in den Umkleideraum des dritten Zugs zu werfen und wieder einmal von Marygay Abschied zu nehmen.

Auch sie war fertig eingekleidet und kam mir entgegen. Statt das Radio einzuschalten, berührten wir einander mit den Helmen. Was wir einander zu sagen hatten, ging keinen was an.

»Alles in Ordnung, Herzchen?«

»Wie nie zuvor«, sagte sie. »Ich habe meine Pille genommen.«

»Ja, glückliche Zeiten.« Auch ich hatte meine Pille genommen; sie machte einen optimistisch, ohne das Urteilsvermögen zu trüben. Ich wußte, daß die meisten von uns wahrscheinlich sterben würden, aber es ging mir nicht allzu nahe. »Kommst du heute abend?«

»Wenn wir dann noch da sind«, sagte sie sachlich. »Auch dafür muß ich eine Pille nehmen.« Sie versuchte zu lachen.

»Zum Schlafen, meine ich. Wie kommen die neuen Leute damit zurecht? Du hast zehn in deinem Zug, nicht?«

»Ja, zehn. Sie sind munter und fidel. Eine Vierteldosis reicht ihnen.«

»So habe ich es auch gemacht; ein bißchen mehr, und sie werden gleich übermütig.«

Santesteban war der einzige andere Kriegsveteran in meinem Zug; die vier Unteroffiziere waren seit Jahren in der Armee, hatten aber keine Kampferfahrung.

Der Lautsprecher knisterte, und Major Cortez, unser Kommandeur, sagte lakonisch: »Zwei Minuten. Lassen Sie antreten.«

Wir trennten uns, und ich kehrte zurück, um meine Schäfchen zu überprüfen. Alle schienen ohne Schwierigkeiten in die Anzüge gekommen zu sein, also ließ ich sie in Reih und Glied antreten. Wir warteten eine lange Zeit.

»Achtung, fertig zum Umladen.«

Mit dem Wort ›Achtung‹ öffnete sich die Doppeltür vor mir — der Umkleideraum, welcher zugleich als Luftschleuse diente, war bereits ausgepumpt worden —, und ich führte meine Leute durch die Andocköffnung in den Gleiter.

Diese neuentwickelten Landefähren waren primitiv und häßlich, nichts weiter als offenes Gitterwerk mit Klammern, die einen festhielten, schwenkbaren Laserkanonen vorn und achtern, dazu kleine Antriebsaggregate. Alles automatisiert und selbststeuernd. Der Gleiter hatte die Aufgabe, uns so rasch wie möglich ins Zielgebiet zu bringen, wieder zu starten und im Tiefflug den gegnerischen Stützpunkt anzugreifen. Da die Triebwerke für eine Rückkehr zum Mutterschiff viel zu schwach waren und kompliziertere Navigationseinrichtungen fehlten, konnte jeder Gleiter nur einmal verwendet werden. Die meisten blieben, wenn sie nicht vom Gegner abgeschossen wurden, mit ausgebrannten Triebwerken irgendwo im Umkreis des Zielgebiets liegen. Die Fähre, die nach beendeter Operation kommen und die Überlebenden abholen würde, war besser eingerichtet und viel hübscher.

Wir nahmen unsere Plätze ein, schlossen die Befestigungsklammern, und der Gleiter legte von der ›Sangre y Victoria‹ ab. Die Stimme der Maschine gab uns eine kurze Vorwarnung, und wir schossen mit vier ge Beschleunigung unserem Ziel entgegen.

Der Planet, dem einen Namen zu geben niemand sich die Mühe gemacht hatte, war ein einsamer Wanderer im Weltraum, eine schwarze Gesteinskugel ohne die Nähe eines wärmespendenden Zentralgestirns. Zuerst war er nur durch das Fehlen von Sternen sichtbar, die von seiner Masse verdeckt wurden, doch als wir näher kamen, konnten wir Unterschiede und Gliederungen in der Schwärze seiner Oberfläche ausmachen. Wir kamen auf der dem Vorposten der Taurier entgegengesetzten Hemisphäre herab.

Unsere Aufklärung hatte festgestellt, daß das gegnerische Lager in der Mitte einer tellerebenen Lavafläche von mehreren hundert Kilometern im Durchmesser lag. Es war ziemlich primitiv, verglichen mit anderen taurischen Stützpunkten, aber an eine unbemerkte Annäherung war nicht zu denken. Nach der Planung sollten wir mit vier Gleitern aus verschiedenen Richtungen das Ziel ansteuern und fünfzehn Kilometer vorher wie verrückt verlangsamen, um praktisch vor ihrer Haustür zu landen und mit einem Feuerüberfall anzugreifen. Im Umkreis des Stützpunkts gab es keinerlei Deckung.

Natürlich machte ich mir keine Sorgen. Ich wünschte, daß ich die Pille nicht genommen hätte, aber es war mehr ein zerstreuter Gedanke als ein echter Wunsch.

Ungefähr einen Kilometer über der Oberfläche gingen wir in den Horizontalflug über und jagten über die dunkle, öde Kraterlandschaft dahin, immer an der Grenze, wo Schwerkraft und Zentrifugalkraft einander die Waage hielten, so daß der Kurs immer wieder berichtigt werden mußte.

So ging es ungefähr zehn Minuten lang; dann feuerte plötzlich das vordere Bremstriebwerk, und wir wurden in unseren Anzügen vorwärts gerissen, daß es uns die Augen aus den Höhlen trieb.

»Fertigmachen zur Landung«, sagte die weiblich-mechanische Stimme des Gleiters. »Fünf, vier...«

Die Laserkanonen begannen zu feuern, schleuderten Blitze, die in zuckenden, stroboskopischen Bewegungen über das dunkle Land tasteten. Es war eine pockennarbige Wildnis aus Spalten, geronnenen Lavaströmen und eingestreuten schwarzen Felsen, nur noch wenige Meter unter unseren Füßen.

»Drei...«

Weiter kam die Stimme nicht. Es gab einen zu hellen Blitz, und ich sah den Horizont wegkippen, als das Heck des Gleiters plötzlich wegsackte. Im nächsten Augenblick schlug er am Boden auf, und wir überschlugen uns mehrere Male, Bruchstücke vom Gleiter, zerrissene und ganze Menschen verstreuend. Endlich kamen wir knirschend und schleudernd zum Stillstand, und ich versuchte mich aus dem verbogenen Trägerwerk zu befreien, aber mein Bein... ich sah, wie der zerstörte Gleiter sich langsam weiter auf die Seite neigte: Der Druck wurde unerträglich, und in meinen wilden Aufschrei mischte sich ein trockenes Knacken, als der Träger mir das Bein abquetschte. Mit schrillem Pfeifen entwich die Luft aus meinem aufgeplatzten Anzug; dann schaltete sich die antitraumatische Vorrichtung mit einem schnappenden Geräusch ein, der Schmerz erneuerte sich, hörte plötzlich auf, und ich rollte vom verbogenen Rumpf des Gleiters frei. Wie in einem Traum sah ich meinen kurzen Beinstumpf Blut verspritzen, das glänzendschwarz auf dem stumpfschwarzen Gestein gefror. Ich schmeckte Messing, und ein roter Nebel deckte alles zu, vertiefte sich zum Braun von Flußschlamm, und während die Pille dachte: Das ist nicht so schlimm..., wurde ich ohnmächtig.

Der Anzug ist so eingerichtet, daß vom Körper so viel wie möglich gerettet wird. Verliert man den Teil eines Armes oder Beines, so schließt sich eine von sechzehn rasiermesserscharfen Irisblenden mit der Kraft einer hydraulischen Presse um das verletzte Glied, schneidet es sauber ab und versiegelt den Anzug, bevor man an explosiver Dekompression sterben kann. Darauf brennt die antitraumatische Einrichtung den Stumpf aus, ersetzt verlorenes Blut und pumpt einen mit schockdämpfenden und euphorisch stimmenden Medikamenten voll. Also stirbt man entweder glücklich, oder man wird, wenn die Kameraden das Gefecht gewinnen, geborgen und ins Schiffslazarett gebracht.

Wir gewannen die Runde, während ich schlief, eingehüllt in dunkle Watte. Als ich aufwachte, lag ich im überfüllten Schiffslazarett in der Mitte einer langen Reihe von aufklappbaren Feldbetten, in denen die Blessierten lagen, alles Leute, die vom sinnreichen Instandhaltungsmechanismus ihrer Anzüge zu drei Vierteln (oder weniger) gerettet worden waren. Wir wurden von den beiden Schiffsärzten, die im hellen Licht an Operationstischen standen, vertieft in

Blutrituale, keines Blickes gewürdigt. Ich beobachtete sie lange. Wenn ich ins blendende Licht blinzelte, sah das Blut auf ihren grünen Mänteln wie schwärzliches Fett aus, und die mit Verbänden umwickelten Körper schienen seltsame weiche Maschinen, die sie reparierten. Aber die Maschinen schrien im Schlaf immer wieder auf, und die Mechaniker murmelten Beschwichtigungen, während sie ihre fettigen Werkzeuge gebrauchten. Ich beobachtete und schlief und wachte auf, und beinahe jedesmal war ich woanders.

Zuletzt erwachte ich in einem regulären Krankenzimmer. Ich war angeschnallt und wurde durch eine Schlauchleitung ernährt. Elektroden zur Messung meiner Körperfunktionen waren da und dort befestigt, aber vom Personal war nichts zu sehen. Die einzige andere Person in dem kleinen Raum war Marygay, die im benachbarten Bett schlief. Ihr rechter Arm war über dem Ellbogen amputiert.

Ich weckte sie nicht, betrachtete sie bloß und versuchte mir über meine Empfindungen klar zu werden. Versuchte auch die Nachwirkungen der Stimmungsdrogen herauszufiltern. Wenn ich ihren Armstumpf betrachtete, konnte ich weder Mitgefühl noch Widerwillen fühlen. Ich versuchte abwechselnd die eine oder die andere Reaktion zu erzwingen, aber nichts geschah. Es war, als ob sie schon immer so gewesen wäre. Lag es an den Drogen, war es Konditionierung, Liebe? Ich mußte abwarten und sehen.

Plötzlich schlug sie die Augen auf, und ich begriff, daß sie seit einiger Zeit wach gewesen sein mußte. Vielleicht hatte sie mir Zeit zum Nachdenken geben wollen. »Hallo, kaputtes Spielzeug«, sagte sie.

»Wie — wie fühlst du dich?« Intelligente Frage.

Sie legte die Fingerspitzen der Linken an die Lippen und küßte sie, eine vertraute Geste. »Dumm und benommen. Froh, nicht mehr Soldat zu sein.« Sie lächelte. »Haben sie es dir gesagt? Wir kommen zum Himmel.«

»Nein. Aber ich dachte mir, daß man uns entweder dorthin oder zur Erde schaffen würde.«

»Himmel wird besser sein. Ich wünschte, wir wären schon da.«

»Wie lange wird es dauern?« fragte ich.

Sie wälzte sich auf den Rücken und blickte zur Decke empor. »Keine Ahnung. Du hast mit niemandem gesprochen?«

»Bin gerade erst aufgewacht.«

»Es gab eine neue Anweisung, von der man uns vorher nichts gesagt hatte. Die ›Sangre y Victoria‹ hat Befehl, vier Aufträge auszuführen. Wir müssen weiterkämpfen, bis alle vier abgeschlossen sind. Oder bis wir so hohe Verluste haben, daß weitere Aktionen unmöglich werden.«

»Wie hoch müssen die Verluste sein, daß dieser Fall eintritt?«

»Das frage ich mich auch. Wir haben bereits ein gutes Drittel der Kampfeinheiten verloren. Aber wir sind unterwegs nach Aleph 7. Razzia auf Unterhosen.« So nannten wir Operationen, die vorwiegend dem Ziel dienten, taurisches Gerät zu erbeuten und nach Möglichkeit Gefangene zu machen.

Die Tür sprang auf, und Doktor Foster kam hereingestürzt. Er wedelte zur Begrüßung mit den Händen. »Noch immer in getrennten Betten?« scherzte er. »Leutnant Potter, ich dachte, Ihre Genesung wäre schon weiter fortgeschritten!« Foster war in Ordnung. Ein erklärter Homosexueller, aber er begegnete der Heterosexualität mit amüsierter Duldsamkeit.

Er untersuchte unsere Stümpfe, steckte uns Thermometer in den Mund, so daß wir nicht sprechen konnten. Als er fertig war, scherzte er nicht mehr.

»Sie sind keine Anfänger mehr, also brauche ich Ihnen nichts vorzumachen, Sie sind beide bis an die Ohren voll

Stimmungssaft, und der Verlust, den Sie erlitten haben, wird Sie nicht stören, bis ich Sie von dem Zeug absetze. Aus Bequemlichkeit werde ich Sie unter Drogen halten, bis Sie zum Himmel kommen. Ich habe mich um einundzwanzig Amputierte zu kümmern. Wir können nicht einundzwanzig psychiatrische Fälle behandeln.

Erfreuen Sie sich Ihres Seelenfriedens, so lange Sie ihn haben. Sie ganz besonders, weil Sie wahrscheinlich beisammen bleiben wollen. Die Prothesen, die man Ihnen im Himmel anpassen wird, werden ihre Funktionen zufriedenstellend erfüllen, aber jedesmal, wenn Sie sein mechanisches Bein oder Sie ihren künstlichen Arm anschauen, werden Sie denken, wieviel besser der andere daran sei. Jeder wird für den anderen eine ständige Erinnerung an Schmerz und Verlust sein ... Es ist möglich, daß Sie einander nach einer Woche an die Gurgel gehen werden. Oder vielleicht teilen Sie für den Rest Ihres Lebens eine mißmutige, gereizte Art von Liebe miteinander.

Oder es gelingt Ihnen, darüber hinauszuwachsen. Geben Sie einander Kraft! Aber machen Sie sich nichts vor, wenn es nicht klappt.«

Er trug die Ablesungen unserer Thermometer in sein Notizbuch ein und nickte uns zu. »Der Onkel Doktor weiß es am besten, selbst wenn er für Ihre altmodischen Begriffe ein wenig umheimlich ist. Denken Sie daran.« Er wandte sich zum Gehen, und als er die Tür schon geöffnet hatte, sagte er: »In ungefähr sechs Stunden ist ein Simultansprung fällig. Eine der Schwestern wird Sie zu den Tanks bringen.«

Wir kamen in die Tanks — unvergleichlich bequemer und sicherer als die alten individuellen Beschleunigungsschalen — und fielen in das Tet-2-Kollapsarfeld. Gleichzeitig begannen die verrückten Ausweichmanöver, die uns vor feindlichen Schiffen schützen sollten, wenn wir eine Mikrosekunde später dann bei Aleph 7 wieder zum Vorschein kämen.

Wie vorauszusehen war, endete die Operation gegen Aleph 7 mit einer schmählichen Niederlage, und wir schleppten uns mit einer Verlustziffer von insgesamt vierundsechzig Toten und neunundvierzig Krüppeln vom Schlachtfeld. Nur zwölf Infanteristen waren noch kampffähig, aber sie zerrten nicht gerade an der Leine.

Wir benötigten drei Simultansprünge, um zum Himmel zu gelangen. Kein Schiff ging nach einem Gefecht direkt dorthin, obgleich die Verzögerung manchmal zusätzliche Menschenleben kostete. Es war neben der Erde die einzige Welt, die den Tauriern unter allen Umständen unbekannt bleiben mußte.

Der Himmel war eine liebliche, unverdorbene, erdähnliche Welt; sie zeigte, was die Erde hätte sein können, wenn der Mensch sie mit Achtung und Schonung, statt mit Gier und Gleichgültigkeit behandelt hätte. Jungfräuliche Wälder, weiße Strände, kristallklare Gewässer. Die paar Dutzend Städte, die es dort gab, waren mit sehr viel Feingefühl und Rücksicht in die natürliche Umgebung eingebettet (eine war völlig unterirdisch), ohne jedoch auf kühne Zurschaustellung menschlicher Erfindungsgabe zu verzichten. Okeanos war in ein Korallenriff gebaut, sechs Faden Wasser über dem transparenten Dach; Boreas erhob sich auf einem Tafelberg in der polaren Einöde; und das fabulöse Skye war eine riesige schwimmende Sommerfrische, die unter den Passatwinden von Kontinent zu Kontinent trieb.

Wie alle anderen, landeten auch wir in der Urwaldstadt Soglia. Zu drei Vierteln Krankenhaus, ist es die mit Abstand größte Stadt des Planeten, aber das konnte man nicht sehen, wenn man sich ihr aus der Luft näherte. Das einzige Zeichen von Zivilisation war eine plötzlich unter einem erscheinende kurze Rollbahn, ein schmaler hellgrauer Streifen, der vom mächtigen Regenwald und dem im Westen anschließenden Ozean zur Bedeutungslosigkeit verkleinert wurde.

Kam man jedoch unter das mehrstöckige, gewaltige Laubdach, so war die Stadt nicht mehr zu übersehen. Niedrige Gebäude aus einheimischem Stein und Holz standen zwischen zehn Meter dicken Baumstämmen. Sie waren untereinander durch unauffällige, mit Naturstein gepflasterte Wege verbunden, und eine breite Promenade führte in angenehmen Windungen zum Strand. Da und dort sickerte das Sonnenlicht in Bahnen durch das satte Grün und sprenkelte den Erdboden, und in der Luft vermischten sich der Duft und die Süßigkeit des Waldes mit dem salzigen Aroma der See.

Später erfuhr ich, daß die Stadt eine Fläche von rund zweihundert Quadratkilometern einnahm, und daß man mit einer Untergrundbahn jeden Punkt erreichen konnte, der für einen Fußgänger zu weit entfernt war. Die Ökologie von Soglia war sorgfältig ausgeglichen und wurde so erhalten, daß die Verwandtschaft mit dem umgebenden Urwald überall sichtbar blieb, die gefährlichen und lästigen Erscheinungen jedoch eliminiert waren. Auf bestimmte Frequenzserien eingestellte Impulsgeber im Ultraschallbereich hielten größere Raubtiere und verschiedene blutsaugende Insektenarten fern.

Wir gingen, humpelten und fuhren in das nächste Gebäude, welches die Aufnahmestation des Krankenhauses beherbergte. Das Krankenhaus selbst war unterirdisch angelegt. Jede Person wurde untersucht und bekam ihren eigenen Raum; ich versuchte zusammen mit Marygay ein Doppelzimmer zu bekommen, doch dafür waren sie nicht eingerichtet.

Man zählte das ›Erdenjahr‹ 2189; ich war also 215 Jahre alt. Der Arzt, der mich untersuchte, sagte, daß mein angesammeltes Guthaben von der Erde zum Himmel überwiesen würde. Mit Zinseszinsen machte es soviel aus, daß mir nicht mehr viel zum Milliardär fehlte. Der Arzt bemerkte dazu, daß ich viele Möglichkeiten finden würde, meine Milliarde im Himmel auszugeben.

Zuerst kamen die schwersten Verletzungen an die Reihe, so daß mehrere Tage vergingen, bevor ich in die Chirurgie gefahren wurde. Danach wachte ich in meinem Zimmer auf und fand, daß sie eine Prothese auf meinen Beinstumpf verpflanzt hatten, eine mit Gelenken versehene Struktur aus glänzendem Metall, die sich für mein ungeübtes Auge genau wie ein Skelett von Bein und Fuß ausnahmen. Es sah ziemlich scheußlich aus, wie es da in einem durchsichtigen Sack mit Flüssigkeit lag, aus dem Kabel zu einer Maschine am Fußende des Bettes führten.

Ein Assistenzarzt kam herein und beugte sich über mich. »Wie fühlen Sie sich, Sir?«

Ich war nahe daran, ihm zu sagen, er solle den ›Sir‹-Unfug vergessen, ich sei nicht mehr in der Armee und werde diesmal draußen bleiben. Aber ich ließ es sein, um ihn nicht in Verlegenheit zu bringen.

»Ich weiß nicht. Es schmerzt ein wenig.«

»Das wird noch mehr schmerzen, verlassen Sie sich darauf. Warten Sie, bis die Nerven zu wachsen beginnen.«

»Nerven?«

»Klar.« Er beschäftigte sich mit der Maschine, beobachtete Anzeigeskalen auf der anderen Seite. »Wie wollen Sie ein Bein ohne Nerven haben? Es würde wie ein totes Gewicht an Ihnen hängen.«

»Nerven?« sagte ich. »Wie richtige Nerven? Sie meinen, ich kann einfach denken ›beweg dich‹ und das Ding bewegt sich?«

»Natürlich können Sie das.« Er warf mir einen spöttischen Blick zu, dann beugte er sich wieder über seine Skalen.

Welch ein Wunder. »Hätte nie gedacht, daß man Prothesen so würde vervollkommnen können.«

»Prothe- was?«

»Sie wissen doch, künstliche...«

»Ach ja, Sie meinen, wie in Büchern. Hölzerne Beine, Haken und dergleichen.«

Wie hatte der Mann es je zum Assistenzarzt bringen können? »Ja, Prothesen«, bekräftigte ich. »Wie dieses Ding an meinem Beinstumpf.«

»Sehen Sie, Sir«, sagte er und legte seinen Notizblock aus der Hand, »Sie sind lange fortgewesen. Das wird ein Bein, genau wie das andere, bloß kann es nicht brechen.«

»Wird das auch mit Armen gemacht?«

»Selbstverständlich.« Er griff wieder zum Notizblock und wedelte damit herum. »Auch mit Lebern, Nieren, Mägen, was Sie sich denken können. Mit Herzen und Lungen ist es noch nicht so weit, da muß mechanischer Ersatz verwendet werden.«

»Fantastisch.« Dann würde auch Marygay wieder ganz sein.

Er zuckte die Achseln. »Das wurde schon so gemacht, ehe ich zur Welt kam. Wie alt sind Sie, Sir, wenn ich mir die Frage erlauben darf?«

Ich sagte es ihm, und er pfiff anerkennend. »Nicht zu glauben. Dann müssen Sie von Anfang an dabei gewesen sein.« Sein Akzent war sehr seltsam. Die Wörter waren richtig, aber sie klangen falsch.

»Ja, ich war bei dem Epsilon-Angriff dabei. Aleph Null.« Sie hatten angefangen, die Kollapsare und Buchstaben des hebräischen Alphabets zu nennen, und zwar in der Reihenfolge ihrer Entdeckung, aber als sie überall auf die verdammten Dinger stießen, hatten die Buchstaben nicht mehr gereicht. Infolgedessen hatte man Zahlen angehängt; soviel ich wußte, waren sie zur Zeit bei Yod 42.

»Das ist ja schon alte Geschichte«, meinte er. »Wie war es damals?«

»Ich weiß nicht. Weniger überfüllt, hübscher. Ich war zuletzt vor einem Jahr — nein, vor einem Jahrhundert auf der Erde. Es hängt alles davon ab, wie man es sieht. Ich fand es so schlimm, daß ich wieder zur Armee ging, wissen Sie. Übervölkerung, alles reglementiert, die Leute mit Drogen benebelt. Ich will niemanden beleidigen, aber das war mein Eindruck.«

Er zuckte die Achseln. »Ich selbst war nie dort. Aber Leute, die von der Erde kommen, scheinen sie zu vermissen. Vielleicht haben sich die Verhältnisse dort gebessert.«

»Was, Sie wurden auf einem anderen Planeten geboren? Hier?« Kein Wunder, daß ich mit seinem Akzent nichts anzufangen wußte.

»Im Himmel geboren und aufgewachsen, jawohl, Sir.« Er steckte den Schreibstift in die Brusttasche und klemmte seinen Notizblock unter den Arm. »Ein Engel der dritten Generation, sozusagen. Der beste Planet, den es gibt. Aber ich muß jetzt weiter, Leutnant. Die Pflicht ruft.« Er ging zur Tür und wandte sich noch einmal um. »Sollten Sie etwas brauchen, so drücken Sie auf den Knopf auf Ihrem Nachttisch.«

Ein Engel der dritten Generation. Seine Großeltern waren von der Erde zugewandert, wahrscheinlich als ich ein Grünschnabel von hundert Jahren gewesen war. Ich fragte mich, wie viele andere Welten sie besiedelt haben mochten, während ich draußen unterwegs gewesen war. Ein Bein verlieren und ein neues nachwachsen lassen!

Es wäre gut, sich zur Ruhe zu setzen und jedes einzelne Jahr ganz auszukosten. Es wenigstens zu leben.

Was der Mann über die Schmerzen gesagt hatte, war nicht übertrieben. Und es war nicht nur das neue Bein, obwohl es brannte wie siedendes Öl. Um die Gewebeneubildung anzuregen, wurden wachstumstimulierende Mittel injiziert, die verschiedentlich zu unerwünschten Wucherungen führten; an einem halben Dutzend Stellen brach Krebs aus und mußte separat behandelt werden, was wieder mit Schmerzen verbunden war.

Ich fühlte mich ziemlich erschöpft und aufgezehrt, aber es war dennoch faszinierend, das Bein wachsen zu sehen. Weiße Fäden wurden zu Adern und Nervensträngen, die zuerst ein wenig schlaff durcheinanderhingen, aber mehr und mehr ihren funktionsgerechten Verlauf nahmen, als die Muskulatur um den Metallknochen wuchs.

Allmählich gewöhnte ich mich daran, so daß ich den Anblick nicht mehr abstoßend fand. Aber wenn Marygay zu Besuch kam, war es ein Schock — sie durfte aufstehen und umhergehen, bevor sich Haut an ihrem neuen Arm gebildet hatte, und sah wie eine wandelnde Anatomievorführung aus. Doch auch der Schock verging, und bald verbrachte sie jeden Tag einige Stunden bei mir, um Spiele zu spielen oder Krankenhausklatsch auszutauschen oder einfach stillzusitzen und zu lesen, während der Arm langsam in seinem Plastikgehäuse wuchs. Ich hatte seit einer Woche Haut am Bein, bevor sie es aus der Umhüllung befreiten und die Maschine davonrollten. Es war häßlich wie der Klumpfuß des Teufels, haarlos und leichenhaft weiß, steif wie eine Eisenstange. Aber es ließ sich immerhin gebrauchen. Ich konnte aufstehen und steifbeinig dahinschlurfen.

Man verlegte mich in die Orthopädie zum, wie es hieß, ›Bewegungs- und Koordinationstraining‹ — ein hochgestochener Name für langsame Folter. Sie schnallen einen in eine Maschine, die das alte und das neue Bein gleichzeitig biegt. Das neue widersetzt sich.

Marygay war in einer benachbarten Abteilung, wo man ihr Arm, Handgelenk und Finger methodisch beugte, streckte und drehte. Für sie mußte es noch schlimmer gewesen sein; jeden Nachmittag, wenn wir uns trafen, um nach oben zu gehen und im sonnengesprenkelten Schatten auf Liegestühlen der Ruhe pflegten, sah sie grau und verfallen aus.

Als die Tage vergingen, verlor die Therapie allmählich den Charakter der Folter und ähnelte mehr anstrengenden Übungen. Wir begannen jeden Tag eine Stunde zu schwimmen, meistens in der Halle, bei ruhigem, sonnigem Wetter auch im geschützten Wasser vor dem Strand. Auf festem Boden humpelte ich noch immer, doch im Wasser kam ich mit dem neuen Bein bald recht gut zurecht.

Die einzige richtige Aufregung, die wir im Himmel hatten — Aufregung für unsere vom Kampf abgestumpften Sinne —, gab es in diesem, von einem starken Pressorfeld sorgfältig abgeschirmten Wasser entlang dem Badestrand.

Jedesmal, wenn ein Vergnügungsdampfer oder ein Sportboot landen will, muß das Pressorfeld für ein paar Sekunden ausgeschaltet werden; andernfalls würde es die einlaufenden Fahrzeuge aufhalten. Bei solchen Gelegenheiten kommt es hin und wieder vor, daß ein Meeresbewohner die Sperre durchbricht.

Der unbestrittene Herr der himmlischen Ozeane ist ein bösartiger Bursche, den die Engel in einem Anflug von Originalität ›Hai‹ getauft hatten. Aber er hätte ein paar richtige Haie mühelos zum Frühstück verspeisen können.

Derjenige, der durchkam, war ein mittelgroßer weißer Hai, der sich seit Tagen vor dem Pressorfeld herumgetrieben und nach einem Durchlaß gesucht hatte, gequält von all dem Protein, das innerhalb der unsichtbaren Barriere herumplanschte. Glücklicherweise heult zwei Minuten vor Abschaltung des Pressorfelds eine Warnsirene, so daß niemand im Wasser war, als er durchgeschossen kam. In der Wut seines fruchtlosen Angriffs jagte er so durch das seichte Wasser, daß er beinahe gestrandet wäre.

Er bestand aus zwölf Metern Muskeln mit einem rasiermesserscharfen Schwanz an einem Ende und einer Kollektion ellenlanger Zähne am anderen. Seine Augen, große gelbe Kugeln, ragten an Stielen mehr als einen Meter aus seinem Kopf. Das Maul war aufgesperrt so groß, daß ein Mann bequem darin stehen konnte.

Man konnte nicht einfach das Pressorfeld ausgeschaltet lassen und warten, bis das Ungeheuer sich von selbst entfernte, darum organisierte der Unterhaltungsausschuß ein Jagdvergnügen.

Ich hielt nicht allzuviel von der Idee, mich einem Riesenfisch als Hors d'œuvre anzubieten, aber Marygay hatte als Halbwüchsige in Florida tauchen und Unterwasserjagd gelernt und war Feuer und Flamme. Auch ich ging schließlich mit, als ich erfahren hatte, wie die Jagd vonstatten gehen sollte; es schien sicher genug.

Es hieß, daß diese ›Haie‹ niemals Menschen in Booten angriffen. Zwei Männer, die dem Seemannsgarn der Fischer mehr vertrauten als ich, waren mit einem Ruderboot in die Nähe des Pressorfelds hinausgerudert, bewaffnet mit einer Schweinehälfte. Sie warfen das Fleisch über Bord, und im Nu war der Hai zur Stelle.

Dies war das Stichwort für die Jagdgesellschaft. Sie bestand aus dreiundzwanzig von uns Dummköpfen, die mit Schwimmflossen, Masken, Schnorcheln und einer Harpune pro Person ausgerüstet waren. Diese Harpunen waren jedoch ziemlich mörderisch, mit einem Treibsatz für größere Reichweite und Explosivladungen in den Köpfen.

Wir gingen ins Wasser und schwammen in einer Phalanx getaucht auf den Hai zu, der mit seiner Schweinehälfte beschäftigt war. Als er uns sah, griff er nicht an, sondern versuchte seine Mahlzeit zu verstecken; offenbar wollte er verhindern, daß sich einige von uns heranpirschten und daran knabberten, während er sich der anderen annahm.

Aber jedesmal, wenn er ins tiefe Wasser entkommen wollte, stieß er auf das Pressorfeld und wurde wieder abgewiesen.

Zuletzt ließ er seine Beute fahren, warf sich herum und griff an.

Es war eine eindrucksvolle Erfahrung. Einen Augenblick lang war er noch von der Größe eines Fingers, mindestens hundert Meter entfernt, dann plötzlich so groß wie der Nebenmann, ein mit unheimlicher Geschwindigkeit heranschießendes Projektil.

Von unseren Harpunen trafen vielleicht zehn — meine nicht — und rissen ihn in Fetzen. Aber selbst nach einem gekonnten (oder zufälligen) Kopfschuß, der die Kopfoberseite und ein Auge wegrasierte, selbst als die Hälfte seines Fleisches und seiner Eingeweide in einer von Blutwolken getrübten Bahn hinter ihm verstreut trieben, brach er in unsere Linie ein, schloß die mächtigen Kiefer um eine Frau und biß ihr beide Beine ab, ehe er ans Sterben dachte.

Wir trugen die Unglückliche, die kaum noch am Leben war, zurück an den Strand, wo schon ein über Funk herbeigerufener Ambulanzgleiter wartete. Man pumpte sie voll Blutplasma und schockverhütende Mittel und brachte sie zum Krankenhaus, wo sie überlebte, um die Qualen des Nachwachsens neuer Beine durchzumachen. Ich aber faßte den Entschluß, die Jagd auf Fische von nun an anderen Fischen zu überlassen.

Sobald die Therapie erträglich wurde, begannen wir unseren Aufenthalt in Soglia zu genießen. Keine militärische Disziplin, viel Zeit zum Lesen, Spazierengehen und Basteln. Doch lag ein Schatten über dem Ganzen, weil es offensichtlich war, daß man nicht daran dachte, uns aus der Armee zu entlassen. Wir waren wie beschädigte Maschinenteile oder Waffen, die hergerichtet und überholt wurden, um ein weiteres Mal verschlissen zu werden. Und wir hatten als Leutnants noch weitere drei Jahre zu dienen.

Zunächst aber standen uns sechs Monate Ruhe und Erholung bevor, sobald unsere neuen Gliedmaßen ihre volle Funktionstüchtigkeit erlangt hätten. Marygay wurde zwei Tage vor mir entlassen, wartete aber auf mich.

Mein Guthaben wurde überwiesen und kam auf 892 764 012 Dollar. Glücklicherweise nicht in der Gestalt von Ballen aus gebündelten Banknoten; im Himmel verwendet man ein elektronisches Verrechnungssystem, und ich trug mein Vermögen in einer kleinen Maschine mit Digitalablesung mit mir herum. Wenn man etwas kaufen wollte, tippte man die Kontonummer des Verkäufers und den Geldbetrag in die Maschine; der Betrag wurde dann automatisch vom eigenen Konto auf jenes des Verkäufers übertragen. Die Maschine hatte die Größe einer schmalen Brieftasche und war auf den Daumenabdruck des Besitzers kodiert.

Das Wirtschaftssystem des Planeten wurde von der dauernden Anwesenheit Tausender erholungsuchender Millionärssoldaten beherrscht. Ein bescheidener Imbiß kostete hundert Dollar, ein Zimmer für eine Nacht wenigstens das Zehnfache davon. Da die Streitkräfte Erbauer und Besitzer des Himmels waren, war diese galoppierende Inflation ziemlich offensichtlich eine einfache Methode, um unseren angesammelten Sold wieder dem wirtschaftlichen Kreislauf zuzuführen.

Wir machten uns eine schöne Zeit, doch in allem, was wir unternahmen, war die untergründige Hektik eines verzweifelten Lebensgenusses gegenwärtig. Wir mieteten ein Flugzeug und Campingausrüstung und begaben uns für Wochen auf Entdeckungsreise. Es gab eiskalte Flüsse zu durchschwimmen und üppige Dschungel zu durchkriechen; Steppen und Berge, polare Einöden und Wüsten. Wir konnten uns gegen die Umgebung völlig abschirmen — nackt in einem Schneesturm schlafen —, indem wir unser individuelles Pressorfeld entsprechend justierten, oder wir konnten die Natur nehmen, wie sie sich gab. Auf Marygays Anregung hin war unsere letzte Tat vor der Rückkehr in die Zivilisation, daß wir eine Felsspitze in der Wüste erkletterten und mehrere Tage fasteten, um zu meditieren und unsere Sensibilität zu erhöhen. So saßen wir Rücken an Rücken in der sengenden Hitze und dachten über Leben und Tod nach.

Dann zurück zu den Fleischtöpfen. Wir besuchten jede Stadt des Planeten, und jede hatte ihren eigenen Reiz, aber schließlich kehrten wir nach Skye zurück, um dort den Rest unserer Urlaubszeit zu verbringen.

Verglichen mit Skye war alles andere, was die Städte des Planeten zu bieten hatten, wie ein Kaufhaus-Erdgeschoß mit seinen Wühltischen und billigen Lockangeboten. In den vier Wochen, die wir dort verlebten, brachten Marygay und ich jeder eine gute halbe Milliarde Dollar durch. Wir spielten — verloren manchmal an einem einzigen Abend eine Million Dollar oder mehr —, aßen und tranken vom Besten, was der Planet zu bieten hatte, und kosteten von jedem Produkt und jeder Dienstleistung, die für unseren zugegebenermaßen archaischen Geschmack nicht allzu bizarr war. Jeder von uns hatte einen persönlichen Diener, dessen Gehalt das eines Generalmajors nicht unbeträchtlich überstieg.

Verzweifelter Lebensgenuß, wie ich sagte. Wenn das Gesicht des Krieges sich nicht radikal änderte, waren unsere Chancen, die nächsten drei Jahre zu überleben, mikroskopisch. Wir waren bemerkenswert gesunde Opfer einer unheilbaren Krankheit und versuchten eine Lebenszeit von Freuden in ein halbes Jahr zu pressen.

Bei alledem blieb uns der nicht geringe Trost, daß wir wenigstens beisammenbleiben würden, wie knapp der Rest unseres Lebens auch bemessen sein mochte. Aus irgendeinem Grund kam mir nie in den Sinn, daß uns sogar dies genommen werden könnte.

Wir saßen beim Abendessen in einem Restaurant über dem Meer, als eine Ordonnanz hereingeeilt kam und uns zwei Umschläge überreichte. Unsere Marschbefehle.

Aufgrund unserer militärischen Vergangenheit und der Tests, denen wir uns in Soglia unterzogen hatten, waren wir befördert worden, Marygay zum Hauptmann, ich zum Major. Ich sollte eine Kompanie übernehmen, und sie sollte stellvertretender Kompaniechef werden.

Aber es waren verschiedene Kompanien.

Während sie einer neuen Einheit zugeteilt war, die hier auf dem Planeten aufgestellt wurde, sollte ich zur ›Ausbildung und Unterweisung‹ nach Sterntor zurückkehren, bevor ich mein Kommando bekäme.

Lange Zeit fanden wir keine Worte vor Bestürzung. »Ich werde protestieren«, murmelte ich zuletzt schwächlich. »Sie können mich nicht zu einem Kommandeur machen.«

Sie war noch immer wie vor den Kopf geschlagen. Das war nicht nur eine Trennung. Selbst wenn der Krieg vorbei wäre und wir gleichzeitig mit verschiedenen Schiffen zur Erde zurückkehrten, würde die Geometrie der Simultansprünge Jahre zwischen uns auftürmen. Wenn der eine auf der Erde einträfe, würde der andere wahrscheinlich ein halbes Jahrhundert älter sein; wahrscheinlich sogar tot.

Wir saßen eine Zeitlang schweigend, ließen die exquisit zubereiteten Mahlzeiten unberührt und hatten keinen Blick mehr für die Schönheit um uns; jeder war sich nur des anderen und der zwei Blätter Papier bewußt, die uns mit einem Abgrund trennten, der so unüberbrückbar und wirklich wie der Tod war.

Wir kehrten nach Soglia zurück. Ich protestierte, aber meine Argumente wurden mit einem Achselzucken abgetan. Ich versuchte zu erreichen, daß Marygay meiner Kompanie zugeteilt würde, aber sie sagten, meine Kompanie sei bereits komplett. Ich wies darauf hin, daß die meisten der

Leute wahrscheinlich noch nicht einmal geboren seien. Nichtsdestoweniger sei die Aufstellung abgeschlossen und könne nicht ohne objektiv triftige Gründe geändert werden, sagten sie. Es werde fast ein Jahrhundert dauern, sagte ich, bevor ich den Stützpunkt Sterntor würde erreichen können. Sie erwiderten, daß die militärische Führung in Größenordnungen von Jahrhunderten plane.

Von der Größenordnung Mensch war nicht die Rede.

Wir hatten einen Tag und eine Nacht zusammen. Je weniger darüber gesagt wird, desto besser. Es war nicht bloß die Trennung zweier Liebender. Marygay und ich waren füreinander die einzige Verbindung mit der Vergangenheit und unserem ›wirklichen Leben‹, der Erde von 1980 und 1990, die unsere Jugendzeit gesehen hatte. Die perversen Grotesken der Gegenwart, für deren Bewahrung wir kämpfen sollten, sagten uns nichts, hatten für uns kaum eine reale Bedeutung.

Als ihre Raumfähre startete, war es wie das Versinken eines Sargs im Grab.

Ich bestellte eine Computerberechnung und erfuhr die Orbitaldaten und die Startzeit ihres Schiffs; rechnete mir aus, daß ich ihren Abflug mit einem Feldstecher von ›unserer‹ Wüste aus beobachten könnte.

Ich landete auf dem Felsgipfel, wo wir zusammen gehungert hatten, und sah einige Stunden vor dem Morgengrauen einen neuen Stern über dem westlichen Horizont erscheinen, zu strahlender Helligkeit anwachsen und wieder verblassen, als er sich entfernte, ein Stern unter vielen wurde, dann ein schwacher Stern, und schließlich verglomm. Ich ging zu den schroffen Felsabstürzen der Nordseite und starrte zu den im trüben Dunkel liegenden gefrorenen Wellen des Dünenmeers hinab, einen halben Kilometer unter mir. Ich setzte mich und ließ die Füße über dem Abgrund baumeln, ohne an etwas zu denken, bis die ersten Sonnenstrahlen über den Horizont tasteten und das Relief der Dünen in ein weiches *chiaroscuro* tauchte. Zweimal verlagerte ich mein Gewicht, wie um zu springen. Daß ich es nicht tat, war weder der Angst vor dem Schmerz noch der Furcht vor dem Verlust meines Selbst zuzuschreiben. Der Schmerz würde nur ein aufblitzender Funke sein, und der Verlust würde letztlich nur die Armee betreffen. Und er würde zugleich ihr endgültiger Sieg über mich sein — nachdem sie mein Leben so lange beherrscht hatte, würde sie ihm nun ein Ende aufzwingen. Diesen Sieg wollte ich ihr nicht lassen.

Das war ich dem Feind schuldig.

Vierter Teil
Major Mandella
2458—3143 n. Chr.

1

Wie war das mit diesem alten Experiment, von dem wir im Biologieunterricht gehört hatten? Man nimmt einen Plattwurm und lehrt ihn durch ein Labyrinth schwimmen. Dann zerstampft man ihn zu Brei und verfüttert ihn an dumme Plattwürmer, und siehe da! Die dummen Plattwürmer können mit einemmal auch durch das Labyrinth schwimmen.

Ich hatte einen schlechten Geschmack von Generalmajor im Mund.

In Wirklichkeit mußten sie die Techniken seit meiner Gymnasiastenzeit verfeinert haben. Berücksichtige man die Zeitdehnung, so waren das immerhin vierhundertfünfzig Jahre für Forschung und Entwicklung.

Zu meiner ›Ausbildung und Unterweisung‹ im Stützpunkt Sterntor drehten sie keine Generalmajore durch den Fleischwolf, um sie mir mit Sauce Hollandaise zu servieren. Sie gaben mir drei Wochen lang überhaupt nichts zu essen, ausgenommen Glukose. Glukose und Elektrizität.

Sie rasierten mir jedes Haar vom Körper, verabreichten mir eine Spritze, die mich in einen Waschlappen verwandelte, befestigten Dutzende von Elektroden an meinem Kopf und Körper, tauchten mich in einen Behälter mit Fluorkohlenstoff, den sie mit Sauerstoff angereichert hatten, und schlossen mich an einen RABL an. Das ist ein ›Rechner zur Auswertung beschleunigter Lebenssituationen‹.

Die Maschine benötigte etwa zehn Minuten, um alles zu

überprüfen, was ich in der Vergangenheit über die Kriegskunst gelernt hatte. Dann begann sie mit dem neuen Lehrstoff.

Ich lernte die zweckmäßigsten Methoden zum Gebrauch jeder Waffe, vom Felsbrocken bis zu einer Novabombe. Und ich lernte es nicht bloß theoretisch, sondern wurde zugleich in der praktischen Anwendung unterwiesen: Dazu waren alle die Elektroden bestimmt. Kybernetisch gesteuerte Kinästhesie mit negativer Rückkopplung. Ich fühlte die Waffen in den Händen und konnte das Ergebnis meines Umgangs mit ihnen beobachten. Und ich übte wieder und wieder, bis ich es richtig machte. Die Illusion der Wirklichkeit war total. Ich unternahm mit einer Bande von Massaikriegern einen Überfall auf ein Dorf, wobei ich eine Speerschleuder gebrauchte, und als ich an meinem Körper herabsah, war er lang und schwarz. In einem französischen Schloßhof des achtzehnten Jahrhunderts lernte ich bei einem grausam blickenden Mann in geckenhafter Kleidung das Degenfechten. Ich saß mit einem Sharpsgewehr still in einem Baum und erlegte blau uniformierte Männer, die über ein schlammiges Feld gegen die Außenbefestigungen von Vicksburg vorgingen. In drei Wochen tötete ich mehrere Regimenter von elektronischen Geistern. Mir kam es eher wie ein Jahr vor, aber der RABL bewirkt seltsame Verzerrungen des Zeitgefühls.

Die Bekanntschaft mit dem Gebrauch nutzloser exotischer Waffen machte nur einen kleinen Teil der Ausbildung aus. Tatsächlich war es der entspannende Teil. Denn wenn ich nicht in Kinästhesie lag, hielt die Maschine meinen Körper völlig leblos und stopfte mein Gehirn mit vier Jahrtausenden militärischer Theorie und Praxis voll.

Und ich konnte nichts davon vergessen; nicht, solange ich in dem Behälter steckte.

Wollen Sie wissen, wer Scipio Aemilianus war? Ich nicht.

Der siegreiche Feldherr im Dritten Punischen Krieg. ›Krieg ist die Provinz der Gefahr, darum ist Mut vor allem anderen die erste Eigenschaft eines Kriegers‹, stellte Clausewitz fest. Und ich werde niemals die Poesie eines Textes wie des folgenden vergessen: ›Die Vorhut marschiert normalerweise in Kolonnenformation, angeführt vom Zugführer, gefolgt von einer Laserabteilung, den schweren Waffen und der zweiten Laserabteilung. Zur Flankensicherung verläßt die Kolonne sich auf Beobachtung, es sei denn, Terrain oder Sichtverhältnisse verlangen die Entsendung kleiner Sicherungsgruppen zu den Flanken, in welchem Fall der Zugführer oder kommandierende Offizier der Vorhut einen Unteroffizier beauftragt ...‹ und so fort. Das ist aus dem ›Handbuch für die Führung und den taktischen Einsatz kleiner Kampfgruppen‹, wenn man einen Wälzer von zweitausend Seiten ein Handbuch nennen kann.

Wenn Sie ein Experte auf einem Gebiet werden wollen, das Sie abstößt, dann gehen Sie zur UNAS und schlagen Sie die Offizierslaufbahn ein.

Einhundertneunzehn Menschen, und ich war für einhundertachtzehn von ihnen verantwortlich, mich selbst mitgerechnet, aber nicht die Schiffskommandantin, die vermutlich für sich selbst sorgen konnte.

Während der zweiwöchigen Erholungspause, die der RABL-Ausbildung folgte, hatte ich niemanden von meiner Kompanie gesehen. Vor unserer ersten Musterung hatte ich mich routinemäßig beim zuständigen Offizier für temporale Orientierung zu melden. Ich machte telefonisch einen Termin aus, und sein Adjutant sagte, der Oberst erwarte mich nach dem Abendessen im Offizierskasino auf Ebene sechs.

Ich ging frühzeitig hin, weil ich daran dachte, dort zu essen, aber im Kasino konnten sie mir nur einen kalten Imbiß anbieten. Also kaute ich auf einem pilzartigen Ding

ORGANISATIONSPLAN

Kampfgruppe Gamma – Feldzug Sade 138

Kommandeur:	Mj. Mandella		Komm. Antopol
Stellv.:	Hptm. Moore		
Zugf. 1:	Lt. Hilleboe		Stellv.: Lt. Brill
Zugf. 2:	Lt. Riland		Stellv.: Lt. Gainor
Zugf. 3:	Lt. Rusk		Stellv.: Lt. Heimoff
Zugf. 4:	Lt. Borgstedt		

Feldw. Webster	Feldw. Gillies	Feldw. Abrams	Feldw. Dole
Uffz. Dolins	Uffz. Bell	Uffz. Anderson	Uffz. Noyes
Uffz. Geller	Uffz. Kahn	Uffz. Kalvin	Uffz. Spraggs
S. Boas	S. Weiner	S. Miller	S. Conroy
S. Lingeman	S. Ikle	S. Reisman	S. Yakata
S. Rosevear	S. Schon	S. Coupling	S. Burris
S. Wolfe, R.	S. Shubik	S. Rostow	S. Cohen
S. Lin	S. Duhl	S. Huntington	S. Graham
S. Simmons	S. Perloff	S. De Sola	S. Schoellple
S. Winogradow	S. Moynihan	S. Pool	S. Wolfe, E.
S. Brown	S. Frank	S. Nepala	S. Karkoschka
S. Blomquist	S. Graubard	S. Schuba	S. Maier
S. Wong	S. Orlans	S. Ulanow	S. Dioujova
S. Louria	S. Mayr	S. Shelley	S. Armaing
S. Gross	S. Quarton	S. Lynn	S. Baulez
S. Asadi	S. Hin	S. Slaer	S. Johnson
S. Horman	S. Stendhal	S. Schenk	S. Orbrecht
S. Fox	S. Erikson	S. Deelstra	S. Kayibanda
S. Bora	S. Levy	S. Tschudi	

Spezialisten:
Lt. Williams (Verb.Mar.), Lt. Jarvil (San.), Lt. Alsever (San.), Lt. Laasonen (San.), Lt. Wilber (Psych.), Feldw. Szydlowska (Werkst.), Uffz.

Gaptschenko (Ord.), Uffz. Gedo (Funk), Uffz. Gim (Funk), Uffz. Evans (San.), Uffz. Rodriguez (San.), Uffz. Kostidinow (San.), Uffz. Rwabwogo (Psych.), Uffz. Blazynski (Werkst.), Uffz. Turpin (Ord.), Uffz. Carreras (San.), Uffz. Kusnetzow (San.), Uffz. Waruinge (San.), Uffz. Rojas (San.), Uffz. Botos (Werkst.), Uffz. Orban (Koch), Uffz. Mbugua (Verw.), Uffz. Perez (San.), Uffz. Seals (Werkst.), Uffz. Angheloff (Verw.), Uffz. Vugin (Waff.), Gefr. Daborg (San.), Gefr. Correa (San.), Gefr. Valdez (Waff.), Gefr. Muranga (Waff.), Gefr. Kottysch (Werkst.), Gefr. Rudkoswki (Waff.), Gefr. Minter (Ord.).

Ausgegeben Gen.St. 3.K. Sterntor 12   März 2458

                   i. V. Olga Torischewa Mj. Gen.St.

---

herum, das in Geschmack und Aussehen eine entfernte Ähnlichkeit mit Weinbergschnecken hatte, und nahm den Rest meiner Kalorien in Form von Alkohol ein.

»Major Mandella?«

Ich war mit meinem siebenten Bier beschäftigt und hatte den Oberst nicht kommen sehen. Ich wollte aufstehen, aber er bedeutete mir, sitzenzubleiben, und ließ sich schwerfällig in den Sessel gegenüber fallen.

»Ich stehe in Ihrer Schuld«, sagte er. »Sie haben mich vor einem langweiligen Abend gerettet.« Er bot mir die Hand. »Jack Kynock, zu Ihren Diensten.«

»Herr Oberst...«

»Lassen Sie das mit dem Oberst, und ich werde Sie nicht Major nennen. Wir alten Fossilien müssen... äh... unsere Perspektive bewahren. Einverstanden?«

»Mir ist es recht.«

Er bestellte eine Art von Getränk, das mir völlig unbekannt war. »Wo sollen wir anfangen? Nach den Unterlagen waren Sie das letzte Mal im Jahre 2007 auf der Erde.«
»Das ist richtig.«
»Es hat Ihnen nicht sehr gefallen, wie?«
Ich verneinte.
»Nun, es wurde besser. Dann wurde es schlimmer. — Danke.« Ein Soldat brachte ihm das Getränk, ein blubberndes Gemisch, das am Boden des Glases grün war und nach oben zum Farbton von Chartreuse überging. Er schlürfte davon. »Dann wurde es wieder besser, dann schlechter, dann ... ich weiß nicht. Es scheint regelrechte Zyklen zu geben.«
»Wie ist es jetzt?«
»Nun ja ... mit Gewißheit kann ich es Ihnen nicht sagen. Es gibt eine Menge Berichte und dergleichen, aber es ist immer schwierig, die Propaganda herauszufiltern. Ich bin seit zweihundert Jahren nicht mehr dort gewesen; damals war es ziemlich schlecht. Natürlich hängt alles davon ab, was einem gefällt.«
»Wie meinen Sie das?«
»Also, lassen Sie mich überlegen. Es herrschte große Aufregung. Haben Sie schon mal von der Pazifistenbewegung gehört?«
»Ich kann mich nicht erinnern.«
»Hmm, der Name ist irreführend. Tatsächlich war es ein Krieg, ein Guerillakrieg.« Er schüttelte den Kopf, dann lächelte er. »Ich dachte, ich könnte Ihnen eine Beschreibung jedes Krieges geben, von Troja bis heute. Anscheinend haben sie einen übersehen.«
Ich nickte. »Aus gutem Grund. Der Krieg wurde von Veteranen geführt — Überlebenden der Operationen Yod 38 und Aleph 40, wie ich hörte. Sie wurden zusammen entlassen und versuchten die politische und militärische Füh-

rung auszuschalten. Sie sollen von der Bevölkerung viel Unterstützung erhalten haben, waren aber zu schwach.«

»Richtig, so ungefähr war es.« Er drehte sein Glas zwischen den Fingern hin und her, und die Farben des Getränks vermischten sich zögernd. »Nun, wir sind immer noch da, aber im Grunde weiß ich das alles auch nur vom Hörensagen. Als ich das letzte Mal dort war, hatte der Krieg aufgehört, abgesehen von sporadischen Anschlägen und Sabotagefällen. Es war ein heikles Thema, viele Empfindlichkeiten, gerade in den Streitkräften, verstehen Sie. Darum war es nicht einfach, genauere Informationen zu bekommen.«

»Es überrascht mich«, sagte ich, »daß die Erdbevölkerung überhaupt etwas gegen... gegen die Wünsche der Regierung getan haben sollte.«

Er gab ein nichtssagendes Geräusch von sich. »Schon gar nicht eine Revolution. Als wir dort waren, konnte man niemanden dazu bringen, ein Wort gegen die Streitkräfte oder die Regierung zu sagen. Nicht einmal gegen die nationalen Regierungen, was das anging. Die Menschen waren bis zu den Ohren konditioniert, die Verhältnisse so hinzunehmen, wie sie waren.« Er ließ sich in den Sessel zurücksinken. »Auch das ist eine zyklische Erscheinung, betrachtet man es aus angemessenem zeitlichen Abstand. Jedenfalls ist es keine Frage der Technik. Wenn sie es wollte, könnte die Regierung die totale Kontrolle über jeden Gedanken und jede Handlung eines jeden Bürgers haben, von der Wiege bis zum Grabe. Die Führung macht von der Möglichkeit nicht Gebrauch, weil es fatale Folgen haben könnte. Schließlich leben wir im Kriegszustand. Nehmen wir Ihren eigenen Fall: Bekamen Sie irgendeine motivierende Konditionierung, während Sie in der Konservenbüchse waren?«

Ich dachte einen Augenblick lang nach. »Wenn es so wäre, würde ich nichts davon wissen.«

»Das ist wahr. Teilweise wahr. Aber nehmen Sie mein Wort, man hat diesen Teil Ihres Gehirns in Ruhe gelassen. Jede Veränderung Ihrer Haltung zur UNAS oder dem Krieg, oder dem Phänomen des Krieges im allgemeinen, ergibt sich nur aus neuem Wissen. Niemand hat an Ihren grundlegenden Motivationen herumgespielt. Und Sie sollten auch wissen, warum es so ist.«

Namen, Daten, Zahlen ratterten durch das Labyrinth meines neuen Wissens. »Tet 17, Sed 21, Aleph 14. Der Lazlo... Der Bericht des Lazlo-Ausschusses, Juni 2106.«

»Richtig. Und Ihre eigenen Erfahrungen auf Aleph 1 bestätigten es. Roboter geben keine guten Soldaten ab.«

»Bis zum einundzwanzigsten Jahrhundert wären sie die idealen Soldaten gewesen«, erwiderte ich. »Die Konditionierung des Verhaltens wäre die Antwort auf die Wunschträume der Generäle gewesen. Eine Armee, welche die besten Eigenschaften der Waffen-SS, der Prätorianergarde, der Goldenen Horde und der Fallschirmjäger in sich vereinigen würde.«

Er lachte über sein Glas hinweg. »Stellen Sie eine solche Armee gegen ein Bataillon in modernen Kampfanzügen. In ein paar Minuten wäre alles vorbei.«

»Nur wenn die Männer Ihres modernen Bataillons die Motivation zum Kämpfen haben und nicht den Kopf verlieren.« Die Soldatengeneration, die dem Lazlo-Bericht vorausgegangen war und zu seiner Entstehung Anlaß gegeben hatte, war von Geburt an konditioniert worden, um jemandes Vision vom idealen Kämpfer mit Leben zu erfüllen. Diese Soldaten hatten in der Gruppe großartig funktioniert, waren von einem unbändigen Kampfeswillen erfüllt gewesen, hatten dem persönlichen Überleben keine große Bedeutung beigemessen — und die Taurier schossen sie in Fetzen. Auch die Taurier kämpften bis zur Selbstaufgabe, aber sie waren immer in der Überzahl.

Kynock trank und beobachtete die Farben in seinem Glas. »Ich habe Ihr Psychoprofil gesehen«, sagte er. »Bevor Sie hierherkamen, und nach Ihrer Lektion in der Konservendose. Es ist im wesentlichen unverändert geblieben.«

»Das ist ermutigend«, sagte ich und signalisierte nach einem weiteren Bier.

»Vielleicht sollte es das nicht sein.«

»Warum? Besagt es, daß ich keinen guten Offizier abgeben werde? Das habe ich Ihnen von Anfang an gesagt. Ich bin keine Führernatur.«

»Sie haben in einer Weise recht und auf andere Weise unrecht. Wollen Sie wissen, was dieses Profil sagt?«

Ich zuckte die Achseln. »Unterliegt es nicht der Geheimhaltungspflicht?«

»Ja«, sagte er. »Aber Sie sind jetzt Major. Sie können das Psychoprofil von jedem anfordern, der Ihnen unterstellt ist.«

»Ich kann mir nicht denken, daß es Überraschungen enthält«, sagte ich, aber allmählich wurde ich neugierig. Welches Tier ist von einem Spiegel nicht fasziniert?

»Nein. Es besagt, daß Sie ein Pazifist sind. Ein verhinderter Pazifist, was das angeht, so daß Sie unter einer leichten Neurose leiden. Mit der werden Sie fertig, indem Sie der Armee die Schuld zuschieben.«

Das frische Bier war so kalt, daß die Zähne schmerzten. »Bis jetzt überrascht mich noch nichts.«

»Wenn Sie statt eines Tauriers einen Menschen töten müßten, scheint mir nicht sicher, daß Sie es tun könnten. Obwohl Sie tausend verschiedene Methoden kennen müssen.«

Darauf blieb ich ihm eine Antwort schuldig. Was wahrscheinlich bedeutete, daß er recht hatte.

»Und was Ihre Führungsqualitäten betrifft, so haben Sie sehr wohl ein gewisses Potential. Aber es liegt mehr auf dem Gebiet eines Lehrers oder eines Geistlichen; wenn Sie führen wollen, dann aus Mitgefühl. Sie haben den Wunsch, anderen Ihre Ideen aufzudrängen, nicht aber Ihren Willen. Was bedeutet, daß Sie recht haben: Sie werden einen verdammt schlechten Offizier abgeben, wenn Sie sich nicht am Riemen reißen.«

Ich mußte lachen. »Alles das muß die UNAS schon gewußt haben, als ich zur Offiziersausbildung befohlen wurde.«

»Es gibt noch andere Parameter«, sagte er. »Sie sind zum Beispiel anpassungsfähig, leidlich intelligent und haben einen analytischen Verstand. Ferner gehören Sie zu den elf Menschen, die den ganzen Krieg überlebt haben.«

»Für den einfachen Soldaten ist Überleben eine Tugend.« Ich konnte nicht widerstehen, ihm das zu sagen. »Aber ein Offizier sollte ein Beispiel von Tapferkeit und Todesverachtung geben. Mit dem Schiff untergehen. Furchtlos auf der Brustwehr auf- und abschreiten.«

Er räusperte sich energisch.

»Nicht, wenn Sie tausend Lichtjahre von Ihrem möglichen Nachfolger entfernt sind.«

»Entschuldigen Sie, aber es leuchtet mir nicht ein. Warum holt man mich vom Himmel hierher und hofft, daß ich mich ›am Riemen reißen‹ werde, wenn wahrscheinlich ein Drittel der Leute auf Sterntor besseres Offiziersmaterial sind? Ist es das militärische Denken?«

»Ich vermute, daß das bürokratische Denken etwas damit zu tun hatte«, sagte er. »Sie haben einfach ein viel zu hohes Dienstalter, um als Frontsoldat zu gehen. Sie würden mit Ihrer Erfahrung jeden vorgesetzten Offizier in Verlegenheit bringen.«

»Das ist alles nur Zeitdehnung. Ich habe lediglich an drei Feldzügen teilgenommen.«

»Das spielt keine Rolle. Außerdem sind das zweieinhalb

Feldzüge mehr als der durchschnittliche Soldat überlebt. Die Propagandaleute werden Sie wahrscheinlich zu einer Art Volksheld machen.«

»Volksheld.« Ich trank mein Bier. »Wo ist John Wayne jetzt, da wir ihn wirklich brauchen?«

»John Wayne?« Er schüttelte den Kopf. »Ich war nie in der Konservendose, wissen Sie. Ich bin kein Experte für Militärgeschichte.«

»Nicht so wichtig. Vergessen Sie ihn.«

Kynock leerte sein Glas, winkte den Soldaten zu sich, der im Kasino bediente, und bestellte einen ›Rum Antares‹.

»Nun gut, kommen wir zur Sache. Was wollen Sie über die Gegenwart wissen? Oder das, was wir als Gegenwart nehmen.«

Seine letzte Auskunft beschäftigte mich noch immer. »Sie sind nie in diesem Behälter gewesen?«

»Nein, das ist nur für Frontoffiziere. Während der dreiwöchigen Ausbildung ist die Datenverarbeitungsanlage für den Kandidaten reserviert und kann anderweitig nicht eingesetzt werden. Das kostet eine Menge Geld. Es wäre zu kostspielig und zeitraubend, dieses Verfahren auf uns Schreibtischoffiziere auszudehnen.«

»Nach Ihren Auszeichnungen sind Sie Frontoffizier.«

»Ich war. Ehrenhalber.« Der Rum Antares wurde in einem hohen, schlanken Glas serviert, das mit einer blaß bernsteinfarbenen Flüssigkeit gefüllt war. Oben schwamm ein Eiswürfel, und am Boden des Glases war eine leuchtendrote Kugel von der Größe eines Daumennagels, aus der sich rostrote Fäden lösten und wie Algenfäden anmutig emporwallten.

»Was ist dieses rote Zeug?«

»Zimt. Auch etwas Ester ist darin. Recht gut. Möchten Sie kosten?«

»Nein, danke, ich bleibe beim Bier.«

»Unten auf Ebene eins haben wir eine umfangreiche

Akte, die der temporalen Orientierung dient und ständig auf dem neuesten Stand gehalten wird. Die können Sie anfordern, wenn Sie spezifische Fragen haben. Ich möchte Sie in erster Linie auf die Begegnung mit Ihrer Einheit vorbereiten.«

»Wieso, sind es Roboter? Oder Sonderanfertigungen aus dem genetischen Labor?«

Er lachte. »Nein, die genetische Herstellung menschlicher Duplikate ist ungesetzlich. Das Hauptproblem ist, daß Sie ... äh ... heterosexuell sind.«

»Ach, das ist kein Problem. Ich bin tolerant.«

»Ja, Ihr Profil zeigt, daß Sie — glauben, Sie seien tolerant, aber das ist nicht das eigentliche Problem.«

»Ich verstehe.« Ich wußte, was er sagen würde. Nicht im einzelnen, aber in der Substanz.

»Nur emotional stabile Personen werden zur UNAS eingezogen. Ich weiß, daß Sie es schwierig finden werden, die Vorstellung zu akzeptieren, aber Heterosexualität wird als eine emotionale Fehlfunktion betrachtet. Sie ist übrigens relativ leicht zu beheben.«

»Wenn man glaubt, man müsse mich heilen...«

»Beruhigen Sie sich, Sie sind zu alt.« Er nippte vorsichtig von seinem Getränk. »Es wird nicht so schwierig sein, mit den Leuten auszukommen, wie Sie vielleicht...«

»Warten Sie. Sie meinen, daß niemand ... daß alle in meiner Kompanie homosexuell sind? Alle bis auf mich?«

»Hören Sie, alle Welt ist homosexuell. Auf der Erde gibt es gar keine anderen mehr; abgesehen von ein paar tausend Veteranen und Unheilbaren.«

»Ach.« Was konnte ich sagen? »Eine ziemlich drastische Methode, um das Problem der Überbevölkerung zu lösen.«

»Vielleicht. Aber sie wirkt. Die Erdbevölkerung ist jetzt bei knapp einer Milliarde Menschen stabil. Es gibt genug Raum, die Natur kann sich erholen, Probleme wie die der

Massenarbeitslosigkeit und des Hungers existieren nicht mehr. Wenn jemand stirbt, wird ein neuer Mensch ins Leben gerufen.«

»Nicht ›geboren‹?«

»Doch, selbstverständlich, aber nicht in der herkömmlichen Art und Weise. Früher wurde das neue Prinzip mit Begriffen wie ›Kinder aus dem Reagenzglas‹ diffamiert, aber mit Reagenzgläsern hat das Ganze natürlich wenig zu tun.«

»Nun, das ist immerhin etwas.«

»Zu jeder Kinderkrippe gehört ein künstlicher Mutterleib, worin das ebenfalls künstlich befruchtete Ei sich über die embryonalen Zwischenstadien bis zum fertigen Menschen entwickelt. Der gesamte Vorgang kann ständig beobachtet und überwacht werden, also lassen sich Störungen und Fehlentwicklungen frühzeitig erkennen und gegebenenfalls korrigieren. Was Sie Geburt nennen würden, ist ein Prozeß, der sich über mehrere Tage erstreckt, nicht mehr das plötzliche drastische Ereignis, das es einst zu sein pflegte.«

Schöne neue Welt, dachte ich. »Keine traumatischen Geburtserlebnisse. Eine Milliarde vollkommen angepaßter Homosexueller.«

»Vollkommen angepaßt nach den Maßstäben der Gegenwart. Sie und ich könnten die Leute ein bißchen komisch finden.«

»Das ist eine Untertreibung.« Ich trank den Rest meines Bieres. »Und Sie selbst, wenn ich fragen darf... äh... sind Sie homosexuell?«

»O nein«, sagte er. Er schlug sich mit der flachen Hand auf die Hüfte, und es gab dabei ein komisches Geräusch. »Ich bin gar nichts mehr. Wurde verwundet, und es stellte sich heraus, daß ich eine seltene Störung des Lymphsystems habe, die eine Regeneration von Körpergewebe unmöglich macht. Vom Hüftbecken abwärts ist alles Metall und Plastik. Um Ihren Ausdruck zu gebrauchen, ich bin ein Roboter.«

Ich winkte dem Kellner und bestellte auch einen Rum Antares. Es war grotesk. Da saß ich nun mit einem asexuellen Schwerbeschädigten, der wahrscheinlich die einzige andere normale Person auf dem ganzen verdammten Planeten war.

»Machen Sie einen doppelten daraus, bitte!« rief ich dem Kellner nach.

2

Sie sahen normal genug aus, als sie am folgenden Tag in den Versammlungssaal kamen, wo wir die erste Heerschau abhielten. Etwas jung und ein wenig steif und unbeholfen.

Die meisten von ihnen waren erst seit sieben oder acht Jahren aus der Kinderkrippe. Die Krippe war eine kontrollierte, isolierte Umgebung, zu der nur wenige Spezialisten — hauptsächlich Pädiater und Lehrer — Zutritt hatten. Wenn ein Mensch mit zwölf oder dreizehn Jahren die Kinderkrippe verläßt, wählt er einen Vornamen (sein Nachname kommt von dem Spender-Elternteil mit der höheren genetischen Einstufung) und ist nach dem Gesetz ein Erwachsener auf Probe, mit einer Schulbildung, die ungefähr dem entspricht, was man in meiner Jugendzeit die Mittlere Reife nannte. Die meisten von ihnen lernen weiter oder bekommen eine mehr spezialisierte Ausbildung, aber manche bekommen einen Arbeitsplatz zugewiesen und gehen gleich in den Beruf.

Alle Absolventen der Kinderkrippe werden sehr sorgfältig beobachtet, und jeder, der irgendwelche Anzeichen von Soziopathie zeigt, wie sie sich etwa in heterosexuellen Neigungen ausdrückt, wird in eine Korrektivinstitution eingewiesen. Dort wird er entweder geheilt oder für den Rest seines Lebens verwahrt.

Im Alter von zwanzig Jahren wird jeder eingezogen. Die meisten Wehrpflichtigen arbeiten nach der Grundausbildung fünf Jahre an einem Schreibtisch und kommen dann zur Entlassung. Einige wenige Auserwählte, vielleicht einer auf achttausend, werden aufgefordert, sich freiwillig zur Kampfausbildung zu melden. Die Ablehnung der Aufforderung gilt als ›soziopathisch‹, obgleich sie verständlich wäre, denn die Teilnahme an der Kampfausbildung ist gleichbedeutend mit einer Verlängerung der Dienstzeit um weitere fünf Jahre. Und die Chance des einzelnen, diese zehn Jahre Militärdienst zu überleben, ist so gering, daß sie statistisch nicht ins Gewicht fällt: Meines Wissens gab es niemanden, dem das gelungen war. Die beste Chance ist dabei noch die, daß der Krieg zu Ende geht, bevor man seine zehn (subjektiven) Dienstjahre abgeleistet hat. Daher hoffen alle, daß die Zeitdehnung viele Jahre zwischen jeden der Kampfeinsätze legt.

Weil man damit rechnen kann, daß man ungefähr einmal in jedem subjektiven Jahr ins Gefecht geschickt wird, und weil ein Gefecht von durchschnittlich vierunddreißig Prozent der Teilnehmer überlebt wird, ist es einfach, sich die Wahrscheinlichkeit des Überlebens auszurechnen. Sie kommt bei zehn Jahren Dienst in der kämpfenden Truppe auf ungefähr zwei Tausendstel von einem Prozent. Genausogut kann man sich einen altmodischen Trommelrevolver besorgen, vier der sechs Kammern laden und russisches Roulette spielen. Wenn Sie es zehnmal hintereinander schaffen, ohne die Wand neben Ihnen zu dekorieren, darf man Sie beglückwünschen. Dann sind Sie ein Zivilist.

Die zahlenmäßige Stärke der Kampftruppen betrug ungefähr sechzigtausend, also ließ sich erwarten, daß 1,2 von ihnen zehn Jahre Krieg überleben würden. Ich hatte nicht ernsthaft vor, der Glückliche zu sein, obwohl ich den Weg zum Ziel bereits zur Hälfte hinter mir hatte.

Wie viele von diesen jungen Soldaten, die jetzt im Gänsemarsch in den Saal kamen, wußten, daß sie zum Untergang verurteilt waren? Ich versuchte die Gesichter mit den Bildern in den Personalbogen zu vergleichen, die ich den ganzen Morgen durchgesehen hatte, aber es war schwierig. Sie waren alle durch dieselbe starre Mechanik strenger Auswahlkriterien gegangen und sahen einander bemerkenswert ähnlich: groß, aber nicht zu groß, muskulös, aber nicht massig, intelligent, aber nicht zur Nachdenklichkeit neigend ... und die Erde war rassisch bei weitem homogener als sie es im Jahrhundert meiner Geburt gewesen war. Die meisten von ihnen sahen unbestimmt südländisch aus, mit schwarzen Haaren und bräunlichem Teint. Nur zwei, Kayibanda und Lin, schienen rassisch reine Typen zu sein. Ich fragte mich, ob die anderen ihnen das Leben schwer machten.

Die meisten Frauen waren hinreißend hübsch, aber ich war in keiner Position, um wählerisch zu sein. Seit mehr als einem Jahr, als ich Marygay Lebewohl gesagt hatte, lebte ich im Zölibat.

Ich überlegte, ob eines dieser anziehenden Geschöpfe eine Spur von Atavismus in sich haben mochte, oder ob sie trotz andersartiger Veranlagung geneigt sein würde, auf die exzentrischen Gelüste ihres Kommandeurs einzugehen. ›Einem Offizier ist jedes Eingehen sexueller Bindungen mit seinen Untergebenen strengstens untersagt.‹ Welch eine menschenfreundliche Form des Ausdrucks! ›Verstöße gegen diese Bestimmung werden mit Degradierung zum einfachen Soldaten und rückwirkender Beschlagnahme des Solds, oder, wenn die Beziehung die Kampfkraft der Truppe beeinträchtigt, mit summarischer Exekution beider Beteiligter bestraft.‹ Wenn alle Bestimmungen so zwanglos und selbstverständlich wie diese mißachtet worden wären, hätten wir eine sehr leichtlebige Armee gehabt.

Aber von den Jungen fand ich nicht einen einzigen anziehend. Wie ich nach einem Jahr denken würde, wußte ich freilich nicht zu sagen.

»*Aaacht-unk!*« Das war Leutnant Hilleboe. Ich verdankte es meinen neuen Reflexen, daß ich nicht sofort aufsprang. Alle anderen nahmen Haltung an.

»Mein Name ist Leutnant Hilleboe, und ich bin als Zugführer des ersten Zugs Ihr dritter Feldoffizier.« Das hatte es früher nicht gegeben. Kompaniechef war ein Hauptmann gewesen, kein Major, und wir hatten nicht nur einen Hauptmann als zweiten Feldoffizier, sondern mehr Leutnants, als man ehedem Unteroffiziere gehabt hatte. Ein unverkennbares Zeichen, daß eine Armee zu lange existiert hat, ist ihre Kopflastigkeit mit Offizieren.

Hilleboe zog wie ein richtiger abgebrühter Berufssoldat vom Leder. Wahrscheinlich brüllte sie jeden Morgen Befehle in den Spiegel, während sie sich rasierte. Aber ich hatte ihre Akte mit dem Psychoprofil gesehen und wußte, daß sie erst einmal im Einsatz gewesen war, und auch da nur ein paar Minuten lang. Sie hatte einen Arm und ein Bein verloren und war aufgrund der Tests in der Regenerationsklinik genau wie ich in den Offiziersrang erhoben worden.

Vielleicht war sie ein sehr angenehmer Mensch gewesen, bevor sie dieses Trauma durchgemacht hatte; es war schon schlimm genug, nur ein Körperteil nachwachsen zu lassen.

Sie hielt ihnen die übliche aufmunternde Feldwebelansprache, streng, aber gerecht: »Behelligen Sie mich nicht mit Kleinigkeiten, halten Sie sich an den Befehlsweg, die meisten Probleme können auf Unterführerebene gelöst werden.«

Es weckte den Wunsch in mir, daß ich vorher ausführlicher mit ihr gesprochen hätte. Das Oberkommando hatte uns in diesen ersten Appell praktisch hineingedrängt — wir sollten schon am nächsten Tag eingeschifft werden —, und ich hatte erst ein paar Worte mit meinen Offizieren gewechselt. Die meisten von ihnen waren mir kaum bekannt.

Diese mangelnde Vorbereitung rächte sich jetzt, denn es wurde zunehmend deutlich, daß Hilleboe und ich sehr verschiedene Vorstellungen darüber hatten, wie man eine Kompanie führt. Sie benutzte den Befehlsweg, um sich von den Männern und Frauen der einfachen Dienstgrade zu isolieren. Ich hatte mir vorgenommen, nicht ganz so hochmütig zu sein und jeden zweiten Tag eine Sprechstunde einzuführen, in der jeder sich mit seinen Sorgen oder Vorschlägen direkt an mich wenden könnte, ohne die Erlaubnis seiner unmittelbaren Vorgesetzten einzuholen.

Während unserer drei Wochen in dem Behälter hatten wir beide die gleichen Informationen erhalten. Es war interessant, daß wir zu so verschiedenen Schlußfolgerungen über Führerschaft gelangt waren. Diese Politik der offenen Tür hatte in ›modernen‹ Armeen in Australien und Amerika gute Resultate gehabt. Und sie schien besonders gut für unsere Situation geeignet, die ein monate- oder gar jahrelanges Zusammenleben auf engstem Raum mit sich bringen würde. Wir hatten das System an Bord der ›Sangre y Victoria‹ verwirklicht, und waren einhellig der Meinung gewesen, daß es zum Abbau von Spannungen ebenso beigetragen habe wie zu ihrer Verhinderung.

Sie hatte die Leute während ihrer Ansprache sich rühren lassen; bald würde sie den ganzen Haufen wieder strammstehen lassen und mich vorstellen. Worüber sollte ich sprechen? Ich hatte ein paar von den üblichen markigen Worten sagen und dann meine Politik der offenen Tür erklären wollen, um das Wort so bald wie möglich der Kommandantin Antopol zu erteilen, die etwas über die ›Masaryk II‹ sagen würde. Nun schien es angezeigt, daß ich meine Erklärung bis nach einem langen Gespräch mit Hilleboe vertagte; wahrscheinlich wäre es sogar zweckmäßig, wenn ich sie selbst zum Sprachrohr meiner Politik machte, um nicht den Eindruck zu erwecken, wir zwei verträten gegensätzliche Auffassungen.

Mein Stellvertreter, Hauptmann Moore, rettete mich. Er kam durch einen Seiteneingang hereingeeilt — er hatte es immer eilig, ein dicklicher Meteor —, salutierte hastig und reichte mir einen Umschlag, der unsere Einsatzbefehle enthielt.

Ich flüsterte mit der Kommandantin, und sie pflichtete mir bei, daß es nicht schaden könne, den Leuten zu sagen, wohin wir gingen, obwohl die unteren Ränge keinen Anspruch darauf hatten.

Eine Sache, über die wir uns in diesem Krieg nicht die Köpfe zu zerbrechen hatten, war Feindspionage. Mit einer Menge Farbe mochte es einem Taurier gelingen, sich als ein wandelnder Pilz zu tarnen, aber auch das mußte Verdacht erregen.

Hilleboe ließ sie strammstehen und erzählte ihnen pflichtschuldigst, was für ein guter Kommandeur ich sein würde; daß ich den Krieg von Anfang an mitgemacht hätte, und daß sie gut daran tun würden, meinem Beispiel zu folgen, wenn sie beabsichtigten, ihre Dienstzeit zu überleben. Sie erwähnte nicht, daß ich ein mittelmäßiger Soldat gewesen und bei der ersten Gelegenheit aus der Armee geflohen war, und daß ich nur zu ihr zurückgekehrt war, weil die Verhältnisse auf der Erde zu der Zeit so unerträglich gewesen waren.

»Danke, Leutnant.« Ich nahm ihren Platz am Rednerpult ein. »Rührt euch.« Ich entfaltete das Blatt mit den Einsatzbefehlen und hielt es in die Höhe. »Ich habe gute und schlechte Nachrichten.« Was vor fünf Jahrhunderten ein Scherz gewesen war, war nun eine bloße Feststellung von Tatsachen.

»Dies sind unsere Einsatzbefehle für den Feldzug gegen Sade 138. Die gute Nachricht ist, daß wir wahrscheinlich nicht in den Kampf gehen werden, nicht sofort. Die schlechte Nachricht ist, daß wir ein Ziel sein werden.«

Das löste eine gewisse Bewegung aus, aber niemand sagte etwas oder wandte den Blick von mir. Gute Disziplin. Oder vielleicht nur Fatalismus; ich wußte nicht, wie realistisch ihre Zukunftserwartungen waren.

»Wir haben Befehl, einen Schlüsselplaneten des Sade-138-Kollapsars zu finden und dort einen Stützpunkt zu errichten. Dann haben wir den Stützpunkt besetzt zu halten, bis wir abgelöst werden. Das wird wahrscheinlich zwei bis drei Jahre dauern.

Während dieser Zeit werden wir sehr wahrscheinlich das Ziel von Angriffen sein. Wie die meisten von Ihnen wahrscheinlich wissen, hat unsere Aufklärung ein den feindlichen Bewegungen von Kollapsar zu Kollapsar zugrundeliegendes Muster aufgedeckt. Wir hoffen, daß es gelingen wird, dieses komplizierte Muster durch Zeit und Raum zurückzuverfolgen und den Heimatplaneten der Taurier zu finden. Einstweilen können wir jedoch nur Kommandotruppen entsenden, um die gegnerische Expansion zu behindern. In einer größeren Perspektive ist dies der Inhalt unserer Befehle. Wir werden eines von mehreren Dutzend Kommandos sein, welche diese Absperrfunktion an den Grenzen des Gegners übernehmen werden. Ich werde keine Gelegenheit haben, oft genug oder eindringlich genug darauf hinzuweisen, wie wichtig diese Mission ist.

Wenn wir die Expansion des Gegners eindämmen können, wird es uns vielleicht möglich sein, ihn einzuschließen und den Krieg zu gewinnen.«

Am besten, bevor wir alle totes Fleisch wären. »Machen Sie sich von Anfang an klar, daß es im Krieg keine Gewißheiten gibt: Es ist möglich, daß wir am Tage unserer Landung angegriffen werden, es ist aber auch möglich, daß wir den Planeten zehn Jahre lang besetzt halten und dann nach Haus zurückkehren werden.« Möglich war es schon, aber kaum wahrscheinlich. »Was immer geschieht, jeder von uns wird jederzeit einsatzbereit sein. Während der Reise werden wir ein festes Programm zur Körperertüchtigung und Wiederauffrischung der in Ihrer Ausbildung erworbenen Kenntnisse absolvieren. Besonderer Nachdruck wird dabei auf den Konstruktionstechniken liegen — wir werden den Stützpunkt und seine Verteidigungseinrichtungen in der kürzestmöglichen Zeit errichten müssen.«

Mein Gott, ich begann wie ein Offizier zu tönen. »Irgendwelche Fragen?«

Es gab keine. »Dann möchte ich Ihnen Kommandantin Antopol vorstellen. Darf ich bitten?«

Sie gab sich kaum Mühe, ihre Langeweile zu verbergen, als sie diesem Saal voller Fußvolk die Eigenschaften und Fähigkeiten der ›Masaryk II‹ erläuterte. Ich hatte das meiste von dem, was sie sagte, bei den Zwangslektionen im Behälter gelernt, aber zum Schluß kam sie mit einer Information heraus, die mich aufmerken ließ.

»Sade 138 wird der entfernteste Kollapsar sein, den der Mensch jemals erreicht hat. Er befindet sich nicht in der eigentlichen Galaxis, sondern gehört zur größeren der beiden Magellanschen Wolken, einige hundertfünfzigtausend Lichtjahre entfernt.

Unsere Reise wird vier Simultansprünge erfordern und etwa vier Monate subjektiver Zeit dauern. Diese Manöver werden uns bis zum Zeitpunkt unserer Ankunft ungefähr dreihundert Jahre hinter dem kalendarischen Zeitablauf hier auf Sterntor zurückbleiben lassen.«

Und wenn ich überlegte, würden weitere siebenhundert Jahre verstreichen, bis ich zurückkehrte.

Nicht daß es einen Unterschied machen würde; Marygay war so gut wie tot, und es gab keinen anderen lebenden Menschen, der mir etwas bedeutete.

»Lassen Sie sich von diesen Zahlen nicht zu Selbstzufriedenheit verleiten. Auch der Gegner ist an Sade 138 interessiert; es ist nicht auszuschließen, daß wir alle am gleichen Tag dort eintreffen werden. Die Mathematik der strategischen Situation ist sehr kompliziert, aber Sie dürfen es mir glauben: Es wird ein Kopf-an-Kopf-Rennen geben. Major, haben Sie noch etwas?«

Ich stand auf. »Nun...«

»*Aaacht-unk!*« brüllte Hilleboe. Ich mußte lernen, das zu erwarten.

»Nur daß ich die Offiziere anschließend zu einer kurzen Besprechung bitte. Die Unteroffiziere sind verantwortlich, daß die Truppe morgen früh um vier Uhr marschbereit ist. Bis dahin kann jeder frei über seine Zeit verfügen. Weggetreten.«

Ich lud die Offiziere in mein Quartier ein und brachte eine Flasche echten französischen Kognak zum Vorschein. Sie hatte mich den Sold von zwei Monaten gekostet, aber was konnte ich sonst mit dem Geld anfangen? Es investieren?

Ich reichte Gläser herum, aber Alsever, die Ärztin, erklärte, daß sie nicht trinke. Statt dessen zerbrach sie eine kleine Kapsel unter der Nase und inhalierte tief. Dann versuchte sie ohne allzuviel Erfolg ihren euphorischen Gesichtsausdruck in eine Maske strenger Sachlichkeit zu zwingen.

»Zuerst möchte ich ein grundlegendes persönliches Problem ansprechen«, sagte ich beim Einschenken. »Wissen alle von Ihnen, daß ich nicht homosexuell bin?«

Ein gemischter Chor von »Ja, Sir« und »Nein, Sir«.

»Sind Sie der Meinung, daß dies meine Position als Kommandant komplizieren wird, soweit es die Mannschaften betrifft?«

»Sir, das hätte vor hundert Jahren ein Problem sein können«, sagte Hauptmann Moore. »Sie wissen, wie die Leute damals empfanden. Heute dagegen ...«

»Ich muß gestehen, daß ich es nicht weiß«, sagte ich. »Was ich über die Periode zwischen dem einundzwanzigsten Jahrhundert und unserer Gegenwart weiß, beschränkt sich auf Militärgeschichte.«

»Ach so. Also, es war, na, wie soll ich es sagen?« Er machte fahrige Handbewegungen.

»Es war ein Verbrechen«, sagte Alsever lakonisch. »Der Rat für Eugenik erreichte damit die Einführung der universalen Homosexualität.«

»Rat für Eugenik?«

»Eine Unterorganisation der UNO.« Sie schnüffelte wieder an der leeren Kapsel. »Es kam darauf an, die Menschen von der biologischen Methode des Kinderzeugens abzubringen. Denn erstens zeigten die Leute bei der Wahl ihrer genetischen Partner einen bedauerlichen Mangel an Vernunft, und zweitens erkannte der Rat, daß Rassenunterschiede eine ebenso unnötige wie unerwünschte spalterische Wirkung auf die Menschheit hatten. Mit totaler Geburtensteuerung konnten alle innerhalb weniger Generationen zu einer Rasse verschmolzen werden.«

Ich hatte nicht gewußt, daß sie soweit gegangen waren, aber es war wohl nur logisch. »Billigen Sie es? Als Ärztin?«

»Als Ärztin? Ich bin nicht sicher.« Sie nahm eine zweite Kapsel aus der Tasche und rollte sie unschlüssig zwischen Daumen und Zeigefinger, während sie ins Leere starrte. Oder etwas sah, was wir anderen nicht sehen konnten. »In gewisser Weise erleichtert es meine Arbeit. Viele Krankheiten existieren nicht mehr. Aber ich habe manchmal den Eindruck, daß die Genetiker von ihrem Fach nicht so viel verstehen, wie sie zu verstehen glauben. Manchmal denke ich mir, daß ihnen verhängnisvolle Fehler unterlaufen könnten, deren Resultate erst in Jahrhunderten sichtbar würden.«

Sie zerbrach die Kapsel unter der Nase und atmete zweimal tief durch. »Als Frau bin ich natürlich ganz dafür.« Hilleboe und Rusk nickten energisch.

»Ich kann verstehen, daß es für die Frauen manche Vorteile hat«, sagte ich. »Sie sind von den Schwierigkeiten und der Mühsal der Schwangerschaft und Geburt befreit und brauchen sich nicht mehr mit Fragen der Kindererziehung herumzuschlagen...«

»Das ist ein Aspekt davon.« Sie schielte nach der Kapsel unter ihrer Nase, schnüffelte ein letztes Mal. »Aber das ist nicht alles. Keinen Mann haben zu müssen, das ist der Hauptvorteil. Ich meine... äh... in mir, verstehen Sie. Ich finde das ekelhaft.«

Moore lachte. »Wenn Sie es nie versucht haben, sollten Sie nicht...«

»Ach, seien Sie still!« Sie warf die leere Kapsel nach ihm.

»Aber es ist völlig natürlich«, sagte ich.

»Von Baum zu Baum hangeln ist auch natürlich. Oder mit einem stumpfen Stock nach Wurzeln graben. Fortschritt, Sir; Fortschritt.«

»Wie auch immer«, sagte Moore, »Heterosexualität galt nur für die Dauer von zwei Generationen oder so als ein Verbrechen. Danach betrachtete man sie als eine, nun, heilbare...«

»Fehlfunktion«, sagte Alsever.

»Danke. Und heutzutage ist sie so selten geworden... Ich glaube kaum, daß die Truppe viel danach fragen wird.«

Dr. Alsever nickte. »Eine exzentrische Neigung, weiter

nichts«, sagte sie großmütig. »Nicht, als ob sie kleine Kinder verspeisten.«

»So ist es, Sir«, sagte Hilleboe. »Deswegen empfinde ich Ihnen gegenüber nicht anders.«

»Schön, ah — das freut mich.« Mir dämmerte, daß ich nicht die leiseste Ahnung hatte, wie ich mich gesellschaftlich benehmen sollte. Ein guter Teil meines ›normalen‹ Benehmens beruhte auf jenem komplizierten, unausgesprochenen Kodex männlichen Rollenverhaltens, den ich in meiner Jugend angenommen hatte. Wie würden diese vermännlichten Frauen auf eine unbewußte Kavaliersgeste Ihres Vorgesetzten reagieren? Sollte ich die Männer wie Frauen behandeln, oder umgekehrt? Oder alle wie Brüder und Schwestern? Es war sehr verwirrend.

Ich leerte mein Glas und stellte es auf den Tisch zurück. »Danke für die beruhigende Auskunft. Das war im wesentlichen, was ich Sie fragen wollte... Sicherlich werden Sie eine Menge zu tun haben, Abschied nehmen und dergleichen. Lassen Sie sich nicht aufhalten.«

Nach und nach zogen alle ab, ausgenommen Hauptmann Moore. Er und ich unternahmen eine monumentale Sauftour durch die Bars, Kasinos und Offiziersklubs des Stützpunkts. Wir brachten es auf zwölf und hätten wahrscheinlich auch noch den Rest geschafft, aber ich beschloß, vor dem Frühappell noch ein paar Stunden zu schlafen.

Das eine Mal, als Charlie Moore einen Annäherungsversuch machte, geschah es in sehr höflicher Form. Ich hoffte inständig, meine Ablehnung sei ebenso höflich, tröstete mich aber mit dem Gedanken, daß ich darin noch viel Übung bekommen würde.

3

Die ersten interstellaren Schiffe der UNAS waren von einer spinnenhaften, zerbrechlich wirkenden Schönheit gewesen. Aber mit verschiedenen technologischen Verbesserungen wurde Widerstandsfähigkeit wichtiger als Gewichtseinsparung (eins von den alten Schiffen wäre wie ein Akkordeon zusammengedrückt oder auseinandergezogen worden, hätte man damit ein 25-ge-Manöver geflogen), und sie bestimmte die Bauweise: schwer, plump, funktionell aussehend. Die einzige Dekoration war der Name MASARYK II, der in stumpfblauen Buchstaben auf den obsidianschwarzen Rumpf gemalt war.

Als unsere Fähre näher kam, sah ich eine Mannschaft winziger Gestalten auf dem Rumpf herumkriechen und Instandhaltungsarbeiten ausführen. Mit ihnen als Maßstab ließ sich die Höhe der Buchstaben auf hundert Meter schätzen. Das Schiff selbst war über einen Kilometer lang und hatte einen Durchmesser von mehr als dreihundert Metern.

Dies bedeutete nicht, daß wir viel Ellbogenraum haben würden. Im Bauch des Kolosses waren sechs Kampfschiffe und fünfzig Lenksonden untergebracht. Die Infanterie wurde in einen Winkel gestopft.

Wir hatten sechs Stunden Zeit, bevor wir in die Beschleunigungstanks gingen. Ich warf mein Gepäck in die winzige Kabine, die während der nächsten Monate mein Zuhause sein würde, und ging auf Erkundung aus.

Charlie Moore war bereits in der Offiziersmesse und genoß das Privileg, als erster die Qualität des Kaffees zu beurteilen.

»Rhinozerosgalle«, sagte er.

»Wenigstens ist es nicht Soja«, meinte ich nach einem ersten vorsichtigen Schluck. Wahrscheinlich würde ich mich binnen einer Woche nach Sojakaffee sehnen.

Die Offiziersmesse war eine Kabine von ungefähr drei mal vier Metern. Boden und Wände waren aus Metall, und es gab harte Stühle und zwei Tische, dazu eine Kaffeemaschine und ein Lesegerät, das an die Mikrofilmbibliothek angeschlossen war.

»Gemütlich, nicht?« Er drückte müßig auf die Knöpfe des Lesegeräts und ließ das Bücherverzeichnis über den Bildschirm wandern. »Jede Menge Militärtheorie.«

»Das ist gut. Wird unsere Erinnerungen auffrischen.«

»Haben Sie sich zur Offiziersausbildung gemeldet?« fragte er.

Ich lachte. »Ich? Nein, ich mußte.«

»Wenigstens haben Sie eine Entschuldigung.« Er schaltete aus und sah den grünen Punkt kleiner werden und verschwinden. »Ich meldete mich freiwillig dazu. Kein Mensch hatte mir gesagt, daß es so sein würde.«

»Ja.« Ich wußte, was er meinte: nicht die Langeweile oder die Bürde der Verantwortung oder was, sondern die Informationsmenge, die sie einem eintrichterten. Ein unaufhörliches stilles Gewisper. »Es soll mit der Zeit nachlassen, hörte ich.«

»Ach, da sind Sie ja.« Hilleboe kam herein und grüßte uns. Sie blickte schnell umher, und es war offensichtlich, daß die spartanische Einrichtung ihre Billigung fand. »Wollen Sie die Kompanie antreten lassen und eine Ansprache halten, bevor wir in die Beschleunigungstanks gehen, Sir?«

»Nein, ich sehe nicht, warum das... notwendig sein sollte.« Beinahe hätte ich ›wünschenswert‹ gesagt. Untergebene zu züchtigen, ist eine Kunst, die gelernt sein will. Hilleboe bedurfte offenbar ständiger Erinnerungen daran, daß nicht sie den Befehl führte.

»Sie könnten bitte die Unterführer zusammenrufen und mit ihnen die Abfolge durchgehen. Später werden wir dann eine Übung mit Zeitvorgabe machen. Aber ich denke, die

Leute könnten einstweilen ein paar Stunden Ruhe gebrauchen.« Wenn sie so verkatert waren wie ihr Kommandeur.

»Jawohl, Sir.« Sie machte kehrt und ging. Ein wenig verstimmt, weil ich ihr Dienstalter nicht berücksichtigt hatte und mein Auftrag etwas für einen der jüngeren Leutnants gewesen wäre.

Charlie Moore ließ sich auf einen der harten Stühle sinken und seufzte. »Zwanzig Monate in dieser fettigen Maschine. Mit ihr. Verdammte Scheiße.«

»Nun, wenn Sie zeigen, daß Sie es wert sind, werde ich Sie nicht zusammen mit ihr in eine Kabine stecken.«

»Gemacht. Ich bin für immer Ihr Sklave.« Er blickte in seine Tasse und entschied sich gegen das Austrinken des Bodensatzes. »Im Ernst, die Frau wird ein Problem sein. Was werden Sie mit ihr machen?«

»Ich weiß nicht.« Seit unserer Sauftour nahm Charlie Moore sich Vertraulichkeiten heraus, die ich nicht gern sah, aber schließlich war er als stellvertretender Kompaniechef meine rechte Hand. Außerdem brauchte ich wenigstens einen Freund. »Vielleicht wird sie reifen, wenn wir erst unterwegs sind.«

»Hoffentlich.« Im technischen Sinne waren wir bereits unterwegs, krochen mit einem ge Beschleunigung auf den Sterntor-Kollapsar zu. Aber das diente nur der Bequemlichkeit der Mannschaft; es ist schwierig, im freien Fall die Ladeluken zu schließen und alle anderen Arbeiten auszuführen, die dem eigentlichen Beschleunigungsmanöver vorausgehen.

Die Offiziersmesse war zu deprimierend, also nutzten Moore und ich die verbleibenden Stunden freier Beweglichkeit, um das Schiff zu erforschen.

Die Brücke sah wie der Bedienungsraum jeder anderen Großrechenanlage aus; auf den Luxus von Fenstern hatte man verzichtet. Wir standen in respektvoller Distanz, während Antopol und ihre Offiziere eine letzte Serie von Überprüfungen durchführten, bevor sie in die Tanks stiegen und unser Schicksal den Maschinen überließen.

Ein Fenster nach draußen, eine dicke Blase aus Quarzglas, gab es vorn im Navigationsraum. Der diensttuende Offizier, ein Oberleutnant namens Williams, hatte nichts zu tun, da die bevorstehenden Manöver programmiert waren und vollautomatisch abliefen. So war er gern bereit, uns Auskünfte zu geben.

Auf meine Frage nach dem Zweck des Aussichtsfensters klopfte er mit dem Fingerknöchel abergläubisch an das Glas. »Ich hoffe, daß wir es auf dieser Reise nicht brauchen werden.«

»Wieso?« fragte Moore.

»Wir verwenden es nur, wenn wir uns verfranzt haben. Weicht der Eintrittswinkel vor einem Simultansprung auch nur um eine Tausendstel Bogensekunde vom vorberechneten Kurs ab, landen wir bei den weiten Entfernungen, die wir überbrücken, Dutzende von Lichtjahren im Abseits. In einem solchen Fall können wir durch Spektralanalysen der hellsten Sterne die Orientierung wiederfinden. Die Spektren sind wie Fingerabdrücke. Hat man drei identifiziert, kann man triangulieren.«

»Darauf sucht man den nächsten Kollapsar auf und kann auf den richtigen Kurs zurückspringen«, ergänzte ich.

»Das ist das Problem. Sade 138 ist der einzige Kollapsar, den wir bisher in den Magellanschen Wolken kennen. Wir erfuhren nur durch erbeutetes Datenmaterial des Gegners von seiner Existenz. Selbst wenn wir uns im Fall eines Navigationsfehlers verirrten und einen anderen Kollapsar fänden, würden wir wahrscheinlich den Eintrittswinkel für die Rückreise nicht ermitteln können.«

»Das ist großartig.«

»Nun, wir wären deswegen noch nicht unrettbar verloren«, sagte er mit listiger Miene. »Wir könnten uns in die Tanks begeben, Kurs auf die Erde nehmen und voll beschleunigen. Dann würden wir nach ungefähr drei Monaten Schiffszeit dort ankommen.«

»Gewiß«, sagte ich, »aber hundertfünfzigtausend Jahre in der Zukunft.« Bei fünfundzwanzig ge Beschleunigung erreicht man in weniger als einem Monat neun Zehntel der Lichtgeschwindigkeit. Von da an ist man in den Armen des heiligen Albert.

»Ja, das ist ein Nachteil«, sagte er. »Aber wenigstens würden wir dann erfahren, wer den Krieg gewonnen hat.«

Das legte die Frage nahe, wie viele Soldaten in genau dieser Art und Weise aus dem Krieg verschwunden sein mochten. Zweiundvierzig Schiffe mit Kampfeinheiten an Bord galten als vermißt. Es war denkbar, daß sie alle mit annähernder Lichtgeschwindigkeit durch den Raum krochen und im Laufe der Jahrhunderte und Jahrtausende nach und nach zurückkehren würden.

Eine bequeme Methode der Desertion, weil es praktisch unmöglich war, ein Schiff ausfindig zu machen, das einmal die Kette der Simultansprünge verlassen hatte. Unglücklicherweise wurde diese Abfolge von der strategischen Abteilung des Generalstabs vorprogrammiert; der menschliche Navigator kam nur ins Spiel, wenn eine Fehlkalkulation das Schiff in das falsche ›Loch‹ bugsierte und man irgendwo in der Weite des Raums wieder zum Vorschein kam.

Als nächstes inspizierten wir die Turnhalle, die gerade groß genug war, daß ein Dutzend Leute gleichzeitig üben konnten. Ich beauftragte Moore mit der Ausarbeitung eines Plans, daß jeder eine Stunde am Tag Gelegenheit zu Leibesübungen haben würde, sobald wir aus den Beschleunigungstanks kämen.

Die Mannschaftsmesse war nur wenig größer als die Turnhalle — selbst wenn in vier Schichten gegessen wurde,

mußten die Leute Schulter an Schulter sitzen —, und der
›Gemeinschaftsraum‹ war noch deprimierender als das Offizierskasino. Daß es im Verlauf der zwanzig Monate Probleme mit der Truppenmoral geben mußte, war unter den Umständen unausweichlich.

Die Waffenkammer war ebenso groß wie Turnhalle, Speisesaal und beide Aufenthaltsräume zusammen. Sie mußte es sein, weil die enorme Vielfalt von Infanteriewaffen, die über die Jahrhunderte hinweg entwickelt worden waren, viel Raum einnahm. Die Grundeinheit war noch immer der Kampfanzug, obgleich die neuen Modelle nur noch wenig mit denen gemeinsam hatten, die wir beim Feldzug gegen Aleph Null getragen hatten.

Leutnant Riland, in dessen Zuständigkeitsbereich die Waffenkammer fiel, half seinen Waffenwarten bei der letzten Kontrolle der Lagerbestände. Eine sehr verantwortungsvolle Arbeit, berücksichtigte man, was bei einem Beschleunigungsdruck von 25 ge passieren konnte, wenn auch nur ein Bruchteil der Tonnen von Sprengstoffen und nuklearen Werfergranaten unsachgemäß gelagert worden wäre.

Ich erwiderte seine oberflächliche Ehrenbezeigung. »Alles in Ordnung. Leutnant?«

»Jawohl, Sir, bis auf diese verdammten Säbel.« Sie waren für den Gebrauch im Stasisfeld gedacht. »Es ist unmöglich, sie so zu orientieren, daß sie nicht gebogen werden. Wir können nur hoffen, daß sie nicht brechen werden.«

Ich hatte keine Vorstellung von den Prinzipien, die in einem Stasisfeld wirksam wurden; die Kluft zwischen der Gegenwartsphysik und dem, was ich darüber gelernt hatte, war so unüberbrückbar weit wie jene, die Galilei und Einstein trennte. Aber ich kannte die Wirkungsweise.

Im Inneren des Felds, das einen kugelförmigen Raum von ungefähr fünfzig Metern Durchmesser darstellte, konnte sich nichts schneller als mit 16,3 Metern pro Sekunde bewegen. Elektromagnetische Strahlung, Elektrizität, Magnetismus, Schallwellen und Licht gab es nicht. Stand man, angetan mit einem Raumanzug, in einem solchen Feld, konnte man seine Umgebung dennoch in geisterhaft fahler Einfarbigkeit sehen — ein Phänomen, das man mir als ›Phasentransferenz‹ erklärte. Nicht, daß ich damit etwas hätte anfangen können.

Das Resultat war jedoch, daß die gebräuchlichen Waffen unbrauchbar wurden. Selbst eine Novabombe war innerhalb des Felds nicht mehr als ein toter Klumpen Materie. Und jedes Lebewesen, das ohne geeignete Isolation in das Feld geriet, starb innerhalb von zehn Sekunden.

Zuerst hatte es den Anschein, als wäre es die unüberwindliche Waffe. Es gab Gefechte, wo ohne eigene Verluste ganze taurische Stützpunkte ausgelöscht wurden. Man brauchte nichts weiter zu tun, als das Feld zum Feind zu tragen (vier stämmige Soldaten konnten es bei erdgleichen Schwereverhältnissen bewegen) und zusehen, wie die gegnerischen Soldaten starben, wenn sie von der durchsichtigen Wand des Feldes erreicht wurden. Die Männer, die den Generator trugen, waren bis auf die kurzen Zwischenpausen, in denen sie das Ding zur Orientierung ausschalten mußten, so gut wie unverwundbar.

Beim sechsten Angriff waren die Taurier jedoch vorbereitet. Sie trugen Schutzanzüge und waren mit scharfen Speeren bewaffnet, mit denen sie die Anzüge der Generatorträger durchstoßen konnten.

Von da an waren die Träger bewaffnet.

Nur drei ähnliche Zusammenstöße waren bekannt geworden, obwohl ein Dutzend Kampfverbände mit dem Stasisfeld ausgezogen waren. Die anderen waren immer noch im Kampfgebiet oder unterwegs oder waren aufgerieben worden. Solange sie nicht zurückkamen, gab es keine Möglichkeit, Näheres darüber zu erfahren. Und sie wurden nicht zur Rückkehr ermutigt, solange die Taurier im Besitz ihres jeweiligen Stützpunkts waren. Räumten sie einen Kampfplatz, ohne durch eine Niederlage mit hohen Verlusten dazu gezwungen zu sein, wurde das als ›Desertion vor dem Feind‹ angesehen und hatte die Exekution aller Offiziere zur Folge (obgleich Gerüchte wissen wollten, daß sie lediglich einer Persönlichkeitslöschung unterzogen wurden, um nach Aufprägung neuer Persönlichkeitsstrukturen wieder in den Kampf geschickt zu werden).

»Werden wir das Stasisfeld verwenden, Sir?« fragte Riland.

»Wahrscheinlich. Aber nicht sofort, es sei denn, die Taurier sind bereits dort. Ich bin kein Freund von den Dingern. Sie behindern schnelle taktische Operationen, weil mit den Leuten in ihrem Innern keine Kommunikation möglich ist.« Auch konnte ich der Vorstellung, mit Säbel, Lanze und Wurfmesser zu kämpfen, wenig abgewinnen, gleichgültig, wie viele elektronisch erzeugte Phantomgegner ich damit ins Jenseits befördert hatte.

Ich sah auf die Uhr. »Es wird Zeit, daß wir uns um die Vorbereitungen kümmern, Hauptmann. Leutnant Riland, sorgen Sie dafür, daß alles ordnungsgemäß verstaut wird.« Wir hatten bis zum Beginn der Beschleunigungsphase noch zwei Stunden Zeit.

Der Raum mit den Tanks ähnelte einer chemischen Fabrik; die acht Tanks, überkrustet mit Rohrleitungen und Armaturen, waren um den zentralen Aufzug herum angeordnet, und die einzige Beeinträchtigung des Gesamteindrucks von Symmetrie war, daß einer der Tanks doppelt so groß war wie die anderen. Er war den Offizieren und Spezialisten vorbehalten. Alle Anlagen waren stumpfgrau gestrichen.

Als wir zwischen den Behältern umhergegangen waren und wieder zum Ausgang wollten, sahen wir uns plötzlich

Unteroffizier Blazynski gegenüber. Er nahm Haltung an und salutierte. Ich grüßte nicht zurück.

»Was zum Teufel ist das?« Ein Farbtupfer inmitten grauer Einförmigkeit.

»Es ist eine Katze, Sir.«

»Was Sie nicht sagen.« Noch dazu eine große, und weiß, rötlich und schwarz gescheckt. Es sah lächerlich und unmilitärisch aus, wie sie um die Schultern des Unteroffiziers drapiert war. »Lassen Sie mich die Frage anders stellen: Was zum Teufel hat eine Katze hier verloren?«

»Sie ist das Maskottchen der Werkstattabteilung, Sir.« Die Katze hob den Kopf, blinzelte mich an und gähnte, worauf sie sich wieder ihrer trägen Ruhe hingab.

Ich sah Hauptmann Moore an, und er zuckte matt die Achseln. »Ich finde es grausam«, sagte er und wandte sich zum Unteroffizier: »Sie werden nicht viel davon haben. Nach dem Beschleunigungsmanöver werden Ihnen nur noch ausgequetschte Gedärme und das gebügelte Fell bleiben.«

»Ach nein, Sir!« sagte Blazynski mit breitem Lächeln. Er streifte das Fell zwischen den Schultern der Katze zurück, und ich sah, daß sie einen Fluorkohlenstoff-Anschluß hatte, genau wie der über meinem Hüftknochen, aber kleiner. »Wir haben sie in einem Laden gekauft, schon modifiziert, Sir. Viele Schiffe haben sie jetzt. Die Kommandantin erteilte uns die Genehmigung, Sir.«

Nun, das war ihr Recht; die Werkstattleute unterstanden uns gemeinsam, und es war ihr Schiff. »Hätten Sie keinen Hund kriegen können?« fragte ich. Ich war kein Katzenfreund. Das ständige Umherschleichen machte mich nervös. »Nein, Sir, Hunde sind nicht anpassungsfähig. Können den freien Fall nicht ertragen.«

»Mußten Sie im Tank besondere Änderungen vornehmen?« fragte Hauptmann Moore.

»Nein, Sir. Es ist eine überzählige Couch da.« Großartig; das bedeutete, daß ich einen Tank mit dem Tier teilen würde. »Wir brauchten nur die Haltegurte zu verkürzen. Zur Verstärkung der Zellwände war ein anderes Medikament nötig, aber das war im Preis inbegriffen.«

Moore kraulte das Tier hinter den Ohren. Die Katze schnurrte leise, regte sich jedoch nicht. »Scheint ziemlich stumpfsinnig. Das Tier, meine ich.«

»Wir haben ihr schon ein Beruhigungsmittel gegeben«, sagte Blazynski. Kein Wunder, daß sie so träge war. »So läßt sie sich leichter anschnallen.«

»Na, von mir aus«, sagte ich. Vielleicht gut für die Moral. »Aber wenn sie lästig wird, stecke ich sie persönlich in die Wiederaufbereitung.«

»Jawohl, Sir!« sagte er sichtlich erleichtert. Wahrscheinlich dachte er, daß ich es nicht über mich bringen würde, womit er sich vielleicht täuschte, aber um die Sache nicht weiter zu komplizieren, ließ ich es damit sein Bewenden haben.

Nun hatten wir das meiste gesehen. Was außer den Maschinenanlagen noch übrigblieb, war der riesige Laderaum, wo die kleineren Kampfschiffe und Lenksonden auf ihren Einsatz warteten, gegen die Beschleunigungskräfte von mächtigen Klammern festgehalten. Moore und ich gingen hinunter, um einen Blick hineinzuwerfen, aber auf unserer Seite der Luftschleuse gab es keine Fenster. Ich wußte, daß es innen eins gab, doch war die Kammer ausgepumpt, und es lohnte sich nicht, sie voll Luft zu pumpen und anzuwärmen, nur um unsere Neugierde zu befriedigen.

Ich begann mich richtig überflüssig zu fühlen. Nachdem ich Leutnant Hilleboe angerufen und mich vergewissert hatte, daß alles in Ordnung war, kehrten wir ins Kasino zurück und ließen den Computer ein Kriegsspiel inszenieren, das gerade anfing, interessant zu werden, als das Zehn-Minuten-Warnsignal erklang.

Die sogenannte ›Halbwertzeit‹ eines Beschleunigungsbehälters betrug fünf Wochen; dies besagte, daß die Insassen fünf Wochen lang darin untergetaucht ruhen konnten, bevor die Wahrscheinlichkeit, daß ein Rohr oder Ventil platzte und man wie ein Insekt unter der Schuhsohle zerquetscht wurde, einen Wert von fünfzig zu fünfzig erreichte. In der Praxis mußte schon eine sehr ungewöhnliche Notlage eintreten, um eine Benutzungsdauer der Behälter von mehr als zwei Wochen zu rechtfertigen. Wir begnügten uns auf dieser ersten Etappe unserer Reise mit weniger als zehn Tagen.

Ob fünf Wochen oder fünf Stunden, für den Insassen eines Beschleunigungsbehälters lief es auf das gleiche hinaus. Sobald der volle Druckausgleich hergestellt war, hatte man kein Empfinden für den Zeitablauf. Körper und Gehirn waren wie aus Beton. Keines der Sinnesorgane lieferte irgendwelche Eindrücke oder Wahrnehmungen, und man konnte sich mehrere Stunden lang mit dem Versuch amüsieren, den eigenen Namen zu buchstabieren.

Infolgedessen war es keine Überraschung, daß keine Zeit verstrichen schien, als ich plötzlich im Trockenen aufwachte und mein ganzer Körper mit der Rückkehr des Gefühlssinns prickelte. Der leere Behälter widerhallte von Geräuschen. Es hörte sich wie eine Zusammenkunft von Allergikern in einer Heuwiese an: neununddreißig Menschen und eine Katze husteten und niesten durcheinander, um sich von den letzten Rückständen des Fluorkohlenstoffs zu befreien. Während ich mit meinen Gurten kämpfte, wurde die Seitentür geöffnet, und schmerzhaftes grelles Licht flutete herein. Die Katze war als erste draußen, gefolgt von einer nachdrängenden Woge von Menschenleibern. Um die Würde zu wahren, wartete ich bis zuletzt.

Draußen liefen mehr als hundert Leute durcheinander, reckten Arme und Beine und massierten verkrampfte Muskeln. Umgeben von jungem weiblichen Fleisch, starrte ich in die Gesichter und versuchte verzweifelt eine Differentialgleichung dritten Grades im Kopf zu lösen, um galante Reflexe zu unterdrücken. Ein vorübergehender Notbehelf, der mich sicher zum Aufzug brachte.

Charlie Moore brüllte Befehle und ließ die Kompanie zugweise antreten. Als die Türen sich schlossen, bemerkte ich, daß ungefähr zwanzig Leute, die Hälfte eines Zuges, von oben bis unten mit leichten Blutergüssen bedeckt waren. Zwanzig blau umrandete Augenpaare. Ich mußte mit der Sanitätsabteilung und den Werkstattleuten darüber sprechen.

Aber zuallererst wollte ich mich anziehen.

4

Wir verbrachten drei Wochen bei einem ge Beschleunigung mit gelegentlichen Perioden im freien Fall, welche navigatorischen Messungen dienten, während das Schiff sich in einer weiten Schleife vom Kollapsar Resch 10 entfernte, um dann wieder zu ihm zurückzukehren. Die Stimmung an Bord war gut, die Kompanie paßte sich besser als erwartet der täglichen Routine an. Ich versuchte die Beschäftigungstherapie auf ein Minimum zu begrenzen und statt dessen Leibesübungen und Theorieunterricht in den Vordergrund zu stellen — zu ihrem eigenen Besten, wenngleich ich nicht naiv genug war, zu glauben, daß sie es so sehen würden.

Nach ungefähr einer Woche hatte der Soldat Rudkoski (der mit einigen anderen Küchendienst tat) einen Destillierapparat gebaut, der pro Tag etwa acht Liter fünfundneunzigprozentigen Äthylalkohol erzeugte. Ich wollte es nicht verbieten — das Leben war freudlos genug, und mir war es gleich, solange die Leute nüchtern zum Dienst erschienen —, war aber sehr neugierig, wie er es fertigbrachte, die Rohstoffe aus unserem ökologischen Kreislaufsystem abzuzweigen, und womit die Leute für den Fusel zahlten. Also gebrauchte ich den Dienstweg und ersuchte Alsever in ihrer Eigenschaft als Ärztin, geeignete Nachforschungen anzustellen. Sie fragte Jarvil, der wiederum Carreras, der mit Orban befreundet war, unserem Koch. Wie sich herausstellte, hatte Unteroffizier Orban die ganze Sache organisiert, ließ Rudkoski die Schmutzarbeit machen und konnte es kaum erwarten, vor einer vertrauenswürdigen Person wie Carreras damit zu prahlen.

Hätte ich meine Mahlzeiten jemals in der Mannschaftsmesse eingenommen, so wäre mir wahrscheinlich nicht entgangen, daß irgend etwas Ungewöhnliches vorging. Aber das System erstreckte sich nicht auf Offiziersterritorium.

Durch Rudkoski hatte Orban ein das ganze Schiff umfassendes Wirtschaftssystem aufgebaut, das auf Alkohol beruhte. Das ging so:

Zu jeder Mahlzeit gab es irgendeine Süßspeise — Gelee, Pudding oder Eierrahm —, die man essen konnte, wenn man den überladenen Geschmack ertrug. Aber wenn sie noch auf dem unterteilten Teller war, wenn man ihn nach der Mahlzeit am Wiederaufbereitungsfenster abgab, bezahlte Rudkoski dafür mit einem Gutschein über zehn Cents und kratzte das süße Zeug in einen Fermentierbottich. Er hatte zwei Zwanzigliterbottiche, von denen der eine immer ›arbeitete‹, während der andere gefüllt wurde.

Der Gutschein über zehn Cents war die Grundlage eines Systems, das einem erlaubte, für fünf Dollar einen halben Liter Äthylalkohol (mit Geschmack nach Wahl des Käufers) zu kaufen. Eine Gruppe von fünf Personen, die ihre Nachspeisen ablieferte, konnte ungefähr einen Liter pro Woche kaufen, genug für eine Party, aber nicht genug, um ein öffentliches Gesundheitsproblem darzustellen.

Als Leutnant Alsever (die auf den Namen Diana hörte) mir diese Information brachte, brachte sie auch eine Flasche von Rudkoskis Schlimmstem — buchstäblich; es war eine Geschmacksnote, die danebengegangen war. Die Flasche hatte den ganzen Dienstweg durchlaufen, ohne daß mehr als ein paar Zentimeter fehlten.

Der Geschmack — soweit er sich definieren ließ — war eine scheußliche Verbindung von Erdbeeren und Kümmel. Diana Alsever liebte ihn mit einer perversen Begeisterung, welche bei Leuten, die selten trinken, des öfteren anzutreffen ist. Ich ließ etwas Eiswasser heraufbringen, und innerhalb einer Stunde war sie total blau. Ich beschränkte mich auf ein Glas, das ich mit Eiswasser verdünnte und nicht leertrank.

Als sie den Weg in den Vollrausch mehr als zur Hälfte zurückgelegt und ihrer Leber einen gemurmelten Monolog gewidmet hatte, der als Ermutigung gedacht zu sein schien, blickte sie plötzlich mit kindlicher Offenheit zu mir auf.

»Sie haben ein schweres Problem, Major William.«

»Nicht halb so schlimm wie das, was Sie morgen früh haben werden, Leutnant.«

»Oh, wirklich nicht.« Sie wedelte abwehrend mit der Hand vor ihrem Gesicht. »Ein paar Vitamine, ein bißchen Glu... kose, ein Kubik Adren... alin, wenn alles andere versagt. Nein, Major... Sie... Sie haben ein Problem.«

»Hören Sie, Diana, wollen Sie mir nicht sagen...«

»Was Sie brauchen... ist eine Verabredung mit diesem netten Unteroffizier Carreras.« Carreras gehörte zum Sanitätskorps und war der männliche Sexberater. »Er hat Einfühlungsvermögen. Es ist sein Job. Er würde Sie...«

»Wir haben schon darüber gesprochen, erinnern Sie sich nicht? Ich möchte bleiben, wie ich bin.«

»Wollen wir das ... nicht alle?« Sie wischte eine Träne fort, die wahrscheinlich ein Prozent Alkohol enthielt. »Wissen Sie, daß man Sie den alten Vorderlader nennt?«

Ich hatte Schlimmeres erwartet, aber nicht so früh. »Das macht mir nichts aus. Der Kommandeur kriegt immer einen Spitznamen angehängt.«

»Ich weiß, aber ...« Sie stand plötzlich auf und schwankte ein wenig. »Zuviel ... getrunken. Hinlegen.« Sie kehrte mir den Rücken zu und reckte sich, daß die Gelenke knackten. Als nächstes entledigte sie sich der Uniform, setzte sich auf mein Bett und klopfte einladend auf die Matratze. »Komm schon, William. Einzige Chance.«

»Um Christi willen, Diana. Das wäre nicht fair.«

»Alles ist fair«, sagte sie lallend und kicherte. »Und außerdem bin ich ein Doktor, verstehst du? Ich kann das ... klinisch sehen; stört mich ... überhaupt nicht. Hilf mir damit.« Nach fünfhundert Jahren hatten die Büstenhalter hinten immer noch Haken und Ösen.

Ein Kavalierstyp hätte sie ins Bett gelegt, die Decke über sie gezogen und sich still entfernt. Ein anderer Kavalierstyp hätte vielleicht gleich das Weite gesucht. Aber ich war weder von dieser noch von jener Art und entschlossen, die Gelegenheit zu nutzen.

Vielleicht war es ein Glück, vielleicht nicht, jedenfalls war der Fusel schneller als ich und sie wurde bewußtlos, ehe wir irgendwelche Fortschritte gemacht hatten. Ich bewunderte sie noch eine Weile, aber weil ich mir dabei wie ein Voyeur vorkam, sammelte ich schließlich alles auf und zog sie an.

Als ich sie aus dem Bett gehoben hatte und schon zur Tür wollte, wurde mir klar, daß es zu wilden Gerüchten führen und sie für den Rest des Feldzugs ins Gerede bringen würde, wenn ich sie zu ihrem Quartier trüge. Ich brachte das Bett in Ordnung, rief Charlie Moore an, sagte ihm, daß wir Schnaps getrunken hätten und Leutnant Alsever das

Zeug nicht vertragen habe, und fragte ihn, ob er nicht auf ein Gläschen heraufkommen und mir helfen wolle, die Ärztin nach Haus zu schaffen.

Als der Hauptmann klopfte, war sie unschuldig in einen Sessel drapiert und schnarchte leise.

Er lächelte. »Arzt, heile dich selbst.«

Ich bot ihm die Flasche an, mit einer Warnung. Er beschnupperte sie und machte ein Gesicht. »Was ist das, Firnis?«

»Ein Zeug, das der Koch zusammengebraut hat. Frisch aus der Destille.«

Er stellte die Flasche behutsam auf den Tisch, als ob sie explodieren könnte, wenn sie einen Stoß bekäme. »Ich prophezeie eine bevorstehende Knappheit an Kunden. Epidemische Todesfälle durch Vergiftung... Hat sie dieses abscheuliche Zeug tatsächlich getrunken?«

»Nun, der Koch gibt zu, daß es ein Experiment war, das danebenging; die anderen Geschmacksrichtungen sind offensichtlich trinkbar. Ja, sie hat es getrunken, und es hat ihr geschmeckt.«

»Na, also...« Er lachte. »Nicht zu glauben! Wenn Sie ihre Beine nehmen wollen, fasse ich unter den Schultern an.«

»Nein, ich schlage vor, jeder von uns nimmt einen Arm. Vielleicht können wir sie dazu bewegen, ein paar Schritte zu tun.«

Sie stöhnte ein wenig, als wir sie aus dem Sessel hoben, öffnete ein Auge und murmelte: »Hallo, Charlie.« Dann schloß sie das Auge und ließ sich zu ihrem Quartier hinunterschleifen. Unterwegs sah uns niemand, aber ihre Kabinengenossin Laasonen saß am Tisch und las.

»Sie hat das Zeug wirklich getrunken, wie?« Sie betrachtete ihre Freundin kopfschüttelnd, aber mit Zärtlichkeit. »Hier, lassen Sie mich helfen.«

Zu dritt legten wir sie in die Koje. Laasonen strich ihr das

Haar aus den Augen. »Sie sagte, es habe die Natur eines Experiments.«

»Mehr Hingabe an die Wissenschaft, als ich habe«, bemerkte Moore. »Und einen stärkeren Magen.«

Ich wünschte, er hätte das nicht gesagt.

Anderntags gab Alsever verlegen zu, daß sie sich an nichts mehr erinnere, und im Laufe des Gesprächs folgerte ich, daß sie dachte, Charlie Moore sei die ganze Zeit dabeigewesen. Was natürlich nur zum Besten war.

Für den Sprung von Resch 10 nach Kaph 35 kehrten wir in die Beschleunigungstanks zurück. Diesmal waren es zwei Wochen bei fünfundzwanzig ge Beschleunigung; darauf folgten weitere vier Wochen Routinedienst bei normalen Schwereverhältnissen.

Ich hatte meine Politik der offenen Tür bekanntgemacht, aber so gut wie niemand machte davon Gebrauch. Ich bekam die Leute nur selten zu sehen, und solche Anlässe waren meistens negativer Art: Probealarme zur Prüfung der Einsatzbereitschaft, Erteilung von Verweisen und gelegentliche Vorträge. Und sie sprachen kaum verständlich, außer in Antwort auf eine direkte Frage.

Die meisten von ihnen hatten Englisch entweder als Muttersprache oder als zweite Sprache, aber es hatte sich während der letzten vierhundertfünfzig Jahre so stark verändert, daß ich es kaum noch verstand. Wurde es schnell gesprochen, wußte ich nichts damit anzufangen. Glücklicherweise hatten sie während ihrer Grundausbildung Kurse im Englisch des frühen einundzwanzigsten Jahrhunderts gehabt; dieses Idiom diente als eine Art lingua franca, mittels derer ein Soldat des fünfundzwanzigsten Jahrhunderts sich mit Leuten verständigen konnte, die Zeitgenossen seiner Urahnen gewesen waren.

Ich dachte an meinen ersten Kommandeur, Hauptmann

Stott — der mir genauso von Herzen verhaßt gewesen war, wie dem Rest der Kompanie —, und versuchte mir vorzustellen, wie ich über ihn gedacht hätte, wenn er sexuell abartig und ich gezwungen gewesen wäre, zu seiner Bequemlichkeit eine neue Sprache zu lernen.

Daher war es kein Wunder, daß wir Probleme mit der Disziplin hatten. Das Wunder war vielmehr, daß wir überhaupt Disziplin hatten. Das war Hilleboes Verdienst; so wenig ich sie persönlich mochte, ich mußte anerkennen, daß sie die Leute im Zaum hielt.

Die Wandkritzeleien an Bord spiegelten denn auch getreulich unseren Beliebtheitsgrad wider; die meisten von ihnen stellten unwahrscheinliche sexuelle Geometrien zwischen Leutnant Hilleboe und ihrem Kommandeur dar.

Von Kaph 35 sprangen wir nach Samk 78, von dort nach Ayin 129 und schließlich nach Sade 138. Die meisten Sprünge überbrückten nicht mehr als ein paar hundert Lichtjahre, aber der letzte ging über hundertvierzigtausend — vermutlich der längste Simultansprung, der je von einem bemannten Fahrzeug unternommen worden war.

Aber als wir mit drei Viertel Lichtgeschwindigkeit aus dem Kollapsarfeld von Sade 138 schossen, hatten wir keine Zeit, einander zu diesem Rekord zu beglückwünschen. Es gab keine Möglichkeit, auf Anhieb festzustellen, ob die Taurier das Ziel vor uns erreicht hatten. Wir entsandten eine vorprogrammierte Lenksonde, die uns warnen sollte, wenn sie fremde Schiffe oder taurische Aktivitäten auf einem Planeten des Kollapsars entdeckte.

Nach dem Start der Sonde gingen wir wieder in die Beschleunigungstanks, und der Computer steuerte uns durch ein dreiwöchiges Ausweichmanöver, während das Schiff verlangsamte. Es gab keine Schwierigkeiten, nur sind drei Wochen eine höllisch lange Zeit, um wie tiefgefroren im Tank auszuharren; noch mehrere Tage danach krochen alle wie hochbetagte Krüppel umher.

Hätte die Sonde Nachricht geschickt, daß die Taurier bereits im System seien, so hätten wir augenblicklich auf einge verlangsamt und einen Schwarm von bewaffneten Soldaten und Kampfschiffen entlassen. Oder wir hätten gar nicht so lange gelebt: Manchmal brachten die Taurier es zustande, unsere Schiffe innerhalb von Stunden nach dem Eintritt in ein System zu erledigen.

Es kostete uns einen Monat, um in die Nähe von Sade 138 zurückzukehren, wo die Sonde einen Planeten gefunden hatte, der unseren Anforderungen entsprach.

Es war ein eigenartiger Planet, etwas kleiner als die Erde, aber dichter. Er war nicht ganz so kalt wie die meisten seiner Art, weil Doradus, der hellste Stern der ganzen Wolke, nur ein Drittel Lichtjahr entfernt war. Seine auffallendste Eigentümlichkeit aber war der Mangel an Geographie. Aus dem Raum sah er wie eine leicht beschädigte Billardkugel aus. Der Bordphysiker, Oberleutnant Gim, versuchte seinen Zustand zu erklären, indem er sagte, die langgestreckt elliptische, beinahe kometenhafte Bahn des Planeten bedeute, daß er die längste Zeit seines Lebens als allein durch den interstellaren Raum treibender Vagabund zugebracht habe. So sei er wahrscheinlich nie von einem großen Meteor getroffen worden, bis er in den Anziehungsbereich des Kollapsars geraten sei und eingefangen wurde — gezwungen, ihn mit allem anderen kosmischen Treibgut zu umkreisen.

Wir ließen die »Masaryk II« in einer Umlaufbahn und verwendeten die sechs Kampfschiffe als Fähren zum Transport der Ausrüstungen und Materialien zur Oberfläche.

Es war gut, aus dem Schiff herauszukommen, obgleich der Planet nicht eben freundlich genannt werden konnte. Die Atmosphäre war ein dünner kalter Wind aus Wasserstoff und Helium, während die meisten anderen gasförmigen Elemente nur im flüssigen Zustand vorkamen. Selbst zur Mittagszeit wurde es kaum warm genug, daß sich etwas davon verflüchtigen konnte.

›Mittagszeit‹ war, wenn Doradus über der leeren Landschaft stand, ein winziger, blendend heller Lichtpunkt. Bei Nacht sank die Temperatur langsam von fünfundzwanzig Grad Kelvin auf siebzehn Grad — was Schwierigkeiten verursachte, weil der Wasserstoff aus der Atmosphäre kondensierte und alles so schlüpfrig machte, daß einem nichts übrigblieb, als sich niederzusetzen und den Morgen und die Verdunstung des Wasserstoffs abzuwarten. Ein schwacher, pastellfarbener Regenbogen, der den kommenden Tag anzukündigen pflegte, bot die einzige Abwechslung von der schwarzweißen Monotonie der Landschaft.

Der Grund war trügerisch, bedeckt mit Graupeln aus gefrorenem Ammoniak, die vom Wind unaufhörlich herumgerollt wurden. Man mußte sich in einem behutsamen Watschelgang fortbewegen, wenn man auf den Füßen bleiben wollte; von den vier Leuten, die während der Errichtung des Stützpunkts sterben sollten, wurden drei die Opfer einfacher Stürze.

Die Leute waren nicht glücklich über meine Entscheidung, als erstes die Luftabwehr und den äußeren Verteidigungsring zu errichten und dann erst an den Bau der Quartiere zu gehen. Aber es entsprach den Vorschriften, und für jeden ›Tag‹ auf dem Planeten bekamen sie zwei Tage Ruhe an Bord — was zugegebenermaßen nicht übermäßig großzügig war, da ein Schiffstag mit vierundzwanzig Stunden berechnet wurde, während ein planetarischer Tag achtunddreißigeinhalb Stunden dauerte.

Der Stützpunkt war in weniger als vier Wochen fertiggestellt, und er konnte sich sehen lassen. Der äußere Verteidigungsring hatte einen Kilometer Durchmesser und war mit fünfundzwanzig Laserkanonen bestückt, die innerhalb eines Sekundenbruchteils automatisch zielten und feuerten. Die Empfindlichkeit der Feuerleitgeräte war so hoch, daß sie selbst auf kleinste Bewegungen zwischen Perimeter und Horizont reagierten. Gelegentlich, wenn der Wind stärker wurde, fegte er den körnigen Ammoniakschnee in weißen Bahnen und Rinnsalen vor sich her. Sie lösten sich regelmäßig in kurzlebige Dampfwolken auf, wenn sie in den Feuerbereich der Laserkanonen kamen.

Die vergrabenen Minen detonierten, sobald ein Fremdkörper in ihr schwaches elektromagnetisches Feld geriet; ein einziger Taurier konnte eine solche Mine mit nuklearem Sprengsatz zur Detonation bringen, wenn er sich ihr auf fünfzig Meter näherte. Die Breite dieses Minengürtels betrug fünf Kilometer.

Im Innern des Stützpunkts verließen wir uns auf unsere Laserwaffen, Granatwerfer und einen neuartigen Raketenwerfer, der noch nicht im Kampf erprobt worden war. Als letzte Zuflucht wurde neben den Wohnquartieren ein Stasisfeld errichtet. Im Innern seiner durchsichtig-grauen Kuppel hatten wir neben allerlei mittelalterlichen Hieb- und Stichwaffen einen kleinen Aufklärer untergebracht. Dies war eine Vorsichtsmaßnahme für den Fall, daß wir im Verlauf der erwarteten Gefechte alle Schiffe verlieren sollten. Zwölf von uns würden damit nach Sterntor zurückkehren können. Daß die anderen Überlebenden auf ihren Händen würden sitzen müssen, bis sie von Verstärkungen oder dem Tod erlöst würden, versuchte ich zu verdrängen.

Die Wohnquartiere und Vorratsmagazine waren alle unterirdisch angelegt, um sie gegen Laserwaffen zu schützen. Für die Truppenmoral war diese Art der Unterbringung jedoch weniger gut; es gab Wartelisten für jede Art von Außendienst, gleichgültig, wie anstrengend oder gefährlich. Anfangs hatte ich nicht erlaubt, daß die Leute in ihrer Freizeit an die Oberfläche gingen, zum einen wegen der möglichen, damit verbundenen Gefahren, zum anderen wegen der Schwierigkeiten mit ständig arbeitenden Luftschleusen und der Überwachung des Personals.

Zuletzt mußte ich nachgeben und den Leuten gestatten, daß sie jede Woche ein paar Stunden an die Oberfläche gingen, es gab dort außer der öden Ebene und dem Himmel (der tagsüber von Doradus beherrscht wurde, bei Nacht von dem gewaltigen, leuchtenden Oval der Milchstraße) nichts zu sehen, aber selbst das war eine Verbesserung, wenn man tagelang nichts als den geschmolzenen Fels der Wände und Decken angestarrt hatte.

Ein beliebter Sport war es, zum Verteidigungsring hinauszugehen und Ammoniak-Schneebälle vor die Laserkanonen zu werfen. Der Unterhaltungswert dieses Zeitvertreibs schien mir ungefähr jenem zu entsprechen, den man der Betrachtung eines tropfenden Wasserhahns abgewinnt, doch konnte es nicht viel schaden, da die Waffen nur nach außen feuerten und wir mehr Energie erzeugten, als wir verbrauchen konnten.

Fünf Monate lang ereignete sich nichts, und das Leben im Stützpunkt nahm mehr und mehr den Charakter öder, aber bequemer militärischer Routine an. Es gab die gleichen verwaltungstechnischen und soziologischen Probleme wie an Bord der ›Masaryk II‹, doch schienen sie gemildert durch den Umstand, daß wir als passive Troglodyten weniger gefährdet waren.

Ich drückte beide Augen zu, als Rudkoski seinen Destillierapparat neu aufbaute. Alles, was die Monotonie des Garnisonsdienstes unterbrach, war willkommen, und die Gutscheine ließen sich nicht nur in Schnaps umsetzen, sondern auch als Spielmarken verwenden.

Ich machte nur zwei Einschränkungen: Niemand durfte hinausgehen, es sei denn, er oder sie war völlig nüchtern, und niemand durfte sexuelle Gefälligkeiten verkaufen. Vielleicht war das der Puritaner in mir, aber ich konnte mich auch in diesem Fall auf die Vorschriften berufen. Die Meinungen der Spezialisten waren geteilt. Leutnant Wilber, der Psychiater, gab mir recht; die Sexberater Carreras und Evans waren anderer Meinung. Aber als Fachexperten wären sie wahrscheinlich die Nutznießer eines Systems allgemeiner Prostitution gewesen.

Fünf Monate bequemer, langweiliger Routine, und dann kam der Soldat Graubard und sorgte dafür, daß es anders wurde.

Aus offensichtlichen Gründen war das Waffentragen in den Quartieren nicht gestattet. Die Kampfausbildung dieser Leute brachte es mit sich, daß selbst ein Faustkampf zum tödlichen Duell werden konnte, und die Gemüter waren leicht erregbar. Einhundertzwanzig bloß normale Menschen wären einander wahrscheinlich schon einer Woche in unseren Höhlen an die Gurgeln gefahren, aber diese Soldaten waren auch wegen ihrer Fähigkeit ausgewählt worden, in beengten Quartieren miteinander auszukommen.

Trotzdem gab es Schlägereien. Graubard hatte seinen ehemaligen Liebhaber Schon beinahe umgebracht, als dieser ihm in der Schlange vor der Essenausgabe ein Gesicht geschnitten hatte. Graubard bekam eine Woche Einzelarrest (auch Schon erhielt drei Tage, weil er ihn provoziert hatte), danach psychiatrische Behandlung und Strafdienst. Schließlich versetzte ich ihn in den vierten Zug, so daß er Schon nicht jeden Tag sehen würde.

Bei der ersten Wiederbegegnung im Korridor begrüßte Graubard seinen einstigen Liebhaber mit einem Fußtritt in die Kehle. Die Folge war, daß Diana Alsever an dem unglücklichen Schon eine Luftröhrenoperation vornehmen mußte. Graubard kam neuerlich in Einzelarrest, wurde zusätzlich mit Essenentzug bestraft und anschließend wieder psychiatriert (ich konnte ihn schließlich nicht in eine andere Kompanie versetzen). Darauf war er zwei Wochen lang ein guter Junge. Ich plante ihre Dienst- und Essenszeiten so, daß die zwei nie wieder zusammen in einem Raum sein würden. Aber sie trafen sich ein zweites Mal im Korridor, und diesmal endete die Partie ausgeglichener: Schon trug zwei gebrochene Rippen davon, aber Graubard erlitt einen Hodenbruch und verlor vier Schneidezähne.

Wenn es so weiterging, würde ich bald einen Mund weniger zu füttern haben.

Nach dem Disziplinarrecht hätte ich Graubard exekutieren lassen können, da wir uns im Kriegszustand befanden und obendrein — technisch gesehen — in Feindesland standen. Vielleicht hätte ich es zu diesem Zeitpunkt tun sollen. Aber Charlie Moore schlug eine menschlichere Lösung vor, und ich ging darauf ein.

Wir hatten nicht genug Raum, um Graubard für immer in Einzelhaft zu halten, was die einzig humane und zugleich brauchbare Lösung des Problems zu sein schien, aber an Bord der ›Masaryk II‹ gab es Raum genug. Ich rief die Kommandantin, und sie erklärte sich bereit, ihn zu übernehmen. Zum Dank für das Entgegenkommen erteilte ich ihr die Erlaubnis, den Blödmann über Bord zu werfen, falls er ihr irgendwelche Schwierigkeiten machte.

Wir ließen die Kompanie zum Appell antreten und legten den Vorfall ausführlich dar, damit Graubards Lektion nicht umsonst wäre. Ich stand auf dem steinernen Podium — vor mir die Kompanie, hinter mir die Offiziere und Graubard — und hatte gerade mit meiner Ansprache begonnen, als der verrückte Dummkopf einen Versuch unternahm, mich umzubringen.

Wie jeder andere, hatte auch Graubard jede Woche fünf Stunden lang im Innern des Stasisfelds trainiert. Unter strenger Aufsicht pflegten die Soldaten dort ihre Säbel, Lanzen und Pfeile an Taurierpuppen zu erproben. Irgendwie war es Graubard gelungen, eine Waffe herauszuschmuggeln, eine indische Chakra, das ist ein Metallring mit rasiermesserscharfer Außenkante. Sie ist eine nicht leicht zu handhabende Waffe, aber wenn man sie zu gebrauchen weiß, kann sie viel wirksamer als ein gewöhnliches Wurfmesser sein. Und Graubard wußte sie zu gebrauchen.

Innerhalb einer halben Sekunde machte er die Offiziere rechts und links neben sich kampfunfähig — knallte Hauptmann Moore einen Ellbogen an die Schläfe und brach Hilleboe mit einem Fußtritt die Kniescheibe —, zog die Chakra aus dem Uniformrock und schleuderte sie in einer einzigen glatten Bewegung in meine Richtung. Sie hatte die Hälfte der Entfernung zu meiner Kehle zurückgelegt, ehe ich reagierte. Instinktiv schlug ich nach dem Ding, um es von seiner Bahn abzubringen, und hätte um ein Haar vier Finger verloren. Die Rasiermesserkante schlitzte den oberen Teil meiner Handfläche auf, aber es gelang mir, das Ringmesser herunterzuschlagen. Im nächsten Augenblick stürzte Graubard sich auf mich, die verbliebenen Zähne in einer Grimasse gebleckt, die ich hoffentlich niemals wieder sehen werde.

Vielleicht begriff er nicht, daß der ›alte Vorderlader‹ in Wirklichkeit nur fünf Jahre älter war als er selbst; daß der ›alte Vorderlader‹ überdies geschulte Reflexe und drei Wochen Kinästhesietraining hatte. Jedenfalls war es so einfach, daß er mir beinahe leid tat.

Sein rechter Fuß trat leicht einwärts; ich wußte, daß er noch einen Schritt tun und dann zu einem Karatesprung ansetzen würde. Ich maß die Distanz zwischen uns, und als er mit beiden Füßen den Boden verlassen hatte, versetzte ich ihm einen unsanften Tritt in die Magengrube. Als er am Boden aufschlug, war er schon bewußtlos. Kynock hatte bezweifelt, daß ich einen Mann würde töten können, selbst wenn es nötig wäre. Mehr als hundertzwanzig Menschen waren im Gemeinschaftsraum versammelt, und das einzige Geräusch war das gleichmäßige Tropfen des Blutes aus meiner geballten Faust auf den Boden. Ja, ich hätte ihn töten können, aber Kynock hatte recht gehabt: Ich hatte nicht den Instinkt dafür.

Hätte ich ihn in Notwehr getötet, so wären meine Schwierigkeiten vorüber gewesen; statt dessen hatten sie sich plötzlich vervielfacht.

Einen Raufbold und psychotischen Unruhestifter kann man einsperren und vergessen, nicht aber einen gescheiterten Meuchelmörder. Und ich bedurfte keiner Abstimmung, um zu wissen, daß die Exekution dieses Mannes mein Verhältnis zur Truppe nicht verbessern würde.

Ich bemerkte, daß Dr. Alsever neben mir niedergekniet war und versuchte, meine Finger zu öffnen. »Kümmern Sie sich um Hilleboe und Moore«, murmelte ich, und zur Kompanie: »Weggetreten.«

5

»Seien Sie kein Esel, Chef«, sagte Charlie Moore. Er drückte einen feuchten Lappen gegen die bläulich verfärbte Beule über dem Ohr.

»Sie sind nicht der Meinung, daß ich ihn erschießen muß?«

»Halten Sie die Hand ruhig!« Diana Alsever versuchte die Wundränder aneinander zu drücken, um sie mit dem antiseptischen Kleber zu schließen. Vom Gelenk abwärts fühlte die Hand sich wie ein Klumpen Eis an.

»Nicht eigenhändig, nein. Sie können jemand beauftragen. Einen Erschießungspeloton.«

»Er hat recht, Major«, meinte Diana. »Bestimmen Sie ein halbes Dutzend Leute, oder lassen Sie losen.«

Leutnant Hilleboe lag in einem Feldbett an der Wand, und ich war froh, daß sie fest schlief. Ich legte keinen Wert darauf, auch noch ihre Meinung zu hören. »Und wenn die zur Exekution befohlenen Leute sich weigern?«

Charlie Moore hob die Schultern. »Dann bestrafen Sie die Betreffenden und beauftragen andere damit«, sagte er. »Haben Sie das in der Konservendose nicht gelernt? Sie dürfen Ihre Autorität nicht zerstören, indem Sie öffentlich eine Arbeit tun, die delegiert werden sollte.«

»Das ist richtig, gewiß. Aber in einem solchen Fall ... niemand in der Kompanie hat jemals getötet. Es würde nicht gut aussehen, wenn sie als erstes einen Kameraden töten müßten. Jeder würde denken, ich ließe meine Schmutzarbeit von anderen tun.«

»Wenn es so verdammt kompliziert ist«, sagte Diana, »könnten Sie doch einfach vor die Kompanie hintreten und den Leuten erzählen, wie kompliziert es ist. Und dann lassen wir sie Strohhalme ziehen. Es sind schließlich keine Kinder.«

Es hatte mal eine Armee gegeben, in der so verfahren worden war, sagte mir mein militärgeschichtliches Gedächtnis. Die marxistische POUM-Miliz im spanischen Bürgerkrieg, frühes zwanzigstes Jahrhundert. Man gehorchte einem Befehl nur, wenn er genau begründet worden war; ergab die Begründung keinen Sinn, so konnte man den Gehorsam verweigern. Offiziere und Mannschaften betranken sich zusammen und gebrauchten keine Rangbezeichnungen. Sie verloren den Krieg. Aber auf der anderen Seite gab es überhaupt keinen Spaß.

»Fertig.« Diana legte mir meine schlaffe Hand in den Schoß. »Machen Sie in der nächsten halben Stunde keinen Versuch, sie zu gebrauchen. Wenn sie zu schmerzen beginnt, können Sie sie gebrauchen.«

Ich untersuchte die Wunde mit kritischer Aufmerksamkeit. »Die Linien sind unterbrochen, passen nicht aneinander. Nicht, daß ich mich beklagen würde.«

»Das sollten Sie auch nicht. Sie können froh sein, daß Sie nicht einen Armstumpf haben. Und keine Regenerationsmöglichkeit von hier bis Sterntor.«

»Der Stumpf könnte leicht oben auf Ihrem Hals sein«, sagte Charlie Moore. »Ich verstehe nicht, warum Sie Hemmungen haben. Sie hätten den verfluchten Kerl auf der Stelle töten sollen.«

»Ich weiß das, gottsverdammich!« Die beiden fuhren zusammen, erschrocken über meinen Ausbruch. »Tut mir leid. Aber lassen Sie das meine Sorge sein.«

»Warum unterhalten Sie sich nicht über etwas anderes?« sagte Diana, während sie den Inhalt ihrer Arzttasche durchsuchte. »Ich habe noch einen Patienten, um den ich mich kümmern muß. Versuchen Sie, sich nicht gegenseitig aufzuregen.«

»Graubard?« fragte Moore.

Sie nickte. »Ich muß dafür sorgen, daß er ohne fremde Hilfe aufs Schafott steigen kann.«

»Was sollen wir tun, wenn Hilleboe ...«

»Sie wird erst in einer halben Stunde zu sich kommen. Aber ich kann Jarvil bitten, daß er sich um sie kümmert. Für alle Fälle.« Sie eilte hinaus.

»Schafott ...« Darüber hatte ich noch nicht nachgedacht. »Wie zum Teufel sollen wir ihn hinrichten? In den Quartieren können wir es nicht gut machen. Wäre schlecht für die Truppenmoral. Stellen Sie sich vor, was das Exekutionskommando aus ihm machen würde.«

»Lassen Sie ihn zur Luftschleuse hinauswerfen«, sagte Moore. »Sie schulden ihm kein Zeremoniell.«

»Ja, Sie haben wahrscheinlich recht. Vielleicht sollten wir ihn einfach in die Wiederaufbereitungsanlage stopfen. So könnte er sich noch nützlich machen.«

Er lachte. »Das ist der richtige Geist, Major.«

»Dazu würden wir ihn allerdings ein wenig zurechtstutzen müssen. Die Klappe ist nicht sehr breit.«

Charlie Moore hatte einige Vorschläge, wie dieses Problem zu lösen wäre.

Jarvil kam herein und beugte sich über Leutnant Hilleboe, ohne uns zu beachten.

Plötzlich sprang die Tür zum Krankenzimmer auf. Ein Patient auf einem Wagen wurde herausgerollt. Diana eilte nebenher und drückte mit beiden Händen auf die Brust der liegenden Gestalt, während ein Sanitäter den Wagen schob. Zwei weitere folgten, blieben aber in der Türöffnung zurück. »Dort an die Wand!« befahl sie.

Es war Graubard.

»Selbstmordversuch«, sagte Diana zu uns, aber das war ziemlich offensichtlich. »Herzschlag hat aufgehört.« Er hatte eine Schlinge aus seinem Gürtel gemacht; sie hing ihm noch schlaff vom Hals.

An der Wand baumelten zwei große Elektroden mit Gummihandgriffen. Diana zog sie mit einer Hand herab, während sie mit der anderen die Uniformjacke des Mannes aufriß. »Hände weg vom Wagen!« Sie hielt die Elektroden auseinander, stieß einen Fußschalter und drückte sie auf seine Brust. Sie gaben ein leises Summen von sich, während sein Körper zu zittern und zappeln begann. Es roch nach verbranntem Fleisch.

Diana schüttelte den Kopf. »Wir müssen ihn aufmachen«, sagte sie zu Jarvil. Der Körper gurgelte, aber es war ein mechanisches Geräusch, wie in einer sanitären Installation.

Sie schaltete den Strom aus und hängte die Elektroden weg, zog sich einen Ring vom Finger und steckte die Arme in den Sterilisierapparat. Jarvil hatte den Oberkörper des Mannes entkleidet und rieb ihn mit einer übelriechenden Flüssigkeit ein.

Zwischen den beiden Verbrennungen durch die Elektroden war ein kleiner roter Fleck. Ich erkannte, was es war, und trat näher, um Graubards Hals zu untersuchen.

»Gehen Sie aus dem Weg, Major, Sie sind nicht steril.« Diana befühlte sein Schlüsselbein, ging ein kleines Stück abwärts und machte einen geraden Einschnitt bis zum unteren Abschluß des Brustbeins. Blut quoll hervor, und Jarvil reichte ihr ein Instrument, das wie ein großer verchromter Bolzenschneider aussah. Ich schaute schnell weg, konnte aber nicht umhin, zu hören, wie das Ding durch die Rippen knirschte. Jarvil arbeitete mit Klammern und Schwämmen, während ich zu der Couch zurückging, auf der ich gesessen hatte. Aus den Augenwinkeln sah ich sie beide Hände in den blutigen Brustkorb versenken und das Herz massieren.

Charlie Moore sah so aus, wie ich mich fühlte. Er rief schwächlich: »He, überarbeiten Sie sich nicht, Leutnant«, aber sie antwortete nicht.

Jarvil hatte das künstliche Herz herangefahren und hielt zwei Schlauchleitungen bereit. Als Diana zum Skalpell griff, schaute ich wieder weg.

Eine halbe Stunde später war er noch immer tot. Sie schalteten die Maschine aus und warfen ein Laken über ihn. Diana wusch sich das Blut von den Armen und sagte: »Muß mich umziehen. Bin gleich wieder da.«

Ich stand auf und ging ihr nach. Ich mußte es wissen. Als ich die Hand hob, um an die Tür zu klopfen, schmerzte es plötzlich, als zöge mir jemand einen glühenden Draht über die Handfläche. Ich klopfte mit der Linken, und sie öffnete sofort.

»Was — ach, Sie möchten etwas für Ihre Hand.« Sie war halb angekleidet, aber völlig ungeniert. »Gehen Sie zu Jarvil. Er wird sich darum kümmern.«

»Nein, das ist es nicht. Was ist geschehen, Diana?«

»Ach so. Na schön.« Sie fuhr in ihre Uniform und sprach, während sie sich ankleidete. »Ich fürchte, es war meine Schuld. Ich ließ ihn eine Minute allein.«

»Und er versuchte sich zu erhängen.«

»So ist es.« Sie setzte sich auf eine Couch und bot mir den Stuhl an. »Ich holte eine kreislaufstützende Spritze, aber als ich zurückkam, war er schon tot. Jarvil war nicht da, weil er sich um Hilleboe kümmern mußte.«

»Aber hören Sie, Diana... Sein Hals zeigt keinerlei Merkmale. Keine Blutergüsse, Quetschungen, nichts.«

Sie zuckte die Achseln. »Das Hängen brachte ihn nicht um. Er hatte einen Herzanfall.«

»Jemand gab ihm eine Spritze. Direkt in die Herzgegend.«

Sie blickte verwundert auf. »Das war ich, Major. Adrenalin. Es ist das übliche Verfahren.«

Man bekommt diesen Punkt ausgetretenen Blutes, wenn man bei Verabreichung der Injektion zurückzuckt. »Er war also tot, als Sie ihm die Spritze gaben?«

»Das war meine Diagnose.« Unbewegten Gesichts. »Kein Herzschlag, kein Puls, keine Atmung.«

»Ja. Verstehe.«

»Ist etwas... Was ist los?«

Entweder hatte ich unwahrscheinliches Glück gehabt, oder Diana Alsever war eine sehr gute Schauspielerin. »Nichts. Ja, ich werde mir was für die Hand geben lassen.« Sie öffnete die Tür und blickte über die Schulter zurück. »Erspare mir eine Menge Ärger.« Sie schaute mir ruhig in die Augen. »Das ist wahr.«

Ungeachtet der Tatsache, daß es mehrere desinteressierte Zeugen von Graubards Ableben gegeben hatte, hielt sich das Gerücht, daß ich Dr. Alsever beauftragt hätte, ihn kurzerhand zu beseitigen — da es mir selbst nicht gelungen wäre und ich die Mühe eines standrechtlichen Verfahrens gescheut hätte.

Tatsache war, daß Graubard nach dem Militärrecht überhaupt kein Verfahren verdient hatte. Ich hätte bloß sagen zu brauchen: »Sie, Sie und Sie. Führen Sie diesen Mann hinaus und erschießen Sie ihn.« Und wehe dem Soldaten, der sich geweigert hätte, den Befehl auszuführen.

Mein Verhältnis zur Kompanie verbesserte sich dennoch in einer Weise. Wenigstens nach außen hin zeigten die Leute mir gegenüber mehr Respekt. Aber ich hatte den Verdacht, daß es zumindest teilweise jene billige Art von Respekt war, die man jedem Raufbold entgegenbringt, der sich als gefährlich und unberechenbar erwiesen hat.

Mein neuer Name war ›Killer‹. Gerade als ich mich an ›alter Vorderlader‹ gewöhnt hatte.

Das Leben im Stützpunkt kehrte bald wieder zum gewohnten Einerlei von Übung und Abwarten zurück. Ich konnte kaum erwarten, daß die Taurier endlich kämen, nur um diesem Zustand so oder so ein Ende zu machen.

Die Soldaten hatten sich der Situation viel besser angepaßt als ich. Sie hatten bestimmte, genau umrissene Pflichten zu erfüllen und reichlich Freizeit für die üblichen soldatischen Mittel gegen Langeweile. Meine Pflichten waren verschiedenartiger, boten aber weniger Befriedigung, weil die Probleme, die bis zu mir drangen, von der schwierigen bis unlösbaren Sorte waren; diejenigen mit leichten, eindeutigen Lösungen wurden auf den unteren Ebenen erledigt.

Ich hatte niemals viel für Sport und Spiel übrig gehabt, doch nun wandte ich mich mehr und mehr diesen Dingen zu. Sie erfüllten die Funktion eines Sicherheitsventils, denn in dieser gespannten, klaustrophobischen Atmosphäre konnte ich mich zum erstenmal in meinem Leben nicht in Lektüre oder Studien flüchten. Also focht ich mit den anderen Offizieren mit Degen und Säbel, arbeitete bis zur Erschöpfung an den Übungsmaschinen und hatte sogar ein Sprungseil in meinem Büro. Die meisten anderen Offiziere spielten Schach, aber sie konnten mich im allgemeinen schlagen — wann immer ich gewann, hatte ich das Gefühl, daß sie mir gefällig sein wollten. Wortspiele waren schwierig, weil meine Sprache ein archaischer Dialekt war, den sie nur unvollkommen verstanden. Und mir fehlte die Zeit und das Talent, ›modernes‹ Englisch zu meistern.

Eine Zeitlang ließ ich mir von Diana stimmungsverändernde Drogen geben, aber die kumulative Wirkung war beängstigend — ich wurde von dem Zeug in einer Weise abhängig, daß mir angst und bange wurde, also hörte ich damit auf. Dann versuchte ich es mit systematischer Psychoanalyse, angeleitet und beraten von Leutnant Wilber. Es war unmöglich. Obwohl er alle meine Probleme in einer akademischen Art und Weise verstand, sprachen wir nicht die gleiche Sprache; er gehörte einer anderen Kultur an; seine Ratschläge über Liebe und Sex waren etwa so, als wollte ich einem Leibeigenen des vierzehnten Jahrhunderts erzählen, wie er am besten mit seinem Grundherrn und dem Pfarrer zurechtkommen könne.

Und das war die Wurzel meines Problems. Mit den Frustrationen und Verdrießlichkeiten des Kommandos wäre ich fertig geworden; sogar mit dem Leben in einer unterirdischen Höhle, zusammengepfercht mit diesen Menschen, die mir zuweilen kaum weniger fremd schienen als der Feind; und auch mit der Gewißheit, daß dieses Leben nun zum Tode für eine nichtswürdige Sache führen konnte — wenn ich nur Marygay bei mir gehabt hätte. Und diese Überzeugung verdichtete sich mehr und mehr, als die Monate dahinkrochen.

An diesem Punkt wurde Wilber sehr streng und beschuldigte mich, meine Lage zu romantisieren. Er wisse, was Liebe sei, sagte er; er sei selbst verliebt gewesen. Und die sexuelle Polarität des Paares mache keinerlei Unterschied. Aber Liebe, sagte er, Liebe sei eine empfindliche Blüte; Liebe sei ein zerbrechliches Kristall; Liebe sei eine unstabile Reaktion mit einer Halbwertzeit von ungefähr acht Monaten. Unsinn, sagte ich und beschuldigte ihn, kulturelle Scheuklappen zu tragen; dreißig Jahrhunderte hätten gelehrt, daß die Liebe bis zum Grab und noch darüber hinaus währen könne, und wenn er geboren, statt ausgebrütet worden wäre, würde er das wissen, ohne daß man es ihm sagen müsse! Worauf er einen geduldigen, etwas leidenden Ausdruck annahm und wiederholte, daß ich lediglich ein Opfer selbstauferlegter sexueller Frustration und romantischer Täuschung sei.

Rückblickend muß ich sagen, daß unsere Streitgespräche ein angenehmer Zeitvertreib waren. Heilen aber konnte er mich nicht.

In dieser Zeit gewann ich eine neue Freundin, die mir die ganze Zeit auf dem Schoß saß. Es war die Katze, die das übliche Talent besaß, Katzenfreunden aus dem Weg zu gehen und sich an jene zu klammern, die keine schleichenden kleinen Tiere mögen. Wir hatten jedoch etwas gemeinsam, denn meines Wissens war sie in weitem Umkreis das einzige andere heterosexuelle Säugetier.

6

Genau vierhundert Tage waren seit dem Tag vergangen, an dem wir mit dem Bau des Stützpunkts begonnen hatten. Ich saß am Schreibtisch und hatte Hilleboes neuen Dienstplan vor mir. Die Katze lag zusammengerollt auf meinem Schoß und schnurrte laut, obwohl ich mich weigerte, sie zu streicheln. Charlie Moore lag ausgestreckt in einem Sessel und las etwas im Bildgerät. Das Telefon summte, und als ich abnahm, war es die Kommandantin.

»Sie sind da.«

»Was?«

»Ich sagte, sie sind da. Wir haben ein taurisches Schiff geortet, das gerade aus dem Kollapsarfeld gekommen ist. Geschwindigkeit Null Komma Acht, Verlangsamung dreißig ge.«

Charlie Moore stand plötzlich an meinem Schreibtisch. »Was!« Ich schubste die Katze vom Schoß. »Wie lange? Können Sie Verfolgung aufnehmen?« fragte ich.

»Sobald Sie die Verbindung unterbrechen.« Ich unterbrach und ging an den logistischen Computer, der eine direkte Datenverbindung mit seinem größeren Bruder an Bord der ›Masaryk II‹ hatte. Während ich versuchte, dem Ding Zahlen zu entlocken, fummelte Moore mit der visuellen Darstellung.

Diese Darstellung war ein Hologramm von ungefähr einem Kubikmeter Größe und zeigte die Positionen von Sade 138, unserem Planeten und einigen anderen Gestirnen im näheren Umkreis. Rote und grüne Lichtfunken bezeichneten die Positionen unserer und der taurischen Schiffe.

Der Computer errechnete, daß die Taurier bei größtmöglicher Verlangsamung in frühestens elf bis zwölf Tagen bei uns erscheinen könnten. Doch beruhte diese Rechnung auf der Annahme, daß sie einen geraden Kurs verfolgen würden, und da wir sie in diesem Fall wie Fliegen an der Wand treffen würden, war mit Sicherheit anzunehmen, daß sie eine Serie von Ausweichmanövern und Zwischenbeschleunigungen ausführen würden.

Aber ob es zwei Monate oder zwei Wochen dauerte, bis sie bei uns erschienen, wir konnten nur auf den Händen sitzen und zusehen. Wenn Antopol erfolgreich wäre, würden wir den Stützpunkt nicht verteidigen müssen, bis die reguläre Garnison uns hier ablöste und wir zum nächsten Kollapsar weiterzögen.

Während wir die holographische Darstellung beobachteten, löste sich vom Lichtpunkt des feindlichen Schiffs ein kleiner Funke und entfernte sich. Daneben wurde eine geisterhafte Ziffer 2 sichtbar, und eine projizierte Erläuterung in der linken unteren Ecke identifizierte den neuen Lichtpunkt als 2:Lenksonde. Andere Ziffern in der Bilderklärung identifizierten die ›Masaryk II‹, ein Kampfschiff und vierzehn Lenksonden zur Verteidigung des Planeten. Diese sechzehn Objekte waren noch nicht weit genug voneinander entfernt, um als getrennte Punkte zu erscheinen.

Die Katze rieb sich an meinem Bein; ich hob sie auf und streichelte sie. »Sagen Sie Hilleboe, daß sie die Leute zusammenrufen soll. Es kann nicht schaden, wenn wir sie über die Entwicklung informieren.«

Die Männer und Frauen nahmen die Neuigkeit ohne Begeisterung auf, und ich konnte es ihnen nachfühlen. Wir hatten alle erwartet, daß die Taurier viel früher angreifen würden, und als sie nicht kamen, wuchs die Überzeugung, daß unsere strategische Führung einen Fehler gemacht hatte und daß die Taurier überhaupt nicht erscheinen würden.

Ich wollte, daß die Kompanie ernsthaft mit der Waffenausbildung anfinge; die Leute hatten seit nahezu zwei Jahren keinen Umgang mit Hochenergiewaffen gehabt. Also ließ ich die Lasergeräte und Granatwerfer ausgeben und ordnete sogar die Mobilmachung eines der beiden Raketenwerfer an. Innerhalb des Stützpunkts konnten wir nicht üben, ohne den äußeren Verteidigungsring zu beschädigen, darum schalteten wir die Hälfte der Laserkanonen aus, zogen auf einer abgesteckten Gasse durch das Minenfeld und ungefähr einen Kilometer darüber hinaus. An den

Übungen nahm jeweils ein Zug unter meiner oder Charlie Moores Oberleitung teil. Die Soldaten waren gut, viel besser als mit den primitiven Waffen im Stasisfeld. Als beste Übung für die Laserpistolen erwies sich eine Technik wie beim Tontaubenschießen: Rechts und links hinter dem Schützen standen zwei Mann und warfen in unregelmäßigen Abständen Gesteinsbrocken in hohem Bogen durch die Luft. Der Schütze mußte die Flugbahn einschätzen und die Steine treffen, ehe sie am Boden aufprallten. Ihre Koordination von Hand und Auge war eindrucksvoll (vielleicht hatte der Rat für Eugenik etwas richtig gemacht). Selbst als wir Gesteinsbrocken von der Größe kleiner Bachkiesel verwendeten, brachten die meisten es bei zehn Würfen auf neun Treffer. Ich, nicht das Produkt von Bioingenieuren, traf vielleicht sieben von zehn Steinen, und ich hatte viel mehr Übung als sie.

Genauso geschickt waren sie in der Schätzung der Flugbahnen von Granatwerfergeschossen, was besonders schwierig war, weil die weiterentwickelten Werfer Geschosse vier verschiedener Gewichte und Reichweiten verwendeten. Man konnte diese Granatwerfer sogar im Nahkampf gebrauchen, wenn der Einsatz der Laserpistolen zu gefährlich wurde; in diesem Fall ließ sich das Rohr abnehmen, und man konnte es mit winzigem Spezialschrot laden, der bis zu fünf Meter tödlich war und nach sechs Metern zu einer harmlosen Wolke wurde.

Der Raketenwerfer wiederum verlangte keinerlei Geschicklichkeit. Man mußte nur achtgeben, daß niemand hinter einem stand, wenn man ihn abfeuerte; im übrigen brauchte man nur das Ziel anzuvisieren und den Auslöserknopf zu drücken; alles weitere besorgte die selbststeuernde Rakete.

Es hob die Moral der Truppe, daß sie hinauskam und mit dem neuen Spielzeug die Landschaft zerkleinern konnte.

Aber die Landschaft wehrte sich nicht. Gleichgültig, wie eindrucksvoll die Wirkung der Waffen war, ihre eigentliche Wirksamkeit würde davon abhängen, was die Taurier zurückschleudern konnten. Eine griechische Phalanx muß sehr eindrucksvoll ausgesehen haben, aber sie hätte gegen einen einzelnen Mann mit einem Flammenwerfer nicht viel ausrichten können.

Wegen des Zeitdehnungseffekts war es unmöglich, vorauszusagen, welche Art von Waffen sie haben würden. Vielleicht hatten sie nie vom Stasisfeld gehört. Oder sie waren imstande, ein magisches Wort zu sagen und uns zum Verschwinden zu bringen.

Ich war mit dem vierten Zug draußen und verbrannte Felsen, als Charlie Moore mich über Funk aufforderte, sofort zum Stützpunkt zurückzukehren. Ich ließ Leutnant Rusk weitermachen und kehrte um.

»Wieder einer?« Der Maßstab der holographischen Darstellung war diesmal so gewählt, daß unser Planet von der Größe einer Erbse war, ungefähr vierzig Zentimeter von dem X entfernt, das die Position von Sade 138 markierte. Im näheren und weiteren Umkreis davon waren einundvierzig rote und grüne Lichtfunken verstreut; die Bilderklärung identifizierte Nummer 41 als den taurischen Kreuzer.

»Haben Sie mit Antopol gesprochen?«

»Ja.« Er sah die nächste Frage voraus und fügte hinzu: »Die Antwort kann erst in Stunden hier sein. Das Signal braucht für die Strecke hin und zurück fast einen Tag.«

»Zwei taurische Kreuzer«, murmelte ich kopfschüttelnd. »Das war noch nie da.« Aber Charlie Moore wußte das natürlich so gut wie ich.

»Vielleicht ist ihnen dieser Kollapsar besonders wichtig.«

»Wahrscheinlich.« Also war es beinahe sicher, daß wir in Bodenkämpfe verwickelt würden. Selbst wenn es Antopol gelänge, den ersten Kreuzer zu zerstören, würde sie sich mit dem zweiten schwertun. Zu wenige Lenksonden. »Ich möchte nicht in Antopols Haut stecken.«

»Es wird sie bloß eher erwischen als uns, das ist der ganze Unterschied.«

»Ich weiß nicht. Wir sind ziemlich gut in Form.«

»Sparen Sie sich den Optimismus für die Truppe, Mandella.«

Die nächsten zwei Wochen sahen wir zu, wie Lichtfunken erloschen. Und wenn man wußte, wann man wohin zu blicken hatte, dann konnte man ins Freie gehen und das Geschehen direkt beobachten: Ein winziges grelles Aufblitzen weißen Lichts, das nach ungefähr einer Sekunde verblaßte.

In dieser Sekunde hatte eine Novabombe die millionenfache Energiemenge einer Laserkanone freigesetzt. Sie bildete einen Miniaturstern von einem halben Kilometer Durchmesser und einer Hitze wie im Innern der Sonne. Sie verzehrte alles, was in ihre Nähe kam. Die Strahlungswirkung konnte noch auf mehrere Kilometer Distanz die Elektronik eines Schiffs unbrauchbar machen — zwei Kampfmaschinen, eine eigene und eine fremde, hatten offenbar dieses Schicksal erlitten und trieben mit gleichbleibender Geschwindigkeit aus dem System, ohne Energie.

Früher im Krieg hatten wir stärkere Novabomben verwendet, doch war die Ladung in größeren Quantitäten unstabil, und die Bomben hatten die Tendenz, noch an Bord des Schiffs zu explodieren. Das gleiche Problem machte anscheinend den Tauriern zu schaffen, denn auch sie waren im weiteren Verlauf auf Novabomben übergegangen, die weniger als einhundert Kilogramm Ladung enthielten. Sie setzten sie auch wie wir ein: Der Gefechtskopf löste sich bei der Annäherung in mehrere Stücke auf, von denen nur eins die Novabombe war.

Wahrscheinlich würden ihnen ein paar Bomben übrigbleiben, nachdem sie die ›Masaryk II‹ und ihr Gefolge von Kampfmaschinen und Sonden erledigt hätten. Daher schien es wahrscheinlich, daß wir mit unseren Waffenübungen nur Zeit und Energie verschwendet hatten.

Mir ging der Gedanke durch den Sinn, daß ich elf Leute um mich sammeln und an Bord der Kampfmaschine gehen könnte, die wir im Stasisfeld sicher verborgen hatten. Sie war programmiert, uns nach Sterntor zurückzubringen.

Ich legte in Gedanken sogar eine Liste der elf Mitreisenden an, versuchte elf Personen auszuwählen, die mir mehr bedeuteten als der Rest. Wie sich herausstellte, mußte ich sechs davon willkürlich auswählen.

Aber ich schob den Gedanken beiseite. Wir hatten eine Chance, vielleicht sogar eine gute, selbst gegen einen Kreuzer. Es würde nicht einfach sein, eine Novabombe nahe genug an den Stützpunkt heranzubringen, daß sie uns in ihren Vernichtungsradius bekam.

Außerdem würde man mich wegen Desertion füsilieren. Wozu also die Mühe?

Die Stimmung hob sich, als eine von Antopols Sonden den ersten taurischen Kreuzer zerstörte. Die zur planetarischen Verteidigung bereitgestellten Waffen nicht mitgezählt, verfügte sie noch immer über achtzehn Sonden und zwei Kampfmaschinen, die sich nun dem zweiten Kreuzer zuwandten.

Aber dann wurde die ›Masaryk II‹ von einer feindlichen Lenksonde getroffen und verschwand in einer Glutwolke. Ihre schon gestarteten unbemannten Lenkwaffen setzten den Angriff fort, aber alles andere war in wilder Flucht. Eine Kampfmaschine floh mit maximaler Beschleunigung aus dem Kampfgebiet über die Ebene der Ekliptik und wurde nicht verfolgt. Wir beobachteten sie mit morbidem Interesse, während der feindliche Kreuzer langsam Kurs auf uns nahm. Die Kampfmaschine versuchte offenbar Sade 138 zu erreichen und zu entkommen. Niemand von uns bezichtigte die kleine Besatzung der Feigheit; wir schickten ihr sogar eine Botschaft nach, in der wir ihr eine glückliche Heimkehr wünschten. Natürlich antwortete niemand, weil sie im Beschleunigungstank lagen, aber das Bordradio würde unsere Botschaft aufzeichnen.

Der feindliche Kreuzer benötigte fünf Tage, um den Planeten zu erreichen und in eine stationäre Umlaufbahn über der anderen Seite einzutreten. Wir bereiteten uns auf die unvermeidliche erste Phase des Angriffs vor, die aus der Luft und völlig automatisiert kommen würde: ihre Lenkwaffen gegen unsere Laser. Ich schickte eine Streitmacht von fünfzig Leuten ins Stasisfeld, für den Fall, daß der Feind einen Volltreffer erzielte. In Wahrheit war es eine leere Geste; der Gegner konnte einfach abwarten, bis sie irgendwann das Feld ausschalten mußten, um sie dann zu rösten.

Charlie Moore hatte einen abenteuerlichen Einfall, den ich beinahe aufgegriffen hätte.

»Wir könnten den Stützpunkt zur Falle machen.«

»Wie meinen Sie das?« fragte ich. »Dieser Stützpunkt ist eine Falle, mit dem Verteidigungsring und fünf Kilometern Minenfeld.«

»Nein, nicht die Minen und dergleichen. Ich meine den Stützpunkt selbst hier, unter der Erde.«

»Erzählen Sie.«

»In dieser Maschine sind zwei Novabomben.« Er zeigte durch ein paar hundert Meter Fels in die Richtung, wo das Stasisfeld sein mußte. »Wir könnten sie hier herunterschaffen, mit elektronischer Fernzündung versehen, uns mit der ganzen Kompanie ins Stasisfeld zurückziehen und warten.«

Die Idee war auf den ersten Blick verlockend. Es würde mir die Not weiterer Entscheidungen abnehmen und alles dem Zufall überlassen. »Ich glaube nicht, daß es sinnvoll wäre, Moore«, sagte ich nach einigem Überlegen.

Er schien verletzt. »So?«

»Sehen Sie, der Plan wäre nur erfolgreich, wenn es Ihnen gelänge, alle Taurier in den Zerstörungsbereich der Bomben zu locken, bevor sie losgehen. Aber sobald sie unsere Verteidigung durchbrochen hätten, würden sie nicht allesamt hier eindringen, schon gar nicht, wenn der Stützpunkt einen verlassenen Eindruck machte. Sie würden Lunte riechen und eine Vorhut schicken. Und nachdem diese die Bomben gezündet hätte...«

»Wären wir wieder da, wo wir angefangen haben, ja. Und der Stützpunkt wäre hin. Tut mir leid.«

Ich zuckte die Achseln. »Es war eine Idee. Denken Sie weiter.«

Ich wandte meine Aufmerksamkeit wieder der holographischen Wiedergabe des Kriegsgeschehens zu. Offenbar war der Gegner bestrebt, draußen im Raum reinen Tisch zu machen, bevor er sich mit uns beschäftigte. Wir konnten nur zusehen, wie die roten Lichtfunken umherschwebten und nach und nach fast alle grünen zum Erlöschen brachten.

»Wie weit ist der andere entfernt?« fragte Moore.

Ich veränderte den Maßstab, und der grüne Punkt erschien im rechten Randbereich des Hologramms. »Ungefähr sechs Lichtstunden.« Der fliehende Pilot hatte noch zwei Lenksonden übrig, die seiner Maschine zu nahe waren, um als separate Punkte zu erscheinen; eine dritte hatte er geopfert, um sich den Rücken freizuhalten. »Er beschleunigt nicht mehr, aber er ist schon auf Null Komma Neun.«

»Könnte uns nicht helfen, selbst wenn er wollte«, murmelte Moore. Ich nickte. Er würde beinahe einen Monat benötigen, um zu verlangsamen.

In diesem Augenblick erlosch der Lichtpunkt, der das letzte noch verbliebene Kampfschiff unserer planetarischen Verteidigung darstellte.

»Jetzt geht der Zirkus los. Soll ich den Leuten sagen, daß sie sich bereithalten sollen, um nach oben zu gehen?«

»Nein ... aber lassen Sie Anzüge anlegen, falls wir Luft verlieren. Ich denke, es wird noch eine Weile dauern, bis wir von Bodentruppen angegriffen werden.« Ich veränderte abermals den Maßstab, bis der Planet, auf dem wir saßen, als eine walnußgroße Kugel erschien. Vier rote Lichtpunkte krochen bereits um den Globus auf uns zu.

Ich legte meinen Kampfanzug an und kehrte in die Zentrale zurück, um das Feuerwerk auf den Bildschirmen der Fernsehmonitore zu beobachten.

Die Laser funktionierten ausgezeichnet. Alle vier Lenkwaffen kamen auf konvergierenden Bahnen gleichzeitig auf uns zu, wurden geortet und zerstört. Alle Novabomben bis auf eine explodierten jenseits unseres Horizonts (der Sichthorizont war ungefähr zehn Kilometer entfernt, aber die Laserkanonen waren erhöht angebracht und konnten Ziele in der doppelten Entfernung beschießen). Die Bombe, die an unserem Horizont explodierte, schmolz einen mächtigen Trichter in den Boden, der mehrere Minuten lang in Weißglut leuchtete. Eine Stunde später war noch immer ein stumpfes Orange zu sehen, und die Bodentemperatur draußen war auf fünfzig Grad über dem absoluten Nullpunkt gestiegen. Der Ammoniakschnee war größtenteils geschmolzen, und die unebene, dunkelgraue Oberfläche lag jetzt nackt.

Auch der nächste Angriff war in einem Sekundenbruchteil vorüber, aber diesmal waren es acht Lenkwaffen gewesen, und vier von ihnen explodierten innerhalb des Zehn-Kilometer-Radius. Die Strahlung aus den glühenden Kratern ließ die Temperatur auf beinahe dreihundert Grad über dem absoluten Nullpunkt ansteigen. Das lag über dem Schmelzpunkt des Wassers, und ich begann mir Sorgen zu machen. Die Kampfanzüge hielten bis zu tausend Grad aus, aber die Reaktionsgeschwindigkeit der automatisierten Laser hing von Supraleitern ab, die tiefe Temperaturen benötigten.

Ich fragte den Computer, welches die Temperaturgrenze der Laser sei, und er druckte aus: ›TR 398-734-009-265, Die Anpassungsfähigkeit kryogenischer Waffen und Geräte beim Gebrauch in Wärmezonen‹, worin viele nützliche Ratschläge zur Isolierung der Waffen gegeben wurden, die jedoch das Vorhandensein einer gut ausgerüsteten Werkstatt nebst Waffenkammer voraussetzten. Das Buch erwähnte, daß die Reaktionszeit automatischer Feuerleitgeräte bei zunehmender Temperatur länger wurde, und daß die Waffen jenseits einer ›kritischen Temperaturschwelle‹ überhaupt nicht mehr zielten. Aber es gab keine Möglichkeit, das Verhalten individueller Waffen vorauszusagen, es sei denn, man merkte sich, daß die höchste bisher gemessene kritische Temperaturschwelle 790 Grad und die niedrigste 420 Grad betrug.

Charlie Moore beobachtete die holographische Darstellung, deren Maßstab jetzt maximal verkleinert war. Seine Stimme kam merkwürdig verfremdet aus den Kopfhörern. »Diesmal sechzehn.«

»Wundert Sie das?« Zu dem wenigen, was wir über taurische Psychologie wußten, gehörte ein gewisses zwanghaftes Verhältnis zu Zahlen, insbesondere zu Primzahlen und Zweierpotenzen.

»Hoffen wir, daß sie keine zweiunddreißig mehr übrig haben.« Ich befragte den Computer, aber er konnte nur sagen, daß der Kreuzer bisher insgesamt vierundvierzig Lenksonden abgefeuert hatte, und daß taurische Kreuzer nachweislich bis zu einhundertachtundzwanzig von den Dingern mitgeführt hatten.

Wir hatten mehr als eine halbe Stunde Zeit, bevor die nächste Angriffswelle fällig wäre. Ich konnte alle ins Stasisfeld evakuieren, wo sie vorübergehend in Sicherheit wären, wenn eine der Novabomben durchkäme. In Sicherheit, aber zugleich in der Falle. Wie lange würde die Abkühlung des Kraters dauern, wenn drei oder vier — von größeren Zahlen ganz zu schweigen — von den Bomben ihr Ziel erreichten? Man konnte nicht für immer in einem Kampfanzug leben, selbst wenn er alles mit gnadenloser Effizienz wiederaufbereitete. Eine Woche reichte hin, um einen dem heulenden Elend nahezubringen. Zwei Wochen waren selbstmörderisch. Niemand hatte es unter Kampfbedingungen jemals drei Wochen lang ausgehalten.

Überdies konnte das Stasisfeld als Verteidigungsposition zur Todesfalle werden. Da seine kugelförmige Gestalt durchsichtig ist, stehen dem Feind alle Optionen offen; befindet man sich dagegen im Innern und will erfahren, was der Feind vorhat, muß man den Kopf hinausstecken. Die Taurier brauchten nicht mit primitiven Waffen in unser Feld einzudringen, es sei denn, sie waren ungeduldig. Sie konnten die Kugel unter Laser-Dauerfeuer nehmen und warten, bis wir den Generator ausschalteten. Und einstweilen konnten sie uns mit Wurfspeeren, Felsbrocken und Pfeilen überschütten. Zwar hätten wir die Möglichkeit, mit gleichen Mitteln zurückzuschlagen, aber das wäre ziemlich nutzlos.

Anders sähe es natürlich aus, wenn ein Mann in der Zentrale des Stützpunkts bliebe. Dann könnten die anderen die nächste halbe Stunde im Stasisfeld bleiben und die Entwicklung abwarten. Wenn der Betreffende nach dem Angriff nicht käme, sie zu holen, würden sie wissen, daß es draußen heiß war. Ich drückte mit dem Kinn die Kombination jener Frequenz, die Offizieren und Unterführern vorbehalten war.

»Hier Major Mandella.« Das hörte sich immer noch nach einem schlechten Witz an.

Ich schilderte ihnen die Situation und wies sie an, ihren Soldaten zu sagen, daß es jedermann freistehe, ins Stasisfeld zu gehen. Ich würde zurückbleiben und sie verständigen, wenn alles gut ausginge — natürlich nicht aus Edelmut; ich zog die Chance, in einer Nanosekunde verdampft zu werden, derjenigen eines fast sicheren langsamen Todes unter der grauen Blase vor.

Ich schaltete auf Charlie Moores Frequenz. »Sie können auch gehen. Ich werde mich hier um die Geschäfte kümmern.«

»Nein, danke«, sagte er langsam. »Ich würde lieber... Da, sehen Sie sich das an!«

Der Kreuzer hatte einen weiteren roten Punkt ausgesandt, der den anderen im Abstand von einigen Minuten folgte. Die Zeichenerklärung des Hologramms identifizierte ihn als eine weitere Sonde. »Das ist komisch«, murmelte ich kopfschüttelnd.

»Abergläubische Bastarde«, sagte er ohne Gefühl.

Es stellte sich heraus, daß nur elf Personen sich den fünfzig anschließen wollten, die ins Stasisfeld befohlen worden waren. Das hätte mich nicht überraschen sollen, tat es aber.

Als die Sonden näher kamen, starrten Moore und ich in die Monitore und vermieden es sorgfältig, die holographische Darstellung zu beobachten. Wir stimmten stillschweigend darin überein, daß es besser wäre, nicht zu wissen, wann sie eine Minute entfernt wären, wann dreißig Sekunden... Und dann, wie schon bei den vorausgegangenen Angriffen, war es vorüber, noch ehe wir wußten, daß es begonnen hatte. Die Bildschirme der Monitore strahlten grellweiß, und es gab ein Krachen und Jaulen von atmosphärischen Störungen, und wir waren noch am Leben.

Aber diesmal gab es fünfzehn neue Krater am Horizont oder näher, und die Temperatur stieg so rasch, daß die letzte Digitalziffer der Ablesung als ein verschwommenes Durcheinander erschien. Der Gipfelpunkt lag weit über achthundert, dann begann die Temperatur langsam abzusinken.

Wir hatten keine der Sonden gesehen, nicht während jenes Sekundenbruchteils, den die Laserkanonen brauchten, um zu zielen und zu feuern. Aber dann schoß die siebzehnte über den Horizont, steuerte einen verrückten Zickzackkurs und hielt direkt über uns. Einen Augenblick lang schien sie zu schweben, dann begann sie zu fallen. Die meisten Laser hatten sie geortet und feuerten unaufhörlich, aber die Zielgeräte waren ausgefallen; die Laserkanonen waren alle in ihrer letzten Feuerposition steckengeblieben.

Das Ding glitzerte wie ein Juwel, als es auf uns herabstürzte. Sein glänzender schlanker Rumpf spiegelte die Weißglut der Krater und das unheimliche Flackern des andauernden, wirkungslosen Laserfeuers wider. Ich hörte Charlie Moore tief einatmen, und die Sonde kam so nahe, daß man spinnenhafte taurische Zahlen auf dem Rumpf und ein Fensterloch im Bug sehen konnte — dann schoß ein Feuerstrahl aus der Nachbrenneröffnung im Heck, und es war plötzlich verschwunden.

»Was zum Teufel?« sagte Charlie Moore mit halblauter Stimme.

Das Fensterloch. »Vielleicht ein Aufklärer.«

»Richtig. Wir können ihnen nichts anhaben, und sie wissen es.«

»Es sei denn, die Laser erholen sich.« Es schien nicht wahrscheinlich. »Wir sollten alle unter die Blase.«

Er sagte ein Wort, dessen Vokal sich mit den Jahrhunderten verändert hatte, dessen Bedeutung gleichwohl klar war. »Das eilt nicht. Sehen wir zuerst, was sie machen.«

Wir warteten mehrere Stunden. Die Außentemperatur stabilisierte sich bei 690 Grad — knapp unter dem Schmelzpunkt von Zink, erinnerte ich mich ohne besonderen Anlaß —, und ich versuchte es mit den manuellen Steuerungen der Laserkanonen, aber sie waren ein gutes Stück über dem heißen Boden und noch immer gefroren.

»Da kommen sie«, sagte Charlie Moore. »Wieder acht.«

Ich wandte mich zum Hologramm. »Ich denke, wir sollten ...«

»Warten Sie! Das sind keine fliegenden Bomben!«

Die Bilderklärung identifizierte alle acht mit der Bezeichnung ›Truppentransporter‹.

»Anscheinend wollen sie den Stützpunkt im Sturm nehmen«, meinte er. »Intakt.«

Das, und vielleicht neue Waffen und Techniken erproben. »Es ist kein großes Risiko für sie. Sie können sich jederzeit zurückziehen und uns eine Novabombe in den Schoß werfen.«

Ich ließ das Stasisfeld räumen und die Züge drei und vier eine Verteidigungslinie um die nordöstlichen und nordwestlichen Quadranten bilden. Den Rest der Kompanie wollte ich um den südlichen Halbkreis postieren.

»Ich frage mich, ob das gut ist«, meinte Charlie Moore. »Vielleicht sollten wir nicht alle Leute auf einmal nach oben bringen. Solange wir nicht wissen, wie viele Taurier uns gegenüberstehen.«

Das war ein Argument. Eine Reserve zurückbehalten, den Gegner unsere Stärke unterschätzen lassen. »Das ist eine Idee ... Vielleicht haben sie bloß vierundsechzig Soldaten in den acht Transportern.« Oder 128, oder 256. Ich wünschte, unsere Beobachtungssatelliten hätten ein feineres Unterscheidungsvermögen. Aber man kann in ein Gerät von der Größe einer Orange nicht alles hineinstopfen.

Ich beschloß, aus den Zügen drei und vier eine äußere Verteidigungslinie aufzubauen, und ließ sie die Gräben rings um den Perimeter des Stützpunkts besetzen. Alle anderen blieben unter der Erde, bis sie gebraucht würden.

Sollte sich herausstellen, daß die Taurier, entweder durch zahlenmäßige oder technologische Überlegenheit, eine unaufhaltsame Streitmacht ins Feld führen konnten, so wollte ich alle im Stasisfeld konzentrieren. Es gab einen Tunnel von den Quartieren zur Blase, so daß die Leute im Stützpunkt die Sicherheit des Felds erreichen konnten, ohne sich gegnerischem Feuer auszusetzen. Die Leute in den Gräben würden sich unter Beschuß zurückziehen müssen — wenn noch jemand von ihnen am Leben wäre, wenn ich den Rückzugsbefehl erteilte.

Ich rief Hilleboe in die Zentrale und ließ sie und Charlie Moore über die Laser wachen. Sobald die Feuerleitgeräte wieder arbeiteten, könnte ich die Leute aus der äußeren Verteidigungslinie abziehen, wieder das automatische System einschalten und den Feuerzauber aus dem Sessel beobachten. Doch selbst in ihrer gegenwärtigen Unbeweglichkeit konnten die Laserkanonen nützlich sein. Sie ließen sich manuell abfeuern, wann immer etwas in die Schußlinie geriet.

Wir hatten ungefähr zwanzig Minuten Zeit, und nachdem alle Vorbereitungen getroffen waren, blieb uns nicht viel mehr als zu warten. Ich beauftragte Charlie Moore, den Vormarsch des Gegners zu überwachen und mich auf dem laufenden zu halten, dann setzte ich mich an den Schreibtisch, nahm mir ein Blatt Papier vor und versuchte herauszufinden, ob sich die Verteilung der Granatwerfer in der äußeren Linie so einrichten ließ, daß die angreifenden Gegner in die Schußbahnen der Laserkanonen kanalisiert würden.

Die Katze sprang mir auf den Schoß und miaute jämmerlich. Anscheinend hatte sie uns nicht mehr voneinander unterscheiden können, nachdem wir die Anzüge angelegt hatten. Aber an diesem Schreibtisch saß nie ein anderer als ich. Ich wollte sie streicheln, doch sie sauste erschrocken davon.

Die erste Linie, die ich zog, zerriß das Papier. Es war einige Zeit her, seit ich in einem Anzug Feinarbeit getan hatte. Ich erinnerte mich, wie sie uns in der Ausbildung rohe Eier gegeben hatten, die wir von Person zu Person hatten weitergeben müssen, um die richtige Steuerung der Kraftverstärkung zu üben, eine verdammt klebrige, schleimige Angelegenheit. Ich fragte mich, ob es auf der Erde noch Eier geben mochte.

Als die Zeichnung fertig war, sah ich keine Möglichkeit, etwas zu verbessern. All diese Berge von militärischer Theorie, die sie mir ins Gehirn gepreßt hatten. Es gab jede Menge taktischer Ratschläge über Entwicklungen und Einkreisungen, aber vom falschen Gesichtspunkt aus. Wenn man derjenige war, der eingekreist wurde, blieben einem nicht viele Optionen offen. Eingraben und kämpfen. Rasch auf feindliche Kräftekonzentrationen reagieren und beweglich bleiben, damit der Gegner an erfolgreichen Ablenkungsangriffen gehindert wird. Verstärkte Luftunterstützung, immer ein guter Ratschlag. Kopf einziehen und beten, daß Entsatz kommt. Die Stellung halten und nicht an Dien Bien Phu, Stalingrad, die Schlacht von Hastings denken.

»Acht weitere Transporter«, sagte Charlie Moore. »Die ersten acht werden in fünf Minuten da sein.«

Also griff der Gegner in zwei Wellen an. In mindestens zwei Wellen. Was würde ich anstelle des taurischen Kommandeurs tun? Das war nicht allzu weit hergeholt; den Tauriern mangelte es an taktischer Fantasie, und sie neigten dazu, menschliche Verhaltensweisen nachzuahmen.

Die erste Welle könnte ein Himmelfahrtskommando sein, ein Kamikazeunternehmen, um uns weichzumachen und unsere Verteidigung zu erkunden. Dann würde die zweite Welle mehr methodisch nachstoßen und die Sache zu einem Ende bringen. Oder umgekehrt: Die erste Welle würde etwa zwanzig Minuten Zeit haben, um sich einzugraben; dann könnte die zweite im Feuerschutz der ersten angreifen, unseren Verteidigungsring an einer Stelle durchbrechen und den Stützpunkt überrennen.

Vielleicht hatten sie die beiden getrennten Wellen auch nur auf den Weg gebracht, weil zwei für sie eine magische Zahl bedeutete. Oder sie konnten nur acht Transporter zur Zeit abfertigen; das wäre schlecht, wenn es bedeutete, daß die Transporter groß waren; in anderen Fällen hatten sie Transporter verwendet, die nur vier Soldaten enthalten hatten, aber auch solche, die hundertachtundzwanzig gelandet hatten.

»Drei Minuten.« Mein Blick wanderte zu den Monitoren, die verschiedene Sektoren des Minengürtels zeigten. Wenn wir Glück hätten, würden sie dort draußen landen. Die Minen würden unserer äußeren Verteidigungslinie die Arbeit erleichtern.

Ich verspürte ein unbestimmtes Schuldgefühl. Ich saß sicher in meinem Loch, vertrieb mir die Zeit und brauchte bloß Befehle zu erteilen. Was mochten diese sechzig oder fünfundsechzig Opferlämmer dort draußen von ihrem abwesenden Kommandeur denken?

Dann fiel mir ein, wie ich bei jenem ersten Gefecht über Hauptmann Stott geurteilt hatte, als er sicher in der Umlaufbahn geblieben war, während wir am Boden hatten kämpfen müssen. Die Aufwallung erinnerten Hasses war so stark, daß ich darüber erschrak.

»Hilleboe, werden Sie allein mit der Bedienung der Laser fertig?«

»Selbstverständlich, Sir.«

Ich stand auf. »Charlie, übernehmen Sie die Koordinierung; das können Sie so gut wie ich. Ich werde mich oben umsehen.«

»Davon würde ich abraten, Sir«, sagte Hilleboe.

Charlie Moore nickte energisch. »Wirklich, das wäre unklug. Seien Sie kein Dummkopf, Major.«

»Sie haben gehört, was ich sagte. Ich ... «

»Sie würden da oben keine zehn Sekunden überleben«, sagte Charlie Moore.

»Ich gehe kein größeres Risiko ein als jeder andere dort draußen.«

»Sie verstehen nicht. Die Leute würden Sie umbringen!«

»Unsere Leute? Unsinn. Ich weiß, daß sie mich nicht besonders mögen, aber ...«

»Haben Sie nicht die allgemeine Frequenz abgehört?«

Nein, das hatte ich nicht, denn die Leute sprachen nicht meine Sorte Englisch, wenn sie miteinander redeten. »Die Leute denken, Sie hätten sie zur Strafe in die vorderste Linie gesteckt, wegen Feigheit. Nachdem Sie ihnen gesagt hatten, jedem stehe es frei, ins Stasisfeld zu gehen.«

»War das nicht so, Sir?« sagte Hilleboe.

»Was? Daß ich sie damit strafen wollte? Nein, natürlich nicht.« Nicht bewußt. »Die Leute waren zufällig oben, als ich die äußere Linie besetzen mußte ... Haben Leutnant Borgstedt und Leutnant Riland die Leute nicht aufgeklärt?«

»Ich habe nichts gehört«, sagte Charlie Moore. »Vielleicht waren die beiden zu beschäftigt, ihre Leute in die Stellungen zu bringen, um unsere Frequenz einzuschalten.«

Oder die beiden dachten wie ihre Leute. »Es ist besser, ich gehe ...«

»*Da!*« rief Hilleboe. Das erste feindliche Schiff war auf einem der Monitore zu sehen; in der nächsten Sekunde erschienen auch die anderen. Sie näherten sich aus verschiedenen Richtungen und waren nicht gleichmäßig um den Stützpunkt verteilt. Fünf kamen aus dem nordöstlichen Quadranten, während in Südwesten nur einer zu sehen war. Ich gab die Information an die Truppenführer draußen weiter.

Aber wir hatten die Logik des Gegners ziemlich richtig eingeschätzt: alle kamen im Minengürtel herunter. Ein Transporter setzte nahe genug bei einer vergrabenen Mine auf, daß diese detonierte und das Heck der seltsam stromlinienförmigen Maschine hochschleuderte, so daß der Rumpf einen kompletten Überschlag vollführte und mit der Nase voran zu Boden krachte. Seitliche Luken sprangen auf, und Taurier kamen herausgekrochen. Ich zählte zwölf; vier waren wahrscheinlich drinnen geblieben. Wenn jeder der anderen Transporter auch sechzehn Soldaten gebracht hatte, waren sie uns zahlenmäßig nur geringfügig überlegen.

Wenn die zweite Welle käme, würde sich das ändern.

Die anderen sieben Transporter waren ohne Zwischenfall gelandet, so unglaublich es scheinen mochte, und meine Vermutung bestätigte sich: Aus jedem Rumpf krochen sechzehn Kämpfer. Unsere äußere Verteidigungslinie beendete ihre Umgruppierung und war nun der gegnerischen Truppenkonzentration angepaßt.

Sie durchquerten in weit auseinandergezogener Schützenkette das Minenfeld, marschierten im Gleichschritt wie säbelbeinige, kopflastige Roboter und hielten nicht einmal inne, wenn einer von ihnen von einer Mine zerrissen wurde, was elfmal geschah.

Als sie über den Horizont kamen, wurde der Grund für ihre scheinbar willkürliche Verteidigung deutlich: Sie hatten zuvor festgestellt, wo sich ihnen die beste natürliche Deckung bot. So konnten sie im Schutz der Krater und Schuttwälle ihrer Novabomben bis auf ein paar Kilometer an den Stützpunkt herankommen, bevor wir sie klar im Blickfeld hätten. Und auch ihre Anzüge hatten Verstärkungen, die es ihnen erlaubten, je nach Gelände in zwei oder drei Minuten einen Kilometer zurückzulegen.

Der Verteidigungsring eröffnete sofort das Feuer, wahrscheinlich mehr aus Gründen der Moral als mit der Hoffnung, den Feind tatsächlich zu treffen. Wahrscheinlich erwischten sie ein paar Taurier, obwohl es schwer zu sagen war. Wenigstens vollbrachten die Werferraketen mit der Verwandlung von Felsblöcken in Schutt ein eindrucksvolles Schauspiel.

Die Taurier erwiderten das Feuer mit einer ähnlichen, wenn nicht der gleichen Waffe, doch fanden sie selten ein Ziel, weil unsere Leute im Graben gut gedeckt waren. Allerdings erhielt eine der Laserkanonen einen Volltreffer, und die Erschütterung war noch im unterirdischen Gefechtsstand so stark, daß ich wünschte, wir hätten uns tiefer als zwanzig Meter eingegraben.

Die Laser waren praktisch nutzlos. Der Gegner mußte die Schußlinien zuvor analysiert haben und ging ihnen aus dem Weg. Das erwies sich jedoch in einem anderen Sinne als glücklich, weil es Charlie Moore veranlaßte, sich von den Lasermonitoren ab- und dem Hologramm zuzuwenden.

»Der Teufel soll mich holen!«

»Was gibt es? Was haben Sie?« Ich wandte den Blick nicht von den Bildschirmen ab. Wartete, daß etwas passierte.

»Das Schiff, der Kreuzer — er ist verschwunden.«

Ich blickte zur holographischen Darstellung der Gesamtlage. Er hatte recht; die einzigen roten Lichtpunkte waren jene, die die Transporter bezeichneten.

»Wo ist er hin?« fragte ich geistlos.

»Spielen wir es zurück.« Er programmierte die Abfolge ein paar Minuten zurück und veränderte den Maßstab, bis sowohl der Planet als auch der Kollapsar ins Blickfeld kamen. Nun zeigte sich der Kreuzer und außer ihm drei grüne Lichtfunken. Unser ›Feigling‹, der mit nur zwei Sonden den Kreuzer angriff.

Aber er hatte Unterstützung von den Gesetzen der Physik.

Statt den Eintrittswinkel zur Rückreise anzusteuern, hatte er das Kollapsarfeld in einer engen Schleife umkreist und war mit neun Zehntel Lichtgeschwindigkeit wieder herausgeschossen, direkt auf den taurischen Kreuzer zu, dem nur zehn Sekunden geblieben waren, um die beiden vorausfliegenden Sonden zu orten und zu zerstören. Und bei dieser Geschwindigkeit spielte es keine Rolle, ob ein Schiff von einer Novabombe oder einem faustgroßen Trümmerstück getroffen wurde.

Die erste Sonde löste den Kreuzer auf, und die andere, einen Sekundenbruchteil hinter ihr, schoß weiter, um auf der Oberfläche des Planeten zu explodieren. Das Kampfschiff verfehlte den Planeten um ein paar hundert Kilometer und jagte weiter in den Raum hinaus, während es mit den maximalen fünfundzwanzig ge verlangsamte. In ein paar Monaten würde der mutige Pilot zurück sein.

Aber die Taurier warteten nicht. Sie waren unserer Verteidigungslinie inzwischen nahe genug gekommen, daß beide Seiten das Laserfeuer eröffneten, aber sie waren auch in Reichweite der Granatwerfer. Während Felstrümmer den Angreifern Deckung gegen das Laserfeuer boten, wurden sie von den Granaten niedergemetzelt.

Anfangs waren unsere Verteidiger unleugbar im Vorteil. Da sie im Graben blieben, konnten sie nur von gelegentlichen Zufallstreffern oder einer außerordentlich genau gezielten Granate verletzt werden (die von den Tauriern mit der Hand mehrere hundert Meter weit geworfen wurden). Leutnant Rusk meldete vier eigene Verluste, aber es hatte den Anschein, als sei die Stärke der Angreifer auf weniger als die Hälfte ihrer ursprünglichen Zahl zurückgeschmolzen.

Im Vorfeld unserer Verteidigungslinie war der Boden derart von Bomben aufgerissen, daß auch die Taurier aus Löchern und sicheren Deckungen kämpfen konnten. Das Gefecht entwickelte sich zu einem Stellungskampf mit einzelnen Laserduellen, gelegentlich unterbrochen von Granatwerfereinschlägen. Aber es war nicht klug, schwerere Waffen gegen einzelne Taurier einzusetzen, nicht wenn eine zweite Streitmacht von unbekannter Stärke nur wenige Minuten entfernt war.

Etwas hatte mich an dieser holographischen Rekapitulation gestört. Nun, in der Gefechtspause, kam ich darauf, was es war.

Als die zweite Lenksonde mit annähernder Lichtgeschwindigkeit auf den Planeten gestürzt war, mußte enorme Energie freigesetzt worden sein. Wieviel Schaden hatte sie dem Planeten zugefügt? Ich legte die Frage dem Computer vor und ließ den ermittelten Wert zu den gespeicherten geologischen Daten in Beziehung setzen. Das Ergebnis erschreckte mich.

Das Zwanzigfache der Energie, die beim stärksten je bekanntgewordenen Erdbeben freigesetzt worden war. Auf einem Planeten von nur drei Vierteln der Erdgröße.

Ich schaltete die allgemeine Frequenz ein: »Achtung — alles sofort an die Oberfläche! Keine Ausnahmen!« Zugleich drückte ich den Knopf, der die Luftschleuse zum Schacht öffnete, welcher von der Zentrale zur Oberfläche führte.

»Was denn, um Christi willen?« kam Charlie Moores Stimme aus dem Kopfhörer. »Ist was...«

»Erdbeben!« Wie lange? »*Vorwärts! Los! Raus hier!*«

Hilleboe und Charlie Moore waren dicht hinter mir. Die Katze saß auf meinem Schreibtisch und leckte sich unbesorgt. Ich verspürte einen irrationalen Impuls, sie in meinen Anzug zu stecken — so war sie vom Schiff in den Stützpunkt gelangt —, wußte jedoch, daß sie nicht mehr als ein paar Minuten davon dulden würde.

Dann kam die vernünftigere Regung, das Tier einfach mit der Laserpistole zu verdampfen, aber als dieser Gedanke den Vordergrund meines Bewußtseins erreicht hatte, war die Tür bereits zugefallen, und wir kletterten die Leiter hinauf. Während ich kletterte, und noch eine Zeitlang danach, verfolgte mich das Bild des hilflosen Tiers, wie es unter Tonnen von Schutt und Gesteinstrümmern gefangensaß, mit dem Entweichen der Luft dem langsamen Erstickungstod preisgegeben.

»Ob es in den Gräben sicherer ist?« sagte Moore.

»Ich weiß nicht«, antwortete ich. »War nie in einem Erdbeben.« Vielleicht würden die Wände des Grabens sich schließen und uns erdrücken.

Ich war überrascht, wie dunkel es an der Oberfläche war. Doradus war im Begriff unterzugehen; die Sichtgeräte der Fernsehmonitore hatten das schwache Licht aufgehellt.

Ein feindlicher Laserstrahl fegte zur Linken über unsere Stellungen und verursachte einen Funkenregen, als er das Untergestell einer von unseren Laserkanonen streifte. Der Gegner hatte uns noch nicht gesehen. Wir alle beschlossen, daß es in den Gräben sicherer wäre, und rannten geduckt zum nächsten Stichgraben, der uns nach vorn führte.

Als wir die Verteidigungslinie erreichten, stießen wir auf vier Männer und Frauen, von denen eine schwer verletzt oder tot war. Ich stellte mein Sichtgerät auf stärkere Aufhellung, um unsere Grabenkämpfer genauer zu betrachten. Wir hatten Glück; zwei von ihnen waren Grenadiere und hatten einen Werfer. Die Aufhellung war gerade hinreichend, daß ich die Namen auf ihren Helmen lesen konnte. Die Leute gehörten zum dritten Zug, aber der Zugführer

hatte uns noch nicht bemerkt; anscheinend war er am anderen Ende seines Abschnitts. Wir waren noch keine zwei Minuten an Ort und Stelle, als Leutnant Rusk geduckt durch den Graben gelaufen kam und flüchtig salutierte.
»Sind Sie es, Major?«

»So ist es«, sagte ich vorsichtig. Ich fragte mich, ob unter den Leuten im Graben solche sein mochten, die auf meinen Skalp aus waren.

»Was hat diese Sache mit einem Erdbeben für eine Bewandtnis?«

Rusk hatte von der Zerstörung des feindlichen Kreuzers gehört, aber nicht vom Absturz der zweiten Sonde auf den Planeten. Ich erklärte es mit knappen Worten.

»Niemand ist aus der Luftschleuse gekommen«, sagte er.

»Noch nicht. Ich denke, sie sind alle ins Stasisfeld gegangen.«

Ich nickte. »Ja, sie waren dem einen Ausgang so nahe wie dem anderen.« Vielleicht waren einige von ihnen noch unten, hatten meine Warnung nicht ernstgenommen. Um das zu überprüfen schaltete ich mit dem Kinn die allgemeine Frequenz ein — und dann brach die Hölle los.

Der Boden fiel uns unter den Füßen weg und schnellte wieder aufwärts; prellte uns so hart, daß wir aus dem Graben geschleudert wurden. Ich landete auf Händen und Füßen, aber der Boden war in so heftiger Bewegung, daß es mir unmöglich war, mich aufzurichten.

Mit einem tiefen Rumpeln und Donnern, dessen Vibrationen ich durch den Anzug fühlen konnte, brach die ebene Fläche über unserem Stützpunkt ein und bildete einen großen flachen Krater aus geborstenen Blöcken. Als der Boden nachgab, wurde die Unterseite des Stasisfelds teilweise freigelegt; die Blase senkte sich mit schwereloser Anmut auf ihre neue Ebene.

Nun, minus eine Katze. Ich hoffte, daß alle anderen

genug Zeit und Vernunft gehabt hatten, um sich an die Oberfläche zu retten.

Aus einem Graben in meiner Nähe kam eine Gestalt gewankt, und ich erkannte mit heillosem Schrecken, daß sie keinem Menschen gehörte. Mein Laser brannte ein Loch durch seinen Helm, und er tat zwei Schritte und fiel hintenüber. Ein weiterer Helm schob sich über den Grabenrand. Ich schnitt die Oberseite ab, bevor sein Träger die Waffe erheben konnte.

Ich konnte mich nicht orientieren. Das einzige, was sich nicht verändert hatte, war die Blase des Stasisfelds, und sie sah aus jeder Richtung gleich aus. Die Laserkanonen waren alle umgeworfen und verschüttet, aber eine hatte sich eingeschaltet. Ein grelles, flackerndes Licht, das eine brodelnde Wolke aus Staub und verdampftem Gestein erhellte.

Es schien offensichtlich, daß ich in feindliches Gebiet geraten war. Geduckt rannte ich auf die Blase zu, immer wieder strauchelnd und verunsichert durch den noch immer von wellenartigen Nachbeben erschütterten Boden.

Ich konnte keine Zugführer erreichen. Bis auf Rusk waren sie wahrscheinlich in der Blase. Immerhin beantworteten Hilleboe und Charlie Moore meinen Ruf, und ich wies Hilleboe an, in die Blase zu gehen und alle herauszuholen. Wenn die nächste Welle auch 128 Gegner brachte, würden wir jeden Mann brauchen.

Allmählich hörten die Nachschwingungen des Bebens auf, und ich fand einen Graben der unsrigen — ausgerechnet Orban und Rudkoski hielten ihn besetzt.

»Sieht so aus, als müßten sie wieder von vorn anfangen.«

»Das geht schon in Ordnung, Sir. Die Leber brauchte sowieso eine Ruhepause.«

Ich empfing ein Signal von Hilleboe und schaltete auf ihre Frequenz. »Sir ... hier waren nur zehn Leute. Der Rest schaffte es nicht.«

»Sie blieben unten zurück?« Mir schien, sie hätten reichlich Zeit gehabt, sich in Sicherheit zu bringen.

»Ich weiß nicht, Sir.«

»Schon gut. Besorgen Sie mir eine möglichst genaue Zählung, wie viele kampffähige Leute wir haben, alles zusammengerechnet.« Wieder versuchte ich die Zugführer zu erreichen, aber keiner meldete sich.

Wir drei blieben im Graben und hielten ein paar Minuten lang nach feindlichem Laserfeuer Ausschau, aber es blieb aus. Vermutlich warteten sie auf Verstärkungen.

Hilleboe rief zurück. »Ich komme nur auf dreiundfünfzig, Sir. Verschiedene könnten noch bewußtlos sein.«

»Gut. Die Leute sollen auf ihren Posten bleiben, bis...«

In diesem Augenblick kam die zweite Welle. Die Truppentransporter brüllten über den Horizont, die Triebwerke in unsere Richtung geschwenkt, und verlangsamten. »Brennt den Bastarden ein paar Raketen aufs Fell!« schrie Hilleboe auf der allgemeinen Frequenz, aber niemand hatte es geschafft, bei einem Raketenwerfer zu bleiben, während er herumgeschleudert worden war. Das Erdbeben hatte Soldaten, Waffen und Munition umhergestreut, und auch die Granatwerfer blieben stumm. Für die Laserpistolen aber war die Distanz zu groß, als daß sie Schaden hätten anrichten können.

Diese Transporter waren vier- oder fünfmal so groß wie diejenigen der ersten Welle. Einer ging ungefähr einen Kilometer vor uns nieder, wartete kaum lange genug, um seine Truppen zu entladen. Ich zählte mehr als fünfzig, wahrscheinlich waren es vierundsechzig: mal acht ergab fünfhundertzwölf. Es gab keine Möglichkeit, um sie aufzuhalten.

»Alle mal herhören, hier spricht Major Mandella.« Ich versuchte meiner Stimme einen ruhigen und besonnenen Klang zu verleihen. »Wir werden uns ins Stasisfeld zurückziehen, rasch, aber geordnet. Ich weiß, daß wir um den ganzen Perimeter verstreut liegen. Um unnötige Verluste zu vermeiden, bleiben der zweite und vierte Zug eine Minute länger in den Stellungen und geben Feuerschutz, während der erste und dritte Zug zurückgehen.

Der erste und dritte Zug gehen bis zur Hälfte der gegenwärtigen Distanz vom Feld zurück, suchen dann Deckung und geben dem zweiten und vierten Feuerschutz, wenn sie sich vom Feind absetzen. Diese werden bis zum Feld zurückgehen und wiederum dem ersten und dritten Zug Feuerschutz geben, wenn sie den Rest des Weges zurückgehen.« Ich hätte nicht von ›Rückzug‹ und ›zurückziehen‹ sprechen sollen: diese Worte gab es nicht im soldatischen Vokabular. ›Rückläufige Aktion‹ wäre besser gewesen.

Was nun kam, war mehr rückläufig als Aktion. Acht oder neun Leute feuerten, und der Rest war in voller Flucht. Rudkoski und Orban waren verschwunden. Ich gab einige sorgfältig gezielte Schüsse ab, die keine große Wirkung zeitigten, dann rannte ich zum anderen Ende des Grabens, kletterte hinaus und hielt auf die Blase zu.

Die Taurier hatten mittlerweile ihre schweren Waffen in Stellung gebracht und feuerten Raketen ab, doch schienen die meisten zu hoch zu fliegen. Ich sah, wie zwei der unsrigen von einer Explosion zerfetzt wurden, bevor ich die Hälfte des Weges hinter mich gebracht hatte. Eine breite Felsbank bot Deckung, und ich nahm die Gelegenheit wahr, um zu verschnaufen und Umschau zu halten. Nur zwei oder drei Taurier schienen nahe genug, um mögliche Laserziele abzugeben, und die Vernunft sagte mir, daß es besser wäre, keine unnötige Aufmerksamkeit auf mich zu lenken. Ich rannte den Rest des Weges bis zum Rand des Stasisfelds, wo ich haltmachte, um gegnerisches Feuer zu erwidern. Nach ein paar Schüssen wurde mir klar, daß ich mich bloß zum Ziel machte; so weit ich sehen konnte, gab es nur noch eine andere Person, die draußen war und auf die Blase zurannte.

Eine Rakete zischte vorbei, so nahe, daß ich sie hätte berühren können. Ich ging auf alle viere nieder und betrat das Stasisfeld in ziemlich unwürdiger Haltung.

7

Im Innern konnte ich die Rakete, die mich um ein Haar verfehlt hatte, träge durch das graue Dämmerlicht treiben sehen. Wenn sie auf der anderen Seite wieder ins Freie käme, würde sie augenblicklich verdampfen, weil alle kinetische Energie, die sie bei der abrupten Verlangsamung verloren hatte, in Form von Hitze freigesetzt würde.

Neun Leute lagen nahe am Rand tot auf ihren Gesichtern. Es war nicht unerwartet, wenngleich es nicht zu den Dingen gehörte, die man der Truppe sagen sollte.

Die Kampfanzüge waren intakt — andernfalls hätten sie es nicht bis ins Feld geschafft —, aber während des Erdbebens und der anschließenden regellosen Flucht mußten sie die besondere Isolierbeschichtung beschädigt haben, die sie gegen das Stasisfeld abschirmte. Sobald sie das Feld betreten hatten, war alle elektrische Aktivität in ihren Körpern zum Erliegen gekommen, was sie auf der Stelle getötet hatte. Da kein Molekül in ihren Körpern sich schneller als sechzehn Meter pro Sekunde bewegen konnte, waren sie überdies augenblicklich steif gefroren; ihre Körpertemperatur hatte sich bei 0,426 Grad über dem absoluten Nullpunkt stabilisiert.

Ich mochte keinen von ihnen umdrehen, um die Namen zu erfahren, noch nicht. Wir mußten uns so etwas wie eine Verteidigungsstellung schaffen, bevor die Taurier in die

Blase kämen. Wenn sie beschlössen, sich in den Nahkampf zu stürzen, statt abzuwarten.

Mit weit ausholenden Gesten gelang es mir, alle Anwesenden im Mittelpunkt des Feldes unter dem Schiffsheck zu versammeln, wo die Waffen aufbewahrt wurden.

Der Vorrat war reichlich, da wir vorbereitet gewesen waren, dreimal so viele Leute zu bewaffnen, wie wir jetzt zählten. Nachdem ich jedem einen Schild und eine Machete gegeben hatte, ritzte ich eine Frage in den Ammoniakschnee: ›Gute Bogenschützen bitte melden.‹ Fünf meldeten sich, und ich wählte drei weitere aus, damit die vorhandenen Bogen verwendet würden. Zwanzig Pfeile pro Bogen. Sie waren die wirksamste Fernwaffe, über die wir verfügten; die Pfeile waren in ihrem langsamen Flug kaum auszumachen und hatten schwere Spitzen aus diamanthartem Kristall.

Ich gruppierte die Bogenschützen in einem Kreis um die Maschine, deren Rumpf einigen Schutz vor Geschossen von rückwärts bot, und stellte zwischen je zwei Bogenschützen vier andere Leute: zwei Speerwerfer, einen Hellebardier und eine vierte Person, die je nach Befähigung mit Säbel, Streitaxt oder Wurfmesser bewaffnet war. Diese Anordnung war theoretisch in der Lage, den Gegner auf jede Distanz zu bekämpfen, vom Rand des Stasisfelds bis zum Handgemenge.

In der Praxis würde es wahrscheinlich anders aussehen. Bei einem Zahlenverhältnis von ungefähr 600 zu 42 brauchten sie sich bloß massiert auf uns zu stürzen und mit Felsbrocken zu erschlagen.

Vorausgesetzt, sie wußten, was das Stasisfeld war. Ihre Technologie schien aber in jeder anderen Hinsicht auf dem neuesten Stand zu sein.

Mehrere Stunden lang geschah nichts. Wir begannen uns so sehr zu langweilen, wie es möglich ist, wenn man auf den

Tod wartet. Keine Möglichkeit, sich zu unterhalten; bis auf die graue Kuppel, den grauen Schnee, das graue Raumschiff und ein paar identische graue Soldaten nichts zu sehen. Mit Ausnahme des eigenen Körpers nichts zu hören, zu riechen oder zu ertasten.

Diejenigen unter uns, die sich noch immer für den Kampf interessierten, hielten am unteren Rand der Blase Wache und warteten, daß die ersten Taurier durchkämen. Aus diesem Grund reagierten wir mit einer gewissen Verzögerung, als der Angriff schließlich kam. Er kam nämlich von oben, eine Wolke von katapultierten Pfeilen, die ungefähr dreißig Meter über dem Boden die Wand durchstieß und auf die Mitte des Raums zielte.

Die Schilde waren groß genug, daß man beinahe den ganzen Körper dahinter verstecken konnte, indem man sich ein wenig duckte; diejenigen unter uns, welche die Pfeile kommen sahen, konnten sich mit Leichtigkeit vor ihnen schützen. Jene aber, die der herabsausenden Wolke die Rücken zugekehrt hatten oder schliefen, weil sie gerade Freiwache hatten, waren dem blinden Zufall ausgeliefert; es war nicht möglich, sie durch einen Ruf zu warnen, und ein Geschoß benötigte nur drei Sekunden, um vom Rand der Blase zu ihrem Mittelpunkt zu gelangen.

Wir hatten Glück und verloren nur fünf Leute. Eine von ihnen war eine Bogenschützin, Shubik. Ich nahm ihren Bogen, und wir warteten, rechneten mit einem sofortigen Sturmangriff.

Er blieb aus. Nach einer halben Stunde machte ich eine Runde um den Kreis der Verteidiger und erklärte mit Gebärden, daß jeder, sobald er eine Gefahr sähe, als erstes seinen rechten Nebenmann anstoßen solle. Der würde es genauso machen, und so weiter.

Das rettete mir vielleicht das Leben. Der zweite Pfeilangriff, einige Stunden später, kam aus der Richtung hinter mir.

Ich fühlte den Stoß, gab ihn nach rechts weiter, fuhr herum und sah die Wolke herabkommen. Ich riß den Schild hoch und hielt ihn wie einen Regenschirm, und einen Sekundenbruchteil später trafen die Pfeile.

Ich legte den Bogen aus der Hand, um drei Pfeile aus dem Schild zu pflücken, und der lang erwartete Angriff begann.

Es war ein unheimlicher, beeindruckender Anblick. Ungefähr dreihundert Taurier traten gleichzeitig ins Feld, beinahe Schulter an Schulter. Sie rückten im Gleichschritt näher, jeder einen runden Schild vor sich haltend, der kaum groß genug war, den mächtigen Brustkorb zu schützen. Sie schleuderten ähnliche Pfeile wie jene, von denen wir gerade überschüttet worden waren.

Ich stellte den Schild vor mir auf — er hatte am unteren Rand kleine Verlängerungen, die als Stützen dienten —, und mit dem ersten Pfeil, den ich schoß, wußte ich, daß wir eine Chance hatten. Er traf den Schild eines Tauriers, durchschlug ihn glatt und fuhr in den Anzug des Unglücklichen.

Es war ein ungleiches Massaker. Die Wurfpfeile waren ohne den Überraschungseffekt nicht sehr wirksam — nur wenn einer von hinten über meinen Kopf gesegelt kam, verursachte er mir ein kribbelndes Gefühl zwischen den Schulterblättern.

Mit zwanzig Pfeilen tötete ich zwanzig Taurier. Wenn einer fiel, schlossen andere die Lücke; man brauchte nicht einmal zu zielen. Nachdem meine Pfeile verschossen waren, versuchte ich ihre eigenen Wurfgeschosse zurückzuschleudern, konnte jedoch nicht viel ausrichten, weil die leichten Schilde gegen diese Art Pfeile sicheren Schutz boten.

Wir hatten mehr als die Hälfte der Angreifer mit Pfeilen und Speeren getötet, bevor sie in den Nahkampfbereich kamen. Ich zog meinen Säbel und wartete. Sie hatten noch immer eine mehr als dreifache zahlenmäßige Überlegenheit.

Als sie bis auf acht oder zehn Meter herangekommen waren, war der Augenblick für die Leute mit den Chakra-Wurfmessern gekommen. Obgleich die rotierenden Ringe leicht zu sehen waren und länger als eine halbe Sekunde benötigten, um vom Werfer zum Ziel zu gelangen, reagierten die meisten Taurier in der gleichen unwirksamen Weise, indem sie den Schild hoben, um die Gefahr abzuwenden. Die schweren, rasiermesserscharfen Klingen schnitten durch die leichten Schilde wie Kreissägen durch Karton.

Zum ersten direkten Kontakt kam es, als die vordringenden Taurier in die Reichweite der Hellebarden gerieten. Sie hatten eine kaltblütige — oder tapfere, wenn man es so sehen will — Art, damit fertig zu werden. Sie ergriffen einfach die Klinge und starben. Während der menschliche Gegner seine Waffe dem steifgefrorenen Griff des Toten zu entziehen suchte, sprang ein taurischer Schwertträger mit dem langen Krummschwert hinzu und tötete ihn.

Neben den Schwertern hatten sie ein Ding wie eine Bola, das aus einem elastischen Seil mit einem zehn Zentimeter langen Ende aus stählernen Stacheln bestand. Es war eine für alle Beteiligten gefährliche Waffe; wenn sie ihr Ziel verfehlte, schnellte sie unberechenbar zurück. Aber sie traf ihr Ziel ziemlich oft, indem sie über oder unter Schilden vorbeizischte und mit ihren langen Stacheln Schutzanzüge und Helme aufriß.

Ich stand Rücken an Rücken mit dem Soldaten Erikson, und mit Säbel und Machete gelang es uns, die nächsten Minuten zu überleben. Als die Taurier nur noch wenige Dutzend Kämpfer zählten, machten sie einfach kehrt und marschierten hinaus. Wir warfen ihnen ein paar Pfeile nach und erwischten noch drei, aber an Verfolgung dachten wir nicht, denn sie hätten es sich anders überlegen und wieder angreifen können.

Nur noch achtundzwanzig von uns waren am Leben. Der Boden ringsum war mit toten Tauriern übersät, aber der Anblick hatte nichts Befriedigendes.

Sie konnten das Ganze noch einmal von vorne anfangen, mit drei frischen Hundertschaften. Und diesmal leichtes Spiel mit uns haben.

Wir gingen von Leichnam zu Leichnam, zogen Pfeile und Speere heraus und nahmen wieder unsere Plätze um die Maschine ein. Ich sah mir die Namen auf den Helmen der Überlebenden an: Moore und Alsever waren unter den Überlebenden, desgleichen Wilber, Szydlowska und Rudkoski. Als ich nach den übrigen Offizieren suchte, fand ich Hilleboe, Riland und Rusk unter den Gefallenen. Auch Orban war tot, getroffen von einem Wurfpfeil.

Nachdem wir einen Tag gewartet hatten, gewannen wir den Eindruck, daß der Feind zu einer Zermürbungsstrategie übergegangen sei. Immer wieder kamen Pfeile herein, aber nicht mehr in Schwärmen, sondern in kleinen Gruppen und aus allen Richtungen. Da wir nicht die ganze Zeit wachsam bleiben konnten, wurde alle drei oder vier Stunden einer getroffen.

Wir schliefen abwechselnd auf dem Generator des Stasisfelds. Da er unmittelbar unter dem Rumpf der Maschine stand, war es der sicherste Platz in der Blase.

Dann und wann erschien ein Taurier am Rand des Felds, offenbar um nachzusehen, ob noch welche von uns übrig wären. Gelegentlich schossen wir mit Pfeilen auf sie, zur Übung.

Nach ein paar Tagen fielen keine Pfeile mehr. Ich hielt es für möglich, daß ihnen der Vorrat ausgegangen war. Oder vielleicht hatten sie beschlossen, mit dem Bombardement aufzuhören, wenn unsere Zahl auf zwanzig Überlebende zusammengeschrumpft wäre.

Es gab eine wahrscheinlichere Möglichkeit. Ich trug eine

der Hellebarden zum Rand des Felds und steckte sie ein paar Handbreit durch. Als ich sie zurückzog, war die Spitze weißglühend und im Begriff zu schmelzen. Als ich sie Charlie Moore zeigte, bewegte er den Kopf vor und zurück; die einzige Art und Weise, wie man in einem Kampfanzug nicken kann. So etwas war schon einmal geschehen. Sie nahmen das Feld mit mehreren Lasern unter Dauerfeuer und warteten, bis wir es nicht mehr aushielten und den Generator abschalteten. Wahrscheinlich saßen sie in ihren Schiffen und betrieben es wie eine Art Spiel.

Ich versuchte zu überlegen. Es war schwierig, sich in dieser feindlichen Umgebung längere Zeit auf etwas zu konzentrieren. Die Beschränkung unserer Sinneswahrnehmungen machte uns nervös. Man fand keine Ruhe mehr und sah sich alle paar Sekunden um. Schließlich fiel es mir ein. Charlie Moore hatte erst gestern davon gesprochen. Ich winkte alle zu mir und schrieb in den Schnee:

›Novabomben ausladen, zum Rand des Felds tragen und Feld verlagern.‹

Szydlowska wußte, wo an Bord das geeignete Werkzeug zu finden wäre. Glücklicherweise hatten wir alle Eingänge offen gelassen, bevor wir das Stasisfeld errichtet hatten; sie waren elektronisch gesteuert und wären nicht zu öffnen gewesen. Wir besorgten uns ein Sortiment von Schraubenschlüsseln und krochen von der Pilotenkanzel zum Bombenschacht. Der Raum war zu eng für uns beide, und so hockte ich am Ende des Zugangs und wartete, bis Szydlowska die zwei Novabomben mit einer Brechstange aus ihren Gestellen gehebelt hatte. Darauf öffnete er mit einer Handkurbel die Klappen des Bombenschachts, und ich rollte die Bomben hinaus.

Als wir aus der Maschine kletterten, arbeitete Unteroffizier Angheloff bereits an den Zündern. Um die Bomben manuell scharf zu machen, brauchte man nur die Zünder abzuschrauben und den sonst elektronisch betätigten Sicherungskontakt zu schließen.

Je sechs von uns trugen die beiden Bomben zum Rand und legten sie nebeneinander ab. Dann winkten wir den vier anderen, die bei den Handgriffen des Feldgenerators bereitstanden. Sie hoben ihn an und gingen zehn Schritte in die entgegengesetzte Richtung. Die Bomben verschwanden, als der Rand des Stasisfelds über sie wegglitt.

Es gab keinen Zweifel, daß die Bomben losgingen. Sekundenlang herrschte draußen eine Temperatur wie im Innern eines Sterns, und selbst das Stasisfeld nahm davon Notiz: Ungefähr ein Drittel der Blase glühte für kurze Zeit stumpfrosa auf, ehe das immerwährende Grau zurückkehrte. Wir verspürten ein Gefühl von Desorientierung und leichter Beschleunigung, als ob wir mit verbundenen Augen in einem Aufzug stünden. Vermutlich bedeutete das, daß wir mit der Blase zum Kraterboden absanken. Gab es überhaupt einen festen Grund? Oder würden wir durch geschmolzenes Felsgestein absinken, um wie eine Fliege im Bernstein für immer gefangen zu bleiben? Es lohnte sich nicht, darüber nachzudenken. Wenn es dazu käme, könnten wir uns vielleicht mit der Laserkanone des Kampfschiffs einen Weg ins Freie brennen.

Wenigstens zwölf von uns.

›Wie lange?‹ kratzte Charlie Moore in den Schnee. Das war eine verdammt gute Frage. Ich wußte nur, welche Energiemenge zwei Novabomben freisetzten, aber ich hatte keine Ahnung, wie heiß und wie groß der Feuerball gewesen war, und welche Dimensionen der Krater haben mochte. Um das zu wissen, mußte man zumindest die Festigkeit und Beschaffenheit des Gesteins kennen. Ich schrieb:

»Vielleicht eine Woche?«

Der Bordcomputer hätte es mir in einer Tausendstelsekunde sagen können, aber er schwieg. Ich begann Gleichungen in den Schnee zu schreiben und sowohl die maximale als auch die minimale Zeitdauer für den Abkühlungsprozeß des Gesteins zu ermitteln. Angheloff, der auch etwas von Physik verstand und dessen Kenntnisse jüngeren Datums waren als die meinen, stellte auf der anderen Seite des Schiffs seine eigenen Berechnungen an.

Meine Antwort lautete, daß der umgebende Fels irgendwann zwischen sechs Stunden und sechs Tagen bis auf fünfhundert Grad abgekühlt sein müsse, und Angheloff kam auf Werte von fünf Stunden und viereinhalb Tagen. Ich entschied mich für sechs Tage, und die anderen mußten sich damit abfinden.

Wir schliefen viel. Manche von uns spielten Schach, indem sie die Kombinationen in den Schnee kratzten; ich war außerstande, die ständig veränderten Positionen der Figuren im Gedächtnis zu behalten. Mehrmals rechnete ich mein Ergebnis nach und kam immer wieder auf sechs Tage. Auch überprüfte ich Angheloffs Berechnungen, die gleichfalls richtig zu sein schienen, doch blieb ich bei meinem Ergebnis. Es würde uns nicht schaden, zusätzliche eineinhalb Tage in den Anzügen zu bleiben.

An dem Tag, als wir die Bomben legten, waren wir neunzehn Überlebende gewesen, und neunzehn waren wir noch sechs Tage später, als ich die Hand auf den Schalter des Generators legte. Was erwartete uns dort draußen? Sicherlich hatten wir im Umkreis von mehreren Kilometern alle Taurier getötet, aber vielleicht hatten sie außerhalb der Gefahrenzone eine Reserve stationiert, die nun geduldig am Kraterrand wartete. Wenigstens konnte man eine Hellebarde durch das Feld stecken und sie unversehrt wieder zurückziehen.

Ich verteilte die Leute gleichmäßig über die Fläche, damit man uns nicht mit einem einzigen Schuß erledigen konnte.

Dann drückte ich den Schalter, bereit, ihn im Falle einer Gefahr sofort zurückzureißen.

8

Mein Radio war noch immer auf die allgemeine Frequenz geschaltet; nach mehr als einer Woche völliger Stille gellten mir die Ohren plötzlich vom lauten, erleichterten Geplapper.

Wir standen in einem Krater von beinahe einem Kilometer Durchmesser und zweihundertfünfzig oder dreihundert Metern Tiefe. Die Wände waren eine glänzendschwarze Kruste, durchschossen von rötlichen und weißlichen Streifen, noch heiß, aber nicht länger gefährlich.

Kein Taurier in Sicht.

Wir stürzten zum Schiff, gingen an Bord, pumpten es mit kühler Luft voll und entledigten uns der Anzüge. Ich bestand nicht auf dem Vorrecht meines Ranges, als erster unter die einzige Dusche zu treten; ich begnügte mich einstweilen damit, bequem auf einer Beschleunigungscouch zu liegen und tiefe Atemzüge einer Luft zu tun, die nicht nach wiederaufbereitetem Mandella roch.

Das Schiff war für eine Mannschaft von maximal zwölf Personen gedacht, darum bildeten wir zur Schonung der lebenserhaltenden Systeme zwei Gruppen, die sich abwechselnd im Freien aufhielten. Ich schickte dem anderen Schiff, das noch immer sechs Wochen entfernt war, eine sich automatisch wiederholende Radiobotschaft, daß wir in guter Verfassung wären und auf Abholung warteten. Ich war ziemlich sicher, daß der Pilot sieben freie Plätze an Bord haben würde, da die normale Mannschaft für einen Kampfauftrag aus nur drei Personen bestand.

Es war gut, wieder umhergehen und sprechen zu können. Für die Dauer unseres Aufenthalts auf dem Planeten suspendierte ich offiziell alle militärischen Formen und Dienstvorschriften. Einige der Leute waren Überlebende aus dem dritten und vierten Zug, wo man mich hatte umbringen wollen, aber sie zeigten sich nicht feindselig.

Wir beschäftigten uns mit einer Art Nostalgiespiel und verglichen die verschiedenen Epochen, die wir auf der Erde miterlebt hatten, was unausweichlich zu Spekulationen führte, wie es in der siebenhundert Jahre entfernten Zukunft sein würde, in die wir zurückkehrten. Niemand erwähnte die Tatsache, daß wir bestenfalls ein paar Monate Urlaub bekommen und dann einer anderen Kampftruppe zugeteilt würden. Eine weitere Umdrehung des Rades.

Eines Tages fragte Charlie Moore, aus welchem Land meine Vorfahren stammten; mein Name komme ihm seltsam vor. Ich sagte ihm, daß er vom Mangel an einem Wörterbuch herrühre, und daß er, würde er richtig ausgesprochen, sich noch sonderbarer ausnehmen würde.

Ich mußte eine gute halbe Stunde damit verbringen, ihm alles zu erklären. Meine Eltern waren ›Hippies‹ (eine Art Subkultur im Amerika des ausgehenden zwanzigsten Jahrhunderts, die den Materialismus der Industriegesellschaft ablehnte und ein breites Spektrum der verschiedenen religiösen und philosophischen Richtungen umfaßte), die mit einer Gruppe anderer Hippies in einer kleinen ländlichen Gemeinschaft lebten. Als meine Mutter schwanger wurde, wollten sie nicht so konventionell sein, einander zu heiraten: Das hätte zur Folge gehabt, daß die Frau den Namen des Mannes angenommen hätte, eine unerträgliche Implikation, daß sie sein Eigentum sei. Aber sie wurden ganz berauscht und sentimental und beschlossen, sie würden alle beide ihre Namen ablegen und gemeinsam einen neuen annehmen. So fuhren sie in die nächste Stadt, stritten die ganze Zeit, welcher Name das beste Symbol für die Liebesbande zwischen ihnen sein würde — ich kam knapp an einem viel kürzeren Namen vorbei —, und einigten sich schließlich auf Mandala.

Eine Mandala ist ein radförmiges Muster, welches die Hippies von einer indischen Religion übernommen hatten und das den Kosmos, den kosmischen Geist, Gott oder was immer ein Symbol benötigte, symbolisierte. Weder meine Mutter noch mein Vater wußten das Wort zu buchstabieren, und der Magistratsbeamte in der Stadt schrieb es so nieder, wie es sich für ihn anhörte.

William tauften sie mich zu Ehren eines reichen Onkels, der aber dann unglücklicherweise mittellos starb.

Die sechs Wochen vergingen relativ angenehm: Wir diskutierten, lasen, ruhten aus. Das andere Schiff landete neben dem unsrigen und hatte neun freie Plätze. Wir ließen den Kopiloten umsteigen, so daß jedes Schiff einen hatte, der ihm aus Navigationsschwierigkeiten heraushelfen könnte, wenn bei der vorprogrammierten Sprungfolge etwas schiefginge. Ich ging an Bord des anderen Schiffs, weil ich hoffte, es werde ein paar neue Bücher haben. Ich fand keine.

Wir gingen in die Tanks und starteten beide gleichzeitig.

Wie sich zeigte, verbrachten wir eine Menge Zeit in den Beschleunigungstanks, bloß um in der Enge des vollen Schiffs nicht tagein, tagaus dieselben Gesichter ansehen zu müssen. Die zusätzlichen Beschleunigungsperioden brachten uns in zehn Monaten subjektiver Zeit nach Sterntor zurück. Für den hypothetischen objektiven Beobachter waren es natürlich dreihundertvierzig Jahre (minus sieben Monate).

Hunderte von Kreuzern lagen in Umlaufbahnen um den Stützpunktplaneten. Ein schlechtes Zeichen: Bei einem solchen Abfertigungsrückstand würden wir wahrscheinlich überhaupt keinen Urlaub bekommen.

Ich argwöhnte ohnehin, daß ich eher vor ein Kriegsgericht gestellt als in Urlaub gehen würde. Ich hatte achtundachtzig Prozent meiner Kompanie verloren, viele von ihnen, weil sie mir nicht genug vertraut hatten, um dem direkten Erdbeben-Befehl zu gehorchen. Und auf Sade 138 waren wir wieder da, wo wir angefangen hatten: keine Taurier, aber auch kein Stützpunkt.

Wir bekamen Landeerlaubnis und gingen direkt nieder, ohne auf Fähren zu warten. Auf dem Landeplatz erwartete uns eine weitere Überraschung. Dutzende von Kreuzern standen am Boden herum (das hatten sie aus Angst vor Angriffen früher nie getan), und dazu zwei erbeutete taurische Kreuzer. Meines Wissens war es uns nie gelungen, ein intaktes Feindschiff in unseren Besitz zu bringen.

Natürlich war nicht auszuschließen, daß sieben Jahrhunderte uns einen entscheidenden Vorteil gebracht hatten. Vielleicht waren wir im Begriff, den Krieg zu gewinnen.

Wir gingen durch eine Luftschleuse unter dem Schild ›Rückkehrer‹. Nachdem wir unsere Anzüge abgelegt hatten, kam eine hübsche junge Frau mit einer Wagenladung Uniformen herein und sagte uns in perfekt akzentuiertem Englisch, wir möchten uns ankleiden und in den Versammlungsraum links am Ende des Korridors gehen.

Die Uniform fühlte sich komisch an, leicht und doch warm. Nach fast einem Jahr im Kampfanzug oder in der bloßen Haut war sie das erste normale Kleidungsstück.

Der Versammlungsraum war ein Saal, der für uns zweiundzwanzig Gestalten hundertmal zu groß war. Die gleiche junge Frau war da und forderte uns auf, nach vorn zu kommen. Das war unbegreiflich; ich hätte schwören mögen, daß sie im Korridor in die andere Richtung gegangen war

— ich wußte es; der Anblick ihres Hinterteils hatte mich fasziniert.

Zum Teufel, vielleicht hatten sie Materiesender. Oder Telekinese. Sie hatte sich bloß ein paar Schritte ersparen wollen.

Wir setzten uns, und nach einer Weile kam ein Mann über die Bühne, unter jedem Arm einen Stapel dicker Notizbücher. Er trug die gleiche schmucklose Uniform wie die Frau und wir.

Die Frau folgte ihm, auch sie mit Notizbüchern beladen.

Ich sah mich um, und sie stand noch immer im Mittelgang. Um das Ganze noch rätselhafter zu machen, sah der Mann wie ein Zwillingsbruder von den beiden aus.

Der Mann legte seine Last auf einen Tisch, schlug eins der Notizbücher auf und räusperte sich. »Diese Bücher sind zu Ihrer Information«, sagte er, gleichfalls mit perfekter Betonung, »und Sie brauchen sie nicht zu lesen, wenn Sie nicht wollen. Sie brauchen überhaupt nichts zu tun, was Sie nicht wollen, denn ... Sie sind freie Männer und Frauen. Der Krieg ist zu Ende.«

Ungläubiges Schweigen.

»Wie Sie in diesem Buch nachlesen können, endete der Krieg vor 221 Jahren. Demgemäß schreiben wir das Jahr 220. Nach der alten Zeitrechnung ist es natürlich das Jahr 3138.

Sie sind die letzte Gruppe Soldaten, die zurückgekehrt ist. Wenn Sie diesen Stützpunkt verlassen, wird auch das noch hier verbliebene Personal abreisen. Und den Stützpunkt zerstören. Er existierte nur als ein Treffpunkt für Rückkehrer und als ein Monument menschlicher Dummheit. Und Schande. Wie Sie lesen werden. Seine Zerstörung wird ein Akt der Reinigung sein.«

Er hörte auf zu sprechen, und die Frau fing ohne Pause an: »Ich bedaure, was Sie durchmachen mußten, und wünschte, ich könnte sagen, es sei für eine gute Sache gewesen, aber wie Sie lesen werden, war es das nicht.

Selbst der Reichtum, den Sie angesammelt haben, die fälligen Soldzahlungen samt Zinsen und Zinseszinsen, ist wertlos, da es Geld oder Kredit nicht mehr gibt. Noch gibt es etwas wie eine Wirtschaft, ein ökonomisches System, worin man diese ... diese Dinge gebrauchen könnte.«

»Wie Sie inzwischen erraten haben werden«, ergriff wieder der Mann das Wort, »bin ich, sind wir durch Zellkernverschmelzung entstandene genetische Duplikate eines einzigen Individuums. Vor zweihundertfünfzig Jahren war mein Name Kahn. Jetzt ist er Mensch.

Ich hatte in Ihrer Kompanie einen direkten Vorfahren, Larry Kahn. Es stimmt mich traurig, daß er nicht zurückgekommen ist.«

»Ich bin mehr als zehn Milliarden Individuen, aber nur ein Bewußtsein«, sagte sie. »Nachdem Sie gelesen haben, werde ich versuchen, das zu erläutern. Ich weiß, daß es schwierig zu verstehen sein wird.

Da ich das vollkommene Muster bin, werden keine anderen Menschen erzeugt. Individuen, die sterben, werden ersetzt.

Es gibt jedoch einige Planeten, auf denen Menschen in der biologischen, säugetierhaften Art und Weise geboren werden. Wenn meine Gesellschaft Ihnen allzu fremdartig erscheinen sollte, steht es Ihnen frei, auf einem jener Planeten zu leben. Wenn Sie wünschen, an der Fortpflanzung teilzunehmen, werde ich keine Einwendungen machen. Viele Veteranen ersuchen mich, ihre Polarität zur Heterosexualität zu ändern, damit sie sich jenen anderen Gesellschaften leichter anpassen können. Diesen Wunsch kann ich leicht erfüllen.«

Mach dir deswegen keine Sorgen, Mann; gib mir lieber meine Fahrkarte.

»Sie werden hier zehn Tage lang meine Gäste sein«, sagte er. »Anschließend werden Sie dorthin gebracht, wo Sie leben möchten. Bitte lesen Sie in der Zwischenzeit dieses Buch. Fragen Sie unbesorgt, was Sie wissen wollen, und wenn Sie irgendeine Dienstleistung wünschen, sagen Sie es.« Sie standen beide auf und gingen von der Bühne.

Charlie Moore saß neben mir und schüttelte den Kopf. »Unglaublich«, sagte er. »Sie lassen... sie ermutigen... Männer und Frauen, wieder damit anfangen? Zusammen?«

Der weibliche Mensch, der zuvor im Mittelgang gestanden hatte und nun hinter uns saß, antwortete, ehe ich eine halbwegs vernünftige Erwiderung formulieren konnte. »Es ist damit kein Urteil über Ihre Gesellschaft verbunden«, sagte sie, offenbar verkennend, daß er es etwas mehr persönlich nahm. »Ich denke nur, daß es als eine eugenische Sicherheitsvorrichtung notwendig ist. Ich habe keinen Beweis dafür, daß die Erzeugung von Duplikaten nur eines idealen Individuums in irgendeiner Weise falsch oder gefährlich sein könnte, sollte sich jedoch herausstellen, daß es ein Fehler gewesen ist, wird es einen großen genetischen Grundstock geben, mit dem ein Neuanfang gemacht werden kann.« Sie klopfte ihm auf die Schulter. »Selbstverständlich müssen Sie nicht zu diesen Züchterplaneten gehen. Sie können auf einer meiner Welten bleiben. Ich mache keinen Unterschied zwischen heterosexuellem und homosexuellem Verhalten.«

Sie stieg auf die Bühne, um uns einen langen Vortrag zu halten, wo wir während unseres Aufenthalts schlafen und essen würden, aber wir konnten kaum noch aufnehmen, was sie sagte. »Bin noch nie zuvor von einem Computer verführt worden«, murmelte Charlie.

Der 1143jährige Krieg war infolge irriger Vermutungen und Anmaßungen ausgebrochen und hatte nur angedauert, weil die beiden Rassen unfähig gewesen waren, sich zu verständigen.

Als dieses Hindernis endlich gefallen war, lautete die erste Frage: »Warum hast du damit angefangen?« und die Antwort war: »Ich?«

Die Taurier hatten seit Jahrtausenden keinen Krieg gekannt, und am Anfang des einundzwanzigsten Jahrhunderts hatte es ausgesehen, als sei auch die Menschheit bereit, dieser unreifen Verhaltensweise zu entwachsen. Aber die alten Soldaten waren immer noch da, und viele von ihnen in Machtpositionen. Die UN-Organisation zur Erforschung und Kolonisierung des Weltraums, welche die neuentdeckte Möglichkeit des Simultansprungs zur Erforschung des interstellaren Raums nutzbar machen sollte, wurde praktisch von ihnen beherrscht.

Viele von den frühen Schiffen erlitten Unfälle und Havarien und verschwanden. Die Exmilitärs waren mißtrauisch. Sie bewaffneten die Forschungsschiffe, und als sie zum erstenmal einem taurischen Schiff begegneten, schossen sie es in Fetzen.

Sie kramten ihre alten Orden und Auszeichnungen aus den Schubladen und putzten sie blank, und der Rest sollte Geschichte werden.

Aber man konnte nicht die ganze Schuld den Militärs geben. Die von ihnen vorgelegten Indizienbeweise für die Verantwortlichkeit der Taurier für die früheren Verluste waren lächerlich dürftig. Die wenigen Leute, die darauf hinwiesen, wurden ignoriert.

Tatsache war, daß die Wirtschaft einen Krieg brauchte, und dieser war ideal. Er machte ein hübsches Loch, dahinein man scheffelweise Geld schütten konnte, und führte obendrein zur Einigung der Menschheit, statt zu ihrer Entzweiung.

Die Taurier erlernten noch einmal die Kriegführung. Sie wurden darin niemals richtig gut und würden schließlich verloren haben.

Die Taurier, so erklärte das Buch, konnten mit Menschen nicht kommunizieren, weil sie keine begriffliche Vorstellung vom Individuum hatten; sie waren seit Millionen Jahren natürliche Duplikate eines Individuums. Schließlich wurden auch die Kreuzer der Erde mit ›dem Menschen‹ bemannt, mit Kahn-Duplikaten, und nun war zum erstenmal eine Verständigung möglich.

Das Buch stellte dies als eine nackte Tatsache hin. Ich fragte einen Menschen, er möge mir erklären, was es bedeute, was es mit der Verständigung zwischen Duplikat und Duplikat Besonderes auf sich habe, und er erwiderte, daß ich es a priori nicht verstehen könne. Es gäbe keine Worte dafür, und mein Gehirn würde nicht imstande sein, die Begriffe zu verstehen, selbst wenn es Worte gäbe.

Na gut. Es klang ein bißchen faul, aber ich war bereit, es hinzunehmen. Wenn es bedeutete, daß der Krieg zu Ende war, hätte ich sogar hingenommen, daß oben in Zukunft unten wäre.

Der Mensch war eine sehr rücksichtsvolle Wesenheit. Nur für uns zweiundzwanzig unterzog er sich der Mühe, ein kleines Restaurant mit Bar wieder in Betrieb zu nehmen und zu allen Stunden geöffnet zu halten. (Nie sah ich einen Menschen essen oder trinken — wahrscheinlich hatten sie eine Möglichkeit entdeckt, das zu umgehen.) Eines Abends saß ich dort, trank Bier und las in ihrem Buch, als Charlie kam und sich zu mir setzte.

Ohne Vorrede sagte er: »Ich werd's versuchen.«
»Was versuchen?«
»Frauen. Hetero.« Ihn schauderte sichtlich. »Nehmen Sie es mir nicht übel, aber es ist wirklich nicht ansprechend.« Er

tätschelte mir mit zerstreuter Miene die Hand. »Aber die Alternative... haben Sie es schon mal versucht?«

»Nun... nein, ich habe nicht.« Der weibliche Mensch war prachtvoll anzusehen, aber nur in dem Sinne, wie ein Aktgemälde oder eine Plastik prachtvoll anzusehen ist. Ich konnte sie einfach nicht als menschliche Wesen betrachten.

»Lassen Sie die Finger davon.« Mehr wollte er dazu nicht sagen. Nachdem er eine Weile grüblerisch vor sich hingestarrt hatte, fuhr er fort: »Übrigens, sagen sie — sagt er, sagt sie, sagt es —, daß sie mich genauso leicht wieder verändern könnten, wenn es mir nicht gefällt.«

»Es wird Ihnen gefallen, Charlie.«

»Natürlich, das sagen die auch.« Er bestellte etwas Hochprozentiges. »Scheint bloß so unnatürlich. Wie auch immer, da ich die... Veränderung machen werde, wollte ich Sie fragen, ob... warum gehen wir nicht zum demselben Planeten?«

»Klar, das wäre großartig!« Es war mein Ernst. »Wissen Sie schon, wohin Sie wollen?«

»Das ist mir gleich, hol's der Teufel. Bloß weg von hier.«

»Ich frage mich, ob Himmel immer noch so hübsch und ruhig ist wie...«

»Nein«, sagte Charlie und zeigte mit dem Daumen zum Barkeeper. »Er ist von dort.«

»Nun, sicherlich gibt es eine Liste.«

Ein Mann kam herein und schob einen Wagen vor sich her, auf dem ein Aktenstapel lag. »Major Mandella? Hauptmann Moore?«

»Da sind wir«, sagte Charlie.

»Hier sind Ihre Personalakten. Ich hoffe, Sie werden von Interesse für Sie sein. Sie wurden auf Papier übertragen, als Ihre Kampfgruppe als einzige noch nicht zurückgekehrt war, denn es wäre unpraktisch gewesen, die elektronische

Datenverarbeitung laufen zu lassen, nur um so wenige Daten zu verwahren.«

Sie kamen jeder Frage zuvor, selbst wenn man sie gar nicht stellen wollte.

Meine Akte war mindestens fünfmal so dick wie Charlies. Wahrscheinlich dicker als jede andere, denn ich schien der einzige zu sein, der den Krieg von Anfang bis zum Ende mitgemacht hatte. Arme Marygay. »Möchte wissen, was der alte Stott in meine Akte geschrieben hat.« Ich schlug den Aktendeckel auf, um zu lesen.

An die Innenseite des Aktendeckels war ein kleines Blatt Papier geheftet. Alle anderen Seiten waren frisch und weiß, aber dieses Blatt war alt und vergilbt, mit eingerissenen, brüchig gewordenen Rändern.

Die Handschrift war mir vertraut, allzu vertraut, selbst nach so langer Zeit. Das Datum war über 250 Jahre alt.

Ich war plötzlich von Tränen geblendet. Es hatte keinerlei Grund zu der Annahme gegeben, daß sie am Leben sein könnte, aber bis ich dieses Datum sah, hatte ich mir nicht vergegenwärtigt, daß sie tot war.

»Was haben Sie, William? Was ist ...«

»Lassen Sie mich, Charlie. Es geht gleich vorüber.« Ich wischte mir die Augen und schloß den Aktendeckel. Ich sollte den verdammten Brief gar nicht erst lesen. Wenn man ein neues Leben beginnen will, tut man gut daran, die Geister der Vergangenheit ruhen zu lassen.

Doch selbst eine Botschaft aus dem Grab war eine Art Kontakt. Ich schlug die Akte wieder auf.

William –   *11. Oktober 2878*

Ich wählte diesen Weg, um sicherzugehen, daß Du diese Nachricht bekommen würdest.

Wie Du siehst, habe ich den Feldzug überlebt. Vielleicht wirst Du es auch schaffen. Ich weiß aus den Unterlagen, daß

Du draußen auf Sade 138 bist und erst in einigen Jahrhunderten zurückkehren wirst. Kein Problem.

Ich werde zu einem Planeten gehen, der Mittelfinger genannt wird, es ist der fünfte Planet von Mizar. Die Entfernung beträgt zwei Simultansprünge, zehn Monate subjektiver Zeit. Mittelfinger ist eine Art Zufluchtsort für Heterosexuelle. Offiziell gilt der Planet als eugenisches Versuchsgelände.

Aber das nur nebenbei. Es kostete mich mein ganzes Geld, und das Geld von fünf anderen Veteranen, aber wir kauften der UNAS einen Kreuzer ab, den wir nun als Zeitmaschine verwenden.

Ich bin also auf einer relativistischen Fähre. Sie geht fünf Lichtjahre weit hinaus und kehrt sehr schnell zum Mittelfinger zurück. Alle zehn Jahre subjektiver Zeit altere ich ungefähr einen Monat. Wenn Du also noch am Leben bist und planmäßig zurückkehrst, werde ich bei Deiner Ankunft erst achtundzwanzig sein. Beeile Dich!

Ich habe nie einen anderen gefunden und will auch keinen anderen. Es ist mir gleich, ob Du dreißig oder neunzig bist. Wenn ich nicht Deine Geliebte sein kann, will ich Deine Pflegerin sein.

Marygay

»He, Barmann!«

»Ja, Major?«

»Kennen Sie einen Ort namens Mittelfinger? Gibt es den noch?«

»Natürlich gibt es den. Wo sollte er hingekommen sein?« Ein vernünftiges Argument. »Sehr hübsche Gegend. ›Gartenplanet‹ wird er von manchen genannt. Es gibt Leute, die Ihn langweilig finden. Sagen, es sei nichts los.«

»Worum geht es?« fragte Charlie.

Ich gab dem Barmann mein leeres Glas. »Ich habe gerade herausgebracht, wo wir uns niederlassen werden.«

Epilog

Aus ›Die Neue Stimme‹, Paxton, Mittelfinger 24-6

14. 2. 3143   Nachwuchs bei Veteranen
Vergangenen Freitag brachte Marygay Potter-Mandella (Poststraße 24, Paxton) einen gesunden Jungen von 3,1 kg zur Welt.

Die Mutter gibt an, im Jahre 1977 geboren und somit die zweitälteste Bewohnerin von Mittelfinger zu sein. Sie nahm beinahe von Anfang an am Ewigen Krieg teil und wartete anschließend in der Zeitfähre 261 Jahre auf ihren Partner.

Der Säugling, noch ohne Namen, wurde mit dem Beistand einer Freundin der Familie, Dr. Diana Alsever-Moore, zu Hause geboren.

Heyne Science Fiction und Fantasy:

Ausgezeichnet auf dem Eurocon in Stresa mit dem »Premio Europa 1980« als beste SF-Reihe.

Von der nunmehr 800 Bände umfassenden Reihe sind folgende Science Fiction-Titel derzeit lieferbar und besonders zu empfehlen:

Isaac Asimov
Der Mann von drüben
(06/3004 - DM 4,80)

A. E. van Vogt
Die Expedition der »Space Beagle«
(06/3047 - DM 4,80)

Harry Harrison
Die Todeswelt
(06/3067 - DM 3,80)

Harry Harrison
Die Sklavenwelt
(06/3069 - DM 3,80)

Frank Herbert
Atom-U-Boot S1881
(06/3091 - DM 4,80)

A. E. van Vogt
Die Waffenhändler von Isher
(06/3100 - DM 4,80)

A. E. van Vogt
Die Waffenschmiede von Isher
(06/3102 - DM 4,80)

Robert A. Heinlein
Revolte auf Luna
(06/3132 - DM 4,80)

Harry Harrison
Die Barbarenwelt
(06/3136 - DM 4,80)

Jack Vance
Jäger im Weltall
(06/3139 - DM 3,80)

Jack Vance
Der Dämonenprinz
(06/3143 - DM 4,80)

Robert A. Heinlein
Ein Mann in einer fremden Welt
(06/3170 - DM 6,80)

Robert A. Heinlein
Farmer im All
(06/3184 - DM 4,80)

Robert A. Heinlein
Entführung in die Zukunft
(06/3229 - DM 4,80)

Robert A. Heinlein
Die sechste Kolonne
(06/3243 - DM 3,80)

Robert A. Heinlein
Utopia 2300
(06/3262 - DM 4,80)

Anne McCaffrey
Die Welt der Drachen
(06/3291 - DM 4,80)

Poul Anderson
Die Tänzerin von Atlantis
(06/3404 - DM 3,80)

Hans Dominik
Die Macht der Drei
(06/3420 - DM 4,80)

Jack Vance
Der Mann ohne Gesicht
(06/3448 - DM 4,80)

Jack Vance
Der Kampf um Durdane
(06/3463 - DM 4,80)

Jack Vance
Die Asutra
(06/3480 - DM 4,80)

Isaac Asimov
Die nackte Sonne
(06/3517 - DM 4,80)

Larry Niven/Jerry Pournelle
Der Splitter im Auge Gottes
(06/3531 - DM 8,80)

Robert A. Heinlein
Reise in die Zukunft
(06/3535 - DM 4,80)

Alan Dean Foster
Die Eissegler von Tran-ky-ky
(06/3591 - DM 5,80)

Isaac Asimov
Der Zweihundertjährige
(06/3621 - DM 5,80)

Philip José Farmer
Die Flußwelt der Zeit
(06/3639 - DM 5,80)

Jack Vance
Der graue Prinz
(06/3652 - DM 4,80)

Wilhelm Heyne Verlag München

Heyne Science Fiction und Fantasy:

Ausgezeichnet auf dem Eurocon in Stresa mit dem »Premio Europa 1980« als beste SF-Reihe.

Von der nunmehr 800 Bände umfassenden Reihe sind folgende Fantasy-Titel derzeit lieferbar und besonders zu empfehlen:

C. J. Cherryh
Das Tor von Ivrel
(06/3629 - DM 4,80)

Alan Burt Akers
Die Gezeiten von Kregen
(06/3634 - DM 4,80)

Tanith Lee
Vazkor
(06/3638 - DM 4,80)

Henry Rider Haggard
Allan Quatermain
(06/3647 - DM 5,80)

Katherine Kurtz
Camber von Culdi
(06/3666 - DM 5,80)

Ursula K. Le Guin
Der Magier der Erdsee
(06/3675 - DM 4,80)

Ursula K. Le Guin
Die Gräber von Atuan
(06/3676 - DM 4,80)

Ursula K. Le Guin
Das ferne Ufer
(06/3677 - DM 4,80)

Tanith Lee
Die weiße Hexe
(06/3687 - DM 6,80)

Michael Moorcock
Der Zauber des weißen Wolfs
(06/3692 - DM 4,80)

Alan Burt Akers
Krozair von Kregen
(06/3697 - DM 4,80)

Katherine Kurtz
Sankt Camber
(06/3720 - DM 7,80)

Michael Moorcock
Der verzauberte Turm
(06/3727 - DM 4,80)

C. J. Cherryh
Der Quell von Shiuan
(06/3732 - DM 5,80)

Henry Rider Haggard
Nada die Lilie
(06/3733 - DM 6,80)

Stephen R. Donaldson
Lord Fouls Fluch
(06/3740 - DM 8,80)

H. Warner Munn
Das Schiff von Atlantis
(06/3741 - DM 4,80)

Alan Burt Akers
Geheimnisvolles Scorpio
(06/3746 - DM 4,80)

Tanith Lee
Herr des Sturms
(06/3759 - DM 7,80)

L. Sprague de Camp/Fletcher Pratt
An den Feuern des Nordens
(06/3768 - DM 4,80)

Fritz Leiber
Herrin der Dunkelheit
(06/3775 - DM 4,80)

Michael Moorcock
Sturmbringer
(06/3782 - DM 5,80)

Alan Burt Akers
Wildes Scorpio
(06/3788 - DM 4,80)

Stephen R. Donaldson
Die Macht des Steins
(06/3795 - DM 9,80)

James Branch Cabell
Jürgen
(06/3801 - DM 6,80)

Tanith Lee
Herr der Nacht
(06/3802 - DM 5,80)

Michael Moorcock
Gloriana
(06/3808 - DM 7,80)

Alan Dean Foster
Kampf der Titanen
(06/3813 - DM 5,80)

L. Sprague de Camp/Fletcher Pratt
Die Kunst der Mathemagie
(06/3814 - DM 4,80)

Fritz Leiber
Schwerter und Eiszauber
(06/3819 - DM 5,80)

Hugh C. Rae
Harkfast
(06/3820 - DM 5,80)

H. Warner Munn
Merlins Ring
(06/3826 - DM 7,80)

E. R. Eddison
Der Wurm Ouroboros
(06/3833 - DM 8,80)

Wilhelm Heyne Verlag München

Heyne Science Fiction und Fantasy:

Ausgezeichnet auf dem Eurocon in Stresa mit dem »Premio Europa 1980« als beste SF-Reihe.

Von der nunmehr 800 Bände umfassenden Reihe sind folgende Science Fiction-Titel derzeit lieferbar und besonders zu empfehlen:

Nelson Bond
**Lancelots Biggs'
Weltraumfahrten**
(06/3006 - DM 4,80)

Brian W. Aldiss
**Am Vorabend
der Ewigkeit**
(06/3030 - DM 4,80)

Robert A. Heinlein
**Weltraum-Mollusken
erobern die Erde**
(06/3043 - DM 4,80)

Frank Herbert
Der Wüstenplanet
(06/3108 - DM 9,80)

Ray Bradbury
Fahrenheit 451
(06/3112 - DM 3,80)

John Wyndham
Die Triffids
(06/3134 - DM 4,80)

Chad Oliver
**Brüder unter
fremder Sonne**
(06/3177 - DM 3,80)

Isaac Asimov
Ich, der Robot
(06/3217 - DM 4,80)

Arthur C. Clarke
**2001 – Odyssee
im Weltraum**
(06/3259 - DM 4,80)

Ray Bradbury
Medizin für Melancholie
(06/3267 - DM 4,80)

Ray Bradbury
**Geh nicht zu Fuß
durch stille Straßen**
(06/3292 - DM 4,80)

Walter M. Miller jr.
**Lobgesang
auf Leibowitz**
(06/3342 - DM 5,80)

Ursula K. Le Guin
Die Geißel des Himmels
(06/3373 - DM 4,80)

Kit Pedler/Gerry Davis
Die Plastikfresser
(06/3382 - DM 3,80)

Ursula K. Le Guin
Winterplanet
(06/3400 - DM 4,80)

Ray Bradbury
Die Mars-Chroniken
(06/3410 - DM 6,80)

Carl Amery
**Der Untergang der
Stadt Passau**
(06/3461 - DM 4,80)

Ursula K. Le Guin
**Das Wort für Welt
ist Wald**
(06/3466 - DM 4,80)

John Brunner
Der ganze Mensch
(06/3609 - DM 4,80)

John Brunner
Schafe blicken auf
(06/3617 - DM 6,80)

Cecelia Holland
Wandernde Welten
(06/3658 - DM 8,80)

John Brunner
Der Schockwellenreiter
(06/3667 - DM 5,80)

Alfred Bester
Demolition
(06/3670 - DM 4,80)

Wolfgang Jeschke (Hrsg.)
Der Tod des Dr. Island
(06/3674 - DM 5,80)

John Crowley
Geschöpfe
(06/3684 - DM 4,80)

John Brunner
Die Plätze der Stadt
(06/3688 - DM 5,80)

Michael Bishop
Die Cygnus Delegation
(06/3743 - DM 5,80)

Chelsea Quinn Yarbro
Falsche Dämmerung
(06/3744 - DM 5,80)

John Brunner
Morgenwelt
(06/3750 - DM 9,80)

Georg Zauner
**Die Enkel der
Raketenbauer**
(06/3751 - DM 4,80)

HEYNE BÜCHER

Wilhelm Heyne Verlag München

Heyne Science Fiction und Fantasy:

Ausgezeichnet auf dem Eurocon in Stresa mit dem »Premio Europa 1980« als beste SF-Reihe.

Von der nunmehr 800 Bände umfassenden Reihe sind folgende Science Fiction-Titel derzeit lieferbar und besonders zu empfehlen:

Bernhard Kellermann
Der Tunnel
(06/3111 - DM 6,80)

Konrad Fialkowski
Homo Divisus
(06/3752 - DM 4,80)

Robert Silverberg (Hrsg.)
Das neue Atlantis
(06/3755 - DM 4,80)

Ward Moore
Der große Süden
(06/3760 - DM 5,80)

Edward L. Ferman (Hrsg.)
30 Jahre Magazine of Fantasy and Science Fiction
(06/3763 - DM 5,80)

Ben Bova
Die Kolonie
(06/3764 - DM 8,80)

Kate Wilhelm
Der Clewiston-Test
(06/3765 - DM 5,80)

Keith Mano
Die Brücke
(06/3766 - DM 4,80)

Gregory Benford
Im Meer der Nacht
(06/3770 - DM 7,80)

C.J. Cherryh
Weltenjäger
(06/3772 - DM 5,80)

Thomas R.P. Mielke
Grand Orientale 3301
(06/3773 - DM 4,80)

Vonda N. McIntyre
Die Asche der Erde
(06/3778 - DM 5,80)

Robert A. Smith
Das Kramer-Projekt
(06/3779 - DM 4,80)

Norman Spinrad
Der stählerne Traum
(06/3783 - DM 6,80)

Piers Anthony
Flint von Außenwelt
(06/3784 - DM 6,80)

Reinmar Cunis
Der Mols-Zwischenfall
(06/3786 - DM 4,80)

Paul van Herck
Framstag Sam
(06/3793 - DM 4,80)

David Chippers
Zeit der Wanderungen
(06/3797 - DM 4,80)

P. I. O'Shaugnessy
Trauma
(06/3799 - DM 5,80).

James Graham Ballard
Die Betoninsel
(06/3803 - DM 4,80)

Wolfgang Jeschke (Hrsg.)
Feinde des Systems
(06/3805 - DM 7,80)

Michael Coney
Flut
(06/3810 - DM 4,80)

Adam Wiśniewski-Snerg
Roboter
(06/3815 - DM 6,80)

Wolfgang Jeschke (Hrsg.)
Science Fiction Story-Reader 16
(06/3818 - DM 7,80)

John Crowley
In der Tiefe
(06/3821 - DM 4,80)

James Tiptree, jr.
Warme Welten und andere
(06/3822 - DM 5,80)

Garry Kilworth
Einsiedler
(06/3823 - DM 4,80)

Ian Watson
Botschafter von den Sternen
(06/3824 - DM 5,80)

Piers Anthony
Melodie von Mintaka
(06/3828 - DM 7,80)

Horst Pukallus (Hrsg.)
Der hohle Mann
(06/3831 - DM 4,80)

Wilhelm Heyne Verlag München